KB070014

그리고 여자들은 침묵하지 않았다

그리고 여자들은 침묵하지 않았다

VOX

크리스티나 달처 지음
고유경 옮김

다산
책방

언어학자이자 교수이자 내 친구인

찰리 존스를 그리며

추천사

　지나치게 무거운 이야기는 세밀함을 놓치기 쉬운 반면, 지나치게 정교한 이야기는 그 의도가 불분명해져서 자칫 사소해 보이기 쉽다. 크리스티나 달처의 과감하면서 섬세한 서사가 특별하게 읽히는 이유도 바로 이 때문이다. 『그리고 여자들은 침묵하지 않았다』는 음모와 복수의 과정을 치밀하고 속도감 있게 전개하면서도, 현실의 불합리를 지적하고 고발하는 일을 놓치지 않는다. 무엇보다 이 책을 읽는 동안 여기에 기록된 세계가 틀림없이 허구의 가공된 세계라는 것을 줄곧 잊어버리게 만든다는 점에서, 매혹적이면서도 위험하다.

임현(소설가)

'순수운동'이라는 이름으로 여성혐오자들이 권력을 장악한 근 미래의 미국, 사회언어학 박사 '진'은 다른 여성들과 마찬가지로 하루에 허락된 100개의 단어를 세는 '카운터'를 손목에 낀 채 살아간다. 아무런 거리낌 없이 입을 여는 남편, 세 아들과는 달리 하루에 한 마디도 하지 않는 것으로 학교에서 상을 타오는 딸 '소니아'와 함께. 진은 자신의 현재가 위험을 경고했던 여성 동료들을 외면한 과거의 선택에 대한 형벌이라고 생각한다. 그렇다면 미래는? 진이 잃어버린, 소니아가 살아가야 할 미래는 어떤 선택으로 되찾을 수 있을까. 디스토피아를 그리는 작가들만이 상상할 수 있는 희망이 있다. 저자는 돌이킬 수 없는 세상이란 존재하지 않는다고 말한다. 멈추지 않는다면 말이다. 미로 속을 걷는 사람은 끊임없이 벽을 만난다. 하지만 그것이 끝은 아니다. 지금의 선택이 어떤 과거가 되어 현재를 미래로 밀고 나갈 수 있을지를 고민하는 독자들에게 추천하고 싶다.

조우리(소설가)

1

누군가 내게 일주일 안에 대통령과 그의 빌어먹을 순수운동을 무너뜨리고, 무능하고 하찮은 모건 레브론을 끌어내릴 수 있다고 말한다면, 난 그들을 믿지 않을 것이다. 그렇지만 맞서 싸우지도 않을 것이다. 어차피 아무 말도 하지 못할 테니까.

나는 거의 말 없는 여자가 되었다.

저녁 식사 중 내가 오늘의 마지막 음절을 말하기 직전, 패트릭이 내 왼쪽 손목에 채워진 은색 장치를 손끝으로 톡톡 건드렸다. 패트릭의 손길은 부드러웠다. 마치 그가 내 고통을 기꺼이 함께 나누기라도 할 듯. 어쩌면 그저 단어 카운터의 숫자가 초기화되는 자정까지 입을 닫고 있어야 한다는 사실을 상기시키려는 것인지도 모른다. 이 초기화 마법은 내가 자는 동안 일어난다. 그리고 다음 날이 되면 새로운 할당량으로 다시 시작한다. 내 딸 소니아의 카운터 역시 마찬가지다.

내 아들들은 단어 카운터를 차지 않는다.

저녁 식사를 하는 내내 아들 녀석들은 학교에서 일어난 시시콜콜한 일들에 대해 떠들어대느라 정신이 없었다.

소니아도 학교에 다니지만, 일상 얘기를 늘어놓는 데 단어를 낭비하지 않는다. 내가 기억을 더듬어가며 만든 소박한 스튜를 한 입 떠먹고 있는 사이, 패트릭은 소니아에게 〈가정〉

9

이나 〈체육〉, 그리고 〈기초 가계 회계〉라는 새로운 과목의 수업이 재미있는지 물었다. '소니아는 선생님 말씀을 잘 듣고 있니? 이번 학기 성적은 좋아?' 패트릭은 질문 방법을 정확히 알고 있다. 그래서 그저 고개를 끄덕이거나 젓기만 하면 되는 단답형 질문들을 쏟아냈다.

나는 둘의 대화를 보고 들으며, 바짝 긴장한 손톱들이 손바닥에 반달 모양을 남길 정도로 주먹을 꽉 쥐었다. 소니아는 적절할 때 고개를 끄덕였고, 쌍둥이 오빠들이 '네, 아니요' 질문과 제한된 답변의 소중함을 이해하지 못할 때면 얼굴을 찡그렸다. 쌍둥이들은 여동생에게 '선생님들은 좋은지, 수업은 어떤지, 어떤 과목이 가장 재미있는지' 물었다. 주관식 질문이 너무 많았다. 물론 쌍둥이들이 일부러 소니아를 부추기며 말장난을 하고 있다고 생각하지 않는다. 하지만 열한 살이면 충분히 말귀를 알아들을 만한 나이였다. 그리고 쌍둥이들은 우리가 말을 많이 하면 어떤 일이 벌어지는지 잘 알고 있었다.

이 오빠 저 오빠를 바라보는 소니아의 시선에 따라 입술이 가볍게 떨렸다. 치아 사이로 보이는 분홍색 혀가 파르르 떨렸고, 그녀의 마음을 그대로 드러내는 토실토실한 아랫입술이 물결치듯 떨렸다. 그때, 큰아들 스티븐이 집게손가락을 뻗어 소니아의 입술에 갖다 댔다. '쉿.'

나는 쌍둥이들이 궁금해하는 것에 대답해줄 수 있었다.

'교탁 앞에 서 있는 선생님들은 모두 남자 선생님이야. 일

방적인 주입식 수업이지. 선생님은 설명하고 학생들은 듣는
단다.'

총 열여섯 단어가 필요하다. 그러나 내게 남은 건 겨우 다
섯 단어뿐이다.

"소니아의 어휘는 어때?"

패트릭이 날 향해 턱을 만지작거리며 다시 물었다.

"늘고 있어?"

나는 어깨를 으쓱했다. 소니아처럼 여섯 살가량의 아이라
면 1만 개의 단어를 가지고 아직 작지만 유연한 뇌가 내리
는 명령대로 각 단어를 모아 질서 정연하게 정렬할 줄 알아
야 한다. 지금은 세 개의 단어를 하나로 줄이지 못하지만 결
국, 언젠가는 내 딸도 장을 보고 집안 살림을 돌보며 헌신적
이고 충실한 아내가 될 것이다. 우리에게는 딱 그만큼의 셈
법만 필요할 뿐이다. 글자도, 문학도 필요 없다. 목소리도 마
찬가지다.

"당신은 인지 언어학자잖아."

빈 접시를 모으던 패트릭이 스티븐에게도 접시를 치우라
고 재촉하며 내게 말했다.

"그랬었지."

"지금도 그렇지."

1년 동안 그렇게 연습했는데도, 결국 쓸데없는 말이 튀어
나왔다.

"아니, 지금은 아니라니까."

패트릭이 세 단어를 체크하는 나의 카운터를 지켜봤다. 내 맥박을 촘촘하게 억누르는 압박감이 불길한 북소리처럼 느껴졌다.

"그만 됐어, 진."

패트릭이 말했다. 아들들이 걱정스러운 눈빛을 주고받았다. 카운터가 세 자릿수를 넘으면 무슨 일이 일어나는지 잘 알고 있었기 때문이다. 1, 0, 0. 이제 월요일의 마지막 단어를 말할 때였다. 바로 내 딸에게. 내가 소니아에게 속삭이듯 '잘 자렴'이라는 말을 간신히 내뱉었을 때, 나를 바라보는 패트릭의 간절한 눈빛과 마주쳤다.

나는 소니아를 안고 침대로 갔다. 이제 소니아도 꽤 무거워졌다. 더는 가뿐하게 들 수 없을 만큼 많이 자랐다. 그래서 양팔로 번쩍 들어 올려야 했다.

소니아가 침대에 눕자마자 날 보며 미소를 지었다. 늘 그렇듯 잠자리 동화는 없다. 탐험하는 도라(Dora)도 없고, 곰돌이 푸(Pooh)와 피글렛(Piglet)도 없고, 맥그리거 씨의 상추밭에서 일어난 피터 래빗(Peter Rabbit)의 작은 소동에 대해서도 들려줄 수 없다. 소니아가 이런 삶을 정상이라고 여기며 자라는 게 두렵다.

나는 소니아가 잠들 수 있도록 앵무새와 염소 노래를 흥얼거리며 마음속으로 가사를 그려보았다. 평화로운 그림 같은 노래였다.

패트릭이 문밖에서 내 모습을 지켜봤다. 한때 넓고 튼튼했던 패트릭의 어깨가 뒤집어진 V자처럼 아래로 축 늘어져 있었고, 이마에도 같은 모양의 주름이 있었다. 패트릭의 모든 게 아래로 향하는 것 같았다.

2

침실로 온 나는 여느 밤처럼, 보이지 않는 단어들로 몸을 감싸듯 셰익스피어의 작품을 한 장씩 넘기는 상상을 했다. 마치 책을 읽듯 내 눈이 머릿속 페이지 위를 자유롭게 훑도록 내버려 두었다. 기분이 좋았다면 단테의 희곡을 이탈리아 원문 그대로 즐겼으리라. 단테의 언어는 수 세기 동안 거의 변하지 않았지만, 오늘 밤 나는 까마득히 잊힌 단어들을 연습하듯 힘겹게 떠올리고 있다. 만일 우리 정부가 벌이는 운동이 국제화된다면 이탈리아 여성들은 어떤 새로운 방식으로 감당해낼까.

아마도 그들은 더 많은 손짓으로 말을 할 것이다.

하지만 우리의 고통이 해외로 퍼질 가능성은 희박하다. 연방 정부가 텔레비전을 독점하기 전, 그러니까 단어 카운터가 우리 손목에 채워지기 전 나는 뉴스를 즐겨 봤다. 알자지라(Al Jazeera), BBC, 이탈리아의 3대 RAI 네트워크, 그리고 다른 몇몇 방송사들은 이따금 토론 프로그램을 방송했다. 아이들이 잠자리에 들고 나면 나와 패트릭, 큰아들 스티븐은 함께 토론 프로그램들을 시청했다.

"꼭 봐야 해요?"

스티븐이 못마땅한 듯 투덜거렸다. 늘 앉는 의자에 삐딱하게 앉은 스티븐은 한 손에 팝콘 그릇을, 다른 한 손에는 휴대전화를 들고 문자 메시지를 보내고 있었다.

나는 TV 볼륨을 높였다.

"아니, 안 봐도 돼. 그래도 우린 볼 수 있잖니."

이 말이 언제까지 진실일지 어느 누가 알았겠는가? 패트릭은 이미 유선방송을 볼 수 있는 특권이 얼마나 아슬아슬한지에 대해 이야기하고 있었다.

"누구나 이런 특권을 누리는 건 아니야, 스티븐."

내가 하고 싶은 말은 '*즐길 수 있을 때 즐겨*'였지만 말하지 않았다.

어차피 즐길 게 별로 없었다.

토론 프로그램은 모두 한통속이었다. 그들은 우리를 잇달아 비웃었다. 알자지라는 우리를 '신 극단주의자'라고 불렀다. 그 말의 참뜻을 알지 못했다면 나도 웃었을 것이다. 영국의 정치 전문가들은 마치 '*아, 그 멍청한 양키들, 대체 무슨 짓을 하는 걸까요?*'라고 말하는 듯 고개를 내저었다. 짙은 화장에 야한 옷을 입은 관능적인 여자들이 이탈리아 전문가들을 소개했다. 목청을 높인 이탈리아 전문가들이 손가락질하며 웃어댔다.

이탈리아인들도 우리를 조롱했다. 그들은 우리가 어차피 스카프를 두르고 볼품없는 긴 치마를 입게 될 거라면 느긋하게 즐겨야 한다고 말했다. 이탈리아 TV 채널 가운데 하나는 청교도처럼 옷을 입은 남성 두 명이 동성 성행위에 빠져 있는 볼썽사나운 풍자극을 방송했다. 이탈리아인들이 미국을 보는 시각이 정말 이 정도일까?

잘 모르겠다. 나는 소니아를 낳은 이후 이탈리아에 간 적이 없었고, 지금은 갈 수도 없다.

우리의 여권은 말보다 먼저 사라졌다.

분명히 말하자면 '몇몇' 여권만 파기되었다.

난 이 사실을 아주 평범한 일상 속에서 깨달았다. 12월에 스티븐과 쌍둥이의 여권이 만료되어 인터넷으로 여권 갱신 신청서 세 장을 다운받았다. 출생증명서와 예방접종 기록 책자 외에는 아무런 서류도 없었던 소니아는 다른 양식의 신청서가 필요했다.

아들들의 여권 갱신은 간단했다. 패트릭과 내 여권이 늘 그랬던 것처럼.

소니아의 여권을 만들기 위해 신규 신청서 링크를 클릭하자, 처음 보는 페이지로 연결되었다. 그리고 질문 하나가 있었다.

신청자의 성별은 남성입니까? 여성입니까?

나는 임시로 꾸민 서재의 카펫 위에서 블록 놀이를 하는 소니아를 힐끗 바라보며 여성이라는 항목에 표시했다.

"빨간색."

소니아가 화면을 바라보며 소리쳤다.

"맞아, 아가야."

내가 소니아에게 다가가 말했다.

"빨간색. 잘했어. 다른 말로는?"

"다홍색."

"정말 잘했어."

소니아는 쉼 없이 계속 말했다.

"진홍색! 선홍색!"

"알았어. 우리 딸. 계속해보자."

나는 소니아를 쓰다듬으며 카펫 위로 다른 블록을 던졌다.

"자, 이제 파란색으로 놀아볼까."

컴퓨터 앞으로 돌아온 나는 소니아가 처음 했던 말을 그제야 이해했다. 화면이 빨갛게 변해 있었다. 망할 피처럼 아주 새빨갛게.

아래 번호로 연락하십시오. 또는 applications.state.gov에서 메일을 보낼 수 있습니다. 감사합니다.

수십 번 전화해도 통화가 되지 않자 결국 나는 메일을 보냈고, 10여 일을 기다린 후에야 답장을 받았다. 그것을 답장이라고 부를 수 있다면 말이다.

열흘쯤 후 내 메일함에 '지역 여권 신청 센터로 방문하라'는 답장이 도착했다.

"뭘 도와드릴까요?"

내가 소니아의 출생증명서를 내밀자 센터 직원이 말했다.

"여권 신청서 작성을 하려고요."

나는 접수창구 구멍으로 서류를 밀어 넣었다. 열아홉 살 정도로 보이는 직원이 서류를 획 낚아채더니 잠시 기다리라고 말했다.

"참."

급히 창구 앞으로 되돌아온 직원이 말했다.

"부인 여권도 잠시 주세요. 복사해야 해요."

소니아의 여권이 발급되려면 몇 주 걸린다고 했다. 내 여권이 만료되었다는 건 알려주지 않았다. 나는 한참 후에야 그 사실을 알았다. 그래서 소니아의 여권도 발급받지 못했다.

처음에는 간신히 도망친 사람들이 몇몇 있었다. 일부는 국경을 넘어 캐나다로 갔고, 일부는 보트를 타고 쿠바나 멕시코, 아니면 낯선 섬으로 떠났다. 당국이 검문소를 설치하는 데 그리 오랜 시간이 걸리지 않았고, 남부 캘리포니아, 애리조나, 뉴멕시코, 텍사스를 멕시코에서 분리하는 장벽도 금세 세워졌다. 사람들의 이탈도 꽤 빨리 끝났다.

"미국 정부는 우리의 시민, 가족, 부모가 도망치는 걸 두고 볼 수 없습니다."

대통령이 집권 초기 연설에서 말했다.

아직도 나는 패트릭과 나, 둘뿐이었다면 달아날 수 있었을 거라고 생각한다. 하지만 우리에게는 네 명의 아이들이 있었고, 차 뒷좌석 카시트에 앉아 국경 경비대원에게 '캐나다!'라고 재잘거리면 안 된다는 것조차 모르는 해맑은 딸아이를 데리고는…… 방법이 없었다.

그래서 오늘 밤 기분이 별로 좋지 않았다. 정부가 우리를 얼마나 쉽게 이 나라에 주저앉혔는지 되새겨서도 아니고, 패트릭이 나를 품에 안고 옛날 일에 연연하지 말라고 말해서도 아니다.

옛날 일.

한때 우리는 밤늦게까지 이야기하곤 했다. 주말 아침이면 집안일을 미룬 채 침대에 누워 《선데이(Sunday)》 신문을 읽었다. 우리는 계절이 바뀔 때마다 칵테일 파티나 디너 파티, 여름 바비큐 파티를 즐기곤 했다. 게임도 했었다. 처음에는 카드놀이를 하다가 아들들이 5와 6을 구별할 수 있을 만큼 자랐을 때는 편을 갈라 시합을 하거나 낚시를 하러 갔었다.

몇몇 친구들과 함께 나 혼자만의 시간을 즐기기도 했다. 패트릭은 내가 친구들과 함께 외출하는 밤을 두고 '암탉 파티'라고 놀렸지만, 나쁜 의도로 한 말이 아니라는 걸 안다. 그저 남자들이 내뱉는 그렇고 그런 말 중 하나였다. 어쨌든 나도 그렇게 생각했으니까.

우리는 독서 모임을 하거나 커피를 마시며 수다를 떨었다. 처음에는 와인 바에서 정치 토론을 벌이다가 나중에는 지하실로 장소를 옮겼는데, 테헤란에서 『롤리타』를 읽는 이란 여성들처럼 금지된 소설을 읽으며 독서 토론을 즐기는 사람들 같았다. 패트릭은 내가 매주 일탈 행위를 벌이는 것에 불평하지 않았다. 물론 우리를 두고 농담거리가 남아나지 않을 정도로 농담을 하곤 했지만. 패트릭의 표현에 따르면, 우리는 쉬쉬하며 억누를 수 없는 목소리였다.

글쎄, 패트릭의 말은 한 번도 틀린 적이 없어 탈이다.

3

순수운동이 시작되었을 때, 미래가 어떻게 전개될지 아무도 모르는 와중에도 유독 목청을 높이는 여성이 있었다. 바로 재키 후아레즈였다.

나는 재키를 떠올리고 싶지 않았다. 하지만 일 년 반 전, 대통령 취임식이 얼마 지나지 않았을 무렵 느닷없이 내 눈앞에 나타났다. 나는 아이들과 거실 소파에 앉아 소니아가 깨지 않도록 웃음소리를 낮추라며 조용히 시키고 있었다.

그때 초콜릿 아이스크림 세 개를 가지고 소파로 돌아오던 스티븐이 텔레비전에 등장한 여자를 가리키며 '신경질적인 여자'라고 했다.

신경질적. 나는 그 단어가 싫었다.

"뭐라고?"

내가 말했다.

"여자들은 제정신이 아니에요."

스티븐이 말을 이었다.

"뻔히 아는 얘기잖아요. 엄마도 알다시피 여자들은 신경질적인데다 보통 엄마들도 툭하면 욱하니까요."

"뭐?"

내가 다시 말했다.

20

"대체 그런 얘기는 어디서 들었니?"

"오늘 학교에서 배웠어요. 쿡인지 뭔지 하는 놈이 그랬대요."

스티븐이 아이스크림을 내밀었다.

"아, 짜증 나. 아이스크림 하나는 양이 적어요. 엄마, 큰 거 드실래요? 작은 거 드실래요?"

"작은 거."

나는 소니아를 낳은 이후 체중을 줄이려고 분투 중이었다. 스티븐이 눈동자를 굴렸다.

"그래. 너도 40대가 되면 알게 될 거야. 그런데 언제부터 크룩(Crooke)을 읽기 시작했니? 《인체의 신비》가 고등학생의 필독서는 아닌 것 같은데."

나는 세 입 크기의 덩어리로 보이는 로키로드를 한 숟갈 퍼 올렸다.

"아무리 AP 문학 때문이라지만."

"AP 종교학일걸요. 엄마."

스티븐이 말했다.

"어쨌든. 쿡이든 크룩이든. 뭐가 달라요?"

"발음이 다르지. 아들."

나는 다시 격분한 여자가 등장하는 TV로 시선을 돌렸다.

재키는 전에도 이런 적이 있었다. 불공평한 임금과 뚫을 수 없는 유리 천장에 대해 큰 소리로 불평하며 최근 출간한 책을 홍보하는 데 항상 열을 올렸다. 신랄한 최후의 심판일 설교 같은 《그들이 우리의 입을 닫게 할 것이다》라는 제목이 달린 그 책에는 '가부장제와 당신의 목소리에 관해 반드시 알아야 할 것'이라는 부제가 달려 있었다. 책표지에는 큐피 (Kewpie)에서 바비(Barbie), 레거디 앤(Reggedy Ann) 등 총천연색의 인형들로 가득 차 있었고, 각 인형의 입에는 공 달린 재갈이 물려 있었다.

"소름 끼친다."

내가 패트릭에게 말했다.

"너무 지나친 것 같지 않아?"

패트릭은 녹고 있는 내 아이스크림을 몹시 갈망하는 눈빛으로 바라보며 말했다.

"그거 안 먹을 거예요?"

나는 TV에 시선을 고정한 채 아이스크림 통을 패트릭에게 건넸다.

책 표지의 뭔가가 나를 신경 쓰이게 했다. 붉은 공을 물고 묶여 있는 레거디 앤보다 더 신경 쓰이게 하는 것이었다. 아마도 끈 때문인 것 같다. 피로 물든 인형의 얼굴을 가로지르는 검은색 X. 그 검은색 X자가 얼기설기 엉킨 베일처럼, 눈만 빼고 모든 특징을 지워버렸다. 어쩌면 그게 요점일지 모른다.

재키는 이 책 외에도 여섯 권의 책을 더 출간했었다. 《입 다물고 앉아》, 《현모양처: 종교 우파가 당신에게 원하는 것》처럼 모든 제목이 손톱으로 칠판을 긁는 소리처럼 듣기 거북했다. 스티븐과 패트릭이 가장 좋아하는 《걸어 다니는 자궁》

이란 책도 있었는데, 그 책에 실린 삽화는 정말 끔찍했다.

지금도 재키는 진행자에게 날카롭게 쏘아붙이고 있었다. 진행자는 어쩌면 '페미나치'라는 말을 하지 말았어야 했다.

"페미나치에서 페미를 빼면 뭐가 남는지 아시나요?"

재키는 대답을 기다릴 필요도 없다는 듯 바로 말했다.

"나치. 당신이 얻을 건 그것뿐이에요. 그게 더 좋습니까?"

진행자는 당황하지 않았다. 재키는 진행자를 무시하며 마스카라를 덕지덕지 칠한, 분노에 사로잡힌 눈으로 카메라를 뚫어져라 응시했다. 마치 재키가 나를 정면에서 똑바로 바라보는 것 같았다.

"여러분은 아무것도 모르고 있어요. 젠장. 우리 여성들은 선사시대로 가는 미끄럼틀을 타고 있어요. 생각해보세요. 법원이 시간을 되돌릴 때 여러분이 어디에 있을지, 여러분의 딸들이 어디에 있을지 말이에요. '배우자 허락'이나 '아버지 동의'라는 단어를 생각해봐요. 어느 날 아침에 일어나 당신의 목소리를 어디에서도 찾을 수 없다고 상상해보세요."

재키는 마지막 몇 마디 후 이를 악물며 잠시 멈칫했다.

패트릭이 내게 잘 자라고 키스했다.

"자기야, 당신 꼭두새벽에 일어나야 해. 그 덩치 큰 남자와의 조찬 모임 장소는 어딘지 알지? 잘 자."

내가 말했다.

"잘 자, 여보."

"저 여자 신경 안정제 좀 먹어야겠어요."

스티븐은 여전히 TV를 응시하며 말했다. 무릎 위에 도리토스 봉지를 올려놓은 스티븐은 한 번에 다섯 개씩 와그작와그작 씹고 있었다. 사춘기가 모두 나쁜 것만은 아니라는 듯이.

"아들, 초콜릿 아이스크림에 과자까지 먹는 거야?"

스티븐에게 말했다.

"잘생긴 얼굴 망가지면 어떡하려고."

"디저트로 입가심해야죠. 엄마. 그런데 다른 채널 보면 안 돼요? 저 여자 정말 우울해요."

"물론이지."

나는 아들에게 리모컨을 건넸다. 재키 후아레즈는 잠잠해졌다. 다만 〈덕 다이너스티(Duck Dynasty)〉* 재방송으로 바뀌었을 뿐이다.

"진짜 저 프로 보려고, 스티븐?"

나는 턱수염을 덥수룩하게 기른 남자가 현 정치 상황에 관해 꽤 철학적 논평이라도 하는 듯 주절거리는 모습을 보며 말했다.

"네, 쟤들 진짜 존나 웃겨요."

"웃긴 게 아니라 미친 것 같은데. 그리고 말버릇 고쳐."

"에이, 농담이에요, 엄마. 근데 저런 사람들은 진짜 난생처음 본다니까요."

"루이지애나에 가본 적은 있니?"

* 루이지애나 농촌에서 오리 사냥용 피리를 제작, 판매하는 기독교 가정의 실제 일상을 그린 리얼리티 프로그램이다.

나는 스티븐이 들고 있는 도리토스 봉지를 건네받았다.

"네 아빠가 내 아이스크림을 다 먹어버렸어."

"2년 전에 마르디 그라(Mardi Gras) 축제 갔었잖아요. 엄마, 이제 슬슬 엄마 기억력이 걱정되는데요."

"뉴올리언스가 루이지애나 전체는 아니지."

아니, 어쩌면 맞는 것 같기도 하다. 따지고 보면, 어떤 역겨운 놈이 남자들에게 10대 소녀와 결혼하라고 충고하는 것과 술주정뱅이 몇 놈이 세인트 찰스 애비뉴에서 가슴을 보여주는 여자에게 구슬 목걸이를 던져주는 것에 무슨 차이가 있을까?

아마 별로 없을 것이다.

게다가 여기 인상적인 5분 어록을 남기는 나라가 있다. 정장을 입고 바비 브라운 메이크업을 하고 공포에 대해 설교하는 재키 후아레즈와 증오를 설교하는 〈덕 다이너스티〉 출연진. 아니 어쩌면 그 반대일 수도 있다. 하지만 적어도 덕 사람들은 TV 화면 속에서 나를 노려보며 비난하지는 않는다.

스티븐은 마지막 아이스크림 한 숟갈을 입으로 가져가며 자러 간다고 말했다. 벌써 콜라 두 캔과 아이스크림을 두 덩어리 넘게 해치운 것 같지만, 먹던 그릇을 설거지통에 넣어버려서 확실하지는 않았다.

"내일 AP 종교학 시험이 있어서 이만 잘게요."

고등학교 2학년들이 언제부터 AP 종교학 수업을 들었을까? 어째서 생물학이나 역사 같은 쓸모 있는 수업은 듣지 않는 걸까?

나는 스티븐에게 그 두 가지 의문에 관해 물었다.

"종교학 수업이 새로 생겼어요. 학교에서 모든 학생에게 들으라고 했고요. 심지어 신입생들도요. 내년에는 정규수업에 포함될 것 같아요. 어쨌든 올해는 역사나 생물학 수업이 없을 거예요."

스티븐이 주방에서 대답했다.

"그럼 대체 뭘 배우는 수업이야? 비교신학? 그거라면 아무리 공립학교라도 이해할 만한데."

스티븐이 브라우니를 들고 거실로 돌아왔다. 스티븐이 늘 자기 전에 먹는 취침용 간식이었다.

"글쎄요. 잘은 모르겠지만 기독교 철학에 더 가까울 수도 있고요. 어쨌든 안녕히 주무세요, 엄마."

스티븐이 내 뺨에 키스한 후 복도로 사라졌다. 나는 다시 재키 후아레즈가 나오는 프로그램으로 채널을 돌렸다.

사실 재키는 실물이 훨씬 예뻤다. 대학원 시절보다 살이 쪘을 수도 있고, 카메라 때문에 실제보다 좀 더 통통하게 보이는지도 모르겠다. 게다가 방송용 화장과 머리 모양 때문인지 훨씬 피곤해 보였다. 마치 20년 동안 분노가 쌓일 때마다 얼굴에 한 줄씩 주름이 생긴 것처럼.

과자 조각을 하나 더 꺼내 먹은 나는 손가락에 묻은 짭짤한 가루를 핥은 다음 봉지 입구를 말아 안 보이는 곳에 갖다 놓았다.

재키는 여전히 차가운 눈빛으로 나를 노려봤다.

나는 재키의 비난이 필요 없다. 20년 전에도 필요 없었고, 지금도 마찬가지다. 하지만 그날은 아직도 기억난다. 재키와의 우정이 틀어지기 시작한 바로 그날.

"시위에 올 거지? 진?"

재키는 화장도 하지 않은 얼굴로 무뚝뚝하게 내 방문 앞에 서 있었다. 당시 나는 도서관에서 빌린 각종 신경언어학 책들에 파묻혀 널브러져 있었다.

"아니. 나 너무 바빠."

"젠장, 이건 멍청한 실어증 연구보다 더 중요한 일이야. 웬만하면 주변 사람들이 하는 일에 관심 좀 두는 게 어때?"

나는 뭔가 묻는 듯한 표정으로 재키를 가만히 바라보다 고개를 오른쪽을 떨구었다.

"좋아, 알았어."

재키가 두 손을 들어 올렸다.

"미안, 시위대가 아직 근처에 있어서. 대법원이 하는 짓거리에 대해 말하고 싶었을 뿐이야. 지금 벌어지는 일이니까."

재키는 정치적 상황에 대해 말할 때 늘 '짓거리'를 붙였다. 법원짓거리, 연설짓거리, 선거짓거리, 그놈의 '짓거리' 때문에 나는 미칠 것만 같았다. 언어사회학자 누군가가 가끔 시간을 할애해 재키의 어휘를 연구해야 하는 게 아닐까 싶을 정도였다.

"뭐, 어쨌든. 난 시위하러 갈 거야. 나중에 그레이스 머레이가 상원 의원이 되면 나한테 감사해야 할걸. 네가 관심 있을지 모르겠지만, 유일한 여성 후보거든."

재키는 '2년 전 청문회에서 여성 혐오적인 발언을 했던 미친놈들'에 관해 다시 떠들기 시작했다.

"고마워, 재키."

나는 웃음을 겨우 참으며 대답했다. 재키는 웃지 않았다.

"그래, 무슨 말인지 알겠어."

나는 공책을 옆으로 밀친 뒤 연필을 내 묶음 머리에 꽂았다.

"똥 씹은 얼굴 그만 좀 할래? 안 그래도 신경과학 수업 때문에 죽겠으니까. 이번 학기에는 우 교수님이 절대 봐주지 않겠대. 조도 낙제했지, 마크도 낙제했지, 한나도 마찬가지야. 뉴델리에서 온 머저리 두 명, 항상 팔짱을 끼고 다니면서 옆 도서관 열람실에 온종일 궁둥이를 붙이고 있는 개들도 낙제했어. 매주 화요일마다 마주 앉아서 분노한 남편과 속상한 아내에 관한 시시콜콜한 일화를 주고받거나, 10대들이 주고받는 문자 메시지가 우리 미래에 어떤 영향을 미칠지에 대해 의견을 나누는 게 아니라고."

재키는 침대로 다가와 내가 도서관에서 빌려 온 책 한 권을 집어 들어 펼치더니 페이지 맨 위에 적힌 제목을 힐끗 보며 말했다.

"'베르니케 실어증 환자의 뇌졸중 병인'이라. 굉장히 흥미롭겠네. 진."

재키는 이불 위로 책을 휙 던졌고, 쿵 하는 소리와 함께 책이 떨어졌다.

"그래."

"좋아, 우리가 시위하러 가는 동안 넌 여기 실험실 거품 속에 파묻혀 있어."

재키가 떨어진 책을 집어 들고는 뒤표지 안쪽에 두 줄로 휘갈기며 말했다.

"만약을 위해 의원님께 연락할 시간은 남겨두길. 거품녀에게."

"난 내 거품이 좋아. 그리고 그 책 대출한 거야."

내가 말했다. 재키는 자기가 방금 래커 페인트로 로제타석 (Rosetta Stone)*에 낙서를 갈겼다고 해도 전혀 개의치 않는 듯했다.

"그래, 그렇겠지. 너와 나머지 백인 페미니스트들도. 부디 아무도 그 거품을 터뜨리지 않길 바랄게."

재키는 그렇게 말하며 문밖으로 나갔다. 품 안에 형형색색의 피켓을 한 아름 안고서.

우리가 함께 살던 집의 계약이 만료되자, 재키는 재계약하고 싶지 않다고 했다. 그리고 몇몇 동성 친구들과 함께 애덤스 모건에 있는 집을 계약했다.

"나는 거기 분위기가 더 좋아."

재키가 말했다.

"어쨌든 생일 축하해. 내년이면 4분의 1세기를 산 셈이네.

---

* 1799년 나폴레옹의 이집트 원정군이 나일강 하구 로제타 마을에서 발견한 고대 비석으로, 이집트 상형 문자 해독의 실마리가 되었다. 현재 대영 박물관에 소장되어 있다.

메릴린 먼로(Marilyn Monroe)가 말했듯이 나이는 여자를 철들게 하지. 이제 너도 좀 냉정해져봐. 자유로워지려면 뭘 해야 할지 생각해보라고."

재키가 내게 주고 간 선물은 여러 가지 잡다한 것들, 굳이 이름 붙이자면 '거품녀를 위한 아이템' 꾸러미였다. 뽁뽁이로 감싼 풍선껌 한 통, 한 권씩 박스 포장된 유치한 만화책, 뚜껑에 플라스틱 요술봉이 달린 분홍색 물비누 한 병, 흔해빠진 욕실 세제, 작은 캘리포니아 스파클링 와인 한 병, 그리고 25개들이 풍선 한 팩도 있었다.

그날 밤, 나는 스파클링 와인을 병째 마신 다음, 뽁뽁이 포장지를 모조리 터뜨렸다. 나머지는 모두 쓰레기통으로 던져버렸다.

그 이후로 더는 재키에게 말을 걸지 않았다.

오늘 같은 밤마다 재키와 얘기를 나눴다면 좋았을 텐데. 어쩌면 선거, 공천, 비준, 행정 등 각종 '짓거리'가 그들 뜻대로 되지 않았을지도 모른다.

4

가끔 나는 보이지 않는 글자들을 찾듯 손바닥을 들여다봤다. 패트릭이 아들들과 열심히 지껄이며 '옛날 일'에 대해 말하기라도 하면 나는 악을 쓰고 울고불고하며 욕을 퍼붓고 싶은 마음을 손가락으로 표현했다.

지금 상황은 이렇다. 우리는 하루에 100단어만 말할 수 있다. 책도 모두 빼앗겼다. 그들은 글자가 있는 모든 것을 책으로 간주했다. 심지어 줄리아 차일드(Julia Child)의 책을 복사한 오래된 원고부터 친구가 장난삼아 결혼 선물로 준 빨간 체크무늬 표지의 낡은 요리책까지, 소니아가 손댈 수 없는 수납장에 갇혀 있었다. 분명 내 책들이지만, 나 역시 그 책에 손댈 수 없었다. 패트릭은 마치 운동 기구처럼 수납장 열쇠 외에도 각종 열쇠를 한 덩어리로 묶어 들고 다녔다. 가끔 그 열쇠 꾸러미가 주는 부담감 때문에 패트릭이 더 늙어 보이는 것 같았다.

내가 가장 그리워하는 건 사소한 것들이다. 모든 방마다 꽂혀 있던 펜과 연필, 요리책 사이에 끼워놓은 메모지, 싱크대 옆 벽에 쇼핑 목록을 적는 용도로 붙여두었던 메모 보드. 심지어 스티븐이 깔깔거리며 냉장고에 붙여놓았던, 우스꽝스러운 이탈리아식 영어 문장의 자석들까지. 하지만 지금은 모두 사라졌다. 흔적도 없이. 마치 내 이메일 계정처럼.

다른 모든 것들과 함께.

하지만 자질구레한 삶의 일부는 고스란히 남아 있다. 나는 여전히 화요일, 목요일마다 차를 몰고 식료품점에 가고, 가방과 새 드레스를 사러 백화점에 가고, 한 달에 한 번 이아누찌 미용실에서 머리를 손질한다. 머리 모양은 바꾸지 않았다. 다른 스타일을 시도하려면 미용사인 스테파노에게 어디를 얼마나 더 잘라야 하는지, 어느 부분을 남겨야 하는지 말해야 했다. 그런 일에 내 소중한 단어를 낭비할 수 없었다. 한가한 시간에 내가 할 수 있는 독서란 최신 에너지 음료를 홍보하는 광고판, 케첩 병에 적혀 있는 첨가물 목록, 옷마다 붙어 있는 '표백 불가' 따위의 세탁 지침을 읽는 것뿐이었다.

그 외에도 글자가 적혀 있는 모든 것을 읽어댔다.

일요일에는 아이들을 영화관에 데려가 팝콘과 소다를 사주었다. 덮개 위에 하얀 장식이 달린 직사각형 모양의 초콜릿 상자, 오로지 영화관에서만 파는 종류라 일반 상점에서는 살 수 없었다. 소니아는 관객들이 줄지어 들어오는 동안 상영되는 만화를 보며 깔깔거리며 웃었다. 영화는 머리를 식히는 기분전환용이었다. 여성의 목소리를 아무런 구애도 받지 않고 마음껏 즐길 수 있는 유일한 시간이었으니까. 여배우들은 영화를 찍는 동안만큼은 특별 허가를 받는다. 물론 영화의 대사들은 모두 남자가 쓴다.

처음 몇 달 동안은 가끔 책을 훔쳐보기도 했다. 시리얼 상자나 달걀 포장지 뒷면에 짧은 메모를 쓰거나, 부부 욕실 거울에 패트릭을 향한 사랑의 표현을 립스틱으로 적어두기도 했다. 나에게는 그럴 만한 아주 좋은 핑계가 있었다. 집 안에서의 대화라는 허울 좋은 핑계.

'진, 그 사람들 생각은 하지 마. 식료품점에서 본 그 여자들 말이야. 떠올리지 마.'

그러던 어느 날 아침, 소니아가 부부 욕실에 들어와 립스틱으로 적힌 글자를 보았다. 읽을 수는 없지만 그게 무엇인지는 안다는 듯, 꺄악 소리를 지르며 말했다.

"글자! 나빠!"

나는 그 이후로 할 말이 있어도 속으로 삼켰다. 정말 해야 할 말이 있다면, 늦은 밤 아이들이 잠자리에 든 뒤 몇 마디를 메모지에 적은 뒤 패트릭에게 보여주고 바로 양철통에 넣어 태웠다. 최근 스티븐의 상태를 보아하니, 그 애 앞에서 그런 위험한 짓을 하면 안 될 것 같다.

패트릭과 아들들이 창문 가까운 곳에서 학교, 정치, 뉴스에 관한 이야기를 주고받는 동안 어둠에 둘러싸인 뒷문 주변에서는 귀뚜라미들이 울어댔다. 그 모든 게 너무 시끄러웠다. 우리 집 남자들의 대화와 귀뚜라미 소리 모두. 너무 시끄러워 고막이 터질 것만 같았다.

내가 하고 싶은 말들이 머릿속에서 소용돌이쳤지만, 정작 목구멍에서는 깊고 무의미한 한숨만 터져 나왔다.

그리고 재키가 마지막으로 한 말이 머리에 남았다.

자유로워지려면 뭘 해야 할지 생각해봐.

어쩌면 이 지경이 된 지금, 무언가 시작하기 좋을 수도 있겠다.

5

그 어느 것도 패트릭의 잘못은 아니다. 오늘 밤에도 나 자신에게 그렇게 되뇌었다. 순수운동에 관한 발상이 펜실베이니아 애비뉴에 있는 흰색 건물 둥근 벽에서 뜬금없이 튀어나왔을 때, 패트릭은 소신 있게 자기 생각을 말하고 싶어 했다. 나도 안다. 하지만 그는 결코 나서서 목소리를 내지 않았다. 그저 외면하기 힘들 만큼 절절한 사과의 눈빛으로 나를 바라볼 뿐이었다.

게다가 패트릭은 샘 마이어스가 다음번 선거에 연속 출마한다면 훨씬 많은 표를 받을 거라 장담했으면서, 정작 지난 대통령 선거 때는 샘 마이어스에게 표를 던지지 않았다. 그는 재키에게 머저리라고 불리곤 했다.

모든 대통령은 8년 동안 세계에서 가장 영향력 있는 사람으로 떵떵거리며 사는 것에 대한 아주 작은 대가로, 듣고 지시하고 빌어먹을 서명을 해야 한다. 하지만 샘 마이어스가 대통령이 되었을 때는, 서명할 일이 그리 많이 남아 있지 않았다. 사악한 세부 내용들은 이미 준비되어 있었으니까.

순수운동은 흔히 바이블 벨트라고 알려진, 종교의 지배를 받던 남부 지역 어딘가에서 퍼지기 시작했다. 얼마 지나지 않아 벨트는 코르셋으로 변형되어, 나라의 '팔다리' 지역을 제외한 모든 곳을 뒤덮었다.

민주주의의 유토피아였던 캘리포니아, 뉴잉글랜드, 태평양 북서부, 워싱턴 DC, 텍사스의 남부 관할 구역과 플로리다까지, 바다와 가까운 지역까지는 순수운동의 스펙트럼이 미치지 못하는 듯했다. 하지만 코르셋은 곧 전신 수영복으로 변했고, 결국 하와이까지 닿았다.

우리는 그것이 점점 다가오는 것을 알아차리지 못했다.

재키 같은 여자들은 알았다. 심지어 재키는 대학가의 무정부주의자 열 명과 함께 행진하며 '자, 이번에는 앨라배마, 다음 차례는 버몬트입니다! 곧 당신의 몸은 당신 것이 아니라 '순수운동'의 몸이 될 겁니다!' 따위의 터무니없는 예언을 외쳤다.

물론 재키는 사람들의 비웃음에 콧방귀도 뀌지 않았다.

재키가 내게 말했다.

"잘 들어봐, 진. 작년에는 여성 상원 의원이 스물한 명이었어. 이제는 그 빌어먹을 거룩한 성역에 여자는 열다섯 명만 남았어."

재키는 손가락을 들고 하나씩 세기 시작했다.

"웨스트버지니아, 재선 실패. 땡. 아이오와, 실패. 땡. 노스다코타, 실패. 땡. 미주리, 미네소타, 아칸소는 '알 수 없는 이유'로 물러났어. 땡, 땡, 땡. 순식간에 여성 의원의 비율이 21퍼센트에서 15퍼센트로 줄었다고. 그리고 네브래스카와 위스콘신은 내가 말했던 대로 '국가에 가장 큰 이익이 될' 후보에게 쏠리고 있지."

내가 말리기 전까지 재키는 하원 의원의 수도 셌다.

"19퍼센트에서 10퍼센트로 떨어졌는데, 그나마 남은 건 캘리포니아, 뉴욕, 플로리다뿐이야."

그러고는 잠시 숨을 고르며 내가 듣고 있는지 확인했다.

"텍사스? 사라졌어. 오하이오? 물론 사라졌지. 남부의 모든 주에서도 여성 의원들은 빌어먹을 바람과 함께 사라졌어. 그게 핵심이야. 그런데 넌 아직도 그게 일시적인 현상이라고 생각해? 아마 다음 중간고사가 끝나면 우리는 90년대 초반으로 돌아가 있을 거야. 그러다 의원 수가 절반으로 줄면, 1970년대의 암흑시대를 살게 되는 거지."

"솔직히 말하면, 재코. 넌 그 문제에 대해 필요 이상으로 스트레스를 받고 있는 것 같아."

내가 시원찮게 반응하자, 그녀의 화살이 나를 향했다.

"글쎄, 이쪽에서 누구 한 명이 제대로 히스테리를 부려줘야겠는데."

이 대화 중 최악은, 재키 말이 틀렸다는 것이었다. 여성 의원의 수는 20퍼센트에서 5퍼센트로 줄지 않았다. 그냥 사라졌다. 15년에 걸쳐 우리 여성들은 아무것도 아니게 된 것이다.

지난 선거에서 우리는 생각지도 못한 목표에 도달했고, *90년대 초반으로 돌아갈 것이라*는 재키의 예측은 확실해 보였다. 굳이 1980년대 초반이라고 지적하는 사람이 없다면 말이다. 의회는 지루하기 짝이 없는 전형적인 남자들로 채워지기 시작했고 그나마 내각에 자리를 차지하고 있던 여성 두 명도 재키의 표현에 의하면 '국가에 가장 큰 이익이 될' 남성 의원으로 빠르게 대체되었다.

바이블 벨트는 점점 확대되더니 아이언 메이든*으로 자라나 있었다.

정작 필요한 건 철로 된 주먹과 휘두를 수 있는 팔이었다. 재키는 다시 신들린 예지자가 된 것 같았다.

"잠깐만, 진."

우리가 아파트 창문을 열고 싸구려 담배를 피우고 있을 때 재키가 말했다. 그녀는 다섯 줄로 정렬하고 착착 발걸음을 맞추며 행진하는 학부생들을 가리켰다.

"저 ROTC 애들 좀 봐."

"그래."

내가 창문 밖으로 연기를 내뿜으며 대답했다. 집주인 아주머니가 들이닥칠 경우를 대비해 탈취제를 준비한 채였다.

"그래서 뭐?"

"저 중에 15퍼센트는 침례교 쪽이야. 20퍼센트는 로마계 가톨릭 신자. 그 외 5분의 1은 초종파적 기독교인이라고 해. 무슨 뜻인진 몰라도."

재키는 담배 연기로 둥근 고리를 만들더니 그것들이 창문 밖으로 춤을 추며 날아가는 모습을 바라봤다.

---

* 사람 몸에 딱 맞는 크기로 제작된 관 내부에 철침이 가득 박혀 있는 중세 유럽의 고문 기구이다.

"그리고? 나머지는? 절반은 사이비처럼 춤추고 있네."

재키가 웃었다.

"머리가 어떻게 된 거 아니야, 진? 나 아직 LDS나 감리교, 루터교, 타이오가강 기독교 집회에 관해서는 한마디도 안 했어."

"타이오가…… 뭐? 그건 몇 명이나 있는데?"

"한 명. 아마 공군에 있을 거야."

이제는 내가 웃을 차례였다. 난 담배 연기에 숨이 막힐 것 같아 꽁초를 뭉갠 다음 탈취제를 뿌렸다.

"그리 큰 문제는 아니네."

"그래, 그 남자는 별거 아니야. 하지만 다른 남자들이 또 있지. 종교적으로 엄격한 조직 말이야."

재키는 학부생들을 더 잘 보려고 창밖으로 몸을 내밀었다.

"그래서 대부분 남자잖아. 자기들이 믿는 신과 조국을 끔찍이 사랑하는 보수적인 남자들."

재키는 한숨을 내쉬었다.

"여자들을 별로 안 좋아하는."

"말도 안 돼."

나는 나머지 한쪽 폐를 더 태우려는 듯 새 담배를 피우기 시작한 재키를 모른 체하며 말했다.

"남자는 여자를 싫어하지 않아."

"순진한 친구, 좀 더 넓게 봐. 입대율이 가장 높은 주가 어딜까? 힌트, 빌어먹을 뉴잉글랜드는 아니야. 거긴 착한 할배

들만 있으니까.”

“그래서?”

나는 내가 재키의 신경을 건드렸다는 걸 알았다. 하지만
그녀가 대체 무슨 말을 하려는 건지 알 수 없었다.

“그래서 그들은 보수적이라는 거야. 대부분 백인이고, 대
부분 꼰대지.”

재키는 반쯤 태운 담배를 비벼 끈 다음 비닐봉지로 쌌다.
그러고는 팔짱을 끼며 나를 똑바로 바라보았다.

“지금 제일 열 받은 게 누구인 것 같아? 이 나라에서.”

“아프리카계 미국인?”

나는 어깨를 으쓱하며 대답했다. 재키는 입으로 윙윙 소리
를 냈다. 마치 답은 틀렸지만, 아차상이라도 주겠다는 뜻으
로 들려주는 효과음처럼.

“다시 맞춰봐.”

“게이?”

“아니, 이 멍청아. 바로 정통 백인 남자들이야. 아주 머리
끝까지 화가 나 있지. 자기들이 무기력한 기분이 들거든.”

“그렇긴 하네, 재키.”

“그렇다니까.”

재키가 보라색 매니큐어를 바른 손가락을 내게 뻗었다.

“한번 기다려봐. 우리가 변화를 위해 뭔가 하지 않는다면
몇 년 안에 세상은 달라질 거야. 바이블 벨트는 더욱 넓어지
고, 엿 같은 의원들도 늘어나고, 권력에 굶주린 젊은 남자들,

정치적으로 미묘한 문제를 처리하느라 지칠 대로 지친 남자들이 많아질 거라고."

그때 재키가 웃음을 터뜨렸다. 온몸을 흔들며 사악한 소리로 낄낄거렸다.

"그런데 그 사람들이 모두 남자라고 생각하진 마. 베키 호메키족도 그들 편일걸."

"누구?"

재키는 내 땀과 머리카락으로 너저분한 침대와 어제부터 싱크대에 쌓여 있는 설거짓거리, 그리고 자신의 옷차림을 보며 고개를 끄덕였다. 내가 최근 본 옷차림 중에 가장 흥미로운 패션 창조물이었다. 페이즐리 레깅스, 한때 베이지색이었으나 지금은 여러 가지 다른 옷의 색을 띠고 있는 오버사이즈의 스웨터, 그리고 앞이 뾰족한 보라색 부츠.

"전업주부들. 단정한 치마에 고루한 스웨터, 그에 걸맞은 구두를 신고 배우자를 만나려는 여자애들. 그 여자들이 우리 같은 애를 좋아할 것 같아? 잘 생각해봐."

"에이. 그건 심했다, 재키."

"어디 한번 두고 봐, 진."

그래서 나는 두고 봤다. 모든 게 재키의 말대로 되어갔다. 점점 나빠졌다. 사방에서 적들이 소리도 없이 스멀스멀 우리를 향해 다가왔다. 우리는 제대로 대열을 소집할 기회조차 없었다.

재키에게서 배운 것이 하나 있다. 다가오는 걸 못 봤다면

항의도 못한다는 것.

1년 전부터는 색다른 것들을 배웠다. 펜 없이 하원 의원에게 편지를 쓰거나 우표 없이 편지를 보내는 게 얼마나 어려운지 알게 되었다. 혹은 문구점 주인이 '죄송합니다. 부인에게는 펜을 팔 수 없어요'라는 말을 하거나, Y염색체가 없는 사람이 우표를 달라고 하면 우체국 직원이 고개를 젓는 게 얼마나 쉬운 일인지도 배웠다. 내 휴대전화 번호가 얼마나 빨리 해지될 수 있는지, 젊은 사병들이 CCTV를 얼마나 잘 설치하는지도 알았다.

그리고 일단 계획이 세워지면 모든 일이 하룻밤 사이에 일어날 수 있다는 것도.

6

오늘 밤 내 기분은 별로지만 패트릭은 활기차 보였다. 그게 아니라면, 차에 기름을 넣거나 아이들의 치과 진료비로 쓸 월급을 벌기 위한 새로운 주가 시작되기 전 월요병 극복 방법을 찾고 있는지도 모른다. 아무리 고위직 공무원이라 해도 인력 부족은 어쩔 수 없는 것 같다. 내가 더 이상 일하지 않기 때문이라는 건 아니다.

현관 불이 꺼지자 아이들은 모두 침대로 뛰어들었고, 패트릭도 침대 속으로 파고들었다.

"사랑해, 자기."

패트릭이 말했다. 잠들 준비가 되지 않았다는 듯 패트릭의 손이 내 몸을 천천히 더듬었다. 아직 잘 시간은 아니지. 참 오랜만에 느끼는 그의 손길이었다. 몇 달은 된 듯하다. 아니, 어쩌면 더 되었을지도 모른다.

우리는 곧 본론으로 들어갔다.

나는 패트릭과 사랑을 나누는 동안 말을 거의 하지 않는다. 말을 한다는 것 자체가 왠지 세련되지 못하고 자연스러운 흐름을 방해하는 것 같았다. 우리는 기본에 충실한 잠자리를 가졌다. 그래서 포르노에나 나올 법한 *좀 더 세게. 그래 거기야. 더 깊숙이. 오, 자기야. 너무 좋아* 따위의 우스꽝스러운 주문은 없었다. 포르노 속 남자들은 부엌에서 여자에게 걸떡거리며 야한 농담을 하곤 했지만, 실제로 침실에서는 그렇게 하지 않는다. 더욱이 패트릭과는 그럴 수 없다.

그래도 우리 사이에는 사랑을 나누기 전과 후에 오가는 말들이 있다. 물론 사랑을 나누는 동안에도. *사랑해.* 그리고 이중모음과 전이음, 단 하나의 V 난류에서 흐르는 액체 소리, 상황에 따라 부드럽게 울리는 수많은 자음, 속삭이듯 부르는 서로의 이름, *패트릭. 진.* 이렇게 여섯 개의 단어가 있다.

오늘 밤, 아이들은 각자의 침대에 있고, 나는 패트릭을 품에 안고 있다. 그의 고른 숨소리가 내 귓가에 그대로 와 닿았고, 나는 화장대 거울에 반사되는 달빛에 눈을 감고 원하는 것을 생각했다. 패트릭이 나의 침묵을 공유한다면 더 행복할까? 그 편이 더 나았을까? 아니면 이 방과 내면의 공허함을 메우기 위해서라도 패트릭의 말이 필요할까?

패트릭이 멈췄다.

"왜 그래, 여보?"

그는 걱정스럽게 물었지만, 다시는 듣고 싶지 않은 말투였다. 마치 다른 사람의 목소리인 것처럼 낯설고, 동정하는 듯한 목소리다.

나는 양손으로 패트릭의 얼굴을 감싸고 잡아당겼다. 우리의 입술이 맞물렸다. 키스를 하며 나는 그에게 말했다. 걱정하지 말라고, 모든 일이 잘 풀릴 거라고. 물론 거짓말이었지만, 이 순간 꼭 필요한 말이었다. 그래야 패트릭이 더 이상 말하지 않을 테니.

오늘 밤만큼은 빈틈없는 침묵과 공허로 가득하길.

나는 지금 동시에 두 곳에 있다. 하나는 패트릭의 밑, 내 살갗을 지그시 누르는 그의 몸 아래에서 온전히 그의 무게를 느끼며 분리된 동시에 한 몸처럼 붙어 있다.

내 또 다른 자아는 지미 리드(Jimmy Reed)의 그랜드 내셔널 뒷좌석에서 무도회 드레스 단추를 만지작거리고 있다. 지미가 내 몸을 더듬는 동안, 나는 야한 미소를 짓고 헐떡이며 그의 몸을 탐닉한다. 그러고는 글리 클럽에서 노래를 부르며 스타 선수 하나 없는 우리 축구팀을 응원하고, 대학 졸업식에서 졸업생 대표 연설을 한다. 패트릭이 *한 번만 더 자기야*라고 속삭이며 나를 밀고 들어오면 연인의 정수리 앞에서 외설적으로 소리친다. 나는 이제 두 달 전에 빌린 오두막에 있다. 다시 한번 간절히 보고 싶은 남자, 여전히 부드러운 손길로 내 살을 어루만지는 듯한 그 남자의 몸 밑에 누워 있다.

로렌조. 나는 머릿속에서 속삭였다. 하지만 마음이 더 아프기 전에 그 달콤한 세 글자를 걷어찼다.

내 자아는 점점 더 분리되었다.

이럴 때면 나는 다른 여자들을 떠올린다. 예를 들면 클라우디아 박사. 한번은 박사의 진료실에서 산부인과 의사가 우리보다 더 섹스를 즐기는지, 아니면 그 행위에 대한 전문 지식 때문에 더 혼란스러운지 물었다. 그들은 남자 아래 누워서도 '아, 이제 내 질이 팽창하며 길어지는군. 이제 내 클리토리스가 후드로 움츠러드네. 내 질벽의 3분의 1(오직 3분의 1만)이 0.8초마다 수축하고 있어'라는 생각을 할까?

클라우디아 박사는 매우 능숙한 동작으로 단번에 질확대경을 빼내며 말했다.

"사실 처음 의대에 입학했을 때부터 바로 그랬어요. 어쩔 수 없었죠. 상대방이 같은 의대생이었으니 망정이지, 그렇지 않았다면 이불 속에서 신경질적으로 웃고 있는 나를 버려둔 채 지퍼를 올리고 가버렸을 거예요."

박사는 내 무릎을 두드리며 한쪽 발을 뺐고, 다른 한쪽 발을 핑크빛 솜털로 덮인 등자에서 떼어냈다.

"지금은 그냥 즐길 뿐이에요. 다른 사람들처럼."

내가 클라우디아 박사와 박사의 반짝이는 질확대경을 생각하는 동안 절정에 오른 패트릭이 내 귀와 목에 키스하며 쓰러졌다.

나는 다른 여자들은 어떤지 궁금했다. 그 여자들은 어떻게 대처할까? 여전히 즐길 거리를 찾고 있을까? 아직도 남편을 한결같이 사랑할까?

남편이 아주 조금은 싫어졌을까?

7

처음 소니아의 비명 소리를 들었을 때, 나는 꿈인 줄 알았다. 패트릭은 내 옆에서 코를 골고 있었다. 늘 깊은 잠을 자는 편이지만, 지난 한 달 동안 녹초가 되도록 일해서인지 계속 코를 골았다.

내 동정심은 이미 바닥났다. 남성들은 노동인구의 절반이 사라지며 생긴 불가피한 잡일을 처리하느라 매일 열두 시간씩 일에 파묻혀 산다. 터무니없이 많은 서류와 잡다한 행정 업무에 몰두하다가 터덜터덜 집으로 돌아오면 죽은 사람처럼 잠만 잔다. 날이 밝으면 다시 모든 것을 반복한다. 그들은 대체 무엇을 기대한 걸까?

패트릭의 잘못은 아니다. 나는 감정적으로나 이성적으로나 잘 알고 있다. 아이 넷을 키우려면 패트릭이 벌어다 주는 수입이 필요하다. 그래도 내 동정심은 바싹 말라버렸다.

소니아가 다시 비명을 질렀다. 말없이 비명만 지르는 게 아니었다. 피가 얼어붙을 정도로 소름 끼치는 말들을 폭포수처럼 쏟아붓고 있었다.

엄마, 날 그냥 내버려둬. 그냥 내버려둬. 그냥 내버려두라고. 내버려둬.

나는 잠옷과 침대 시트와 이불이 덤불처럼 뒤엉켜 다리를 감고 있는 바람에 빠져나오는 데 애를 먹었다. 침대에서 정신없이 빠져나오느라 협탁 모서리에 정강이를 부딪쳤다. 이루 말할 수 없는 고통이 뼛속까지 파고들었고 분명 피멍이 들고 흉터가 남겠지만, 그런 생각을 할 겨를도 없었다. 제때 소니아의 침실에 도착하지 않으면 내 마음에 더 큰 흉터가 남을 게 뻔했다.

소니아의 목소리가 계속 들려왔다. 무수히 많은 말들이 쏟아져 나왔다. 적군의 활에서 빠져나온 100만 개의 독화살처럼 한꺼번에 나를 향해 날아왔다. 화살 하나하나가 모두 따끔거렸다. 외과 의사의 예리한 메스처럼 내 피부를 꿰뚫은 화살들은 내장으로 곧장 파고들었다. 지금까지 소니아가 몇 마디 정도 한 거지? 오십? 육십? 아니면 그 이상?

그 이상이다.

맙소사.

그제야 패트릭이 침대에서 일어났다. 벽장 속 괴물에 깜짝 놀라 잔뜩 겁에 질린 영화 주인공처럼 눈은 휘둥그레졌고 얼굴은 창백했다. 내 혈관을 타고 흐르는 핏줄기와 박자를 맞추듯 뒤에서 쿵쿵거리며 다가오는 패트릭의 발소리가 들렸다. 그때 패트릭이 소리쳤다.

"진, 달려. 달리라고!"

난 돌아보지도 않고 내달려 아이들의 방을 쏜살같이 지나갔다. 처음에는 스티븐, 다음에는 쌍둥이의 방문이 차례대로 열렸다. 어쩌면 패트릭, 어쩌면 나인지도 모를 누군가가 현관 전등 스위치를 툭툭 건드리자 유령처럼 창백한 세 개의 흐릿한 얼굴이 내 시야에 나타났다. 소니아의 방은 실제로도 가장 멀었지만 지금은 더더욱 멀게 느껴졌다.

엄마, 제발 날 내버려둬. 내버려두라고요. 내버려둬.

샘과 레오가 울기 시작했다. 아주 짧은 시간 동안, 잠깐 딴 생각이 떠올랐다. 아주 형편없는 엄마. 내 아들들이 고통스러워하는데도 나는 무관심하고 무심하게 아이들을 지나치고 있었다. 불안해하는 쌍둥이의 마음이 걱정됐지만, 지금은 아이들을 다독일 여유가 없었다.

소니아의 방으로 두 걸음 정도 들이자마자 나는 침대 위로 뛰어올라 한쪽 손으로 소니아의 입을 틀어막았다. 그리고 다른 한쪽 손으로는 침대 시트 밑을 더듬으며 단단한 금속 카운터를 찾았다.

소니아가 내 손바닥 사이로 끙끙거리며 소리를 내자, 나는 침대 옆에 있는 탁상시계로 시선을 돌렸다. 11시 30분.

나는 앞으로 30분 동안 아무 말도 할 수 없었다.

"패트릭……."

패트릭이 천장 전등을 켜자 나는 입만 뻐끔거리며 말했다. 네 쌍의 눈이 소니아의 침대 위에서 벌어지는 광경을 응시하고 있었다. 그들에게는 폭력적이면서 기괴한 조각상처럼 보였으리라. 몸부림치는 딸아이, 땀에 젖어 속이 희미하게 비치는 아이의 잠옷, 그 위에 엎드린 채 울음소리를 틀어막으려 아이를 꽉 붙들고 있는 나. 얼마나 끔찍한 장면처럼 보일까. 생생한 유아 살해 현장처럼 보이지 않았을까.

소니아의 입을 틀어막고 있는 내 손목의 카운터가 숫자 100을 나타내며 깜빡거렸다. 나는 패트릭에게 고개를 돌리며 말없이 애원했다. 내가 말을 하면 카운터가 101을 가리키고, 피할 수 없는 충격에 휩싸이게 된다는 사실을 패트릭도 잘 알고 있다.

패트릭이 침대로 다가와 소니아의 입에서 내 손을 떼어냈다. 그리고 자기 손으로 소니아의 입을 감쌌다.

"쉬이, 아가야. 아빠 여기 있어. 아무 일도 일어나지 않게 아빠가 널 지켜줄게."

샘과 레오, 스티븐이 소니아의 방으로 들어왔다. 아이들이 서로 소니아를 보겠다고 자리를 다투느라 갑자기 내 자리가 없어졌다. *형편없는 엄마*가 *쓸모없는 엄마*가 되었고, 내 머릿속에는 두 단어만이 떠올랐다.

'고마워, 여보. 고마워, 애들아.'

나는 그들을 미워하지 않는다. 그들을 미워하지 않는다고 나 자신에게 되뇌었다.

하지만 가끔은 미울 때도 있다.

나는 우리 집 남자들이 소니아에게 그녀가 얼마나 예쁜지 말해주는 게 싫었다. 소니아가 자전거를 타다 넘어졌을 때 달래주는 것도 싫었고, 공주와 인어에 관한 이야기를 지어내 들려주는 것도 싫었다. 그런 모습을 보고 듣는 게 다 싫었다.

일종의 형벌이었다. 딸아이에게 그렇게 해주지 못하는 나에게 내려진 형벌.

젠장.

소니아는 이제 조용해졌다. 그리고 턱밑까지 쫓아왔던 위험은 가까스로 지나갔다. 소니아의 방에서 슬그머니 빠져나온 나는 오빠들이 여동생을 만지지 않으려 조심하는 모습에 주목했다. 혹시라도 또 발작을 일으킬까 두려운 것이다.

거실 한구석, 나무 카트 위에 물로 된 마취약병들을 모아둔 우리만의 바가 있다. 맑은 보드카와 진토닉, 캐러멜 스카치와 버번, 그리고 몇 년 전 폴리네시아 여행에서 샀던 퀴라소 병에 코발트도 조금 남아 있었다. 내가 찾는 건 이탈리아 밀주로 알려진 그라파다. 뒤쪽에 놓여 있던 그라파 병과 목이 긴 유리잔을 하나 꺼내 들고 뒷문으로 나가 자정이 될 때까지 기다렸다.

나는 이제 술을 많이 마시지 않는다. 패트릭과 나의 첫 번째 아파트의 좁디좁은 발코니에서 어깨를 나란히 하고 앉아 차가운 진토닉을 홀짝거리던 여름밤을 떠올리면 너무 우울했다. 내 연구 보조금과 자격증 서류에 대해, 패트릭이 조지타운 대학 병원에서 레지던트로 보낸 지옥 같은 시간에 대해 이야기하던 그 무거운 시간들. 게다가 술에 취할까봐 두렵기도 했다. 술김에 너무 객기를 부리다 규칙을 잊을까 두려웠다. 아니면 알면서도 무시하거나.

그라파의 첫 잔은 목구멍이 타는 것처럼 넘어갔고, 두 번째 잔은 조금 부드러워졌다. 세 번째 잔을 마셨을 때 시계가 오늘이 끝났음을 알렸고, 왼쪽 손목에 찬 카운터에서 땡 소리와 함께 새로운 100단어가 생겼다는 것을 나타내는 숫자가 보였다.

새로 생긴 100단어로 무슨 말을 해야 할까?

일단 이중문을 열고 집 안으로 들어간 나는 발소리가 나지 않도록 거실 카펫 위를 걸어간다. 그라파 술병을 바에 도로 갖다 놓고 소니아 방으로 가면, 소니아는 일어나 앉아 있을 것이다. 그녀는 우유 한 컵을 손에 들고 있고, 패트릭이 손바닥으로 소니아의 손을 받치고 있다. 아들들은 각자의 침대로 돌아갔고, 나는 패트릭 옆에 앉아 소니아에게 말을 건넨다.

"괜찮아, 아가, 엄마 왔어."

소니아가 날 올려다보며 미소짓는다.

하지만 이건 단지 내 상상일 뿐, 이런 일이 생길 리 없다.

나는 술을 가지고 잔디밭으로 나와 레이 부인이 정성껏 심어놓은 장미 옆을 지나 라일락이 피어 달콤한 향기가 나는 어두운 풀밭으로 나왔다. 사람들은 식물을 더 건강하게 키우려면 식물과 대화를 해야 한다고 말한다. 만약 그 말이 사실이라면, 내 정원은 이미 죽어 있을 것이다. 그나마도 오늘 밤은 장미나 라일락 따위에 신경 쓸 겨를이 전혀 없다.

내 신경은 완전히 다른 존재에 가 있으니까.

"이 빌어먹을 놈들아!"

나는 소리쳤다. 그리고 한 번 더.

킹스네 집에서 불빛이 반짝였고 블라인드가 흔들리며 조

금씩 틈새가 벌어졌다. 하지만 난 개의치 않았다. 내가 마을 전체를 깨우더라도, 사람들이 국회의사당까지 가는 내내 내 목소리를 듣더라도 난 신경 쓰지 않을 것이다. 목소리가 갈라질 때까지 비명을 지르고 또 질렀다. 그라파 한 잔을 다시 들이켜다가 잠옷에 술을 쏟았다.

"진!"

뒤에서 문 열리는 소리와 함께 패트릭의 목소리가 들렸다.

"닥쳐. 아니면 계속 말할 거야."

갑자기 충격이나 고통 따위가 걱정되지 않았다. 만약 내가 술과 말로 감각을 마비시키기라도 한 듯 분노를 터뜨리며 계속해서 소리를 지른다면, 손목에서부터 시작된 전기가 온몸에 흐를까? 그게 나를 뻗게 할까?

아마 아닐 것이다. 낙태를 허락하지 않는 것과 같은 이유로 우리를 죽이진 않을 것이다. 우리는 필요악이니까. 이용당하면서도 잠자코 있어야 하는 물건이 되었으니까.

패트릭이 다시 소리를 질렀다.

"진! 여보. 그만. 제발 그만."

킹스네 집에서 또 다른 전등이 켜졌고, 현관문이 삐꺽 소리를 내며 열렸다.

"매클렐런, 대체 무슨 일이요? 모두 잘 시간인데."

올리비아의 남편, 에번이다. 올리비아는 블라인드 사이로 밖을 내다보며 내가 벌이는 한밤의 쇼를 엿보고만 있다.

"꺼져, 에번."

내가 말했다. 에번은 경찰을 부르겠다고 말했다. 고상한 척하기는. 그때 올리비아의 창문에 비치던 불빛이 사라졌다.

내가 다시 소리를 지르자, 패트릭이 달려들어 날 끌어안았다. 축축한 풀밭을 뒹굴며 달래고 애원했다. 패트릭이 내게 입을 맞출 때, 그의 입술을 적시고 있던 눈물이 느껴졌다. 그들이 남자들에게 이런 기술도 가르쳤을까? 우리 손목에 반짝이는 강철 족쇄를 채운 날, 남편과 아들, 아버지와 남자 형제들에게 매뉴얼 같은 걸 건네지 않았을까? 이런 생각이 든 건 처음이다. 하지만 그들이 우리에게 그 정도로 신경 쓸 리 없을 거라는 결론을 내렸다.

"날 좀 내버려둬."

나는 풀밭 속에 있었다. 잠옷이 뱀 가죽처럼 내게 들러붙어 있었다. 나는 숨을 몰아쉬며 쉭쉭거렸다.

맥박 소리가 더 가깝게 들렸다.

패트릭이 내 왼쪽 손목을 잡고 숫자를 확인했다.

"진, 끝났어."

나는 안간힘을 쓰며 패트릭에게서 벗어나려고 애썼다. 내 텅 빈 마음만큼이나 희망이 없는 행동이었지만. 입에서 잔디의 쓴맛이 느껴진 뒤에야 나는 내가 한입 가득 흙을 씹고 있다는 것을 깨달았다.

패트릭이 무슨 짓을 하려는지 나는 안다. 내가 받을 전기 충격을 함께 받아들이려 한다는 것을 잘 알고 있다. 카운터의 경고음이 점점 크게 들렸고, 나는 잠자코 패트릭이 이끄는 대로 따라서 집으로 들어갔다.

그들이 오면 패트릭이 얘기할 것이다. 내게 남은 단어는 한 마디도 없다.

8

바보, 바보, 바보.

빗속을 뚫고 소니아를 버스 정류장까지 바래다주는 동안 나를 바라보던 소니아의 텅 빈 눈빛은, 어젯밤 내가 그라파에 잔뜩 취해 벌인 소동에 대한 가장 심한 비난이자, 제일 무서운 벌이었다. 이웃의 평화를 방해했다고 경찰관에게 이러쿵저러쿵 잔소리를 듣는 것보다 훨씬 비참했다.

소니아를 바래다줄 때 사랑한다고 말하지 않는 건 오늘이 처음이었다. 나는 손키스를 보냈다. 하지만 소니아가 조그마한 손을 입술에 대고 나에게 손키스를 보내주는 모습을 보고 곧바로 후회했다.

버스 문에 달린 카메라의 검은 렌즈가 나를 빤히 바라보고 있었다.

감시 카메라는 사방에 있었다. 슈퍼마켓, 학교, 미용실, 식당 등. 수화로 보일 수 있는 몸짓이나 비언어적 의사소통의 가장 기본적인 형태까지 감시하고 있었다.

결국, 그들이 우리에게 한 짓은 말과 아무 상관없는 것이었다.

손목의 카운터가 작동한 지 한 달쯤 지났을 때였다. 하고많은 곳 중에서 왜 하필 세이프웨이의 농산물 코너였는지.

나는 그 여자들을 잘 몰랐지만, 그들이 장을 보는 모습은 종종 본 적이 있었다. 이웃의 여느 초보 엄마들처럼 두 여자는 함께 붙어 다니며 함께 장을 보기도 하고 상대방의 아기가 계산대 앞에서 보채고 있으면 서로 도와주기도 했다. 두 사람은 그 이상으로 매우 끈끈하고 단단한 사이였다. 지금은 그 끈끈한 관계를 이해할 수 있지만, 항상 그 친밀한 관계가 문제였다.

누구나 사람에게서 돈, 직업, 지적 자극 등 많은 걸 빼앗을 수 있다. 심지어 그녀의 본질을 바꾸지 않고도 말까지 빼앗을 수 있다.

하지만 동지애를 빼앗긴다면, 이야기가 달라진다.

나는 그 여자들이 각자의 아기를 번갈아 보며 손가락으로 그들의 심장과 관자놀이를 가리키는 모습을 봤다. 피라미드처럼 쌓아 올린 오렌지 옆에서 손짓으로 대화를 하는 그들을 지켜보며 어쩌면 케빈이나 토미 혹은 카를로에 관한 쪽지를 주고받던 6학년 때 이후로는 한 번도 사용하지 않았는지 뒤죽박죽 엉망이 된 손가락 문자에 웃음이 나오기도 했다. 그러다 제복을 입은 남자 셋이 다가오자 공포에 질린 여자들이 저항하며 오렌지 피라미드를 무너뜨리는 모습을 지켜봤다. 그 여자들과 딸아이들이 각각 손목에 두툼한 수갑을 차고 자동문으로 끌려 나가는 모습까지.

나는 그들이 어떻게 되었는지 묻지 않았다. 그럴 필요도 없었다. 그 이후로 그 여자들과 아기들을 본 적이 없었다.

"다녀올게요."

소니아가 내게 인사한 뒤 버스로 껑충 뛰어올랐다.

나는 집으로 돌아와 현관 앞에 서서 비에 젖은 우산을 털어낸 다음 잘 마르도록 세워 두었다. 입꼬리를 다문 채 잠겨 있는 우편함이 나를 보며 씩 비웃는 것 같았다.

진, 네가 무슨 짓을 했는지 알겠어?

우편물 트럭이 모퉁이에 멈춰 서더니 우체부들이 입는 투명 우비로 온몸을 감싼 사람이 밖으로 나왔다. 그 모습이 마치 콘돔을 뒤집어쓴 것 같았다. 내 친구 앤 마리와 나는 비 오는 날 우체부들을 보면 비웃곤 했다. 여름이면 짧은 반바지를 입고 우스꽝스러운 헬멧을 쓴 모습을, 한겨울에는 방수용 덧신을 신고 진흙탕이 된 눈길을 주르륵 미끄러지는 모습을 보고 낄낄거렸다. 대부분 옛날 할머니들이 입었던 옷차림을 떠올리게 하는 투명 우비에 웃어댔다. 물론 아직도 할머니들은 그런 옷을 입는다. 오래도록 변함없는 것도 있다. 하지만 더 이상 우체국에는 여직원이 없다. 이거야말로 엄청난 변화가 아닐까.

"안녕하세요, 매클렐런 부인."

우체부가 빗물을 첨벙거리며 집 앞으로 걸어왔다.

"오늘은 우편물이 많아요."

나는 우리 동네 우체부를 거의 본 적이 없었다. 우체부는 내가 볼일을 보러 나가거나 샤워를 할 때만 찾아오는 기막힌 재주가 있었다. 가끔 내가 부엌에서 두 번째 커피를 마시며 일을 하는 동안 우편함에서 쿵 하는 둔탁한 소리를 들었을지도 모른다. 우체부가 일부러 타이밍을 맞추는 걸까.

나는 미소로 화답했고, 우체부가 어떻게 하는지 보려고 손을 내밀었다.

"죄송해요, 부인. 전 그저 우편물만 배달하는 거라서요. 아시다시피 규칙이에요."

우체부들에게 새 규칙이 생겼다. 토요일 아침 패트릭이 있는 경우만 제외하고. 그때는 우리의 프로규칙러 우체부가 패트릭의 손에 직접 우편물을 건네준다. 그래야 내 남편이 우편함 열쇠를 찾는 수고를 덜 테니까.

나는 한 무더기의 봉투를 삼킨 채 입을 꼭 다문 우편함을 바라봤다.

"좋은 하루 보내세요, 매클렐런 부인. 이런 날씨도 좋아하신다면요."

무의식적으로 대답이 튀어나오려다 몇 초 정도 내 목구멍을 맴돌았다.

그때 갑자기 우체부가 눈을 세 번 깜빡였다. 눈을 깜빡일 때마다 터무니없이 긴 침묵이 스며들었다. 눈을 감는다기보다 습관적으로 속눈썹을 내리치는 것 같았다.

"저한테는 아내가 있어요. 세 딸도요."

마지막 깜빡임은 우체부가 속삭이는 것처럼 보였다. 우체부 이름이 뭐였더라? 파월? 램지? 바나체? 일주일에 여섯 번이나 우리 집을 방문하는 우체부의 이름조차 모른다는 사실이 당황스러워 나는 얼굴이 화끈거렸다.

우체부가 다시 눈짓을 건넸다. 이번에는 내 뒤쪽에 있는 감시 카메라를 확인하고 자신이 서 있는 위치를 조금 조정해 내 몸이 카메라 렌즈를 가리도록 한 뒤였다. 내가 태양일까? 달일까? 어쩌면 더는 행성이 아닌 명왕성일지도.

그제야 우체부가 누구인지 알아챘다. 그 우체부는 실어증 예방 주사의 첫 피험자가 돼야 했던 딜라일라 레이의 아들이었다. 작년에 그가 어머니의 치료비를 그렇게 걱정했던 건 당연하다. 우체국 직원이 감당하기에는 너무 큰돈이었다. 내가 개발한 베르니케 X-5 혈청이 시행 단계까지 갔다면 비용이 제로였을 텐데.

나는 그가 마음에 들었다. 그는 딜라일라 레이를 데리고 나를 보러 왔을 때도 배려심이 깊어 보였고, 내가 딜라일라의 뇌에 주입하자고 제안하기 위해 마법의 물약에 대해 설명할 땐 어린아이처럼 경외감을 드러내기도 했다. 다른 환자의 가족들은 경악을 금치 못했지만, 그는 내가 예상되는 결과를 말했을 때 유일하게 울었던 사람이다. 시약이 잘 맞으면 그의 노모는 뇌졸중으로 인해 언어적 혼란을 겪은 지 1년 만에 처음으로 조리 있게 말을 할 수 있게 될 것이라 설명했다. 이 남자의 눈에 나는 단순한 과학자나 언어치료사가 아니었다. 잃어버린 목소리를 되살릴 수 있는 신이었다.

그랬었다.

이제 그 남자는 의아스러우면서도 기대에 찬 표정으로 나를 바라봤다. 내가 할 수 있는 건 하나뿐이었다. 나는 왼손을 올려 얼굴에 댄 채, 카운터가 보이게 방향을 돌렸다.

"죄송해요."

남자가 말했다.

우체부가 현관을 나서며 트럭으로 터벅터벅 걸어가기 전, 나는 그 남자처럼 세 번 눈을 깜빡였다.

"다음에 얘기 나눠요."

우체부가 겨우 속삭이듯 말했다.

그리고 그는 떠났다.

내 오른쪽에 있는 문에서 쾅 소리가 나더니 알루미늄으로 된 작은 문이 두 번 철컥거렸다.

올리비아 킹이 페이즐리 우산을 푹 눌러 쓴 채 자기 집 현관 앞으로 나왔다. 올리비아는 분홍색 폴리에스터 스카프로 만든 머리띠를 두르고 있었다. 그 머리띠 때문에 실제로는 나보다 열 살이 어린데도 할머니처럼 보였다. 손을 내밀어 비가 오는지 확인한 올리비아는 우산을 접었다.

올리비아는 스카프를 벗지 않은 채 현관에서 걸어 나와 몸을 숙이며 차 앞 좌석에 탔다. 평일 아침은 올리비아가 유일하게 운전하는 시간이었다. 교회가 가까웠다면 아마 걸어갔을 것이다.

이 순간 올리비아가 무척 작아 보였고, 아예 쪼그라든 것 같았다. 이 길을 따라가면 무엇이 나올지 두려워하며 이쪽 피난처에서 저쪽 피난처로 잽싸게 도망다니는 쥐처럼. 재키가 가부장제 속에서 자신의 위치를 몹시 만족스러워하는 올리비아를 봤다면 터무니없는 주장에 세뇌된 쿨에이드(Kool-Aid) 중독자라고 불렀을 것이다. 올리비아는 마지막 한 방울도 남기지 않은 채 독약을 모조리 마셨다.

내가 가진 종교 교리에 관한 레퍼토리는 형편없었다. 그게 내가 좋아하는 방식이었다. 하지만 스티븐이 군데군데 흠집이 난 AP 교재를 처음 집에 들고 왔을 때, 나는 저녁 식사 후 그 책을 뒤적였다. 순결무구해 보이는 흰색 표지 위에 푸른색 글씨로 《현대 기독교 철학 입문》이라는 순진한 제목이 달려 있었다.

"진짜 고리타분하지 않아요?"

스티븐이 부엌에 있는 과자 찬장으로 가며 말했다.

"그 과목이 내년에 필수과목이 된다고 했지?"

내가 물었다. 그리고 '현대 가정의 자연 질서를 찾아서'라는 제목의 장에서 시선을 떼지 못했다. 이 장도 다른 장과 마찬가지로 성경을 먼저 인용하고 있었다. 고린도서에서 인용한 그 장에는 '모든 남자의 머리 위에는 그리스도, 여자의 머리 위에는 남자, 그리스도의 머리 위에는 신이 있다'라고 적혀 있었다.

기가 막히는군.

더 나아가 27장은 디도서에 나온 짤막한 문장으로 시작했다. '좋은 것을 가르치는 교사가 되라. 젊은 여성들에게 냉철하고, 남편을 사랑하고, 자식을 사랑하고, 조심스럽고, 정숙

하고, 집에 잘 있고, 자기 남편에게 순종하는 법을 가르쳐라.'

이 글의 요지는 나이 든 여성의 세대에게 고하는 일종의 명령이었다.

페미니즘과 기독교적 가치의 은밀한 해체(남성성뿐만 아니라)에 관한 내용도 있었고, 남성들에게는 가정과 육아에 있어 그들의 역할에 관한 조언, 어린이들에게는 어른을 공경하는 지침이 담겨 있었다.

나는 책을 탁 덮었다.

"이게 필수도서는 아니라고 말해줘."

"맞아요. 바로 그 책이에요."

스티븐이 우유를 컵에 반쯤 채운 뒤 말했다.

"그럼 이 수업의 요점은 뭐니? 보수적인 기독교의 함정을 강조하는 건가?"

스티븐은 내가 마치 그리스어로 물은 것처럼 날 멍하니 바라보았다.

"몰라요. 하지만 선생님은 멋있어요. 게다가 몇 가지 좋은 점도 알려줘요. 부모가 모두 일하면 아이들이 얼마나 힘든지, 우리가 어쩌다 사소한 일들을 잊는 지경까지 왔는지 같은 거요."

나는 우유를 다시 냉장고에 넣었다.

"동생들 아침 식사로 좀 아껴두는 게 어때? 그리고 어떤 사소한 일들?"

정원 가꾸기, 복숭아 통조림 만들기, 촛불로 베갯잇 수놓기 등 같은 일들이 슬라이드 쇼처럼 내 머릿속에서 펼쳐졌다. 금욕적인 삶을 추구하는 셰이커 교도들처럼.

"뭐, 말하자면 정원 가꾸기나 요리 같은 거죠. 바보 같은 일을 하느라 바쁘게 돌아다니는 게 아니라."

"너는 엄마가 정원을 가꾸고 요리를 더 많이 해야 한다고 생각하니? 그 일이 사소하다고 생각하는 거야? 뭐, 공예품을 만드는 것보다?"

"엄마가 아니고요. 다른 여자들 말이에요. 그냥 집 밖으로 나가 무슨 신분이라도 갖고 싶어하는 여자들 있잖아요."

책을 집어 든 스티븐은 내게 잘 자라고 키스했다.

"어쨌든 그냥 바보 같은 수업일 뿐이에요."

"그 과목 취소했으면 좋겠어."

내가 말했다.

"대학에 가려면 AP학점이 필요해요."

"왜? 그럼 현대 기독교 사상을 전공하면 되잖아."

"안 돼요. 그 과목을 들어야 대학에 들어갈 수 있어요."

그게 바로 그들의 술책이었다. 여기서는 몰래 수업 과정을 넣고, 저기서는 몰래 모임을 조직하고. 경쟁력을 높인다는 명분으로 아이들을 꼬드길 수 있다면 무슨 짓이라도 한다.

그것이야말로 정말 사소한 일이었다. 정말로.

9

TV 화면에서 영부인은 대통령 바로 옆에 있는 것처럼 보였다. 하지만 실제로는 대통령의 오른쪽에서 몇 걸음 뒤로 물러나 서 있었다. 드레스와 어울리는데다 눈동자까지 돋보이게 하는 우아한 연보라색 스카프가 영부인의 금발 머리를 감싸고 있었다.

내가 왜 텔레비전을 켰는지 모르겠다. 커피를 다시 데울 때쯤, 빗줄기가 다시 굵어지기 시작해 밖에 나가고 싶지 않았다. 게다가 이 집에서는 혼자 있는 게 더 안전했으니까.

말하고 싶은 유혹은 없었다.

영부인은 미인이었다. 어둡지 않은 맑고 푸른 눈동자의 소유자라는 사실만 빼면 거의 재키 오의 환생이랄까. 나는 영부인이 결혼하기 전, 《보그》와 《엘르》의 한 면을 장식했던 때를 기억한다. 대부분 가슴이 훤히 드러나는 수영복이나 란제리 모델로 일했던 그녀는 잡지에 등장할 때마다 '*어서, 날 만져봐*'라고 부추기듯 활짝 웃어 보였다.

그래서 지금 남편 뒤에 얌전하게 서 있는 그녀의 낯선 변화에 나는 충격을 받았다. 완전히 딴사람이 된 것 같았다. 예전보다 키가 작아 보였지만, 어쩌면 일부러 굽이 낮은 신발을 신었을지도 모른다. 대통령의 키가 그리 크지 않기에 방송 화면에 비치는 미적인 모습을 고려했을 것이다. 사진기자들이 피사체의 굴곡을 평평하게 맞추기로 작정한 듯이.

내가 뭐라고, 누가 누굴 비웃는 건지.

그녀는 이제 웃지 않는다. 무릎에서 10센티미터 위로 올라가는 짧은 치마도 입지 않고, 정확한 명칭이 기억나지 않지만, 목 부분이 너무 깊게 파여 가슴이 보일 듯 아슬아슬한 옷도 입지 않는다. 그녀는 늘 7부 소매를 입었고, 오늘도 역시 왼쪽 손목에 있는 카운터 색은 드레스 색과 꽤 잘 어울렸다. 증조할머니에게 물려받은 고풍스러운 보석 같았다. 영부인은 우리의 본보기이자 순결한 여성으로 언제나 남편 곁에서 한결같은 모습을 보여야 한다.

물론 영부인은 공개 행사가 있을 때만 대통령 옆에 서 있었다. 찰칵거리는 카메라 소리가 사라지고 마이크가 꺼지면, 네이 요한슨이었던 안나 마이어스는 무장 비밀 경호원 세 명에 의해 곧바로 대통령 관저로 호송된다. 이 모습이 직접 촬영된 적은 없지만, 대통령이 나서는 행사에 한 번 이상 참석한 적이 있는 패트릭이 알려줬다.

세 명의 요원은 밤낮으로 영부인 곁에 머물렀다.

다른 때였다면 영부인의 일거수일투족을 지키는 게 그녀의 안전을 위한 일반적인 경호 활동으로 보였을 것이다. 하지만 안나 마이어스의 푸른 눈은 진실을 말하고 있다. 공허하고 빛바랜 한 여성이 이제는 세상을 회색빛으로 본다는 것을.

내가 지내던 기숙사, 왼쪽에서 다섯 번째 방에 안나처럼 푸른 눈을 가진 여자애가 있었다. 그녀는 눈 주변 근육들을 움직일 줄 모르는 것 같았다. 우리가 그 애에게 괜찮은지, 오늘 아침 기분은 좀 나아졌는지, 말을 하고 싶은지 물었을 때도 눈웃음 한번 지은 적이 없었다. 나는 아직도 그 아이의 시체가 발견되었을 때가 기억난다. 시골에 있는 오래된 우물이나 엎질러진 커피의 웅덩이처럼 멍하게 뜨고 있던 그 아이의 눈. 우울증이 어떤 건지 알고 싶다면 우울증에 걸린 사람의 눈을 들여다보면 된다.

이상하게도 죽은 애의 눈은 기억하지만 이름은 생각나지 않는다.

안나 마이어스는 장미 정원과 대리석 욕실, 침대 위에 2000수 시트가 깔린 감옥에 살고 있다. 패트릭이 마이어스 대통령의 호의로 관저를 방문한 적이 있었다. 그리고 비밀 경호원들이 하루에 두 번 안나의 욕실을 확인하는 방법, 부엌에서 몰래 옮겨 왔을지도 모르는 물건을 찾기 위해 그녀의 침대를 수색하는 방법, 처방된 약을 들고 한 번에 한 알씩 건네주는 방법 등을 내게 이야기했다. 대통령 관저에는 술병도 없을뿐더러 집기 용품을 보관하는 수납장 외에는 문에 자물쇠도 없다. 유리로 만들어진 것도 전혀 없다.

나는 채널을 돌렸다.

우리는 여전히 케이블 방송을 볼 수 있다. 100개 이상의 스포츠, 정원 가꾸기, 요리, 집 고치기, 아이들을 위한 만화, 영화 채널 등을 볼 수 있다. 모든 영화는 보호자의 지도가 필요한 등급이다. 공포영화는 없고 가벼운 코미디 영화나 모세와 예수에 관한 네 시간짜리 다큐멘터리가 대부분이다. 다른 채널들도 있지만, 모두 암호로 보호되어 있어 18세 이상의 가정주부와 남성들만이 볼 수 있다. 이런 채널에서 어떤 프로그램을 방송하는지 굳이 상상할 필요는 없을 것이다.

오늘 나는 골프 채널을 선택했다. 금속 막대기와 공에 관한 지루하기 짝이 없는 프로그램이었다. 커피가 식고, 선두 선수가 열여덟 번째 홀에 이르렀을 무렵 초인종이 울렸다. 낮에는 흔치 않은 일이었다. 나 참, 그게 무슨 상관이라고. 이 시간에 직장에 가지 않는 사람은 여자뿐인데, 뭐. 조용히 앉아서 골프나 볼까? 손님은 우리가 더는 가지고 있지 않은 것에만 관심을 두니까.

문을 열고 올리비아를 마주했을 때, 나는 내가 여전히 잠옷을 입고 있다는 걸 깨달았다. 올리비아는 분홍 스카프를 얼마나 단단히 맸는지 구불구불한 곱슬머리가 한 올도 보이지 않았다.

내 목에서 발끝까지 천천히 훑은 올리비아는 못마땅한 표정을 지으며 빈 설탕 자루와 계량컵을 내밀었다.

나는 고개를 끄덕였다. 비가 억수같이 퍼붓지 않았다면, 내가 부엌에서 설탕을 컵에 붓는 동안 올리비아를 현관에서 기다리게 했을 것이다. 하지만 나는 올리비아에게 안으로 들어오라고 손짓했다.

올리비아는 나를 따라 부엌으로 들어왔다. 그녀는 아침 식사 후 그대로 둔 지저분한 설거짓거리를 보더니 현관 앞에서 내 잠옷을 마주했을 때처럼 얼굴을 찡그렸다. 나는 올리비아를 한 대 때리고 싶었다. 아니면 적어도 괜히 친한 척하며 찾아온 올리비아의 가식적인 태도를 내가 어떻게 생각하는지 말해주고 싶었다.

내가 올리비아 손에 있는 계량컵을 가져오려 하자, 그녀가 내 손목을 움켜잡았다. 비에 젖은 그녀의 손은 무척 차가웠다.

나는 올리비아가 거만한 표정으로 '흠……' 하며 말할 줄 알았지만, 올리비아는 아무 말도 하지 않은 채 줄곧 세 자리 숫자로 깜빡이는 내 카운터만 바라봤다.

그제야 올리비아가 미소를 지었다. 그 미소를 보니 과거 올리비아가 설탕 한 컵, 우유 500밀리리터, 달걀 등을 부탁하러 예기치 않은 방문을 했던 때가 생각났다.

"잠깐 앉아도 될까요?"

올리비아는 2년 전, 내 대답이 나오기도 전에 서재 소파에 펑퍼짐한 엉덩이를 갖다 대며 그렇게 말했다. 당시 텔레비전을 켜두었던 나는 이런저런 토크쇼에 채널을 맞춰 놓고 기말시험 답안지를 훑어보고 있었다. TV에서는 재키 후아레즈가 세 명의 여성과 논쟁을 펼치고 있었는데, 세 명 모두 도나 리드(Donna Reed)*와 아폴로 시대 우주 비행사 부인의 중간 버전쯤으로 보이는 옷을 입고 있었다.

---

* 1950년대에 방영된 TV 홈드라마 〈도나 리드 쇼(The Donna Reed Show)〉로 미국의 국민 엄마가 된 배우이다.

"아, 저 여자 좀 별로지 않나요."

올리비아가 말했다. 그 말은 질문이 아니었다.

"어느 쪽이요?"

나는 고무로 만든 우유통을 내밀며 물었다.

"빨간 정장 입은 여자, 사탄처럼 생긴 사람이요."

아무리 재키라 해도 그날은 좀 과하게 보였다. 재키의 빨간 정장은 칙칙하고 둔한 파스텔톤의 투피스를 입은 세 여자 사이에서 곪디 곪은 염증처럼 두드러졌다. 그녀들의 목에는 옷깃처럼 보일 정도로 굵직한 진주 목걸이가 걸려 있었고, 재키의 부엉이 펜던트는 현대식 속옷과 그 안의 패드 덕에 한껏 끌어올려진 가슴 사이에 있었다.

"저 여자 알아요. 대학원에 같이 다녔거든요."

"대학원이라니."

올리비아가 말했다.

"전공이 뭐였는데요?"

"사회언어학이에요."

올리비아는 콧방귀를 뀌었지만, 논쟁을 벌이는 여성 4인조와 진행자를 향해 다시 고개를 돌리기 전까지 내게 전공에 관해 설명해달라고 묻지 않았다.

여느 때처럼 재키는 호통을 치고 있었다.

"정말 여자들이 남편에게 복종해야 한다고 생각하나요? 21세기에?"

하늘색 카디건을 입은 오른쪽 여자가 미소를 지었다. 당황

한 유치원 선생님이 짜증을 내는 아이에게 건네는 듯 동정심과 이해심이 가득한 미소였다. 그 미소는 '크면 괜찮아 질 거야'라고 말하고 있었다.

"이봐요. 내가 21세기에 대해 몇 가지 말해줄게요."

그 여자가 말했다.

"지금 우리는 남자가 누구인지, 여자가 누구인지 더는 몰라요. 그래서 우리 아이들이 혼란스럽게 자라고 있지요. 가정문화가 깨졌으니까요. 우리 사회는 교통량, 공해, 자폐증 비율, 약물 사용, 한부모 가정, 비만, 소비자 부채, 여성 죄수, 학교 총기 난사, 발기 부전 문제 등이 늘어나고 있어요. 게다가 이건 일부만 말한 거라고요."

그러고는 재키 앞에 놓인 서류철을 흔들어 보였다. 옆에 앉은 다른 70년대생 바비 인형들, 즉 순수 여성이라고 자칭하는 두 여자가 침울하게 동의하며 고개를 끄덕였다.

재키는 서류철을 무시하며 말했다.

"그러면 당신은 페미니즘이 강간 때문에 생긴 거라고 말하겠네요?"

"그렇게 말해줘서 고맙군요. 후아레즈 양."

하늘색 카디건이 응수했다.

"후아레즈 씨예요."

"어쨌든. 1960년대에 폭력적인 특수 강간 사건이 얼마나 많이 보고되었는지 알아요? 미국에서?"

"'보고'라는 단어를 사용하니 참 흥미롭네요."

재키가 다시 받아쳤다.

"1만 7000건이라고요. 올해는 그보다 다섯 배나 늘었어요."

재키는 눈을 굴렸고, 다른 두 명의 순수 여성은 재키를 무너뜨릴 자료를 꺼냈다. 여자들은 수치를 가지고 있었다. 그리고 도표와 설문 조사 결과를 내보였다. 그들 가운데 한 명이 재키가 방송에서 논쟁을 벌이는 동안 미리 정리해놓은 게 뻔한 간단한 원형 도표를 소개했다.

내 옆 소파에 앉아 있던 올리비아가 아랫입술을 깨물었다.

"나는 전혀 몰랐어요."

올리비아가 말했다.

"뭘 몰랐다는 거예요?"

"저 숫자들요."

올리비아는 도표 가운데 하나를 가리켰고, 하늘색 카디건의 준비된 목소리가 TV에 방송되고 있었다. 그 여자는 강간에 대한 대화를 끝내고 이제 항우울제 사용에 대한 통계에 대해 주절거리고 있었다.

"어쩜. 여섯 명 중 한 명이라니? 끔찍하네요."

방청석 관객들은 중 누구도 1960년에 선택적 세로토닌 재흡수 억제제를 복용하지 않았다는 사실에 대한 왜곡된 통계와 상관관계 오류에 대한 재키의 주장에 관심을 기울이지 않았다.

그렇게 시작되고 있었다. 원형 도표를 쌓아놓은 세 명의 여자들과 올리비아 같은 사람들이.

10

올리비아와 망할 설탕 한 컵을 집 밖으로 내보내기까지 매우 오랜 시간이 걸렸다. 어쩌면 올리비아는 설탕을 핑계로 내가 무슨 짓을 하는지 염탐하러 들른 것일 수도. 순수 여성 중에서도 가장 순수하게 변한 올리비아는 항상 주석이 달린 성경 요약본을 들고, 항상 현관 앞으로 나와 곱슬머리를 다소곳이 가린 채, 항상 미소를 지으며 인사했다. 사실은 뷰익을 몰고 진입로로 들어오는 에번에게 인사하고 있는 거였지만.

성경책은 여전히 허용되었다. 물론 올바른 종류만.

올리비아의 성경책은 분홍색이고, 에번의 것은 파란색이었다. 나는 두 사람이 성경책을 바꿔 든 모습을 본 적이 없다. 올리비아가 달콤한 차를 마시며 그늘에 앉아 있거나 두 사람의 또 다른 차를 타고 교회에 갈 때도 올리비아가 파란 성경책을 손에 든 모습은 보지 못했다. 올리비아가 타는 차는 에번이 출퇴근 시 이용하는 차보다 훨씬 작은 소형차였다.

올리비아가 두 시쯤까지만 우리 집에 있었더라면 좋았을 텐데.

나는 냉동실에서 햄버거 두 봉지를 꺼내 해동시키기 위해 조리대 위에 기대어 놓았다. 한창 자라나느라 먹어도 먹어도 늘 배가 고픈 세 아들은 고사하고, 가족 모두가 먹을 감자도 충분하지 않았다. 그래서 밥을 해야 했다. 아니면 비스킷을 만들어야 한다. 비율을 기억할지 모르겠지만. 저절로 부엌용 책상 옆 책꽂이로 시선을 돌려, 그 자리가 딱 맞는다는 듯 꽂혀 있는 얼룩진 요리책《요리의 기쁨》의 복사본을 향해 손을 뻗었다. 그리고 바로 그 자리에서 다른 책들 사이에 꽂혀 있는 사진 몇 장을 발견했다. 지난 휴가 때 찍은 애들 사진 몇 장, 우리 부모님 사진 한 장, 패트릭과 내 사진 한 장. 샘이나 레오가 찍은 듯한 그 사진 속 내 오른쪽 얼굴은 소니아가 학교에서 팝시클 막대기로 만든 액자에 가려져 있었다. 아이들은 여전히 뭔가를 만드는 모양이다.

사진을 약간만 옮기면 선반을 방치한 것처럼 보이지 않을 것 같아서 액자를 옆으로 슬쩍 옮긴 뒤 빈 곳에 부엌 타이머와 저울을 놓은 다음 한 발짝 물러나 이날의 완벽한 정리에 스스로 감탄했다. 약간의 상상력을 더해 방금 빌어먹을 러시모어(Rushmore)산을 조각했다고 자부했다. 그럼 이제 형형색색의 색종이를 뿌리며 환영 행진을 시작해볼까.

아버지와 엄마는 인테리어 디자이너로서 첫 발을 내딛기 시작했을 때보다 훨씬 유명해졌다. 나는 내가 부모님처럼 되고 싶어하는 건지 잘 모르겠다. 부모님과는 이탈리아에서 그들이 전화를 걸거나, 패트릭의 서재에 있는 노트북으로 영상 통화를 했다. 패트릭의 노트북에는 키입력 프로그램과 카메라, 그리고 수천 개의 맞춤형 효과음과 벨소리 등이 있었다. 그래서 평소 아이들이 학교에 가지 않는 일요일이나 타이밍이 잘 맞아 가족 모두에게 인사할 수 있는 시간대에 스카이 프로 통화하곤 했다. 반갑고 즐거운 시간일 텐데 엄마는 울음을 터뜨리며 전화를 끊는 경우가 많아서 아버지와 대화를 나누기 전에 통화가 끝나기도 했다.

어쨌든 벌써 저녁이다.

비스킷을 좋아하는 아이들 때문에 청바지와 낡은 리넨 블라우스를 입고 슈퍼마켓으로 갈 준비를 하는 찰나, 패트릭의 차가 거리를 질주하는 소리가 들렸다. 나는 그게 패트릭의 차라는 걸 잘 안다. 지난 1년 동안 내가 연마한 기술이 하나 있다면, 자동차 소리를 식별하는 능력이다. 머스탱(Mustang), 콜벳(Corvette), 프리우스(Prius), 미니 쿠퍼(Mini Cooper) 등 차 소리가 들리면, 어떤 차종인지 바로 알아냈다.

블라인드로 창밖을 내다보다가 갑자기 짜증이 밀려왔다. 패트릭이 집에 일찍 왔기 때문이 아니라, 그 뒤에 검은 SUV 세 대가 줄지어 따라왔기 때문이었다. 나는 전에도 그런 차들을 본 적이 있었다.

그리고 그 안에 누가 타고 있는지도 본 적이 있다.

11

젠장.

세 대의 차는 적어도 세 명의 남자를 의미한다. 그리고 그들이 반갑지 않은 선물을 가지고 왔다는 것도 안다. 어젯밤 뒷마당에서 시끄러운 소란까지 벌였으니까.

아마 설교가 있을 것이다. 어쩌면 그보다 더 많은 벌이 있을지도 모른다.

매클렐런 부인. 부인은 침묵할 권리가 있습니다.

알아요. 알아. 농담도 참 형편없게 하시네.

나는 블라인드가 알아서 제 자리를 찾아가도록 그대로 둔 채 부엌으로 돌아와, 국민 엄마 도나 리드와 같은 온화한 표정(물론 앞치마를 두르고)을 지으며 행복이 넘치는 가정의 모습을 보여주려고 만반의 준비를 했다. 그 사이 리모컨을 들어 골프에서 CNN으로 채널을 바꿨다. CNN은 예전 같지 않았지만, 깔끔하게 관리된 코스에서 공이 날아가는 걸 보는 것보다 열성적으로 대통령을 선전하는 채널을 틀어두는 게, 패트릭이 일을 계속하는데 훨씬 도움 될 듯했다.

속보를 전해드립니다. 대통령께서……

바로 그 순간 패트릭과 그의 호위병 세 명이 내 앞에 나타났다. 아니, 내가 틀렸다. 내 공간을 침범한 건 여섯 명의 남자들이다.

"진 매클렐런?"

까무잡잡한 얼굴에 정장을 차려입은 첫 번째 남자가 말했다. 물론 전에도 그 남자를 본 적이 있다. 모든 사람이 그 남자를 본 적이 있다. 그 남자는 공개석상에 나서기만 하면 넥타이를 매지 않은 채 검은색이나 흰색의 성직자용 옷깃을 착용했었다. 일요일 아침, 재키와 나는 숙취를 쫓으려고 커피를 마시는 동안, 그 남자의 이름을 내건 TV쇼를 시청했다. 재키는 마치 그 남자를 따르는 교인처럼 그 쇼를 틀었다. 그 프로그램 때문에 분노하고 흥분하면서도.

"들어봐. 칼 목사가 또 개그를 시작하려나봐."

재키가 말했다.

늘 그렇듯이, 목사 옷을 입은 그 남자는 어떤 주에는 미국 가문의 몰락을, 그다음 주가 되면 신에게 항복하는 기쁨을 설교했다. 일화나 실제 경험담도 환영했다. 그래서 방송 화면 하단에는 항상 같은 무료 전화번호가 번쩍였다. 몇 년 뒤, 그 남자는 두 번째 번호를 추가했고, 최근 몇 년 동안 페이스북 링크, 트위터 계정까지 더했다. 그러고는 하나님이 자신에게 신호를 보냈으므로 여호와께서 주신 어떤 수단을 써서라도 그 일을 처리하리라고 말했다.

당시 재키와 나는 미시시피 출신의 남부 침례교도 수백 명이 칼 코빈 목사를 따라다닌다는 걸 상상할 수 없었다.

그렇게 어처구니없는 일이 벌어지다니 정말 짜증이 났다.

"진 매클렐런 박사님?"

지금은 박사가 아니었다. 지난봄 이후로 '박사'가 된 적이 없었으니까.

패트릭도 웃고 있었다. 나는 고개를 끄덕였다. 내가 할 수 있는 말이 없었기 때문이다. 거실에 있는 텔레비전에서는 두 가지 마법의 단어를 떠들고 있었다.

뇌, 외상.

그 말들, 그 두 단어만으로도 충분히 내 관심을 끌었는데, 그 말을 에워싸고 있는 다른 단어들이 마치 달리는 기차처럼 귓가를 스쳤다. *대통령의 형, 스키 사고.*

"매클렐런 박사님, 문제가 생겼어요."

다시 칼 목사가 대통령을 대신해 말했다. 그의 실물은 카메라 앞에 있을 때에 비하면 덜 반죽 같아 보였고, 오히려 곰팡이 같아 보였다.

"좋아요. 처리하세요. 난 어디로 보내지죠? 빌어먹을 휴스턴인가요?"

아니, 난 이렇게 말하지 않았다. 그냥 아무 말도 하지 않았다.

"진."

패트릭이 나를 불렀다. '자기'나 '여보'처럼, 부부가 공유하는 달콤한 호칭이 아니었다. 패트릭은 어느 때보다 진지했다.

"진, 일이 생겼어."

TV에서는 여전히 CNN이 큰 소리로 떠들고 있었다. 눈 덮인 산의 생방송 영상 중간에 '자유 세계를 지배하는 자(He Who Rules the Free World)'라는 글자가 엄숙하게 깜빡였다. 안나는 푸른색과 베이지색을 조화롭게 매치한 옷을 입고 대통령 옆에 서 있었다. 눈만 보면 언뜻 웃는 것처럼 보였다.

칼 목사는 다른 이들에게 손짓하며 부엌으로 들어오라고 했다. 나는 이런 침입에 개의치 않았다. 내가 조용한 가정부로서 최소한 내 가족의 안식처를 지킬 수만 있다면.

"어서, 토머스."

칼 목사가 말했다. 그러자 그 일이 벌어졌다.

검은 정장을 입은 근엄한 표정의 토머스가 내 왼손을 향해 손을 뻗었다. 나는 덫의 고통을 알고 있는 들개처럼 겁에 질린 듯 본능적으로 몸을 움츠렸지만, 패트릭이 내게 다가오며 말했다.

"괜찮아, 자기야. 가만히 있어."

토머스는 아무것도 들지 않은 오른손으로 작은 열쇠를 꺼냈다. 엘리베이터 열쇠와 비슷했다. 엘리베이터를 탈 때 말고는 아무 쓸모도 없을 것 같은 동그랗고 단순하게 생긴 열쇠였다. 병따개나 레몬 착즙기, 멜론 볼러 등 모든 멍청한 발명품들이 생각날 만큼 단순하게 생겼다. 오직 한 가지 일만할 수 있는 도구들. 우리는 그런 도구를 누구나 가지고 있다.

대체 이따위 물건은 어디서 구하는 걸까? 보통 신부 파티나 결혼 선물, 양말 속 크리스마스 선물, 이케아에서의 충동구매로 인해 생기지만, 모두 쓸모없는 존재로 전락해 부엌

서랍 구석에 처박혀 있다가 주인이 다시는 꺼내지 않는다는 걸 당연하게 받아들인다.

"이제 말할 수 있습니다, 매클렐런 박사님."

칼 목사가 내 거실 쪽으로 손을 뻗었다. 마치 배려심 많은 집주인이 된 것처럼.

오늘 역할이 바뀐 건 그뿐만이 아니었다. 대통령 형의 스키 사고에 관한 뉴스가 전국에 퍼지며 그들이 원하는 모든 게 CNN에 방송되고 있었다. '후엽 좌반구', '의식은 있지만 의사소통은 불가능한 상태' 등 더 자세한 내용이 주절주절 보도될수록 칼 목사와 그의 일당이 원하는 게 무엇인지 알 것 같았다.

그들은 나를 원했다.

만약 오늘 스키를 타다가 나무에 부딪히는 사고를 당한 사람이 안나 마이어스였다면, 나는 두 번 고민하지 않고 바로 그들을 따라 나갔을 것이다. 물론 대통령의 부인이 중환자실에 누워 있다면 이곳에 SUV를 운전하는 남자들이 왔을지 의문이지만.

"내가 무슨 말을 하길 원해요?"

나는 부엌에서 나와 텔레비전을 껐다. 그리고 안락의자 곁으로 다가가며 천천히 머뭇거리듯 말했다. 이들 중 누구와도 공간을 공유하고 싶지 않았다.

"집 안이 덥군요."

칼 목사가 물과 제빙기가 내장된 냉장고를 흘끗 쳐다보며 말했다.

"네."

내가 말했다. 토머스가 아닌, 다른 남자 가운데 한 명이 쿨럭거렸다. 눈치를 챈 나는 일부러 패트릭에게 말을 건넸다.

"패트릭, 손님들한테 물 한 잔 갖다 주지 그래요? 당신이 가까이 있으니까."

패트릭은 내 말대로 했다. 그리고 우리 둘 다 고개를 갸우뚱거리는 칼 목사의 표정을 놓치지 않았다. 아내인 내가 시중을 들어야 했으니까.

"그래서요? 바비 마이어스가 뇌 손상이라도 입었다는 말로 들리는군요. 위치는요?"

내가 말했다. 칼 목사가 내 맞은편에 있는 2인용 안락 자리에 자리를 잡았다.

"패트릭, 당신이 의사니까 대신 설명해주겠소? 오늘 아침 병원에서 팩스로 보낸 보고서를 진에게 보여줘요."

내 남편은 내게 금속 쇠고랑을 채운 남자와 서로 이름을 부를 만큼 절친했다. 패트릭이 물잔과 얇은 서류봉투를 들고 거실로 돌아왔고, 내 앞에 멈춰 서서 물 한 잔을 들이켰다.

"이 일에 관심이 있을 것 같은데, 진."

그렇다. 첫 장은 모두 문자였고, 두 번째 줄을 읽자 칼 목사가 예상치 못한 방문을 한 이유를 알 수 있었다.

상반구 측두회, 좌반구. 환자는 오른손잡이므로 좌뇌가 우세함.

"베르니케 영역."

나는 특별히 누구에게도 말하지 않은 채 혼자 중얼거렸다. 서류를 계속 읽다보니 왼팔이 가볍다는 느낌이 들었다. 마치 수영장에 뛰어들기 전 시계를 벗은 것처럼 손목 둘레에 창백한 띠가 감돌았다. 비밀 요원 중 한 명이 자신의 손목을 문질렀다. 칼 코빈을 수행하고 있으니, 그들이 모두 비밀 요원처럼 보이는 게 당연했다. 그 남자는 왼손 네 번째 손가락에 평범한 금반지를 끼고 있었다. 그러니 그 남자도 손목 카운터에 관해 알고 있을 것이다. 물론 그 남자가 어느 진영에 있는지는 분명하지 않다. 패트릭이 그랬듯이, 그들은 모두 강아지처럼 졸졸 따라다니도록 훈련받았을 것이다.

칼 목사가 고개를 끄덕였다.

"대통령께서 많이 걱정하십니다."

물론 그렇겠지. 대통령은 형에게 꽤 많이 의존하고 있을 것이다. 그래서 바비에게 정보를 주거나 그에게서 정보를 얻는 데 아주 많은 시간을 보낼지도 모른다. 내 머릿속에는 장차 전개될 대화가 계속 떠올랐다.

아프가니스탄에 비상상황이 발생했어요, 형.

대통령이 이렇게 말할 것이다.

바비의 대답은 바나나 모양으로 멋들어지게 쏟아지는 불꽃처럼 들릴 것이다. 그러면 대통령은 그것들을 그대로 받아서 음절마다 주저 없이 완벽하게 발음하고 정확하고 유창하게 연설할 것이다. 하지만 그 입에서 나오는 말은 횡설수설

일 뿐이다. 암호도 아니고, 문법에 어긋난 말도 아닌, 단어의 임상적 의미로 따지면 한때 우리가 바보천치라고 일컫던 장황하고 두서없는 말들.

나는 터져 나오는 웃음을 꾹 참았다. 웃음을 참기 위해 입속으로 내 뺨을 억지로 물고 있어야 했다. 진지한 척, 관심 있는 척, 내 의무인 척하며 적절한 표정을 유지해야 했다.

그리고 다른 쪽들을 훑어봤다. MRI, 즉 자기공명영상 결과를 보니 청각 연합 영역(Brodmann area 22), 내가 기대하는 바로 그 위치에 상당한 병변이 있었다.

"이것도 스키 사고 때문인가요?"

내가 물었다.

"이전에 손상된 흔적은 없나요?"

물론 그들은 모를 것이다. 서른네 살의 남자들이 이유 없이 뇌를 스캔하는 습관이 있을 리 없으니까.

"두통에 시달렸나요?"

칼 목사가 어깨를 으쓱했다.

"맞다는 거예요? 아니라는 거예요? 목사님?"

내가 물었다.

"그런 정보는 들은 적 없어요."

나는 패트릭을 돌아봤지만 패트릭도 고개를 저었다.

"우리는 대통령 가족의 의료 기록을 마음대로 공개할 수 없습니다."

"하지만 내가 도와주길 바라잖아요."

"당신은 이 나라 최고의 전문가니까요, 매클렐런 박사."

칼 목사가 커피 테이블 너머로 몸을 기울이며 가까이 다가왔다. 칼 목사의 얼굴, 날카로운 윤곽이 내 얼굴과 겨우 한뼘 정도 떨어져 있었다. 일본 애니메이션 캐릭터 같은 구석도 있지만, 칼 목사는 꽤 잘생겼다. 집 안의 열기에도 여전히 양복 재킷을 입고 있었지만, 옷 속에 숨은 골격은 매우 탄탄해 보였다. 문득 올리비아 킹 같은 여자들은 남몰래 그를 사랑하는지 궁금했다.

마침 칼 목사의 시제를 바로잡을 기회라 때를 놓치지 않고 말했다.

"그랬었죠. 지난 1년 동안 아무 일도 하지 않았다는 건 말할 필요도 없고요."

칼 목사는 아무 반응도 하지 않은 채 등을 뒤로 젖히더니 두 손을 맞대고 긴 손가락으로 완벽한 이등변 삼각형을 만들었다. 어쩌면 거울 앞에서 이런 연습을 하는지도 모른다.

"음, 그래서 오늘 우리가 여기 온 거예요."

칼 목사는 텔레비전 설교 때 하던 것처럼 잠시 말을 멈췄다.

하지만 나는 칼이 무슨 말을 할지 이미 알고 있었다. 나는 그의 눈을 피하며 패트릭과 방 안의 다른 남자들을 두리번거렸다.

"매클렐런 박사님, 저희 팀에 와주셨으면 합니다."

12

우리 팀이라니.

내 안에서 100가지 반응이 터져 나왔다. 그 가운데 99가지
는 패트릭을 강제 퇴직시키거나, 그보다 더 나쁜 결과를 가
져올 만한 것이었다. 그렇다고 합의나 열망에 관한 말이 내
뇌를 뚫고 입으로 나가는 일은 없을 것이다. 나는 흥분하지
않았다. 하지만 칼 목사가 말 대신 집게발을 뻗어 내 안에 구
멍을 뚫은 것처럼 복부에 통증이 느껴졌다. 그들은 내가 필
요할지 모르지만, 필요는 바람과 다르다. 그리고 나는 이 사
람들 가운데 누구도 믿지 않는다.

"제게 선택권이 있나요?"

내가 말했다. 그렇게 물어도 될 것 같았다.

칼 목사는 두 손을 떼어놓은 뒤 성자가 기도하는 듯한 몸
짓을 취했다. 나는 TV에서 그가 어떤 도움을 청할 때, 더 많
은 순수 여성과 순수 남성과 순수 가족이 그의 무리에 합류
하도록 요청할 때, 돈을 요구할 때 그렇게 행동하는 걸 본 적
이 있다. 지금, 이 순간 칼 목사의 손은 내가 터질 때까지 나
를 꽉 쥐어짜려는 올가미 같았다.

"물론이지요."

그의 목소리는 지나치게 상냥하면서도 가식적이었다.

"박사님이 어떤 기분일지, 집과 아이들을 떠나 판에 박힌 일상 속으로 돌아가는 게 어떤 기분일지 잘 압니다."

칼 목사가 집 안을 이리저리 훑어보며 말했다. 집 안은 잡동사니로 가득 차 사방이 어수선했다. 지난주에 내가 벗어 던진 신발 세 켤레, 창턱에 내려앉은 먼지, 칼 목사의 신발 옆 카펫에 남은 오래된 커피 자국.

나는 집안일에 소질이 없었다.

칼 목사가 말을 이었다.

"혹시 몰라 또 다른 과학자 콴 박사와도 얘기를 나누었습니다. 우린 지금 지원이 필요하니까요. 박사님도 콴 박사를 알고 있으리라 생각해요."

"네."

린 콴은 나의 옛 상사다. 그랬었다. 그들이 그녀를 대신해 남자 과장을 앉히기 전까지는 그랬다. 나는 어째서 그 남자에게 이 일을 부탁하지 않았냐고 물어볼 필요가 없었다. 린이 작정하고 밀고 나갔다면, 그 남자의 자금 지원은 첫 실험의 재앙이 끝나자마자 끊겼을 것이다. 그 남자는 그렇게 서툴렀다.

"그러니까,"

칼 목사가 말했다. 지금 목사의 손은 아래로 내려갔고, 더는 나를 쳐다보지 않은 채 토머스가 20분 동안 쥐고 있는 내 금속 카운터만 보고 있었다.

"박사님의 선택입니다. 새로 연구실을 꾸려 연구를 재개하

86

면 되니까요. 앞으로 계속이요. 아니면…….”

“아니면요?”

나는 패트릭과 눈을 맞추며 말했다.

“아니면 모든 게 정상으로 돌아가겠지요. 박사님 가족들도 그걸 더 좋아할 거고요.”

칼 목사는 말을 하는 동안 나를 쳐다보지 않았다. 내 남편의 반응을 관찰하는지 패트릭만 줄곧 쳐다봤다.

마치 지난 1년 동안의 우리 삶이 정상이었던 것처럼. 그때 나는 깨달았다. 칼 코빈은 자기가 설교하는 바를 실제로 믿었다. 처음에는 그가 순수운동을 주도했다고 생각했다. 그래서 빅토리아 시대의 가정 교양을 부활시키고 여성들을 공공 영역에서 배제하려는 그의 동기가 순전히 여성 혐오적으로 보였다. 어떤 면에서, 나는 그게 사실이길 바랐다. 그것이 반체제보다 덜 소름 끼쳤으니까.

2년 전 일요일 아침, 스티븐이 처음으로 내게 그 사실을 설명해주었다.

“일종의 전통이에요, 엄마. 옛날처럼요.”

“옛날? 대체 어느 옛날? 고대 그리스? 수메르? 바빌로니아?”

스티븐은 시리얼 그릇 두 개에 바나나 두 개를 썰어 반반씩 얹었다. 샘과 레오가 열다섯 살이 되면, 나는 설탕이 들지 않은 치리오스 시리얼을 사야 할 것이다.

“음, 글쎄요. 고대 그리스 시대에 공적 영역과 사적 영역에 관한 개념이 있긴 했지만, 조금 더 거슬러 올라가야 해요. 수렵 채집 시대를 생각해봐요. 생물학적으로 우리는 서로 다르니까요."

"우리?"

내가 물었다.

"남자와 여자잖아요, 엄마."

스티븐은 시리얼을 바삭거리다가 오른팔을 구부렸다.

"이거 좀 보세요. 엄마가 1년 동안 매일 체육관에 간다고 해도, 그래도 나 같은 근육은 안 생길걸요."

스티븐은 내 얼굴에 떠오른 순수한 불신의 눈빛을 본 게 분명했다. 말의 방향을 바꾸었기 때문이다.

"엄마가 약하다는 뜻이 아니라, 그냥 다른 존재라는 말이에요."

맙소사.

나는 내 관자놀이를 가리켰다.

"이거 보이니, 아들? 10년 더 공부하면 너에게도 이런 게 생길 거야. 아닐 수도 있고. 이건 성별과 전혀 상관이 없어."

내 목소리가 높아졌다.

"진정해요, 엄마."

"나한테 진정하라고 하지 마."

"엄마 지금 좀 신경질적으로 보여요. 전 단지 여성이 할 일과 남성이 할 일이 다르다는 게 생물학적으로 이치에 맞는다는 걸 말하고 싶었어요. 예를 들어, 엄마는 정말 훌륭한 선

88

생님이지만, 만약 엄마가 도랑을 파는 일을 했다면 아마 한 시간 이상은 못 버틸걸요."

"난 과학자야, 스티븐. 유치원 선생님이 아니라. 그리고 난 히스테리 따윈 없어."

과연 그럴까. 사실 나는 조금 신경질적이었다.

나는 손을 부들부들 떨며 두 번째 커피를 잔에 따랐다.

스티븐은 포기하지 않았다. 그리고 종교 영양학 입문인지 뭔지 하는 그 빌어먹을 AP 수업 교과서를 펴 읽기 시작했다.

"'여자는 투표할 수 없지만, 자기만의 영역이 있으며, 놀라운 책임감과 중요성을 가지고 있다. 여자는 신성한 가정의 수호신이다……. 아내와 어머니, 그리고 집안의 천사라는 위치가 여자에게 주어진 가장 거룩하고, 가장 책임감 있고, 여왕 같은 자리라는 걸 더 깊이 깨달아야 한다. 그러므로 더 높은 어떤 것에 대한 모든 야망을 버려야 한다. 평범한 인간들에게는 그렇게 높은 것이 없기 때문이다. 존 밀튼 윌리엄스 목사.' 들으셨죠? 엄마는 여왕 같은 존재예요."

"끔찍하구나."

나는 커피가 더 마시고 싶었지만, 내가 얼마나 흥분했는지 스티븐에게 보이고 싶지 않아 빈 커피잔을 싱크대 위에 그냥 두었다.

"이 수업은 그만둬야 할 것 같구나."

"안 돼요. 전 그 수업에 관심이 있어요. 제 말은, 생각해봐야 할 게 엄청 많거든요. 여자애들 몇 명도 그렇게 말해요."

"그럴 리가."

나는 일부러 껄끄러운 목소리를 드러내며 말했다.

"줄리아 킹을 예로 들어볼게요."

"줄리아 킹이 전체 여성 인구를 대표하는 건 아니야."

불쌍한 아이. 나는 내 이웃이 자기 딸을 세뇌하려고 무슨 짓을 했는지 궁금해졌다.

"진심이야. 스티븐, 그 수업은 취소해."

"싫어요."

열다섯 살. 반항의 시기. 나도 그 시기를 겪어 본 적이 있어 잘 알고 있었다.

부엌으로 들어온 패트릭이 커피 포트에 있는 물을 머그잔에 따르고는 휘휘 저었다.

"무슨 일이야?"

그러고는 스티븐의 머리카락을 쓰다듬은 뒤 내 뺨에 가볍게 입을 맞추었다.

"엄마한테 대들기엔 아직 너무 어린데."

"엄마가 AP 종교 수업을 그만두래요."

"왜?"

패트릭이 물었다.

"몰라요. 엄마께 물어보세요. 교과서가 엄마 마음에 들지 않은 것 같아요."

"교과서가 엉망이야."

내가 말했다. 패트릭이 그 책을 집어 들고 마치 옛날 만화를 훑어보듯 획획 넘겼다.

"나한테 그렇게 나쁘게 보이지는 않는데."

"자기도 읽어보면 그렇게 생각할 거야."

"여보, 진정해, 스티븐이 원하는 걸 하게 놔둬. 아무것도 해치지 않을 거야."

어쩌면 내가 남편을 미워하기 시작한 게 그때부터였는지도 모르겠다.

나는 내 주위를 둘러싼 일곱 명의 남자들이 나를 그들의 대열에 합류시키려고 기다리는 게 싫었다.

"세부적인 사항이 좀 필요해요."

내가 말했다. 그들은 내가 시간을 끌고 있다는 걸 눈치채지 못할 것이다.

어쩌면 내가 다시 일하러 갈 기회를 단번에 붙잡지 않는 게 미친 짓일지도 모른다. 우리에게 여분의 수입이 생길 것이다. 그건 고마운 일이다. 게다가 나는 내 연구, 내 책, 린 및 대학원 조교들과의 공동 연구가 그리웠다. 자유로운 토론도 그리웠다.

무엇보다도 희망이 그리웠다.

꿈꾸던 그 희망에 거의 가까이 갔었는데. 젠장.

브로카 실어증에 대한 우리의 미진했던 연구를 포기하고 베르니케 실어증으로 연구 주제를 바꾸자는 건 린의 생각이었다. 린이 왜 그랬는지 알고 있다. 브로카 환자들은 듣고 이해할 줄 아는데도 말을 더듬었고, 자포자기식 좌절감에 짓눌려 더욱 심하게 말을 더듬었다. 하지만 말을 할 수 있긴 했다. 대부분 브로카 실어증 환자들의 언어는 온전했다. 단지 뇌졸중을 앓거나, 계단에서 굴러떨어지거나, 자유 진영의 제복을 입고 몇몇 사막을 헤치며 다니는 동안 계속된 머리의 부상으로 인해 언어를 말로 옮기는 능력이 서툴렀을 뿐이다. 그래도 그들은 자신을 향한 가족의 응원과 격려의 말을 듣고 이해할 수 있었다. 이보다 심각한 피해자들은 바비 마이어스처럼 깊은 손상을, 더 오래전에 입은 사람들이었다. 그들에게 언어는 의미도 없고 빠져나갈 수도 없는 미로가 되었다. 어쩌면 바다에서 길을 잃은 것보다 더 혼란스럽겠지.

그래, 나는 돌아가고 싶다. 착실하게 혈청을 연구하다가 준비가 되면 레이 부인의 노쇠한 혈관에 주입하고 싶다. 레이 부인이 우리 집에 처음 왔을 때, 푸르른 버지니아 참나무와 별이 총총 박힌 듯 거대한 별목련, 어떤 향수와도 비교할 수 없이 달콤한 향기를 풍기는 라일락에 대해 들려주던 그 목소리를 다시 듣고 싶다. 레이 부인은 이러한 자연이 주는 감동을 신의 선물로 여겼고, 나는 감동에 물든 그녀의 모습을 묵묵히 바라봤다. 저 위에 누가 있든지 간에, 그 남자 또는 그 여자는 나무와 꽃으로 근사한 작품을 만들어냈다.

하지만 난 대통령과 그의 형뿐만 아니라, 그 어떤 남자에게든 관심을 쏟고 싶지 않다.

"음, 매클렐런 박사?"

칼 목사가 말했다. 나는 그에게 싫다고 말하고 싶었다.

13

세상에, 집 안이 너무 더웠다. 에어컨 가스가 또 새는 게 분명했다. 어쩌면 그게 우리에겐 행운이 아닐까?

자리에서 일어나 보니 청바지가 땀에 젖어 내 다리에 착 달라붙어 있었다. 그래서 부엌으로 가 내 잔에 물을 채웠다.

"패트릭, 잠깐만 도와줄래?"

나는 패트릭을 불렀다. 패트릭이 거실에 있는 빈 잔들을 들고 내 곁으로 왔다. 내가 냉장고 제빙기에서 얼음을 꺼내 빈 유리잔에 차례로 채우는 동안, 패트릭이 내 왼쪽 손목을 잡고 말했다.

"당신도 예전으로 돌아가는 게 싫잖아?"

나는 습관적으로 머리를 흔들었다.

"거래처럼 생각해봐, 자기야. 저들이 얻는 게 있듯이 당신도 그렇잖아."

"그들이 지금 뭘 하는 건지 똑바로 보라고."

내가 말했다.

"빌어먹을 공갈 협박이잖아."

패트릭은 마치 우주 전체를 폐에 넣은 사람처럼 깊은 한숨을 쉬었다.

"그럼 아이들을 위해서라도."

아이들이라.

스티븐은 신경 쓸 필요가 없었다. 대학 지원서를 작성하고 학업 계획서를 쓰느라 분주한데다 코앞으로 다가온 시험을 준비해야 하니까. 또한, 이번 학기 내내 줄리아 킹을 곁눈질 하느라 정신이 없었다. 겨우 열한 살인 쌍둥이는 축구 경기 와 국제 어린이 야구 대회에 참가하고 있다. 하지만 소니아 가 있다. 만약 내가 가진 지식과 말을 거래하게 된다면, 그건 모두 소니아를 위한 것이다.

내 머릿속 쳇바퀴가 시끄럽게 떠들었다. 물컵을 들고 멈춰 선 패트릭이 나를 빤히 바라보고 있었기 때문이다.

"소니아를 위해서라도."

"일단 나는 세부사항을 더 알고 싶어."

내가 이대로 다시 거실로 돌아가면, 그들을 잡을 수 있었다. 칼 목사는 정치인에서 영업 사원으로 태도를 바꿨다.

"박사님. 이 프로젝트가 진행되는 동안 박사님의 카운터 를 빼셔도 됩니다. 물론 박사님이 동의한다면요. 그리고 최 신 시설의 연구소와 필요한 모든 자금과 지원을 받게 될 겁 니다. 우리가 드릴 거예요."

칼 목사는 새로운 봉투에서 또 다른 서류를 확인했다.

"만약 박사님이 90일 이내에 치료법을 찾는 데 성공한다 면, 월급과 함께 꽤 많은 보너스를 드릴 겁니다."

"그 후에는요?"

나는 청바지가 달라붙은 허벅지를 의자에 갖다 대며 물었다.

"음······."

칼 목사가 비밀 요원 중 한 명과 눈을 마주쳤다. 남자가 고개를 끄덕였다.

"하루 100단어로 다시 돌아가나요?"

내가 물었다.

"이건 제가 극비리에 박사님께만 말씀드리는 겁니다. 무슨 뜻인지 아시죠? 앞으로 언젠가는 단어 수가 늘어날 거예요. 일단 모든 게 제자리로 돌아가면."

음, 이건 새로운 정보군. 나는 칼 목사가 또 어떤 비밀 정보를 가져왔는지 기대됐다.

"우리의 바람은······."

칼 목사는 이제 완전히 설교조로 말하고 있었다.

"사람들이 잘 정착하고 새로운 리듬에 적응해서 더는 이런 바보 같은 팔찌를 차지 않는 겁니다."

그러고는 마치 고문 도구가 아닌 자질구레한 패션 소품인 듯 무시하는 태도로 말했다.

물론, 우리는 규칙을 위반할 때만 고통을 느꼈다.

나는 이 규칙을 처음 알게 된 날이 기억났다.

5분도 채 걸리지 않았다. 흰색 벽으로 둘러싸인 정부 청사에서였다. 한 남자가 내게 설명하며 연설했을 뿐, 절대 대화는 나누지 않았다. 물론 패트릭은 설명도 듣고 대화도 나눌 것이다. 집에서는 어땠냐고? 그 일당 중 한 명이 집으로 와 정문과 뒷문에 카메라를 설치하고, 컴퓨터를 잠가놓고, 책도 모두 싸버렸다. 심지어 소니아의 알파벳 동화책까지. 보드게임은 소포 상자에 들어갔고, 소포 상자는 패트릭의 서재에 있는 벽장에 들어갔다. 그날 오후, 나는 내 몸에서 태어난 지 겨우 다섯 해밖에 되지 않은 어린 소니아를 데리고 하얀 정부 청사로 가서 그녀에게 카운터를 채웠다. 공무원들은 내게 다양한 색을 보여주며 고르라고 했다.

"어린 여자애에게는 분홍색이 가장 어울리죠."

그들이 말했다. 하지만 나는 내 카운터로 은색을, 소니아 카운터로 빨간색을 가리켰다. 소심한 반항이었으리라.

남자들 가운데 한 명이 자리에서 뜨더니 내 애플워치를 대체할 금속 카운터를 가지고 돌아왔다. 애플워치는 패트릭이 작년 크리스마스 때 나를 위해 준비한 깜짝 선물이었다. 금속 카운터는 가볍고 부드러운 합금이었으나 내 피부에 익숙하지 않았다.

그 남자는 카운터가 내 목소리를 인식할 수 있도록 조작한 뒤 숫자를 0으로 맞추고는 나를 집으로 돌려보냈다.

당연히, 나는 그들의 말을 한마디도 믿지 않았다. 그림책으로 보여준 스케치도, 패트릭이 부엌 식탁에서 차를 마시며 큰 소리로 읽어준 경고문도 믿을 수 없었다. 소니아가 애착 인형도 버려둔 채 반짝반짝 빛나는 빨간 손목 팔찌에 푹 빠져 있는 동안 축구 연습과 시험 결과에 대해 얘기하느라 정신없이 집으로 불쑥 들어오던 스티븐과 쌍둥이를 보고 나는 그 포문을 열었다. 내 말은 걷잡을 수 없이 저절로 튀어나왔다. 수백 가지 색과 모양으로 된 단어가 방 안을 가득 메웠다. 대부분 차갑고 날카로운 말들이었다.

그러다 나는 극심한 통증 때문에 그 자리에서 쓰러졌다.

우리 몸은 신체적인 외상을 잊을 수 있는 메커니즘을 가지고 있다. 태어날 때의 고통이 기억나지 않는 것처럼, 나는 그날 오후에 있었던 모든 것을 잊었다. 패트릭의 눈물, 충격에 빠진 내 아들들의 얼굴, 그리고 빨간 팔찌를 신나게 가지고 놀며 좋아하던 소니아의 비명 소리를 제외하면. 또 하나가 있다. 어린 내 딸이 체리색 빨간 괴물을 입에 문 장면도 기억났다.

마치 소니아가 그 팔찌에 입을 맞추는 것처럼 보였으니까.

14

마침내, 칼 목사와 그의 일행이 떠날 채비를 했다.

칼 목사는 레인지 로버, 비밀 요원과 토머스는 각각 다른 차를 탄 뒤 내 집 마당을 홀연히 빠져나갔다. 패트릭과 나는 거실에 남았고, 컵 받침 위로 물이 뚝뚝 떨어지는 빈 잔 여덟 개가 거실 테이블 위에 덩그러니 놓여 있었다.

아직 아무것도 결정된 건 없었다.

패트릭은 땀을 흘리며 거실을 서성이고 있었다. 평소 늘 헝클어져 있는 패트릭의 금발이 땀에 젖어 얼굴 주변으로 길게 늘어졌다. 이 순간만큼은 내 남편이 아니라 우리에 갇힌 고양이처럼 보였다. 아니면 들개를 닮았다고 하는 게 더 맞으려나. 어쨌든 모두 무리 지어 사는 동물들이니까.

"그들이 소니아의 카운터는 끄지 않을 거야."

내가 말했다.

"그렇겠지. 결국. 만약 소니아가 팔찌도 없이 학교에 나타나면 어떨지 생각해봐."

"팔찌라고 하지 마."

"알았어. 카운터."

나는 엄지와 집게손가락만 사용해 빈 잔들을 쟁반으로 옮겼다. 왠지 필요 이상으로 그 잔들을 만지고 싶지 않았다. 칼 목사가 잡고 흔들었던 내 손은 잿물로 씻어버리고 싶었다.

"당신이 뭔가 할 수는 없어? 당신이 '거래'라고 표현했으니 제대로 거래를 하자고. 내가 망할 놈들을 위해 일하러 가는데 내 딸이 말이라도 할 수 있어야 할 거 아니야."

"내가 할 수 있는 일이 있나 알아볼게."

"패트릭, 당신은 대통령의 빌어먹을 과학 고문이잖아. 뭔가 할 수 있으면 좋겠어."

"진."

"그렇게 부르지 마!"

나는 들고 있던 유리잔을 세게 내리쳤고, 유리잔은 산산이 부서졌다.

패트릭이 총알같이 달려와 피가 줄줄 흐르는 내 손을 붙잡았다.

"건드리지 마."

내가 말했다. 엄지손가락 아래 부드러운 살점 속에 유리 조각 하나가 쐐기처럼 박혀 있었다. 그리고 피가 흘렀다. 꽤 많은 피가 흐르고 있었다.

상처 위로 물이 흐르자, 나는 30분 전 칼 목사가 내 거실을 무대 삼아 미래에 대한 계획을 얘기하던 때로 기억을 더듬었다.

뭔가 이상했다. 어쩌면 웃음기 없는 칼 목사의 눈과 입, 아니면 그의 문장 패턴이 문제였을 수도 있다. 그들은 너무 잘 훈련되어 있었고, 심지어 운율과 억양마저 연습한 티가 났다. 그 와중에도 주저하며 머뭇거리는 목소리는 잘 들렸다. '음, 저……' 같은 말들이 너무 많아서 대통령이 일부러 바꾸고 수정하고 조정한 긴 설명회를 망치고 말았다.

내가 패트릭을 신뢰하지 않는다는 걸 깨달은 순간을 딱 꼬집어 말할 수는 없었다.

"패트릭, 만약 그자들이 어떤 게임을 하고 있다면?"

내가 흐르는 물을 보며 묻는 동안 패트릭은 깨진 유리 조각들을 주워 쓰레기통에 버리고 있었다. 나는 돌아보지 않았다. 쓰레기통에 버려진 유리 조각들이 우리의 결혼 생활 같았다.

물론 늘 이랬던 것은 아니다. 네 명의 아이가 우연히 생기는 건 아니니까.

나와 함께 세면대로 간 패트릭은 의사들만의 능숙한 움직임으로 자기 손부터 팔꿈치까지 깨끗하게 씻은 뒤, 내 손목을 잡기 전에 나를 물끄러미 바라봤다. 패트릭의 손길은 여전히 부드러웠다.

"좋은 소식과 나쁜 소식이 있어. 뭐부터 듣고 싶어?"

"좋은 소식."

"좋아. 좋은 소식은 당신이 죽지 않는다는 거야."

"그러면 나쁜 소식은?"

"내 봉합 상자 가져올게."

봉합이라니. 제기랄.

"얼마나 꿰매야 해?"

"두세 바늘정도. 걱정하지 마. 보이는 것만큼 심각하진 않아."

검은색 가방을 들고 돌아온 패트릭은 내게 버번 한 잔을 따라주었다.

"이거 한 잔 마셔. 통증이 없어질 거야."

그러고는 나를 부엌 싱크대에 앉힌 뒤 봉합 도구를 꺼내더니 내 손에 난 상처 위에 의사 노릇을 할 준비를 마쳤다.

독한 술을 그대로 쭉 삼켰더니 소독된 바늘이 별 고통 없이 내 피부 속으로 미끄러져 들어갔다. 그래도 난 보지 않기로 했다. 패트릭이 거들어달라고 부탁할 때만 빼고.

"당신이 간호사가 아니라 천만다행이야."

패트릭이 말했다. 문득 우리 사이에 다정한 분위기가 감돌았다.

아주 잠깐.

패트릭은 봉합용 매듭을 만든 다음 남은 실을 잘라내며 내 손을 툭툭 쳤다.

"다 끝났습니다. 프랑켄슈타인 박사님. 새것처럼 감쪽같죠?"

"프랑켄슈타인 박사는 지퍼가 없었거든."

내가 말했다.

"어쨌든, 어떻게 생각해? 그들은 게임을 하는 걸까, 아니면 정말 진지하게 말했던 걸까?"

패트릭에게 물었다.

"난 잘 모르겠어, 진."

또 '진'이라니. 제기랄.

"생각해봐, 내가 이 일을 맡는다면 그들이 내 연구로 전 세계를 위협하지 않을 거라고 어떻게 장담하겠어?"

"실어증 예방 혈청으로? 그럴 리가."

나는 갑작스러운 출혈과 독한 버번 때문인지 머리가 어지러웠다.

"난 그들을 믿지 않을 뿐이야."

"그럼 좋아."

패트릭이 혼자 술을 따라 마시다가 귀청이 떨어져 나갈 정도로 큰 소리를 내며 조리대 위에 술병을 쿵 내려놓았다.

"그 일 맡지 마. 다음 주에 내가 월급 받으면 에어컨 수리하고, 빌어먹을 당신 팔찌를 다시 끼우자고. 우리 모두 오늘 아침의 우리 모습 그대로 돌아가면 돼."

"빌어먹을."

패트릭은 몹시 화가 나 있었고, 마음에 큰 상처가 났으며, 좌절감에 사로잡혔다. 하지만 이 가운데 어느 것도 그의 입에서 나온 다음 말을 정당화하지 못했다. 결코 되돌릴 수 없는, 깨진 유리 조각보다 더 깊게 파고들어 나를 피투성이로 만들어버린 그 말들.

"있잖아, 여보. 당신이 말을 안 하는 게 더 나았을까?"

15

내 손목에 금속 카운터를 채우지 않아도 오늘 저녁은 무척 조용했다.

평소 음식을 떠먹으면서도 수다를 떠는 스티븐마저 학교나 줄리아 킹, 축구에 대한 얘기를 하지 않았다. 쌍둥이는 혼란스러운지 의자에 삐딱하게 앉아 있었고, 소니아는 자기 접시와 내 왼쪽 손목을 번갈아 보면서도 학교에서 집으로 돌아온 후로는 아무 말도 하지 않았다. 평소와 또 하나 다른 게 있다면 소니아와 스티븐이 한 번도 주먹을 맞대며 인사하지 않았다는 것이다.

말없이 식사를 끝낸 패트릭이 빈 접시를 부엌으로 가져간 뒤 마감 시간을 맞추어야 한다며 퉁명스럽게 몇 마디 남기고는 버번 텀블러를 가지고 서재로 달아났다. 패트릭이 누구에게 더 화가 났는지, 나인지, 아니면 그 자신인지 알 수 없었다.

"애들한테 얘기해줘, 진."

책장이 줄지어 늘어서 있는 자기만의 안식처로 가던 패트릭은 이 말을 남기고 문을 닫아버렸다.

음, 이런 분위기 어색한데.

나는 1년 넘게 아이들과 진정한 대화를 나누지 못했다. 한때는 포켓몬고가 시간 낭비인지, 가장 영리하고 혁신적인 게

임인지에 관해 열띤 논쟁을 벌이기도 했었다. 지금은 네 명의 아이가 말없이 나를 응시하며 엑스박스가 열리길 기다리고 있다. 지금은 내가 시합의 주인공이었으니까.

차라리 얼른 끝내는 게 좋을 것 같았다.

"그럼, 스티븐. 요즘 학교에는 어떤 일이 있니?"

내가 물었다.

"내일 두 과목 시험 봐요."

스티븐은 마치 일일 단어 할당량이 있는 사람처럼 툭툭 잘라 말했다.

"엄마가 공부 좀 도와줄까?"

"아니요. 괜찮아요."

스티븐은 잠시 생각에 잠기더니 '어쨌든 고마워요'라고 덧붙였다.

샘과 레오는 나름 더 열정적으로 얘기했다. 새로 온 축구 코치 얘기, 오늘 아침 연습에서 장난친 얘기 등 각자 다른 사람인 양 떠들었다. 쌍둥이는 거의 모든 얘기를 했다. 내 생각엔 쌍둥이는 늘 그렇게 자랐던 것 같았다.

오직 소니아만 눈을 크게 뜨고 나를 바라봤다. 마치 내가 다른 사람이 된 것 같은 표정으로. 아니면 내 몸에 털이 났거나, 용으로 변하기라도 한 것처럼. 소니아는 접시에 있는 고깃덩어리를 하나도 입에 대지 않았고, 오늘 오후에 내가 패트릭과 틀어진 뒤 사왔던 감자 몇 개만 먹었다.

"내가 또 나쁜 꿈을 꾸게 될까요?"

소니아가 물었다. 나는 무의식적으로 잘못된 질문 방식으로 대답했다.

"얘야, 왜 그렇게 생각해?"

하지만 곧 다시 말했다.

"아니. 엄마가 나쁜 꿈 안 꾸게 할 거야. 그리고 소니아 잘 때 동화책 읽어줄게, 알았지?"

소니아가 고개를 끄덕였다. 소니아의 손목에 있는 숫자가 반짝거리며 40을 가리켰다.

"무서워요."

소니아가 말했다.

"그럴 필요 없어."

샘과 레오가 초조한 눈빛을 주고받자 나는 고개를 가로저었다. 스티븐은 한 손가락을 입술에 대며 늘 그랬듯이 여동생에게 조용히 신호를 보냈다.

그러자 소니아가 다시 고개를 끄덕였다. 아일랜드 출신인 패트릭처럼 녹갈색 빛을 띠는 소니아의 눈에 눈물이 그렁그렁 맺혀 있었다.

"아직도 무서워?"

내가 물었다. 소니아가 또 한 번 고개를 끄덕였다.

"나쁜 꿈 때문에?"

이번에는 고개를 가로저었다.

소니아는 손목 카운터가 무슨 장치인지 모른다. 한마디 할 때마다 한 번씩 밝게 반짝이며 숫자와 맥박을 보여준다는 것 외에는. 우리는 소니아가 카운터의 비밀을 알 수 없게 늘 조심했다. 어쩌면 어리석은 짓이겠지만, 나는 여섯 살짜리 아이에게 전기 고통의 충격을 어떻게 묘사해야 할지 난감했다. 옳고 그름의 기준을 아이에게 주입하기 위해 전기의자의 참혹함에 대해 말하는 것 같았다. 소름 끼치는데다 불필요한 일이었다. 어떤 부모가 자식이 거짓말을 하거나 물건을 훔치지 않게 하려고 전기의자가 하는 일을 구구절절 설명할까?

카운터가 우리의 손목에 채워졌을 때 나는 역으로 소니아를 교육했다. 어린이들조차 카운터에 적응할 기간이 없었기 때문이다. 소니아가 말하는 대신 내 소매를 잡아당길 때마다, 고개를 끄덕이거나 가로저을 때마다 아이스크림 한 숟갈, 과자 한 개, 마시멜로를 푸짐하게 넣은 코코아 등을 주었다. 채찍보다는 당근을 선물로 준 셈이었다. 나는 소니아가 나처럼 어려운 방법을 배우는 게 싫었다.

게다가 나는 카운터의 또 다른 비밀을 알고 있었다. 규칙을 위반하면 참을 수 없는 통증이 계속 늘어났다.

카운터를 낀 첫날, 나는 무섭게 늘어나는 숫자를 감당할 수 없었다. 패트릭은 내 손목 난 흉터에 콜드크림을 발라주며 설명했다.

"100개가 넘은 후에 말한 첫 단어는 가벼운 충격만 올 거야, 진. 몸이 완전히 무력해지지는 않고 약간의 전율 정도만. 일종의 경고지. 당신도 눈치챘겠지만, 실제로 아프지는 않을 거야."

끔찍하군. 나는 생각했다.

"그 후 열 단어씩 늘어날 때마다 1마이크로 쿨롱의 10분의 1씩 늘어나. 0.5마이크로 쿨롱이 되면 고통을 느끼게 되고, 1마이크로 쿨롱이 되면……."

패트릭이 잠시 말을 멈추고 시선을 돌렸다.

"그러면 참을 수 없는 고통이 몰아칠 거야."

그리고 내 왼손을 잡고 카운터에 적힌 숫자를 확인했다.

"휴. 196이야. 당신이 계속 말을 하지 않아서 다행이군. 몇 마디만 더 했으면 1마이크로 쿨롱이 됐을 텐데."

패트릭과 나는 '참을 수 없는 고통'의 의미를 두고 다소 다른 생각을 하고 있었다.

내가 얼린 완두콩 한 봉지를 팔찌 모양으로 상처 난 손목에 올려놓고 굳게 닫힌 소니아의 침실 문을 바라보는 동안에도 패트릭은 계속 말을 이었다. 패트릭의 고집대로 아들들은 소니아와 함께 그 방에 있었고, 소니아가 말하지 않고 있다는 건 의심의 여지가 없었다. 감전된 여주인공 역할에 여섯 살짜리 소녀가 캐스팅되기를 바라는 사람은 아무도 없었다.

"내 생각엔 당신이 너무 빨리 말해서 이런 일이 일어나는 것 같아, 자기야. 말이 빠르니까 장치가 따라가지 못하나봐."

패트릭의 눈에 눈물이 고였다.

"내일 아침 이 일을 아는 사람에게 한 번 얘기해볼게. 약속해. 이런, 정말 미안해."

내 어린 딸이 왜 아픈지 영문도 모른 채 전기의자에서 뛰쳐나오는 모습을 떠올리는 데는 1초도 걸리지 않았다. 내 창자가 뜨거운 용암으로 바뀌는 것 같았다. 그래서 그때부터 나는 마치 개를 훈련하듯, 보상에 초점을 맞추어 조건반사식으로 소니아를 길들였고, 이 모든 건 더 큰 이익을 위해서라고 생각했다.

지금 내가 신경 써야 할 것은, 저녁 식탁 앞에서 나누는 우리의 이상한 대화 따위가 아니라는 것을 깨달았다.

손도 대지 않은 고깃덩어리와 감자가 담긴 소니아의 접시 위에 굵은 빗방울 같은 눈물이 뚝뚝 떨어졌다.

"오늘 학교에서 안 좋은 일이 있었니?"

한 번은 위로, 한 번은 아래로, 소니아가 과장된 동작으로 고개를 끄덕였다. 나는 소니아가 뭔가 숨기고 있다는 것을 금세 알 수 있었다.

"좋아, 아가야. 자."

나는 곱슬곱슬한 소니아의 머리를 쓰다듬으며 그녀를 진정시켰다. 물론 내가 하고 싶은 건 비명을 지르는 것이었지만.

"누가 너한테 무슨 말을 했니?"

소니아의 입에서 희미하게 앓는 소리가 새어 나왔다.

"다른 여자애 중 한 명?"

이제 소니아의 머리가 오른쪽, 그리고 왼쪽으로 움직였다. 학생이 아니라는 말이다.

"그럼, 선생님?"

나는 소니아에게 시선을 고정한 채 스티븐에게 잠깐 눈을 흘겼다.

"스티븐, 네가 설거지할 차례인 거 알지?"

스티븐이 나를 뚫어지게 바라봤다.

"어서."

스티븐이 내 말에 따를 거라 기대하지 않았지만, 그는 부드러운 눈빛으로 차근차근 접시들을 치웠고, 빈 접시가 쌓이기 전에 바로 설거지를 시작했다. 내 아들은 이런 작은 복종을 대수롭지 않게 여겼다. 하지만 나는 오늘 오후 칼 코빈 목사가 내 거실에 앉아 한쪽 손을 뻗으며 내게 했던 앉으라는 제안조차 차마 용납할 수 없었다.

제안. 나는 생각했다. 그리고 수많은 단어가 직소 퍼즐처럼 내 머릿속에서 굴러다녔다. *사악함. 공식적. 모욕. 망할 놈의 머리통을 날려버려.*

쌍둥이들도 스티븐을 따라 고분고분하게 빈 접시들을 치웠다.

소니아와 나만 식탁에 남았다.

"아가 괜찮아?"

내가 말했다. 그러고는 소니아의 이마에 손을 얹었다. 조금 전만 해도 내 어린 딸은 7월 더운 어느 여름날 현관 앞에 둔 진토닉처럼 땀을 흘리고 있었지만, 지금은 조금 진정된 것 같았다. 땀은 흘리지 않았지만 그리 침착해 보이지도 않았다.

이 순간이 최악이었다. 바로 지금, 소니아의 시선이 스티븐에게 고정되어 있었다. 그리고 부엌으로 향하는 스티븐의 발걸음을 보며 얼굴이 점점 굳어졌다. 최악의 상황이었다. 소니아가 정말 두려워하는 게 뭔지 이제야 깨달았다.

나는 아무 말도 하지 않았다. 단지 옛날 노래를 흥얼거리며 쇠고기 조각과 감자를 씻어내고 있는 스티븐 쪽으로 살짝 고개를 기울였다.

소니아도 고개를 끄덕였다.

하나뿐인 여동생이 태어났을 때 스티븐은 열한 살이었다.

생물학적으로 따지면 스티븐도 아버지가 될 수 있을 만큼 어른스러웠다. 스티븐은 늘 소니아와 함께 했다. 소니아를 재우기도 하고 놀아주기도 했으며 '엄마, 소니아 기저귀 더러워졌어!'라는 말도 없이 동생의 기저귀를 갈아주기도 했다. 아기의 옹알이를 알아듣는 청소년은 거의 없지만, 스티븐은 소니아의 옹알이 소리를 용케 알아들었다. 한 살도 채 안 된 소니아는 온 세상이 제 것인 양 신호를 보냈다. 먹고, 마시고, 자고, 인형과 놀고, 특히 소니아가 늘 좋아했을 응가하는 시간이 될 때마다 스티븐은 이 특별한 몸짓을, 이따금 구어체 언어가 섞인 신비한 원시 언어를 잘 알아들었다. 아무도, 심지어 진 매클렐런 박사조차도 조합할 수 없을 만큼 난해한 언어 체계인데도.

스티븐이 괴상한 선율로 노래를 부를 때면 나는 아무 생각도 할 수 없었다. 패트릭도 스티븐이 노래하는 소리에 아침 커피를 쏟을 뻔했으니까.

폴리스(Police) 노래 두-두-두-다-다-다-라는 멜로디도 있었고, '유색 인종 소녀'가 두-두-두를 흥얼거리며 남자를 꼬드기는 방법을 노래한 루 리드(Lou Reed)의 노래 가사도 있었다. 물론 지금은 극심한 인종차별주의자지만, 루 리드였기에 당시 온갖 쓰레기 같은 비난을 교묘히 피할 수 있었다. 스티븐은 모타운(Motown) 밴드나 모타운 밴드를 모창하는 백인 노래도 따라 불렀다. 현대 싱어송라이터들의 노래도 흥얼거렸다. 그들의 노래를 중얼중얼 더듬거리다 가사를 잊으면 결국 배변을 의미하는 유치한 단어로 운율을 맞추며 빈 곳을 채우기도 했다. 마지막에는 브람스에서 비욘세로 이어지는 뮤지컬 캐논을 흥흥거리다 단어 하나하나마다 '응가'로 바꾸며 울부짖었다.

옛날 기억들을 떠올리니 현재의 삶이 두 배나 버거웠지만, 마지막으로 소니아에게 물었다.

"오늘 스티븐이 너희 학교에 갔었니?"

소니아가 고개를 끄덕였다.

"엄마한테 그 얘기 하고 싶어?"

아니었다. 소니아는 고개를 끄덕이지 않았다.

"그럼 동화책 읽어줄까?"

내가 물었다. 나는 소니아를 방으로 보냈다. 식탁에서 일어난 소니아는 거실을 지나 양치질을 위해 욕실로 향했다. 스스로 양치하러 가는 소니아의 모습에, 쌍둥이에게 서로 다른 소변 구역을 정해줬던 때가 어렴풋이 떠올랐다. 딸아이도 그 나이가 되었다는 게 새삼스러웠다. 소니아가 패트릭의 서재 앞을 지나갔지만 방문이 열리는 소리는 나지 않았다.

나는 스티븐에게 마구 호통을 치며 화를 냈다. 어쩌면 이것이 최고의 훈육은 아니겠지만, 문득 화가 났다.

"스티븐, 오늘 소니아의 학교에서 무슨 일이 있었니?"

나는 TV가 있는 거실로 샘과 레오를 보낸 뒤 물었다. 쌍둥이는 거실로 몹시 가고 싶어 했다. 큰 형이 없으면 단 몇 분이라도 자기들끼리 리모컨을 차지할 수 있었다.

스티븐은 어깨를 으쓱했지만, 싱크대에서 돌아서지 않았다.

"얘, 엄마가 묻잖아."

내가 스티븐의 어깨를 누르자 스티븐이 돌아섰다. 이제야 나는 스티븐의 옷깃에 있는 새끼손가락만 한 작은 핀을 보았다. 은색 원 안쪽, 흰 바탕에 밝은 파란색으로 P자가 새겨져 있었다. 전에도 본 적이 있는 핀이었다.

처음 그 핀을 본 건 똑같은 옷을 입은 세 명의 여성이 재키 후아레즈를 갈기갈기 짓밟으며 열광적으로 전도하는 우스꽝스러운 장면이 텔레비전에 나왔을 때였다. 그 후, 일주일도 채 지나지 않아 올리비아 킹이 우리 집 현관을 두드리며 남는 달걀 있느냐고 물었을 때, 그녀가 입었던 옷에도 그 핀이 꽂혀 있었다.

어쩌면 파란색 P는 현재 남녀가 모두 착용하는 연대의 상징인지도 모른다. 올리비아의 딸 줄리아도 그 핀을 갖고 있었고, 내가 식료품점에 가거나 패트릭의 셔츠를 찾으러 세탁

소에 갈 때도 가끔 그 핀을 본 적이 있었다. 우체국에서 우연히 마주친 내 전 산부인과 의사였던 클라우디아 박사에게도 그 핀이 있었다. 물론 그때는 클라우디아가 아니라 그녀의 남편이 선물한 액세서리라고 생각했다.

당연히 P는 '순수(Pure)'의 약자라는 걸 알 수 있었다. 순수한 남자, 순수한 여자, 순수한 아이.

내가 궁금한 건 어째서 내 아들이 이 핀을 끼고 있느냐는 것이었다.

"너 이 핀 언제부터 낀 거니?"

나는 스티븐의 옷깃을 만지작거리며 말했다. 스티븐은 성가신 파리라도 되는 양 내 손을 쓸어내렸고 접시를 헹군 뒤 식기세척기로 옮겼다.

"어쩌다 생긴 거예요. 별일 아니잖아요."

"어쩌다 생겼다고? 뭐? 하늘에서 떨어진 거야? 아니면 배수구에서 주운 거야?"

대답이 없었다.

"이건 그냥 생기는 게 아니야, 스티븐."

스티븐은 어깨를 으쓱거리며 내 옆을 지나쳤고 냉장고에서 우유를 한 잔 따른 뒤 죽 들이켰다.

"물론 그냥 생기는 게 아니에요. 돈 주고 사야 해요."

"나도 알아. 그런데 왜 샀냐고?"

스티븐이 우유 한 잔을 또 다르더니 꿀꺽꿀꺽 마셨다.

"내일 시리얼을 위해 좀 남겨둬."

내가 말했다.

"이 집에 너만 있는 게 아니잖아."

"그럼 나가서 우유 한 통 사 오시는 게 어때요? 그게 엄마 일이잖아요."

나도 모르게 내 손이 스티븐의 얼굴로 향했다. 스티븐의 오른쪽 뺨에 벌건 손바닥 자국이 피어올랐다.

스티븐은 움찔하지도, 손을 들지도, 아무 반응도 하지 않았다.

"좋아요, 엄마. 언젠가는 그게 범죄가 될 거예요."

"이 개자식."

스티븐은 지금 우쭐해 있었다. 그래서 분위기가 더욱 심각했다.

"내가 어떻게 핀을 얻었는지 말씀드릴게요. 제가 뽑혔어요. 뽑혔다고요. 엄마. 여학교를 돌아다니며 새 카운터의 기능에 관해 설명해야 할 남학교 출신 자원봉사자가 필요했는데 제가 뽑혔어요. 그리고 지난 사흘 동안, 현장에 나가 카운터가 어떻게 작동하는지 시연했고요. 한번 보세요."

스티븐은 한쪽 소매를 걷어 올리며 화상 자국이 생긴 손목을 흔들었다.

"우리는 짝을 지어 교대로 활동해요. 그래서 소니아 같은 여자애들에게 무슨 일이 일어날지 다 알고 있어요."

그러고는 내게 한 번 더 반항하듯 우유를 쭉 들이켠 다음 입술을 훔쳤다.

"하지만 저는 소니아에게 다시 수화를 배우라고 부추기지 않을 거예요."

"대체 왜?"

나는 내 아들이 '소니아 같은 여자애들에게 무슨 일이 일어날지 안다'며 일부러 자기 몸에 전기 충격기를 실험하고 있다는 사실을 받아들이려 여전히 애쓰고 있었다.

"엄마. 솔직히. 엄마도 핀 꽂아야 해요."

타이르는 듯한 스티븐의 목소리가 부쩍 나이 들어 보였다. 이러쿵저러쿵 설명하기 지친 사람처럼.

"몸짓으로 신호를 보내면 우리가 이 운동을 시행하는 취지에 맞지 않잖아요."

물론 그렇겠지.

"자세한 것은 말할 수 없지만, 새로운 장치를 연구하는 사람들이 있어요. 아마 다음 장치는 장갑처럼 생겼을 거예요. 정말이에요. 제가 할 말은 그게 다예요."

스티븐이 미소를 지으며 몸을 곧추세웠다.

"제가 모의실험에 자원했다는 것도 알아두세요."

"뭐라고?"

"그런 게 바로 리더십이라는 거예요, 엄마. 그리고 순수한 남자들이 하는 일이고요."

무슨 말을 해야 할지 몰라서 닥치는 대로 먼저 떠오르는 말을 쏘아붙였다.

"이 빌어먹을 놈."

스티븐이 어깨를 으쓱거렸다.

"그러시든지요."

그러고는 부엌을 슬금슬금 걸어 나오며 빈 유리잔 옆에 '*우유 살 것*'이라고 적힌 쪽지를 남겨두었다.

샘과 레오가 부엌 문간에 서서 나를 쳐다보고 있었다. 그래서 나는 터져 나오려는 울음을 꾹 참았다.

16

소니아 옆에 누워 동화책을 읽어주던 나는 깊은 잠에 빠진 소니아의 숨소리가 들리자 침실로 갔다. 패트릭과 나 우리 둘만의 침실. 자정이 다 된 시간에도 패트릭은 여전히 서재에 있었기 때문에 오늘 밤은 모든 걸 혼자만 알고 있다. 패트릭이 이렇게 늦게까지 깨어 있는 경우는 별로 없었다.

오늘 밤, 나는 남자들에 관해 생각했다.

내가 쌍둥이를 침대에 눕히는 사이 스티븐은 거실에서 아이스크림을 먹으며 어쩌면 아들의 영웅일지도 모를 칼 목사의 TV쇼를 보고 있었다. 두 사람은 참 잘 어울리는 한 쌍 같았다. 둘 다 예전으로 돌아가려는 생각이 확고했으니까. 남자는 남자가 할 일, 여자는 여자가 할 일을 확실히 구분하며 영광, 영광을 부르짖던 빌어먹을 할렐루야 시대, *모두가 자기 위치를 확실히 알면 모든 게 훨씬 쉬워진다고 믿었던 시대.*

나는 스티븐을 미워할 수 없다. 스티븐은 진심으로 뭔가 잘못되었다고 믿고 있기 때문이다. 설령 내가 증오하는 걸 스티븐이 믿더라도.

하지만 다른 남자들은 달랐다.

우리가 카운터를 차기 시작한 후, 소니아의 다섯 번째 생일이 얼마 지나지 않았을 무렵 나는 단어로만 이루어진 질문이나 일종의 혼성어 같은 것만 준비해 주치의에게 전화를 걸었다. 그리고 구절을 줄이고 연결 동사와 수식어를 없애 가능한 한 빨리 본론만 말했다. 카운터는 단어 한마디, 한마디를 기록했고, 속삭임조차 알아채곤 했다.

나는 주치의에게 뭘 기대한 건지. 10년 넘게 나를 진료한 주치의가 나에게 무엇을 말해줄 수 있을지 누가 알겠는가. 어쩌면 나는 말 없는 상대방을 원했을지도 모른다. 아마도 나는 그녀가 얼마나 화가 났는지 듣고 싶었던 것 같다.

전화를 받은 클라우디아 박사는 내 말에 귀를 기울이고 있었다. 하지만 나지막하게 앓는 소리를 내며 클라우디아의 남편이 전화를 가로챘다.

"누구 잘못이라고 생각합니까?"

그가 말했다.

나는 부엌에 서서 그에게 설명하고 싶었지만 그러지 않으려고 조심했다. 클라우디아의 남편은 우리가 너무 친해 너무 많은 편지를 썼고 너무 많은 단어를 외쳤다고 말했다.

"당신들 교육 좀 받아야 할 것 같군요."

그러고는 전화를 끊었다. 나는 클라우디아에게 다시는 전화하지 않았다. 그래서 남자들이 어떻게 그녀를 침묵시켰는지, 어떻게 그녀의 진료실에 난입했는지, 아니면 부엌을 침범했는지, 클라우디아와 그녀의 딸을 밴에 태우고 가서 두 사람의 손목에 빛나는 금속 팔찌를 채우기 전에 희미한 회색 방 안에서 미래에 관해 뭐라고 설명했는지, 다시 두 사람을 집으로 보내며 요리하고 청소하고 가정적인 순수 여성이 되라고 했는지 알고 싶었지만 묻지 않았다. 어찌 보면 나름대로 교훈을 얻은 것이다.

클라우디아 박사는 한바탕 저항하고 나서야 그 핀을 꼈을 것이다. 하지만 나는 박사가 여전히 핀을 착용하고 있다는 것을 안다. 아마도 클라우디아의 딸들도 그럴 것이다. 옆집에 사는 줄리아 킹처럼. 줄리아는 찢어진 청바지와 등과 어깨가 훤히 드러나는 홀터 톱을 즐겨 입고 MP3 플레이어를 크게 틀어놓고 자전거를 타며 거리를 질주했고, 딕시 칙스(Dixie Chicks) 노래를 큰 소리로 따라 부르곤 했다. 게다가 정원에서 나를 만나면 올리비아가 얼마나 이상하게 행동하고 있는지, 망할 순수운동이 얼마나 우스꽝스러운지 눈을 굴리며 황당하다는 듯 말했다.

1년 반 전쯤에는 나와 얘기하는 줄리아의 모습을 목격한 에번이 그녀의 팔을 붙잡고 뒷문으로 질질 끌고 갔다.

나는 에번이 줄리아를 때렸을 때 들려온 그녀의 울음소리를 아직도 기억한다.

패트릭의 서재 문이 삐걱거리며 열렸지만, 그의 발걸음은 우리 침실이 아닌 먼 부엌 쪽으로 향했다. 나는 패트릭과 독한 술을 마시며 저녁 식사 후에 스티븐과 무슨 일이 있었는지 토로하고 싶었다. 그래서 패트릭에게 가야 했다. 당연히 그래야 한다.

하지만 나는 그러지 않을 것이다.

패트릭은 세 번째 유형의 남자였다. 순수운동 신봉자도 아니고 여자를 혐오하는 개자식도 아니었다. 단지 나약할 뿐이다. 그래서 나는 그렇지 않은 남자들에 대해 생각해보고 싶었다.

그래서 오늘 밤은 패트릭이 내게 사과한 뒤 잠자리에 들었더라도 로렌조를 내 마음에 품기로 했다.

내가 왜 밤새도록 내 남편의 팔이 아닌 로렌조의 팔이 내 허리를 감고 있다고 생각하는지 알 수 없다. 나는 조지타운 대학에서의 마지막 날 이후로 로렌조와 얘기를 나눈 적이 없었다. 뭐, 그 후로 딱 한 번 더 만난 적 있었지만 그때는 많은 말이 필요 없었다.

나는 내 몸을 에워싸고 있는 패트릭의 묵직한 팔에서 꿈틀거리며 빠져나왔다. 그것은 일종의 주인의식 같았다. 너무나 강한 소유욕이었다. 게다가 매끄러운 패트릭의 살갗, 부드러운 의사의 손길, 그리고 고운 곱슬머리가 내 기억을 방해하며 모두 지워버리고 있었다.

로렌조는 지금쯤 이탈리아로 돌아갔을지도 모른다. 잘 모르겠다. 내 마음과 성적 욕망이 그에게 향한 지, 그와 관계를 맺은 지 두 달이 지났다. 한낮의 추락에 온갖 위험을 무릅쓴 지도 두 달이 되었다.

추락이 아니야, 진. 사랑이야.

나는 자신에게 상기시켰다.

객원교수로서의 임무가 끝나면 우리가 '부츠'라고 부르는 장화 모양의 이탈리아로 돌아가는 게 로렌조의 계획이었다. 로렌조는 요리와 바다, 그리고 비옥한 화산토 위의 오렌지와 복숭아가 태양만 해 질 때까지 살찌는 그곳을 그리워했다. 그리고 그의 언어, 우리의 언어도.

패트릭이 옆에서 뒤척이자 나는 침대에서 빠져나왔다. 부엌 찬장에서 오래된 커피포트를 꺼내 작은 구멍이 뚫린 컵에 에스프레소 가루를 넣고 아래쪽 물통에 물을 채운 뒤 낮은 불에 올려놓았다. 새벽 5시가 다 되어서 더는 잠이 오지 않을 것 같았다.

커피가 점점 끓기 시작해서일까, 아니면 로렌조 때문일까? 불현듯 추위와 따스함이 한 번에 느껴졌다.

당시 로렌조는 사무실 안에 가스레인지를 가져다 놓았었다. 에너지 효율을 따지는 아파트나 값싼 모텔에서 흔히 볼 수 있는 1구짜리 조리기였다. 그 조리기와 의미론 서적 사이에 커피 한 캔이 있었는데, 교직원 휴게실에 비치된 싸구려 믹스커피가 아니라 진짜 커피였다. 우리는 건망성 실어증 환자들의 늘어난 어휘 회상 능력을 검토하기 위해 만났다. 어떤 이유에서인지, 명칭 실어증은 나를 늘 난처하게 했다. 아주 평범한 물건에 대해 말할 때, 역할을 설명하거나 생김새는 묘사할 줄 알면서 정작 그 물건의 이름을 떠올리지 못하는 환자들로 인해 내 연구는 늘 원점으로 되돌아갔다. 월말까지 긍정적인 보고서를 작성하지 못하면 나는 자금 지원과 종신 재직권에 작별 인사를 해야 할 상황이었다.

로렌조가 커피를 끓이는 동안, 우리는 최신 뇌 스캔 결과를 검토했다. MRI와 EEG, 이탈리아산 커피 사이에서 우리만의 은밀한 관계가 싹트기 시작했다.

내가 처음 매료된 건 짙고 까만 에스프레소를 작은 커피잔에 붓는 로렌조의 손이었다. 로렌조의 피부는 까무잡잡했고, 패트릭의 손에서 나는 분홍빛이 전혀 없었다. 손톱 하나가 부러져 있는데다 길고 가느다란 손가락 끝에는 굳은살이 있었다.

"기타 연주해요?"

"만돌린요. 기타도 좀 치고요."

로렌조가 대답했다.

"아버지가 만돌린을 연주하셨어요. 아버지가 연주를 시작하면 어머니는 노래를 따라 부르셨죠. 우리 모두 따라 했어요. 대단한 걸 부르는 게 아니라 그냥 평범한 민요들이었죠. 〈돌아오라 소렌토로(Torna a Surriento)〉나 〈무정한 마음(Core'ngrato)〉 그런 거요."

내 말을 듣더니 로렌조가 웃었다.

"뭐가 웃겨요?"

"미국 가족이 〈무정한 마음〉을 부른다니까요."

이제 내가 웃을 차례였다.

"왜 내가 미국인이라고 생각하죠?"

내가 이탈리아어로 말했다.

우리는 그렇게 로렌조의 사무실에서 만났다. 1구짜리 가스레인지와 커피포트가 있는 곳. 건망성 실어증 프로젝트를 끝내고, 다음 학기를 보장받을 수 있을지 몰라 다소 불확실한 시간을 보내면서도 우리는 계속 만났다.

"이탈리아를 좀 가져왔어."

로렌조가 봄방학 동안 가족을 만나고 돌아온 지 얼마 되지 않은 어느 날 내게 말했다. 우리는 영어 반, 이탈리아어 반에서 점점 나폴리 사투리로 말하기 시작했다. 로렌조의 사무실은 커피와 음악, 그가 주말 동안 할머니의 레시피대로 만들어 월요일마다 가져오는 바삭바삭한 타랄리 쿠키로 대륙주의의 풍미가 넘치는 오아시스가 되었다.

로렌조가 신문지에 싸여 있는 물건을 책상 너머로 밀었다.

"뭐예요?"

내가 물었다.

"지안나. 당신을 위한 음악이야. 열어봐."

신문지 안에는 나무상자가 들어 있었다. 테두리에 장미 꽃잎 무늬 다섯 개가 은은하게 새겨진 상자였다. 로렌조가 손을 뻗어 나무상자의 뚜껑을 손가락으로 밀어 올리기 전까지는 결코 음악이 들어 있는 것처럼 보이지 않았다.

나는 아직도 로렌조가 얼마나 조심스럽게 경첩의 윗부분을 들어 올렸는지 기억난다. 마치 새신랑이 신부의 무릎 위로 치맛자락을 걷어 올리고, 그녀의 스타킹 밴드에 손가락을 꽂을 준비를 하는 것처럼. 부드럽고 점잖지만 왠지 음탕함이 스며든 손길.

그때 처음으로 로렌조가 내 맨살에 손을 얹은 모습을 상상했다. 책으로 어수선한 사무실에서의 평범한 월요일, 뮤직박스에서는 〈돌아오라 소렌토로〉가 감미롭게 흐르고 커피포트에서는 짙고 달콤한 에스프레소가 끓고 있었다.

로렌조는 신봉자도 증오자도 겁쟁이도 아니었다. 그는 자신만의 카테고리로 내 마음속, 어둡지만 유쾌한 공간에 단단히 틀어박혀 있었다.

17

스티븐이 가장 먼저 일어나 패트릭이나 내가 아침 일과를 시작하기 전에 집을 나섰다. 쌍둥이는 비록 색의 조화는 엉망이었지만 그들만의 신기한 감각으로 옷을 차려입고 만족스러운 듯 식탁에 앉아 있었다. 그들은 이를 썩게 만드는 형형색색의 시리얼이 수북이 담긴 그릇에 마지막 남은 우유를 쏟아붓고 있었다. 레오는 스웨터를 뒤집어 입었고, 샘은 레오의 스웨터를 바로 입혀주었다. 쌍둥이 중 누구도 자기 시리얼을 두고 불평하지 않았다.

"어젯밤의 일은 그냥 말다툼이었단다."

내가 말했다.

"엄마가 말하니까 이상해요."

레오가 말했다. 그럴 만도 했다. 1년이 지났으니까.

잠이 덜 깬 것처럼 보이는 패트릭이 부엌으로 들어올 때쯤, 쌍둥이는 버스 정류장으로 가고 있었다. 나는 소니아에게 바람막이 점퍼를 입히며 그녀가 가느다란 팔을 한쪽씩 집어넣을 수 있도록 도와주었다. 그러다 내 손이 소니아의 빨간 팔찌에 닿자, 그녀는 자신의 작은 손을 당겨 옷소매 속에 감추었다.

"어제 스티븐 오빠랑 다투는 모습 보여서 미안해."

소니아도 그런 모습을 본 게 슬펐다는 듯한 표정으로 고개를 끄덕였다.

우리는 늘 그랬듯이 통학버스를 타기 위해 조용히 걸어갔다. 지금은 내가 말을 할 수 있었지만, 그 말을 어떻게 사용해야 할지, 어떻게 하면 아주 잠시나마 딸아이의 삶이 더 나아질지 알 수 없었다.

"더는 무서운 꿈 안 꿨지?"

소니아가 다시 고개를 끄덕였다. 물론, 그녀는 악몽을 꾸지 않았을 것이다. 어젯밤 내가 소니아의 코코아에 수면제를 살짝 넣었기 때문이다.

패트릭은 아직 이 사실을 모른다. 내가 그에게 말할 수나 있을지 모르겠다.

"학교 잘 다녀와."

내가 말했다. 그러고는 소니아가 버스에 오르는 걸 도와주었다.

학교 잘 다녀와. 겨우 이따위 거지 같은 말을 하다니.

나는 책상 앞에 앉은 내 딸의 모습을 상상했다. 어쩌면 교과서와 발랄한 헬로키티 필통이 놓여 있는 책상 위에서 통통한 짝꿍과 서로 *너 토미 좋아해? 토미가 널 좋아하는 것 같아!* 라고 적힌 비밀 쪽지를 주고받지 않을까? 플라스틱으로 덮인 필기용 작업대 위에 하트 모양이나 이니셜을 새기고, 이미 새겨져 있는 이름들을 추적하기도 하고, BL이 KT와 결혼한 적이 있는지, 수학 선생님이 정말 눈곱 낀 돼지 괴물인지 궁금해하지 않을까? 작문 주제가 '여름 방학 동안 내가 한 일'에서 '셰익스피어의 햄릿과 맥베스'로 바뀔 때쯤에는 두껍고 단조로웠던 글짓기 공책이 훨씬 얇아지고 푸른빛이 감도는 표지로 바뀌었었는데.

잃어버릴 거라고는 생각하지 않았던 그 모든 단순하고 평범한 것들.

요즘 애들은 뭘 공부할까? 덧셈과 뺄셈, 시계 보는 법이나 거스름돈 받는 법? 물론 가장 먼저 숫자를 세는 법을 배울 테지만. 100까지 쭉.

지난가을 소니아가 1학년에 입학했을 때, 소니아의 학교에서 공개 수업이 열렸다. 패트릭과 나는 다른 부모들과 함께 학교로 갔다. 아버지와 살거나 할아버지와 사는 학생은 본 적이 없다. 정작 여학생 가운데 한 명은 엄마가 두 명이었다. 물론, 더는 두 명의 엄마나 두 명의 아빠를 갖는 것은 불가능하다. 동성 부부의 자녀는 친부모가 '올바른' 방법으로 재혼할 때까지 가장 가까운 남자 친척, 즉 삼촌이나 할아버지, 형 등에게 맡겨졌다. 웃기는 건, 전환 치료나 동성애 치료에 관한 이야기가 오고 가는 동안, 동성애자들이 스스로 동참하게 만들 수 있는 확실한 방법, 즉 그들의 아이들을 데려가는 방법은 아무도 생각해내지 못했다는 것이다.

나는 그날 공개 수업에 참여하는 것이 의무였다고 생각했지만, 패트릭은 그렇게 말하지 않았다. 단지 내게 최첨단 시설들을 보러 가자고 권했을 뿐이다.

"최첨단이라고?"

나는 카운터를 확인한 다음 패트릭의 말에 반문했다.

한 시간 후 우리는 알게 되었다.

교실에는 여전히 책상과 프로젝션 스크린이 잘 갖춰져 있었고, 교실 게시판마다 아이들의 그림이 게시되어 있었다. 소풍 가는 가족, 서류 가방을 들고 있는 양복 차림의 남자, 밀짚모자를 쓰고 한쪽 구석의 화단에 보라색 꽃을 심는 여자, 통학버스를 탄 아이들, 인형을 가지고 노는 여학생들, 야구 경기를 하는 남학생들. 물론 예상은 했지만, 책은 한 권도 보이지 않았다. 우리는 교실에서 많은 시간을 보내지 못했고, 선생들은 저마다 작은 파란색 P핀을 옷깃에 꽂고 순회공연을 돌 듯 우리를 복도로 이끌며 데리고 다녔다.

"이곳이 재봉실이에요."

우리 무리를 이끄는 선생이 이중문을 열고 안으로 들어오라고 손짓하며 말했다.

"여학생들은 일단 잠자는 숲속의 공주를 찾지 않고 기계를 작동할 수 있는 나이가 되면…….'"

선생은 자신의 농담에 웃었다.

"그때부터는 디지털 재봉틀을 쓸 수 있을 거예요. 정말 놀라운 장비들이거든요."

그러고는 재봉틀 하나를 애완동물처럼 쓰다듬었다.

"자, 이제 저를 따라오시면 정원 가꾸기 구역으로 나가기 전에 부엌을 살짝 볼 수 있을 겁니다."

그냥 딱 가정 수업이었다. 그 이상은 아니었다.

버스가 정류장에서 멀어졌고, 나는 소니아에게 손을 흔들었다. 오늘, 그녀는 스물다섯 명의 다른 1학년생들과 함께 교실에 있을 것이다. 이야기를 듣고, 숫자를 연습하고, 부엌에서 반죽을 만들고 쿠키를 자르고 파이를 굽는 언니들을 도울 것이다. 이게 바로 현재의 학교 모습이다. 당분간은 계속 이럴 것이다. 어쩌면 영원히.

기억력은 저주받은 능력이다.

나는 내 외동딸이 부럽다. 소니아는 단어 할당제나 순수 운동이 시작되기 전의 학창시절에 대한 기억이 없으니까. 내가 마지막으로 소니아의 연약한 손목에 40보다 더 큰 숫자를 본 게 언제였는지 기억하려면 안간힘을 써야 한다. 물론 이틀 전에 그 숫자가 100까지 올라가기도 했지만. 다른 여자들, 나의 전 직장동료나 학생들, 린, 독서 동아리 여성 회원들, 내 주치의이자 산부인과 의사였던 여자, 다른 정원은 절대 가꾸지 않을 레이 여사, 기억은 우리가 가진 전부다.

내가 이길 방법은 없지만, 내가 승자라고 느낄 수 있는 방법은 있다.

길을 가로질러 다시 걸어와 우리 집 현관 앞의 계단을 오르는 동안, 나는 결심했다.

패트릭은 텔레비전을 켜놓고 칼 목사의 기자회견을 보고 있었다. 백악관 기자실은 여느 때와 똑같아 보였다. 여자는 한 명도 없었고, 짙은 정장 차림의 넥타이 부대만 무수할 뿐.

기자들은 모두 바비 마이어스 상태에 관한 칼 목사의 얘기를 들으며 고개를 끄덕였다.

"우리를 도울 사람이 있습니다."

칼이 말했다.

"누굽니까?", "어디서 찾았나요?", "정말 놀라운 뉴스군요!" 등 질문이 쏟아지며 기자실 분위기가 한껏 달아오르고 떠들썩해졌다. 패트릭이 TV를 보다 말고 내게 시선을 돌렸다.

"바로 당신이야, 여보. 연구소로 돌아가자."

하지만 나는 다시 연구소로 가고 싶지 않았다. 바비 마이어스를 위해서도, 대통령을 위해서도, 또는 그 방에 있는 다른 사람들을 위해서도. 칼 목사는 양손을 들어 들뜬 기자들을 진정시켰다. 마치 에어매트리스의 공기를 빼듯 아니면 더 약한 물체를 짓누르듯이.

"자, 모두 잘 들으세요. 우리가 하려는 일은 약간 파격적이고, 약간 급진적이지만, 진 매클렐런 박사가 그 일에 적임자라고 확신합니다."

칼 목사는 전문 용어를 제대로 말하려고 메모를 확인했다.

"베르니케 실어증이라고도 하죠. 말은 유창하지만 인지 능력이 떨어지는 감각성 실어증에 관한 매클렐런 박사의 연구는 획기적이었어요. 물론 그 연구는 우리의 대업을 마무리할 때까지 잠정적으로 보류해왔지만, 이제는……."

나는 TV를 껐다. 칼 목사가 무슨 말을 하든 조금도 신경 쓰지 않았다. 절대 그럴 일 없을 테니까.

"난 안 할 거야."

패트릭에게 말했다.

"그러니까 당신 출근하기 전에 칼 목사에게 전화해."

"뭐라고 말하라는 거야?"

나는 전기 충격기가 없는, 은색 빛이 사라진 내 손목을 바라봤다.

"내가 싫다고 했다고 전해줘."

"진. 부탁이야. 수락하지 않으면 무슨 일이 일어날지 잘 알잖아."

아마도 이렇게 말하는 게 패트릭의 방식일지도 모른다. 어쩌면 패트릭의 눈이 그렇게 말했을지 모른다. 지칠 만큼 두들겨 맞다 반항하는 강아지처럼. 어쩌면 패트릭이 말할 때 그의 입김에서 나오는 시큼한 우유 냄새와 커피 냄새 때문일지도 모른다. 이 세 가지가 모두 합쳐진 것일 수도 있지만, 지금, 이 순간, 우리가 네 아이를 임신한 집에서, 내가 더는 그를 사랑하지 않는다는 걸 깨달았다.

아니, 과연 그를 사랑한 적이 있을까.

18

이번에는 칼 목사 혼자 집에 왔다. 칼 목사의 양복은 어제처럼 값비싼 진회색 양모 재킷이었지만, 단추가 한 줄이 아닌 두 줄이었다. 나는 양복에 달린 단추를 세어봤다. 오른쪽에 세 개, 왼쪽에 세 개, 소매에 네 개. 몇 밀리미터씩 겹쳐져 있는 소매의 단추는 맞춤 양복의 상징으로, 남성복 매장을 운영하셨던 아버지는 그 단추를 키싱 단추라고 불렀다. 그것들은 실제로 여닫을 수 있는 단추였고, 칼 목사는 양 소매의 아래쪽 단추를 하나씩 열어두었다. 세상 사람들에게 자기가 얼마나 멋들어진 남자인지 과시하고 싶은 듯했다.

로렌조는 결코 이렇게 뽐내지 않았다.

2년 전, 우리가 베르니케 프로젝트의 또 다른 장애물을 헤치며 앞으로 나아가던 어느 날 오후, 나는 펜을 쥐고 있다가 실수로 로렌조의 재킷 소매에 잉크를 묻혔다. 그리 크진 않지만 보기 흉한 회색 자국이 남았다.

"내버려둬요."

로렌조가 말했다.

"금방 돌아올게요."

그 당시 나는 내 사무실에 헤어스프레이를 갖다뒀다. 여기서 '그 당시'란 로렌조와 내가 함께 일하기 시작한 다음 날부터를 말한다. 나는 어머니에게 물려받은 어두운색의 곱슬머리를 별로 신경 쓰지 않았고, 평소에도 제멋대로 곱슬거리도록 내버려뒀었다.

하지만 린이 갑작스러운 회의를 소집할 때를 대비하여 손톱 다듬는 도구들과 족집게, 그리고 간단한 화장 도구와 함께 폴 미첼 스프레이를 서랍 속에 보관하고 있었다.

여자라면 누구나 그런 만약의 경우를 대비한다.

나는 잉크 자국에 스프레이를 뿌려 닦은 다음, 그의 양복 소매에 달린 단추 네 개를 손톱으로 쓸어내렸다. 손이 닿자 단추들은 찰랑찰랑 소리를 냈다.

"키싱 단추네요. 한동안 못 봤었는데."

아버지는 내게 오직 이탈리아에서만 키싱 단추를 사용한다고 말씀하셨었다.

그래서 그렇게 되었다. 어린 시절 추억에 관한 어리석고 즉흥적인 대화 때문에. 로렌조는 발을 뻗어 문을 닫았고, 그의 입술은 내 입술을 훔치기 시작했다.

그곳은 정말 좋은 장소였다. 하지만 이제 나는 패트릭과 양쪽 소매의 단추를 하나씩 풀어헤친 칼 목사가 있는 우리 집 거실로 돌아왔다.

"매클렐런 박사님, 우리는 당신이 수락했으면 해요."

칼 목사가 입을 열었다. 그러고는 커피가 담긴 내 머그잔을 애타게 바라봤다. 나는 칼 목사에게 커피를 권하지도, 그가 말을 끝내도록 내버려두지도 않았다.

"하고 싶지 않아요."

"수당을 인상할 수도 있습니다."

패트릭의 눈빛이 처음에는 칼 목사, 다음에는 나를 향해 반짝였다.

"우리도 그럭저럭 지낼 만해요."

내가 말했다. 그리고 커피를 한 모금 더 마셨다. 나는 소니아의 빨간 카운터를 고를 때처럼 소심한 반항에 익숙해져 있었다.

칼 목사의 목소리에는 절박함이 없었다. 간청하지도 않았을뿐더러 오히려 입가에 살짝 미소를 띠고 말을 이어갔다.

"다른 혜택이 있다면 어떡하시겠습니까?"

지금 나는 여기가 아닌 다른 곳에 있는 내 모습을 상상한다. 창문이 없어 소리가 전혀 들리지 않는 지저분하고 음침한 곳. 땀에 젖은 채 누군가의 '좀 더 힘을 내보시지', '그녀에게 생각할 시간을 줘라', '다시 시작해보자'와 같은 명령에 따르는 남자들. 내가 할 수 있는 건 움찔하지 않고, 가만히 응시하는 게 전부다.

"예를 들면요?"

미소를 띤 칼 목사의 입꼬리가 높이 올라갔다.

"예를 들면 따님의 단어 할당량을 늘릴 수 있겠죠. 150 어떻습니까? 아니 200."

"1만으로 늘려주시죠, 목사님. 제 딸은 지금 거의 말을 못하고 있어요."

"유감이지만, 그건 어렵습니다."

칼 목사가 말했다. 하지만 슬픔은 전혀 담기지 않은 목소리였다. 칼 목사가 원하는 게 바로 그런 것이었다. 순종적인 여성과 여자아이들. 지금 나이 든 세대는 통제가 필요하지만, 결국 소니아 또래들이 그들의 아이를 가질 때쯤에는 칼 목사의 바람대로 순수 여성과 순수 남성이 세상의 이치가 될 것이다. 그래서 나는 칼 목사가 싫었다.

"다른 용건이 또 있나요?"

내가 물었다. 패트릭은 나를 흘깃 바라보기만 할 뿐 아무 말도 하지 않았다.

칼 목사가 주머니에서 얇은 금속상자를 꺼냈다.

"그럼 이걸 다시 착용해야지요."

칼 목사가 말하는 '이것'이란 바로 상자 안에 있는 작고 검은 띠였다.

"그건 제 것이 아니에요. 제 카운터는 은색이에요."

내가 말하자, 칼 목사의 얼굴에 다시 미소가 번졌고 이번에는 눈도 함께 웃고 있었다.

"새로운 모델이에요. 예전 카운터와 생긴 건 똑같지만, 이 팔찌에는 두 가지 기능이 추가되어 있죠."

칼 목사가 말했다.

"뭐라고요? 가죽 채찍이라도 내장되어 있나요?"

"진!"

패트릭이 말했다. 나는 그를 무시했다.

"그런 건 없습니다. 매클렐런 박사님. 첫 번째 기능은 예의 범절 추적기에요."

"뭐라고요?"

"우리는 카운터가 부드럽게 주의를 환기하는 장치라고 생각해요. 그냥 건전하게 지낸다면 모든 게 정상적으로 작동할 겁니다. 난잡한 언어도 없고 신성모독도 없다면요. 실수해도 괜찮아요. 하지만 위반할 때마다 할당량이 10개씩 줄어들 거예요. 곧 익숙해질 겁니다."

나는 영화 〈사우스 파크(South Park)〉에 나오는 카트먼이 된 것 같았다. 카트먼이 '젠장'이라고 말할 때마다 머리에 이식한 칩이 전기 충격을 가했기 때문이다. 배경이 *사우스 파크*라서 가능한 일이었다.

"두 번째 기능은 박사님의 협조가 좀 더 필요해요."

칼 목사는 카운터 옆쪽에 있는 빨간 버튼을 툭툭 쳤다.

"하루에 한 번, 박사님이 원하는 시간에 이 버튼을 눌러 팔찌에 대고 말하면 됩니다. 여기 마이크가 있어요."

그러고는 빨간 버튼 반대쪽을 가리켰다.

"우리는 이 훈련이 사람들의 정서에 도움이 되기를 바라고 있어요."

"여자들이겠죠."

칼 목사의 말을 가로막았다.

"맞아요. 여성들이죠. 새로운 기능이 여러분의 기분을 좋게 하고 기본을 이해하는 데 도움이 되기를 바랍니다."

"대체 어떻게요?"

칼 목사는 가슴 주머니에서 접은 종이를 꺼내더니 판판하게 펴기 시작했다. 종이에는 여러 목록이 적혀 있었다.

"하루에 한 번 마이크에 대고 이 목록을 읽으세요. 시작하기 전에 빨간색 버튼을 두 번 누르고, 끝날 때 두 빈 누르면 됩니다. 이건 할당량에 반영되지 않을 거예요."

"이게 대체 무슨 소용이 있나요?"

나는 입이 바싹 말랐다. 이미 다 식어버린 커피를 한 모금 더 마셨다. 칼 목사가 내게 그 종이를 건넸다.

"제가 박사님 목소리에 맞춰 장치를 조정하는 동안 지금 읽어보는 게 어떻습니까? 일거양득일 것 같은데."

내가 처음 읽은 내용은 종이 상단에 굵은 파란색으로 적힌 문장이었다.

나는 인간이 하나님의 이미지와 영광 속에서 창조되었고, 여자는 남자의 영광이라고 믿는다. 남자는 여자로 만들어지지 않았지만, 여자는 남자로 만들어졌기 때문이다.

"읽을 수 없어요."

내가 말했다. 칼 목사는 손목시계를 확인했다.

"매클렐런 박사님, 한 시간 후에 시내에서 회의가 있어요. 지금 이 일을 끝내지 않겠다면, 다른 사람을 부르겠습니다."

나는 어제 아침에 내 카운터를 벗긴 토머스의 어두운 양복과

안색 그리고 심지어 더 어두운 눈을 상상했다. 전에도 본 적이 있는 남자였다. 남자들이 우리를 처음 찾아왔었던 1년 전에.

내가 사람들로 꽉 찬 세미나실에서 우리 팀의 연구 경과를 발표하던 날, 제복을 입은 20여 명의 남자가 군중을 밀며 들이닥쳤다. 남자들은 왼팔에는 대통령의 직인이 찍힌 띠를 두르고 있었고, 오른손에는 검은 무기들을 들고 있었다. 깜짝 놀란 내가 숨을 고르는 동안 프로젝터의 발표 내용은 희미해졌다. 내 뒤에 있는 하얀 스크린 위에는 내가 정리한 공식들만 유령처럼 남아 있었다.

그게 시작이었다. 불과 며칠 전에 패트릭이 내게 경고했던 그 끔찍하고 상상도 할 수 없는 일이 시작된 것이다.

그 남자들은 청중을 반으로 갈라놓더니 남자들은 밖으로 내보냈고, 남은 여자들을 정렬시켰다. 그리고 50명의 여학생과 여성 교수들을 텅 빈 복도에 줄지어 세웠다. 교수들 가운데 일부는 종신 교수였고, 일부는 새로 부임한 교수였다. 린이 제일 먼저 저항의 목소리를 냈다.

토머스가 마치 먹잇감을 쫓는 퓨마처럼 린에게 달려들었고, 그가 손에 쥔 칠흑처럼 까만 고문봉이 위협적으로 린 콴의 가냘픈 몸을 향했다.

나는 몸을 구부리며 말없이 쓰러지는 린의 모습을 지켜보았다. 린의 입술에서 고통스러운 듯 신음이 새어나왔다. 우리 중 다섯 명이 타일 바닥에 쓰러진 그녀에게 달려갔지만, 결국 맞고 말았다. 우물쭈물하는 사람들도 전기 충격기에 제

압당하거나 기절했다. 마치 못된 짓을 저지른 가축이나 애완동물처럼.

맞서지 않으면 이런 일들은 일어나지 않으리라.

"매클렐런 박사님?"

칼 목사가 전화기를 꺼내더니 초록색 송신 버튼 위에 긴 손가락 하나를 올려놓았다. 매력은 부족하고 설득력은 넘치는 그 남자를 소환하려는 것이다.

"좋아요. 읽겠어요."

나는 이런 끔찍한 말들을 내뱉어도 감히 내 정신은 침범하지 못하리라 생각했다.

그래서 읽기 시작했다.

내가 그 종이를 반쯤 읽었을 때쯤, 패트릭의 피부는 풀빛으로 물들었다. 칼 목사는 내가 검은 팔찌에 대고 신념이나 확언, 사용동의서 중 하나를 말할 때마다 고개를 끄덕였다.

"여성은 침묵을 지키고 복종하는 존재이다. 만약 우리가 배워야 한다면, 집안의 가장인 남편에게 물어본다. 신이 정해준 남성의 지도력에 여성이 의문을 제기하는 건 수치스러운 일이기 때문이다."

칼 목사가 고개를 끄덕였다.

"우리가 겸손과 순종으로 남성에 복종할 때, 모든 남성의 머리 위에는 그리스도가 있으며 모든 여성의 머리 위에는 남성이 있음을 인정한다."

또 고개를 끄덕였다.

"결혼을 했든, 미혼이든 여성에 대한 하느님의 계획은 겸손과 금욕으로 자신을 꾸미고, 변덕스럽거나 자만하거나 과시하지 않고 얌전함과 여성스러움을 보여주는 것이다."

끄덕.

"나는 내면을 순수하게 꾸미고, 단정하게 순종하는 것을 추구할 것이다. 그래서 인간을 미화하고 그로 말미암아 하나님을 미화할 것이다."

끄덕.

"나는 결혼의 신성함을 존중할 것이다. 하나님은 간통자를 복수로 심판하실 것이다."

끄덕.

툭툭 끊어지는 내 목소리에서 패트릭이 불편한 심기를 알아차리길 바랐다. 내가 종이를 끝까지 읽었을 때 칼 목사는 다시 한번 고개를 끄덕이며 빨간 버튼을 두 번 두드렸다.

"잘했습니다, 매클렐런 부인."

칼 목사가 갑자기 '부인'을 강조했다.

"패트릭, 당신이 그 영광을 맡겠습니까?"

패트릭이 움직이다가 탁자 끝에 올려놓은 커피잔을 건드리는 바람에 아직 한참 남아 있던 커피가 주변으로 와락 쏟아졌다. 패트릭은 아랑곳하지 않는 듯 칼 목사의 손에서 검은 팔찌를 빼앗아 내 왼쪽 손목에 찰칵 채웠다.

그렇게 나는 두 번째로 목소리를 잃었다. 폭탄처럼 들리는 찰칵 소리와 함께.

19

내게 초인적인 청력이 생긴 것 같다.

오늘 오후, 부엌에서 소니아의 통학버스가 뱀처럼 구불구불한 길을 지나 우리 집 앞까지 다가오길 기다리는 동안, 온갖 소리를 들었다. 내가 흔히 듣던 소리는 아니었다. 부엌에 있는 미니 TV에서 정치 이야기를 웅얼거리는 CNN 기자들 목소리도 아니었고, 스테레오 스피커 속에서 비틀스(Beatles)가 내 손을 잡고 싶다고 말하는 소리도 아니었다. 내가 형편없는 실력으로 흥얼거리는 노랫소리도 아니다. 물론 내 노래 솜씨가 엉망이라는 건 인정하지만.

밀가루 반죽을 치댈 때 질척거리는 소리, 귀청이 터질 듯이 냉장고가 윙윙대는 소리, 패트릭의 컴퓨터 고주파가 닫혀 있는 서재 문을 통해 끽끽하며 흘러나오는 소리를 들었다. 내 심장 박동 소리도 들렸다. 꾸준히. 끊임없이.

이제는 모터 소리도 들렸다. 버스가 다가올수록 도플러 효과가 주파수를 증폭시켰다. 소니아가 도착하면 들려줄 세 마디를 벌써 정해두었다. *엄마는 너를 사랑해.* 나중에 더 말할 수도 있겠지만, 지금은 이 정도면 충분했다.

나는 밀가루 반죽을 다시 부풀리기 위해 커다란 그릇에 옮겨 담은 뒤 손가락 사이에 낀 밀가루를 수건으로 닦았다. 반지를 뺐어야 했는데 깜빡했다. 그리고 억지 미소를 지었다. 너무 환하지도, 너무 바보 같지도 않게. 화장을 제대로 못한 것처럼 보이고 싶지 않았다. 그런 다음 문으로 향했다.

소니아는 버스 계단에서 뛰어내리며 다음 목적지를 향해 출발하는 벤저민 씨에게 손을 흔들었다. 그러고는 아드레날린 이 넘치는 고양이처럼 버스 정류장에서 현관에 이르는 30미 터가량의 도로를 폴짝폴짝 건너왔다. 평소에는 침착하고 신 중하게 행동하던 그녀였지만, 오늘따라 소니아는 발랄하게 통통 튀었다. 어쩌면 불안을 표시하는 몸짓일까. 내 품에 안 긴 딸은 왠지 신이 나 보였다. 소니아가 들고 있는 종이가 내 왼쪽 귀를 스쳤고, 보송보송한 소니아의 뺨에는 끈적끈적하 고 달콤한 초콜릿이 묻어 있었다.

"엄마는 널 사랑해."

내가 말했다. 진동, 진동, 진동.

소니아가 내 말을 다 듣기도 전에 품에서 벗어났다.

"상 받았어요!"

소니아가 크게 소리를 지르며 내 손에 종이를 쥐여준 뒤 자기 입을 가리켰고, 분홍빛 혀로 입술을 할짝할짝 핥았다. 내가 눈살을 찌푸리자 소니아는 입가에 말라붙은 초콜릿 아 이스크림 얼룩을 집게손가락으로 톡톡톡 세 번 찔렀다. 나는 소니아의 손을 입에서 떼어내며 고개를 가로저었다. 소니아 는 카메라가 있다는 걸 가끔 잊곤 했다.

그리고 스티븐의 존재도.

소니아는 초콜릿 얼룩이 잘 보이도록 필사적으로 다시 입을 가리켰고, 나는 다시 소니아의 손가락을 내 손으로 감싸 쥐고 아래로 눌러 내렸다. 집 안에서 손짓이나 몸짓으로 잠깐 무언가를 가리키는 건 습관이 아닌 이상 문제가 되지 않는다. 소니아가 공공장소에서, 아니 그보다 더 심한, 빌어먹을 어린이 첩자 스티븐 앞에서 이런 짓을 한다고 상상하면 고통스러운 생각밖에 떠오르지 않았다. 나는 소니아의 손가락을 조금 더 꽉 쥐었고 다른 손으로 소니아가 가져온 봉투를 뒤집었다.

앞쪽에는 패트릭 매클렐런의 주소가 적힌 라벨이 있었다. 물론 봉투는 봉인되어 있다.

그것으로 충분했다. 밀가루 봉지에 적힌 성분 목록을 읽은 것과 전자레인지로 커피를 다시 데울 때 초록색으로 반짝이는 LED 메시지 *음료가 준비되었습니다*를 제외하면, 오늘 하루 종일 내가 사용한 단어는 단 세 마디였다.

소니아를 안으로 데리고 가며 손목에서 울리는 진동을 애써 무시하며 내가 말했다.

"말할 때 조심해."

우리는 평소보다 더 많은 대화를 한 편이지만, 아직 내 딸이 학교에서 가져온 소식이 뭔지 알 수 없었다. 게다가 소니아가 불쑥 아무 말이나 내뱉지 않도록 막아야만 했다. 아직 그녀의 카운터조차 확인하지 못했기 때문이다.

부엌에서 우리의 오후 만찬인 코코아를 준비하는 동안 소니아가 둥근 의자에 뛰어올라 왼손을 쭉 뻗으며 한 단어를 외쳤다.

"최저!"

이게 대체 무슨 짓이지?

그리고 나는 소니아의 빨간 팔찌에 있는 카운터를 확인했다. 학교, 병원 진료실, 영화가 시작되기 전에 보여주는 광고들은 우리의 손목에 감긴 족쇄를 팔찌라고 불렀다. 나는 물티슈로 초콜릿 얼룩을 닦아주며 소니아가 말하는 상이 무엇인지 곰곰이 생각했다. 소니아는 숟가락으로 뜨거운 코코아를 뜨더니 조금 전에 초콜릿을 닦은 얼굴 위에 새로운 모카색 콧수염을 만들었다. 전기 충격 유도 소음기 광고가 문득 떠올랐다.

'자신만의 색을 고르고 반짝이나 줄무늬로 장식하세요. 옷차림에 어울리는 분위기나 조화로운 장식을 원한다면, 다양한 벨소리와 최신 유행 캐릭터도 고를 수 있습니다'

이 제품의 제작자나, 우리를 현혹하기 위해 사악한 노력을 하는 마케팅 담당자에게 내가 할 수 있는 건 욕설뿐이다. 만약 모든 게 정상으로 돌아간다면, 그들은 터무니없는 변명을 늘어놓겠지. *단지 명령에 따랐을 뿐이라고요.*

어디서 들어본 말인 것 같은데……?

나는 흰 봉투 안에 들어 있는 상인지 망할 명예 훈장인지에 대해 자꾸 생각이 나서 소니아가 코코아를 홀짝이며 마시는 것을 보고 있을 수 없었다. 아예 부엌에 있기 힘들어 다른 곳으로 가서 소니아가 놀이터에서 뛰어노는 모습을 떠올리려 노력했다. 줄넘기를 하고, 알파벳 게임을 하고, "루시 양에게 증기선이 있어요"라며 노래를 부르고 아무도 모르게 귀여운 욕을 내뱉는 소니아의 모습을, 수업시간에 줄을 서서 새로 온 소년에 대해 친구와 속삭이고, 종이접기를 한 뒤 그 위에 사랑이나 행운에 관련된 메시지를 적으며 노는 모습을 상상했다. 1교시 종이 울리기 전, 쓸데없지만 소중한 수천 마디의 말을 쏟아내는 소니아의 목소리도 들리는 듯했다.

뒷문을 통해 그르렁거리는 모터 소리가 들려와 나는 백일몽에서 깨어났다.

패트릭은 적어도 스티븐이나 쌍둥이가 학교에서 돌아오기 전 퇴근했다. 오늘 패트릭에게 딱히 할 말은 없지만, 그가 혼자 있었으면 했다. 소니아가 가져온 수수께끼 편지가 어떤 비밀을 품고 있는지 봐야 했으니까.

하지만 그럴 필요가 없었다. 식탁 건너편에 앉은 내 딸의 카운터에서 두 번째 알림이 왔고, 그걸 보자마자 나는 경악했다.

상 받았어요! 최저! 소니아가 말했다.

그제야 나는 소니아의 학교에서 무슨 일이 있었는지 깨달았다. 소니아의 가느다란 손목에 있는 카운터에는 숫자 3이 빛나고 있었다.

내 딸은 하루 종일 단 한마디도 하지 않은 것이다.

20

내 추측이 맞았다. 그것은 경연대회였다.

패트릭이 내게 읽어준 편지는 PGS 523에 등록한 모든 학생을 대상으로 월별 경쟁을 시작하게 된 걸 매우 기쁘게 알린다는 내용이었다. PGS는 순수 여학생 학교(Pure Girls School)를 말한다. 당연히 남학생들은 PBS(순수 남학생 학교)에 다닌다. 스티븐은 고등학교에, 샘과 레오는 5학년에서 8학년까지 있는 학교에 다닌다. 여학생들은 학년별로 나뉘지 않는다. 아마 나이 든 여성들이 더 어린 여성들을 가르치고 훈련해야 한다는 선언문의 또 다른 실천이겠지. 어쩌면 디지털 재봉틀과 정원 장비의 수를 두 배로 늘리고 싶지 않기 때문일 것이다.

"처음에는 일일 경연대회부터 한다는군."

패트릭은 냉장고에서 맥주를 한 병 꺼내 든 후 내 맞은편 의자에 앉으며 말했다. 맥주를 마시기엔 이른 시간이지만 나는 아무 말도 하지 않았다.

"학년마다 가장 낮은 학생한테 아이스크림을 준대."

패트릭은 맥주병을 벌컥벌컥 들이켰다.

"소니아의 카운터 숫자가 가장 낮았나봐."

정확히 내가 예상했던 대로였다.

패트릭이 말을 이어갔다.

"월말에 집계할 거래, 그것들……."

"단어."

내가 패트릭의 말을 가로막았다. 내 왼쪽 손목에 있는 검은 팔찌가 또 한 번 진동했다.

"맞아. 단어들을. 나이대에 맞는 선물을 상으로 준대. 어린 여학생들에게는 인형, 중학생들은 게임, 열여섯 살 이상의 학생들에게는 화장품."

기가 막힌다. 쓰레기와 목소리를 바꾸다니. 그걸 읽으며 패트릭이 웃고 있다는 게 최악이었다.

"이제 그만 읽자."

패트릭이 말했다.

"중요한 게 아니잖아."

"참 픽도 중요하지 않겠다."

내 손목을 두른 팔찌가 네 번 진동하더니 숫자가 46에서 50으로 올라갔다. 그러고는 병든 개구리 같은 소리를 내며 50은 60이 되었다. 알았다고 알았어. 이제 '픽'은 내 어휘목록에서 제외되었다. 조지 칼린(George Carlin)*의 일곱 가지 저질 단어도 이제는 끝이다. 패트릭이 왜 나를 보고 환하게 웃는지 궁금했다.

패트릭은 내 마음을 읽은 듯 부엌을 나와 현관에서 서류

---

* 조지 칼린은 '7가지 비속어'를 주제로 한 유머를 선보이는 미국의 유명 코미디언이자 영화배우이다.

가방을 꺼내더니 우리 사이에 놓인 싱크대에 올려놓았다.

"여보, 대통령이 보낸 선물이야."

그리고 가죽 가방에서 봉투를 꺼내며 말했다. 오른쪽 위 구석에 대통령 직인이 있었다. 보통 우표가 있어야 할 왼쪽에는 스티븐의 새로운 버전의 핀처럼 은색으로 새긴 P자가 있다.

호랑이도 제 말 하면 온다더니 아들들이 집에 돌아왔다.

샘과 레오가 가장 먼저 부엌으로 뛰어들어 내 볼에 입을 맞추더니 곧장 과자 서랍으로 향했다.

"다녀왔습니다. 아빠, 엄마"

스티븐은 평소보다 더 침착한 태도로, 조금은 퉁명스럽게 인사를 한 뒤 냉장고로 갔다. 스티븐은 내가 깜빡하고 사 오지 않은 우유를 찾을 것이다.

"훌륭해."

스티븐이 티스푼 한 숟가락 정도 남은 우유통을 흔들며 말했다. 내가 아무런 대꾸를 하지 않자 스티븐은 놀란 것처럼 보였다. 그러더니 내 손목에 두른 새 팔찌를 알아챘다.

"새 모델 얻으셨네요! 잘 어울리는데요. 줄리아도 새로 생겼던데. 줄리아 팔찌는 보라색에 은색 별들이 있더라고요. 오늘 막 받았대요. 내가 버스에서 내려 집으로 걸어오고 있을 때 줄리아가 자랑하더라고요."

난 내 아들을 싫어하지 않아. 난 내 아들을 싫어하지 않아. 난 내 아들을 싫어하지 않아.

지금 당장은 조금 미웠지만.

"이 편지를 읽어봐, 진."

패트릭이 말했다. 마이어스 대통령은 오늘 또 텔레비전에 출연했다. 요즘 부쩍 텔레비전에 자주 출연하는 것 같았다. 나라를 개혁하기 위한 새로운 계획을 선전하며 우리가 얼마나 더 잘 살 수 있는지를 끊임없이 세뇌했다. 경제는 좋아졌을지 모르지만, 우리 집은 그렇지 않았다. 고장 난 에어컨을 보면 더욱 그런 생각이 들었으니까. 물론 실업률은 낮아졌다. 갑작스레 일자리를 잃은 7000만 명의 여성들을 세지 않는다면. 모든 게 다 훌륭하고 모든 게 다 좋았다.

대통령이 언론의 질문을 받은 오늘은 모든 게 그리 좋지 않았다.

"우리는 누군가를 찾을 겁니다."

그가 말했다.

"어쨌든, 우리는 내 유일한 형제를 치료할 사람을 찾을 거예요."

참 픽도 잘 찾겠다. 나는 생각했다. 안나 마이어스의 입가에 비친 가벼운 미소를 보니 그녀 역시 그렇게 생각하는 것 같았다. *잘한다, 언니.*

설령 내가 동의하더라도 치료가 성공하리란 보장은 없었다. 베르니케 실어증은 까다로운 악마다. 칼 목사가 말한 지원뿐만 아니라, 린 콴이 실제로 연구팀에 있는지 확인할 수 있다면 기회가 있을지 모른다. 린과 로렌조가 함께라면 금상첨화겠지.

하지만 지금 당장은 로렌조를 생각하고 싶지 않았다. 패트릭이 곁에 있을 때만큼은 그에 대해 생각하고 싶지 않았다.

"열어볼 거야?"

패트릭이 물었다. 나는 봉투 속으로 손을 밀어 넣었다. 안에는 흰색 종이 세 장이 들어있었다.

진 매클렐런 박사님께. 내게 보낸 편지였다. 그래서 잠시 나는 '박사'로 돌아왔다.

그 편지의 본문은 한 문장이었다.

"뭐래?"

패트릭이 물었지만, 그의 눈빛은 대통령이 무슨 말을 할지 이미 알고 있는 것 같았다.

"기다려봐."

패트릭은 냉장고에서 맥주를 한 병 더 꺼냈지만, 처음 병과 같은 분위기로 마시지 않았다. 이번에 꺼낸 맥주는 내가 아직 입 밖에 내지 않은 결심을 품고 부엌을 떠나 있는 동안 묵묵히 기다릴 수 있게 하는 치료제이자 마취제였다. 어쩌면 패트릭은 내 단호한 마음이 뒤집히길 기다렸는지도 모른다. 확실하지 않지만.

어쨌든, 집 안이 너무 더워서 제대로 생각할 수가 없었다. 레이 부인의 목련이 피어 있는 뒷마당으로 나왔다. 훨씬 낫군.

대가로 얼마를 원하는지 연락 주십시오. 대통령이 말했다. 그 개자식이 안달이 난 걸 보니 오히려 즐거웠다.

내 대가라. 내가 받고 싶은 대가는 시간을 되돌리는 것이지만, 그건 실현 불가능했다. 내가 원하는 대가는 한때 생동감 넘치는 정원에서 잡초를 뽑듯이 순수운동을 바닥부터 뿌리 뽑는 것이다. 그리고 칼 코빈 목사와 그의 양 떼가 들개에게 교수형을 당하거나 갈기갈기 찢어지거나 지옥 불에서 활활 타는 걸 보는 것이다.

뒷문이 삐걱거리며 열리더니 쾅 닫혔다. 패트릭이 나오는 거라고 생각했지만, 아니었다. 소니아였다. 소니아는 몽글몽글한 입술색과 같은 분홍색 판지를 들고 오더니 내게 내밀었다.

소니아는 여섯 살짜리 치고는 그림에 재능이 있었다. 특히 지금 내게 내민 그림은 소니아가 지금껏 그린 그림 중에 가장 잘 그린 것 같았다. 여섯 명의 인물이 실제로 우리를 닮았다. 패트릭, 스티븐, 쌍둥이, 나, 그리고 소니아. 우리는 모두 정원의 하얀 별꽃이 피어 있는 나무 아래에서 손을 잡고 서 있었다. 소니아는 서로 짝이 맞는 옷을 쌍둥이에게 입혔고, 패트릭의 손에는 서류 가방이 아닌 여행 가방 같은 것을 그렸다. 스티븐의 옷깃에는 새 핀을 꽂았고, 내 머리는 포니테일로 그려 넣었다. 내 손목과 소니아의 손목에는 팔찌가 채워져 있었다. 소니아는 빨간색, 나는 검은색 팔찌였다. 그리고 우리 가족은 소니아가 오렌지색 하트로 장식한 태양 아래에서 싱그럽게 웃고 있었다.

"예쁘네."

나는 그림을 받아들며 말했다. 하지만 사실 예쁘다고 생각하지 않았다. 내가 본 것 중에 제일 추한 그림 같았으니까.

나는 패트릭 옆도 아니고, 맨 끝에 서서 아이들의 받침대 역할을 하는 것도 아니었다. 애매하게 다섯 번째에 서 있었다. 남편 다음 스티븐, 그 다음에는 쌍둥이 두 명, 그리고 나였다. 게다가 소니아는 자신을 제외한 다른 사람들보다 나를 작게 그렸다. 나는 억지 미소를 지으며 소니아를 내 무릎 위에 앉혔다. 소니아가 조그마한 머리를 내게 바짝 붙이면 내 눈에 차오르는 눈물을 볼 수 없을 테니까.

문득 재키가 생각났다. 그리고 우리가 살던 조지타운 아파트에서 재키가 마지막으로 했던 말과 비난과 훈계들까지 떠올랐다. 재키가 옳았다. 나는 거품 속에서 살고 있었다. 한 번에 한숨씩 나 자신을 부풀리면서.

그래서 지금의 우리가 있다. 나와 내 딸, 그리고 우리를 규칙에 따르게 하는 손목의 카운터. 나는 재키가 카운터에 대해 뭐라 말할지 궁금했다. 아마 이렇게 말할지도 모른다. *잘했어, 진. 너 스스로 차에 기름을 넣고 지옥으로 곧장 몰고 가다니. 불구덩이나 즐겨.*

그래. 재키는 그렇게 말하겠지. 그리고 그녀가 옳았다.

나는 소매로 눈물을 훔치고 얼굴을 살짝 굽힌 다음 소니아의 작은 머리를 내게로 돌려 뺨에 키스했다. 그러고 나서 내 카운터의 숫자를 확인했다.

지금까지 63단어. 아직 마이어스 대통령에게 할 말이 많이 남아 있었다.

21

할 수 있어. 나는 생각했다.

현재 남은 37단어보다 훨씬 적은 수로 대통령에게 내가 하고 싶은 말을 할 수 있었다. 그러고는 전화로 하고 싶은 말의 절반을 머릿속으로 연습했다.

대통령님, 세 가지 조건이 있어요. 우선 내 딸의 카운터를 없애주세요. 그리고 내 딸이 학교를 그만뒀으면 좋겠어요. 월요일부터 금요일까지 내가 집에서 직접 가르칠 겁니다. 그리고 린이 필요해요. 단지 린의 지원만이 아니라, 전체 프로젝트를 같이 진행하고 싶습니다.

다른 이의 이름은 말할 필요가 없었다. 어쨌든 로렌조는 지금 이탈리아로 돌아갔을 테니까.

소니아와 다른 아이들은 놀이방에 있는 TV로 만화를 보고 있었다. 만화의 효과음이 부엌까지 흘러들어왔다. 부엌에는 창문이 있어서인지 그곳보다 더 시원했고, 패트릭과 나 둘만 남아 있었다.

"시작하자, 여보."

패트릭이 스티븐에게 볼륨을 낮추라고 소리를 지른 뒤 내게 말했다.

"전화해."

153

나는 백악관에 전화를 걸어본 적이 없었다. 패트릭은 카운터가 작동한 후에야 백악관에서 일하기 시작했고, 내가 하려는 게 전화로 심호흡하는 게 아닌 이상 패트릭에게 전화할 이유가 거의 없었다.

내 손가락이 숫자를 찾아 번호를 하나씩 눌렀고 마지막 숫자에서 머뭇거렸다. 그러다 자칫 4 대신 5를 누를 뻔했다. 그만큼 내 손이 심하게 떨리고 있었다. 번호를 누르자 누군가 응답했다. 비서나 다른 보좌관이 아닌 대통령의 목소리였다. 나는 내가 준비한 36단어를 쏟아부었다.

"유감이지만, 매클렐런 박사, 그럴 순 없습니다."

그가 이 말을 거친 목소리로 내뱉지는 않았지만, 나는 평소 대통령에 대해 나약하고 자기 확신이 없는 남자라고 생각하기 때문에 종종 가혹한 듯 꾸며서 말하는 그의 거친 목소리가 자연스럽지 않다고 생각했다. 나는 남자라면 다 그렇다고 생각했다.

잠시 침묵이 흐른 뒤 대통령이 다시 입을 열었다.

"좋아요, 매클렐런 박사."

그리고 통화를 끝냈다.

"와우."

패트릭이 말했다. 패트릭은 내 콧구멍에 맥주 향을 불어넣을 만큼 가까이에 있었다. 그리고 충격을 받은 것 같았다.

잠시 후 전화벨이 울렸다. 패트릭이 쾌활하게 '여보세요!' 하며 받았고, '네', '좋습니다' 같은 단어를 연거푸 말했다. 나는 패트릭이 뭐에 동의했는지 전혀 감을 잡을 수 없었다.

"토머스가 30분 안에 도착한대."

패트릭이 말했다.

"음, 그것들을 빼주려고―"

감히 팔찌라고 부르지 마.

"카운터."

패트릭이 말을 이었다. 나는 고개를 끄덕이며 저녁 식사로 차릴 파스타 두 상자를 꺼냈다. 그리고 이미 내일 식사 메뉴도 정했다. 내일은 스테이크를 먹을 거다. 산더미처럼 쌓아 놓고. 요즘 통 스테이크를 안 먹었으니까.

껍질을 벗긴 토마토를 냄비에 넣고 소스를 만드는 동안, 나는 소니아를 생각했다. 이제 30분만 지나면 소니아는 허울만 좋은 장식품에서 벗어나, 자유롭게 노래하고 재잘거릴 수 있다. 고개를 끄덕이거나 가로젓는 것 이상의 표현을 할 수 있다.

내가 알고 싶은 건 소니아가 어떻게 이 자유를 맞이할까 하는 것이었다.

대학에 다닐 때 전공을 바꿔 신경학과 언어학의 블랙홀에 푹 빠지기 전, 심리학을 공부했었다. 행동심리, 아동심리, 이상심리 등 모든 심리학 분야를 섭렵했다. 토마토 소스와 마늘이 든 냄비를 들여다보며 내가 소니아에게 과자와 마시멜로를 뇌물 삼아 말을 하지 못하도록 통제한 것은 행동학적으로 최고로 잘한 짓이라고 생각했다. 누군가는 내 엄마 자격증을 빼앗아야 한다고 했지만.

나는 그게 내 잘못이 아니라고 자꾸 되뇌었다. 나는 마이어스에게 투표하지 않았기 때문이다.

사실 난 아예 투표하지 않았다.

그리고 내가 얼마나 세상사에 무관심한 존재인지 말해주는 재키의 증언이 또 하나 있다.

"진, 너 투표해야 해."

내가 구술시험의 괴물이 되기 위해 준비하는 동안 교정을 돌아다니며 선거 독려 운동을 펼치던 재키가 내 앞에 선거용 전단을 무더기로 떨어뜨리며 말했다.

"꼭 투표해야 해."

"내가 해야 할 일은 세금을 내고 죽는 것뿐이야."

나는 조롱 섞인 목소리로 말했다. 그 학기는 재키와 내게 종말의 시작이었다. 패트릭과 데이트를 시작한 나는 새로운 항의거리를 찾아낸 재키에게 비난을 듣는 것보다 그녀의 인지 과정에 관해 패트릭과 밤샘 토론을 즐기는 게 더 좋았다. 패트릭은 푸근하고 조용했으며, 패트릭이 연이은 의대 시험을 위해 벼락치기를 하는 동안 나는 내 일에 파묻힐 수 있었다.

당연히 재키는 패트릭을 싫어했다.

"그 남자는 풋내기야, 진. 정신적으로 여자처럼 나약하고."

"착한 남자야."

내가 말했다.

"그 남자는 널 해부하며 〈그레이 아나토미(Gray's Anatomy)〉

를 인용할 게 틀림없어."

나는 쪽지에 메모를 적었다.

"책이야, 텔레비전 쇼야?"

이번에는 재키가 비웃었다.

"패트릭은 정치 얘기는 하지 않아, 재코."

재코는 내가 재키를 부르는 애칭이었다.

"이 빌어먹을 도시에서는 정치 얘기밖에 안 들리니까."

"친구, 언젠가는 너도 생각이 바뀔걸."

재키는 내가 중고품 가게에서 산 소파에 책 한 권을 던졌고, 나는 양손을 뻗었다.

"이거 읽어봐. 모두가 그 얘길 하고 있어. 모두."

나는 책을 집어 들었다.

"소설이네. 나 소설 안 읽잖아."

그 말은 사실이었다. 일주일에 500쪽짜리 논문을 읽어야하는 나로서는 허구의 세계 속에 빠질 여유가 없었다.

"뒤표지만이라도 읽어봐."

나는 재키 말대로 뒤표지의 문구들을 읽고 대답했다.

"이런 일은 절대 없을 거야. 절대. 여자들이 참지 않을걸."

"지금이야 쉽게 말하겠지."

재키가 말했다. 재키는 평소처럼 짧은 청바지에, 배가 훤히드러나는 티셔츠를 입고 있었다. 배가 살짝 통통했지만 아랑곳하지 않았다. 생긴 건 추하지만 편안해 보이는 샌들을 신었고, 오른쪽 귀에는 링 귀걸이를 세 개나 달았다. 오늘은 짧게 잘라 부쩍 뾰족해진 머리카락에 초록색 줄무늬 몇 가닥이 있었다. 어쩌면 내일은 파란색으로 바뀔지도 모른다. 아니면 검은색, 아니면 선홍색. 재키는 늘 어디로 튈지 알 수 없었다.

재키에게 매력이 없는 건 아니었다. 하지만 아무리 네모난 턱과 날렵한 콧날, 기름방울 같은 눈동자를 가졌어도 함께 사는 친구를 배려해서인지 우리 집 문을 쾅쾅 두드리며 찾아오는 남자들이 한 명도 없었다. 하지만 재키는 개의치 않는 것 같았고, 9월 어느 날 밤 재키가 나를 파티에 끌고 간 후에야 그 이유를 알게 되었다. 과자와 술을 곁들인 가족계획 광고보다 덜 요란한 파티였고, 우리 둘 다 내일 아침 종말이 예정된 것처럼 담배를 빨아들였다. 술과 정크푸드를 사 먹을 돈은 없어도 재키는 항상 담배를 사기 위한 푼돈은 마련해두었다.

맙소사. 재키가 술에 취했다. 결국 나는 재키를 반쯤 들쳐업고 울퉁불퉁한 자갈길을 지나 아파트까지 데리고 갔다. 재키는 내 부축을 받으면서도 계속 줄담배를 피워댔다.

"사랑해, 지니."

마침내 내가 현관문에 들어서자 재키가 말했다.

"나도 사랑해, 재코."

내가 무의식적으로 말했다.

"차나 뭐 좀 마실까?"

우리가 사는 집에는 마땅히 마실 차가 없었다. 그래서 나는 콜라 한 캔을 가지고 와 재키에게 아스피린 몇 알을 먹이려 했다.

"키스하고 싶어."

나를 이끌고 침대에 쓰러진 재키가 말했다. 재키에게서 파
촐리와 레드와인 냄새가 났다.

"이리 와, 지니. 키스해줘."

재키가 원했던 건 그냥 뽀뽀가 아니라, 침을 덕지덕지 묻
힌 진한 키스였다.

다음 날 커피를 마시며 재키는 웃음을 터뜨렸다.

"어젯밤 내가 좀 심했다면 미안해, 친구."

나는 패트릭에게 그 얘기를 절대 한 적이 없다.

"무슨 생각을 그리 골똘히 해, 여보?"

패트릭이 껍질 벗긴 로마 토마토를 짜다가 싱크대 가림막
에 빨간 물을 찍 뿌리며 나를 놀라게 했다.

내가 무슨 생각을 하고 있었지?

결국, 재키 후아레즈는 어디로 가게 될까. 개종하기로 했
을까. 아니면 나머지 성 소수자 무리와 함께 수용소에 가게
될까. 장담컨대 수용소에 갈 게 뻔하다.

성 소수자를 수용소로 보내자고 제안한 건 칼 목사였다.
칼 목사는 게이와 레즈비언을 끼리끼리 감방에 넣자고 순수
다수파에게 제안했지만, 순수 다수파는 역효과를 낳을 거라
며 주저했다. 무슨 일이 벌어질지 뻔했으니까. 그래서 칼 목
사는 계획을 수정해 각 감방에 여자 한 명과 남자 한 명을
짝지어 넣기로 했다.

"그들은 그 방안을 곧 따르게 될 겁니다."

칼 목사가 말했다. 물론, 칼 목사의 말에 따르면 수용소는 임시방편에 불과했다.

"우리 정책이 정착될 때까지만이에요."

말이 좋아 수용소지, 결코 수용소가 아니었다. 감옥이었다. 어쩌면 범죄에 대한 새로운 방안이 시행되기 전까지 그들은 진짜 죄수일지도 모른다. 이제 감옥은 그다지 필요하지 않다. 그렇다고 범죄가 없는 건 아니다. 범죄는 여전히 있다. 하지만 범죄자들을 어디든 가둘 필요가 없다. 그렇게 오랫동안.

"아무것도."

나는 타일 위에 지저분하게 묻은 붉은 토마토 자국을 닦고 나서 패트릭에게 대답했다. 떵하고 진동이 울렸다. *넌 이제 끝이야, 꼬마야.* 전화기가 울린 이후로 내 손목시계는 달팽이처럼 느릿느릿 움직였다.

패트릭이 내 뺨에 입을 맞추며 말했다.

"몇 분 후면 모든 게 정상으로 돌아갈 거야."

나는 고개를 끄덕였다. 물론 그렇다. 내가 치료법을 찾을 때까지.

22

우리 엄마의 손맛 그대로 재현하기 위해 정성을 들여 소스를 만들었지만, 저녁 식사는 재앙이었다.

소니아는 식탁이 아닌 자기 방에 있었다. 짙은 양복을 입은 무표정한 얼굴의 토머스가 집으로 찾아와 카운터를 제거한 뒤 한 시간 동안 나는 소니아와 함께 있었다. 토머스는 소니아가 자꾸 꼼지락거리는 바람에 카운터를 푸는 데 진땀을 뺐다. 게다가 소니아는 첫 시도에 실패한 토머스가 다시 카운터를 빼려 하자 그의 손을 깨물기도 했다. 피가 난 건 아니지만 토머스는 깜짝 놀라 강아지처럼 비명을 질렀고, 차로 돌아갈 때는 혼잣말로 투덜대며 욕을 퍼부었다.

"괜찮아. 아가. 이제 얘기해도 돼."

나는 소니아의 방으로 들어가 그녀를 달래며 말했다.

"아니야."

소니아는 딱 한 마디만 했다.

"이제 학교에도 안 가도 돼. 우리 집에 우리만의 학교를 만들 거야. 집에서 공부하고 책도 읽을 거야. 그리고 엄마가 일하러 가면, 너는 올리비아 아줌마 집에서 만화 보고 있으면 돼."

나는 소니아가 올리비아 킹 부부와 함께 1분이라도 시간

161

을 보낸다는 게 싫었지만, 소니아를 다시 PGS로 보내는 것
보다는 차라리 나았다.

최근에는 모든 선택의 기준을 증오의 정도로 삼은 것 같다.

학교라는 말에 소니아가 다시 고래고래 고함을 지르기 시
작했다.

"소니아도 학교 별로 안 좋아하지?"

내가 물었다. 소니아가 고개를 끄덕였다.

"말로 해도 돼, 소니아."

소니아가 일어나 앉아 입술을 악물었다. 처음에는 소니아
가 강한 척하는 것이라 생각했다. 분홍 담요를 두르고 토끼
와 유니콘에 둘러싸인 여섯 살 아이가 할 수 있는 한 말이다.

소니아는 단지 단단히 벼를 뿐이었다.

"내일도 이기려고 했는데!"

소니아는 그 말만 내뱉고 다시 입을 꼭 다물었다. 소니아
가 빈 손목을 애타게 바라보고 있을 때 딸깍하는 문고리 소
리가 들렸다. 레오가 문간에서 머리를 내밀었다.

"엄마, 소스가 부글부글 끓어요. 엄청 많이요."

"가스 불 좀 꺼줄래?"

나는 앞으로 몇 달 동안 어떻게 일을 하고, 어떻게 소니아
를 가르치고, 무능한 남자들만 있는 집을 어떻게 꾸려나가야
할지 막막했다. 다시 소니아에게 고개를 돌렸다.

"우리 내일 다른 상을 타보자, 알았지? 이제 밥 먹으러 가
자."

소니아는 고개만 절레절레 저으며 토끼 인형을 움켜잡았
다.

식탁에서 내 걱정거리에 말을 거는 사람은 스티븐이었다.

"엄마, 어떻게 소니아도 가르치고 일도 하고 집안도 돌보
시게요?"

스티븐이 파스타를 한입 가득히 집어넣고는 주위를 두리
번거리며 말했다.

"우유가 아직도 없네요."

나는 속으로 스티븐의 멱살을 잡고 현기증이 날 때까지 흔
들었다. 하지만 실제로는 이렇게 말했다.

"네가 자전거 타고 로드먼 마트에 가서 직접 사거나 그게
귀찮으면 근처 편의점에 걸어가서 사 와도 되잖아."

"제 일이 아니잖아요."

샘과 레오는 파스타 그릇에 코를 파묻고 묵묵히 먹기만 했
다. 패트릭의 얼굴이 달아올랐다.

"스티븐, 그런 말 더 하려면 네 방으로 가도 돼."

"아빠, 아빠도 프로그램에 참여해야 해요."

스티븐이 말했다. 그러면서 파스타를 또 한입 가득 물고는
팔꿈치를 식탁에 대고 몸을 기울였다. 한 손가락으로 허공을
찌르며 말했다.

"보세요. 이게 바로 우리에게 새로운 규칙이 필요한 이유
예요. 그래야 모든 게 원래대로 돌아간다니까요."

스티븐은 내가 자기를 외계인 보듯 쳐다보고 있다는 걸 모

르는 것 같았다.

"저와 줄리아를 예로 들면."

"줄리아와 저."

내가 정정해주었다.

"뭐든지요. 저와 줄리아는 이미 계획을 세웠어요. 우리가 결혼해서 아이를 낳으면, 내가 밖에서 일하는 동안 줄리아는 집안 살림을 하기로요. 줄리아도 좋아해요. 제가 결정을 내리면 줄리아는 따라갈 거예요. 아주 쉬워요."

내가 포크를 내려놓자 포크가 접시 테두리에 부딪히며 쨍그랑 소리를 냈다.

"결혼하기엔 넌 아직 어려. 패트릭, 스티븐에게 뭐라고 말 좀 해봐."

"네 엄마 말처럼,"

패트릭이 입을 열었다.

"넌 너무 어려."

"우리는 이미 그 얘기도 했어요."

"얘기를 했다고?"

나는 식사도 잊은 채 말을 이었다.

"그런데도 줄리아가 어떻게 하루에 딱 100마디만 할 수 있을까? 궁금하네."

스티븐이 두 번째 그릇마저 모조리 비우고는 뒤로 물러앉았다.

"줄리아와 얘기한 게 아니라,"

스티븐이 느릿느릿 뜸을 들이며 말했다.

"에번 아저씨와 얘기했어요."

순간 나는 피가 거꾸로 솟는 것 같았다.

"줄리아가 그 말을 들을까?"

스티븐은 아무런 대꾸도 하지 않았다. 내가 갑자기 알아들을 수 없는 외국어로 말하기라도 한 듯 어리둥절한 표정만지었다. 스티븐과 내가 낯선 사람이 된 것처럼 식탁 앞에 마주앉아 서로를 뚫어지게 바라보자 패트릭이 끼어들었다.

"그만둬, 진. 그런 일로 언쟁할 필요는 없어. 어쨌든 스티븐은 너무 어리잖아."

그러고는 스티븐을 훑어봤다.

"아직 너무 어려."

"아빠, 또 틀렸어요. 오늘 우리 학교에 보건복지부 직원이 왔어요. 중요한 집회가 있었거든요. 그 사람이 내년에 시작하는 새 프로그램에 관해 이야기했어요. 들어보세요. 1만 달러, 대학 등록금 전액, 그리고 열여덟 살까지 결혼한 모든 사람에게 보장된 정부 일자리. 당연히 남자애들 대상으로요. 게다가 아이가 한 명 생길 때마다 1만 달러를 준대요. 진짜 좋지 않아요?"

뱀독 같은 달콤한 유혹이군.

"열여덟 살에 결혼하는 건 아니야, 얘야."

스티븐의 얼굴에 미소가 번졌다. 하지만 살짝 입꼬리를 올렸을 뿐, 스티븐의 눈은 조금도 웃지 않았다. 결코, 미소가 아니었다.

"엄마, 엄마가 뭐라고 해도 상관없어요. 결정은 아빠가 하는 거니까요."

어쩌면 독일에서는 나치와, 보스니아에서는 세르비아인과, 르완다에서는 후투족과 이런 일들이 일어났겠지. 나는 종종 아이들이 어떻게 괴물로 변할 수 있는지, 어떤 식으로 살인이 옳고 억압이 정당하다는 걸 받아들이게 되는지, 세상이 어떻게 겨우 한 세대 만에 그 축을 알아볼 수 없는 모습으로 변할 수 있는지 궁금했다.

이렇게 쉽다니. 나는 생각했다. 그리고 의자를 밀어냈다.

"우리 부모님께 전화하러 가볼게."

내가 말했다. 어제도 전화했었지만 아무 대답이 없었다. 오늘 아침에도 전화를 받지 않으셨고, 저녁 식사 전에도 마찬가지였다. 이탈리아는 거의 자정이 다 된 늦은 시간이었지만 엄마랑 이야기를 나누고 싶었다.

너무 오래 대화하지 못했다.

23

목요일 아침, 1년여 만에 처음으로 정장을 입었다. 나는 다락방으로 올라가 상자들을 뒤적거렸다. 소니아와 내가 카운터를 차고 며칠 뒤부터 지금까지 아무렇게나 쑤셔 박아놓았던 내 옷상자가 다락방에 있었다. 내가 뭘 해왔는지 거의 기억하지 않았지만, 사소한 일에 손을 바쁘게 놀려야만 했다. 그렇지 않았다면 내 손은 이 옷들을 가지고 벽이나 창문을 닦고 있었을지도 모른다.

무더운 날씨 때문에 나는 베이지색 리넨 옷을 골랐다. 1년 동안 생긴 옷 주름을 간신히 편 다음 부산했던 마음을 추스르자마자 초인종이 울렸다. 패트릭이 어떤 남자를 집 안으로 들였고, 나는 그를 바로 알아보았다.

내 예전 부서에서 온 모건 레브론이었다. 건방지게 린의 자리를 물려받았던 너무 어리고 무능한 자식. 대통령이 내 조건에 그렇게 빨리 동의한 게 이상한 일도 아니다. 모건은 자기가 바보라는 걸 모르는 바보다. 최악의 인간 말종.

집으로 들어온 모건이 깔끔하게 손질한 손을 불쑥 내밀었다.

"매클렐런 박사님, 박사님이 제 팀에 와줘서 정말 기뻐요. 너무 반갑고요."

너야 물론 그렇겠지.

심지어 '그 팀'도 아니고, '우리 팀'도 아니고 '자기 팀'이란다.

나는 모건과 악수했다. 여자와 악수할 때는 항상 손을 꽉 쥐었지만, 모건과는 갓 태어난 새끼 고양이와 악수하는 것처럼 살짝 스치기만 했다.

"나도 반가워요."

내가 말했다. *이 겁쟁이야.*

"자, 그럼"

모건이 말을 이었다.

"일하러 가볼까요? 박사님이 서명할 서류 몇 가지가 있는데다 남편분 계좌로 바로 수당을 입금해야 할 것 같아서요. 휴. 집 안이 덥군요."

"에어컨이 고장 났어요."

내가 말했다.

"안쪽 방으로 들어가면 돼요. 그 방에는 창문에 달린 에어컨이 있거든요."

어째서 내 월급이 패트릭의 계좌로 입금되는지 물어볼 필요는 없었다. 작년부터 내 돈은 모두 패트릭의 통장에 있었으니까.

말, 여권, 돈. 범죄자조차 못해도 이 세 가지 중 두 가지는 가질 수 있었다.

모건을 집 안으로 안내하면서 잠시 부엌에 들렀다. 패트릭과 내 커피잔을 다시 채웠고, 모건도 자신의 커피 한 잔을 따랐다. 그는 자기 커피에 설탕 세 숟가락을 넣고 우유를 조금 섞은 뒤 부엌을 나갔다. 어제 자제력을 잃은 스티븐과 소니아 때문에 재앙이 된 저녁 식사 이후 밖으로 뛰쳐나가 사온 새 우유였다.

소니아는 올리비아가 데리러 오자 표정이 약간 밝아 보였다. 아마도 내가 올리비아의 집에서는 만화 채널을 볼 수 있고, 오늘 아줌마가 쿠키도 구워줄 거라고 말했기 때문일 것이다. 어쩌면 내 딸의 얼굴에 떠오른 미소는 이웃 아줌마 손목에 있는 라벤더색 카운터 때문인지도 모른다. 뭔가 정상적으로 보이는 것.

모건이 서류 가방에서 꺼낸 첫 번째 서류 뭉치는 계약서, 겸업 금지 약정서(마치 내가 투잡을 뛰는 게 가능하다는 듯), 기밀 유지 협약서, 그리고 고용 승인서였다. 마지막 서류는 내가 하는 모든 연구는 내 것이 아닌 정부의 소유라는 걸 법적으로 증빙하는 5쪽짜리 문서였다. 나는 모건이 건네준 펜을 쥐고 모든 서류를 제대로 읽지도 않은 채 서명했다. 어떤 상황이 닥쳐도 그들이 원하는 대로 할 텐데 굳이 왜 내가 서명을 해야 하는지 알 수 없었다. 패트릭은 계좌 관련 서류에 직접 서명을 한 뒤 다시 건네주었다.

하지만 나는 보상 조건에 주목했다. 8월 31일까지 치료를 마치면 주당 5천 달러와 10만 달러의 보너스가 지급된다. 이 날짜가 지나면 보너스가 매달 10퍼센트씩 줄어든다. 어찌 보면 일을 빨리 끝낼 수 있는 동기가 될 것 같지만, 내가 일을 빨리 끝낼수록 소니아와 내 손목에 금속 카운터가 더 빨리 채워질 뿐이다. 나는 그들이 결국 그렇게 할 거라는 걸 안다. 단지 시간문제일 뿐이었다.

"완벽합니다."

모건이 서류 가방에서 얄팍하고 까맣게 생긴 기계를 꺼내며 말했다. 얼핏 아이폰과 비슷했지만, 크기가 더 큼지막했다. 모건은 그 기계를 우리 사이에 있는 커피 탁자 위에 올려놓았다.

"보안 검사 시작할게요."

모건은 단추를 누르고 화면을 휙휙 넘기더니 내 이름을 입력했다.

"처음은 엄지손가락, 그다음은 집게손가락, 그리고 기타 등등. 지시에 따라 삐 소리가 들릴 때까지 손가락을 화면에 대고 계세요."

당연히 그들은 지문 검사를 원할 것이다. 나는 시키는 대로 했고, 기계가 내 왼쪽 새끼손가락을 스캔하자 모건이 다시 기계를 집어 들고 기다렸다.

"몇 초면 끝날 겁니다. 승인이 나면 박사님 파일을 잠금 해제한 뒤 제 연구실로 가면 됩니다."

모건은 다시 '제 연구실'이라고 말했다. 얼마나 많은 내 연구결과가, 아니 나와 린의 연구결과가 결국 모건의 작품으로 둔갑하게 될지 궁금했다.

"좋았어."

기계가 띵띵거리자 모건이 말했다.

"승인됐습니다."

모건은 서명 지문날인 파티 내내 손에 열쇠 꾸러미를 들고 있던 패트릭에게 시선을 돌렸다.

"선생님?"

패트릭이 자리에서 일어났고 문이 열리기 시작했다. 첫 번째는 패트릭의 서재였다. 그다음은 창문 옆에 있는 금속 보관함이었다. 그 보관함에는 지난 1년 동안 잠들어 있던 내 노트북과 서류들이 들어 있었다. 패트릭이 서재로 가는 동안 모건은 다른 서류를 뒤적였다.

"팀원 목록이에요."

모건이 내게 사본을 건네주며 말했다. 이번에는 모건이 '제 팀'이라고 말하지 않았다. 만약 또 그랬다면, 모건을 한 대 쳤을지도 모른다.

팀장은 물론 모건 레브론 자신이었다. 모건의 이름 밑에는 최근까지 그가 맡았던 직책 적혀 있었다. 조지타운 대학교 언어학과 과장. 그 아래에는 나머지 팀원들의 이름이 모두 알파벳 순서로 적혀 있었다. 첫째는 린 콴이었고, 그녀의 경력에는 '전'이라는 단어가 붙어 있었다. 그다음이 나였다. 내 이름에도 역시 '전'이라는 단어가 쓰여 있었다. 내 경력마다 모조리 '전'이 붙어 있어 눈에 거슬렸다.

하지만 나는 다음 글자를 보고, 준비도 없이 불쑥 튀어나온 주먹에 급소를 맞은 사람처럼 놀랄 수밖에 없었다.

명단 세 번째 줄에 적혀 있는 성은 로시였다. 그리고 이름은 로렌조.

24

노트북을 사용한 지 너무 오래되어서 전원이 안 들어오면 어쩌나 걱정했다. 1년 동안 말을 빼앗겼던 나처럼, 내 노트북 역시 누구의 손길도 닿지 않은 채 잠잠한 침묵 속에 잠들어 있었으니까. 하지만 다행히도 노트북은 전화를 기다리는 오랜 친구나 주인이 집에 올 때까지 참을성 있게 문 앞에 앉아 있는 애완동물처럼 고분고분했다. 나는 매끄러운 자판 위에 손가락 하나를 얹어 쓱 매만진 뒤 화면에 묻은 얼룩을 닦으며 마음을 가다듬었다.

1년은 긴 시간이었다. 지옥이나 다름없는 삶. 한때 우리 집 인터넷이 두 시간만 먹통이 돼도 세상의 종말이 온 것 같았는데.

물론 8760시간은 두 시간보다 훨씬 길다. 그래서 집에서 나와 내 차에 타기 전, 잠시 시간이 필요했다. 앞으로 대통령의 형을 치료할 때까지 일주일에 3일은 모건을 따라 연구실로 가야 했다.

또한, 복사해서 집에 보관하고 있던 내 파일들을 꼼꼼히 훑어볼 시간이 필요했다. 그래야 그 서류들을 가지고 사무실까지 왔다 갔다 할 필요가 없을 것이다. 게다가 린과 얘기를 나눌 때까지 모건에게 보이고 싶지 않은 보고서도 있었으니까.

서류 뭉치 중 맨 밑에 내가 원했던, 앞면에 빨간색 X가 적힌 서류철이 있었다. 패트릭은 이미 출근했고, 모건은 밖으로 나가 자기 벤츠에 타 전화 통화 중이었다. 아마 칼 목사에게 그가 얼마나 환상적인 팀을 꾸렸는지 뿌듯해하며 떠들고 있을 것이다. 그래서 나는 창문용 에어컨이 윙윙거리는 방에 혼자 남아 있다. 약 2300톤가량의 책과 함께. 무게가 그렇게 많이 나가지는 않겠지만, 학술지와 논문들이 마구잡이로 쌓여 있는 걸 보니 학문적 쓰레기가 우리 가족의 공간을 어지럽힌 것 같았다.

우리는 마지막 손님이 방문한 이후로 1년 반 동안 소파 침대를 사용하지 않았다. 이제는 진짜 아무도 찾아오지 않는다. 딱 한 번, 스티븐이 기저귀를 차고 있을 때부터 알던 옛 친구들을 초대해 저녁 파티를 열었지만, 한 시간 동안 남자들만 이야기를 나누고 여자들은 연어 접시만 빤히 들여다보다 집으로 돌아갔다.

소파 침대 위 코듀로이 쿠션을 집어 든 나는 크래커 부스러기 몇 개, 길 잃은 팝콘 몇 알, 잔돈 몇 푼이 떨어져 있는 틈새로 빨간색 X 폴더를 밀어 넣었다.

손때가 묻어 번들거리고 흐릿해진 서류철에 싸인 '그것'은 때가 되면 베르니케 실어증을 뒤집을 연구물이었다. 좀 더 확실한 은신처가 없을까 잠시 생각해봤지만, 소파 쿠션 밑에서 1년 치 쓰레기가 나온 걸 보니 딱히 그럴 필요가 없을 것 같았다.

물론 린과 로렌조가 수상하게 여겼을 수도 있겠지만 나 외에는 아무도, 패트릭조차 당시 우리 팀의 연구가 간신히 벼랑 끝을 지나 '거의 마무리'에서 '완전 종료'가 되었다는 사실을 모른다.

토머스와 전기 총을 가지고 다니는 부하들이 처음으로 나를 찾아온 전날, 나는 측두엽과 두정엽이 만나는 뇌 영역, 좌뇌 후부의 언어 처리에 관한 발표를 마무리하고 있었다.

베르니케 영역 및 이 회색질 복합체의 손상으로 생긴 언어 손실은 학생 대부분이 그 세미나에 참가했던 이유였고, 그날 세미나실에는 동료, 학장, 그리고 우리 연구팀이 제안한 혁신적인 돌파구에 호기심을 가진 몇몇 외부 연구자들로 가득 차 있었다. 린과 로렌조는 뒷줄에 앉아 내 발표를 듣고 있었다.

사람들은 내가 프로젝터로 베르니케 영역을 더 확대한 뇌 이미지를 띄웠을 때 내 눈빛이 반짝 빛나는 걸 보았을 것이다. 우리가 사용할 혈청은 내가 만든 게 아니었다. 류머티즘 관절염 증상을 예방하기 위해 이미 널리 사용되고 있는 약물인 인터루킨-1 수용체 길항제와 피험자의 뇌 가소성을 늘려 신속한 복구와 재건을 촉진하는 유아 줄기세포의 도움을 받아 자연스럽게 치료가 이루어질 것이다. 나와 우리 팀이 그 연구에 기여한 것은 피질 조직 주변 영역에 영향을 주거나 더 심한 손상을 입히지 않도록 혈청 적용 위치를 정확하게 파악하는 것이었다.

우리 팀에는 비장의 무기도 있었다. 지난봄 수요일 아침,

흐드러지게 만발한 벚꽃의 환상적인 자태를 보기 위해 수많은 관광객이 워싱턴에 몰려들기 시작했을 때, 로렌조가 나를 사무실로 불렀다.

물론, 로렌조는 나에게 키스했다. 나는 여전히 로렌조의 입술에 묻은 에스프레소의 쌉쌀한 맛을 느낄 수 있었다. 처음에는 쓴맛이었던 키스가 어떻게 달콤하게 변할 수 있는지 신기했다. 로렌조는 마치 키스를 도둑맞은 연인처럼, 혹은 뭔가 대가를 치르는 사람처럼 깊고 진하게 키스를 했지만, 이내 입술을 떼며 미소를 지었다.

"난 아직 안 끝났어요."

내가 말했다. 로렌조의 눈이 내 정수리부터 로퍼 대신 갈아 신은 출근용 검정 신발까지 부드럽게 훑어 내렸다.

"나도 마찬가지야."

로렌조가 말했다.

"하지만 먼저 깜짝 선물이 있어."

나는 로렌조의 깜짝 선물이 마음에 들었다. 물론 아직도.

한껏 고조된 내 키스가 잠잠해질 무렵, 로렌조는 한쪽으로 밀어놨던 각종 서류와 논문들 속에서 자신이 찾고 있던 자료를 발견했다.

"여기. 숫자 좀 확인해줘."

통계 결과는 상당히 좋아 보였다. 골고루 분포한 p값은 유의확률로 보였고, 탄탄한 카이제곱 검증과 실험 설계를 보니 로렌조가 통계학을 잘 알고 있는 것 같았다. 나는 로빈슨 크루소가 발견한 물과 음식인 양 통계 자료를 받아들었다.

"확실해요?"

내가 자료를 확인하며 말했다.

"긍정적이야."

로렌조가 내 뒤에 서서 팔로 허리를 감싸더니, 다리 다섯 개 달린 거미처럼 한 손으로 내 가슴까지 살금살금 기어올랐다.

"몇 가지만 더 확인하면 돼."

캠퍼스에서는 애정 행각을 벌이지 않았다. 격렬한 '그것'도 없었고, 육체적 접촉을 최후의 목표로 삼지도 않았다. 단지 로렌조의 사무실 문을 잠근 채 그 뒤에서 키스하거나 서로의 몸을 애무했을 뿐이다. 아니면 내 사무실이거나. 한번은 나를 따라 교직원 화장실로 들어온 로렌조가, 말하기 부끄럽지만, 손가락 하나만으로 오르가슴을 느끼게 했다. 결혼 17년 차에 네 명의 아이가 생긴 이후로는 절정에 이르는 데 그리 오래 걸리지 않았다.

로렌조는 내 안의 열기가 점점 뜨거워지는 걸 느꼈을 것이다. 그래서 좀 더 자세히 보고서를 읽을 수 있게 나를 놓아주었다.

"이런 젠장. 단백질을 분리했다고요?"

내가 말했다. 우리는 마지막 한 조각, 우리가 알고 있는 생화학적 물질이 어떤 이들에게 존재하고 어떤 이들에게 없는지 찾고 있었다. 로렌조는 2000명 이상의 피험자를 상대로 어휘적 능력을 예측할 수 있는 지표를 찾아 그 수를 측정했다. 그리고 그 실험을 키신저 프로젝트라고 불렀다. 생화학과 의미론을 결합한 로렌조의 학문적 배경 덕분에 그는 변형된 화술과 뇌 화학 사이의 연관성을 찾는 데 딱 알맞은 사람이었다.

"너에게는 지도가 있고, 나는 열쇠를 갖고 있어."

로렌조가 내 치마 허리춤에 손을 삐죽 넣으며 말했다.

"잠깐 잠금 해제 연습을 해보는 게 어때요?"

내가 말했다. 로렌조가 내 안에 숨은 요부 기질을 끄집어냈다.

"나중에?"

"나중에. 같은 곳에서."

우리에게는 '크랩 셰크'라고 부르는 작은 오두막이 있었다. 패트릭과 아이들 눈에 띄지 않도록 메릴랜드 교외의 방갈로에서 꽤 멀리 떨어진 체서피크만 근처 안네 아룬델 카운티에 있는 판잣집이었다. 두 달 전만 해도 임대차 계약은 여전히 로렌조 명의로 되어 있었다.

지금 당장은 그곳에 가지 않는 게 좋을 것이다. 게다가, 로렌조가 이미 그 집을 내줬을 게 분명했다.

나는 소파 침대에 숨겨둔 서류만 제외하고, 노트북과 나머지 서류를 모두 챙겨 재키와 대학원에 다닐 때부터 들고 다녔던 서류 가방에 넣고 문을 나섰다. 내 얼굴에 모건이 알 수 없는 즐거운 미소가 번졌다. 나는 올여름, 소니아가 충분히

제 자리로 돌아올 수 있도록 최대한 많은 시간을 벌며 오래
도록 일하고 싶다.

메릴랜드 시골에서 혼잡한 워싱턴 DC로 운전하며 가는
동안, 내가 어떻게 혈청을 적용할 물리적 위치를 찾았는지,
언어적, 의미적 유창함에 관한 로렌조의 연구가 어떻게 단
백질을 식별했는지에 대해 생각했다. 물론 나는 그것을 알고
있다. 린과 로렌조도 알고 있다. 하지만 모건은 알 필요가 없
다. 적어도 아직은.

25

내 사무실은 동굴 아니면 수도사의 독방과 비슷해 보였지만, 책상과 의자가 가득 들어차 있어 그리 쾌적하지 않았다. 게다가 출입문에 달린, 사생활 보호와는 전혀 무관한 듯 사무실 안을 다 드러내 보여주는 커다란 판유리를 제외하면 창문도 없었다. 낡을 대로 낡은 스카프와 지갑이 책상 하나에 놓여 있었다. 둘 다 린의 것이다.

모건은 나를 안으로 안내한 뒤 짐을 풀고 정리하라며 자리를 비켜주었다. 그는 조금 이따 나를 데리고 연구소로 가서 ID카드를 만든 뒤 복사기와 복사실이 어디 있는지 알려줄 거라고 했다. 이제 내가 여기서 하는 일이 다른 사람들 눈에는 보이지 않는다는 것을 안다.

그래도 왠지 나는 신경 쓰이지 않았다. 린과 다시 이야기를 나누고 함께 일할 수 있다고 생각하니 그녀의 첫 춤에 반한 여학생처럼 흥분했다.

"맙소사."

문간에서 가느다란 목소리가 들렸다. 린 콴은 체구가 왜소했다. 나는 종종 패트릭에게 린은 내 바지 한쪽 구멍에 쏙 들어갈 거라고 말하곤 했다. 게다가 지난 몇 달 동안 나는 스트레스 다이어트 덕분에 키 167센티미터에 몸무게는 54킬로그램에 불과했는데도 린은 여전히 나보다 작았다. 목소리, 아몬드 모양의 눈, 귀밑에 겨우 닿는 매끄러운 단발머리까지. 린의 가슴과 엉덩이는 옆에 있는 나를 피터 폴 루벤스(Peter Paul Rubens) 그림 속 여자처럼 보이게 했다. 하지만 그녀의 회색 뇌만큼은 누구보다 거대했다. 당연히 그럴 수밖에 없다. MIT가 아무 이유 없이 박사학위를 두 개나 수여하지는 않으니까.

린도 나처럼 신경언어학자다. 하지만 나와는 달리 의사이기도 했다. 구체적으로 말하면 외과 의사였다. 15년 전, 린이 40대 후반이었을 때 뇌 치료 실습을 그만두고 보스턴으로 향했고, 그로부터 5년 후 인지과학과 언어학 박사학위를 모두 따냈다. 누군가 나 자신을 바보처럼 느끼게 한다면 그 사람은 린이었다.

그래서 난 린을 사랑했다. 린은 에베레스트만큼 높은 목표를 세우는 사람이다.

린이 사무실 안으로 들어와 내 왼쪽 손목을 내려다봤다.

"너도?"

그러더니 나를 꼭 끌어안았다. 린이 나보다 키도 작고 왜소해서 참 재미난 광경이 연출됐다. 마치 바비 인형에 안긴 곰 인형 같달까.

"저도요."

나 역시 웃으며 대답했다. 꽤 긴 시간 동안 나를 안고 있던 손을 풀더니 린은 뒤로 물러나 말했다.

"자기는 하나도 안 변했네. 어쩌면 더 젊어 보이는 것 같아."

"글쎄요, 과장님 덕분에 1년 동안 일을 쉬었다니 놀랍죠."

내가 말했다. 유머가 통하지 않았다. 린이 고개를 가로저으며 손가락을 집게 모양으로 쥐어 보였다.

"가족을 만나러 말레이시아에 가려고 했어. 거의 그럴 뻔했고."

린이 손을 후, 불더니 손가락이 불가사리처럼 흩어졌다.

"다 지난 일이야. 피비린내 나는 날에 사라진 일들이지."

"여왕처럼 말씀하시네요."

내가 말했다.

"그 피비린내 나는 부분은 빼고요."

"순진한 소리 마. 엘리자베스 2세도 욕할 줄 안다니까. 말이 나왔으니 말인데, 누가 최신형 손목 괴물에 관해 말해준 사람 없어?"

그녀가 말할 때면 왠지 '괴물'이라는 단어도 시크하고 우아하게 들렸다.

"그들이 말해주지 않더라고."

나는 여덟 시간 동안 경험한 최신 카운터에 관해 설명했다.

"만약 내가 그 선언문을 한 번 더 읽어야 했다면, 내 혀를 잘라버렸을 거예요."

린은 책상 위에 걸터앉아 한쪽 다리를 까딱거리며 문 쪽을 확인한 후 목소리를 낮추었다.

"놈들이 카운터를 다시 채울 거라는 거 알지, 진? 우리가 일을 끝내는 대로."

"그래서 지금 당장 안 끝내려고요."

나는 문 쪽으로 등을 돌리며 말했다.

"당장 끝낼 수 있다고 해도, 지금은 그럴 필요 없을 것 같아요."

그러고는 실크 스카프를 집어 들었다.

"혹시 이런 스카프를 머리에 쓰고 다니기 시작한 건 아니죠?"

"어때, 잘 어울려?"

나는 린의 표현대로 '날개 달린 돼지처럼 피비린내 난다'고 말했고, 우리는 웃음을 터뜨렸다. 그러더니 린이 다시 진지해졌다.

"무슨 수를 써야 해, 진. 베르니케 프로젝트 작업 말고도 뭔가를 해야 한다고."

"알고 있어요. 혈청 말고 백악관 물을 타는 건 어떨까요?"

물론 이 방법은 린이 스카프를 머리에 두르고 옷깃에 순수 핀을 꽂고 다니는 것보다 실현 가능성이 없는 일이다.

"좋은 생각이야."

린이 말했다. 나는 린이 내 말에 찬성하는 건지 비꼬는 건지 알 수 없었다.

린이 벌떡 일어나 내 팔을 잡으며 말했다.

"모건이 돌아오기 전에 에스프레소 가져오자."

"여기 에스프레소 기계가 있어요?"

내가 물었다. 린은 나를 사무실 밖으로 데리고 나가더니 회색 복도를 따라 내려갔다. 우리가 지나치는 모든 작업대와 사무실은 텅 비어 있었다.

"아니. 하지만 로렌조한테 작은 커피메이커가 있어."

오, 이런.

26

로렌조의 사무실은 린과 내가 함께 쓰는 사무실과 똑같았
다. 다만 책상은 두 배나 컸고, 금속 대신 나무로 만들어진
것이었다. 의자는 마치 〈스타트렉(Star Treck)〉 세트장에서 떼
어낸 것처럼 멋있었다. 게다가 창문이 있어서 봄이 되면 벚
꽃이 활짝 핀 공원을 내려다볼 수도 있었다. 나는 속이 부글
부글 끓어 올랐다.

린은 내가 뿌리치기도 전에 나를 문 안으로 밀치고는 복도
를 빠져나갔다.

"차오(Ciao)."

로렌조가 이탈리아어로 먼저 인사했다. 로렌조의 목소리
는 예전과 같으면서도 어딘가 달랐다. 여전히 낮고 듣기 좋
은 음성, 남부 이탈리아의 여유로운 삶을 떠올리게 하는 부
드러운 자음이 나를 설레게 했다. 하지만 '차오'라는 그 한
마디에는 불과 두 달 만에 깊어진 주름살이 이해가 될 정도
로 피로가 담겨 있었다. 나는 로렌조의 어두운 눈을 바라볼
수밖에 없었고, 그러면 그의 마음속에 갇힌 모든 말들을 볼
수 있었다.

갑자기 내 속에서 비치볼만 한 무언가가 울컥 솟구쳤다.
나는 젖 먹던 힘까지 쥐어짜며 '차오'라고 답하고 싶었다. 하

지만 사방이 빙빙 도는 것처럼 어지러워 힘없이 주저앉았다. 로렌조와 커피메이커, 책꽂이가 온통 알 수 없는 색과 질감의 소용돌이 속에서 휘몰아쳤다.

한걸음에 달려온 로렌조가 나를 부축한 뒤 책상 앞의 커다란 가죽 의자에 앉혔고, 작은 손님용 의자를 가져와 내 앞에 마주 앉았다.

"무릎이 여전히 안 좋군, 지안나."

정신이 들자 나는 여자들이 *작은 죽음(La Petite Mort)*이라고 부르는 것에서 완전히 회복했다. 목을 길게 뻗어 로렌조의 얼굴을 마주한 뒤, 두 팔로 그를 감쌌다. 우리는 처음에는 천천히, 그러나 점점 격렬하게 키스했다. 그러다 순식간에 아수라장이 됐다. 로렌조가 책상에 앉기도 하고, 다시 그가 나를 책상에 앉히기도 하며 키스했다. 결국은 둘 다 책상 아래로 쓰러졌다. 시끄럽고 축축하고 땀이 났지만 환상적이었고, 완벽한 순간이었다.

그러다 또 다른 현실이 다가왔다. 눈앞에 벌어지고 있는 현실. 나는 구석에 있던 플라스틱 쓰레기통을 내 밑으로 끌고 왔다. 그리고 아침에 먹은 것으로 보이는 흉하고 흐물흐물한 액체를 그 안에 쏟아냈다.

"와우."

로렌조는 오직 이 말만 했다.

"가야겠어요."

나는 책상을 지렛대로 삼아 몸을 일으키며 말했다.

"여자들의 방."

한 남자를 시험하는 좋은 방법은 그가 보는 앞에서, 그의 사무실 휴지통에 구토를 한 후 그의 행동을 유심히 살피는 것이다. 로렌조가 사무실 복도 반대편 끝에 있는 여자 화장실 문까지 바래다주기 전 한 일은 그저 미소를 짓는 것뿐이었다. '와우'와 미소, 그 외에는 아무것도 없었다.

그래서 나는 그를 사랑했다.

"괜찮을 거예요. 잠깐이면 돼요."

화장실 문을 열고 들어간 나는 곧장 변기가 설치된 칸으로 향했다. 베이글과 커피 찌꺼기가 속에서 올라왔다. 고개를 숙인 채 내 목구멍에 남은 쓴 담즙과 위산을 토해낸 뒤 물을 내리고 변기에 앉았다.

나는 절대 아프지 않았다. 장이 약한 것도 아니었고, 마지막으로 토한 게 언제인지 기억나지도 않았다.

그래, 그럴 수 있어.

내 오른쪽에는 뚜껑 달린 스테인리스 휴지통에 일회용 봉투가 끼워져 있었고, 맞은 편에는 아랫도리를 구석구석 닦고 나면 금세 없어질 휴지가 걸려 있었다. 나는 휴지통에 넣을 게 아무것도 없었다, 조심스럽게 감싼 탐폰도 없고, 돌돌말아 테이프를 붙인 생리대도 없었고, 심지어 팬티 라이너도 없었다.

오, 젠장.

나는 마흔세 살이다. 그리고 패트릭과 패트릭의 아일랜드

식 정력 덕분에 네 명의 아이도 있다. 그리고 11년 전에 쌍둥이를 낳았다. 그리고 나는 생식 생물학에 관해 충분히 알고 있다. 그때보다 다둥이를 임신할 가능성이 훨씬 크다는 것도.

게다가 다른 여자아이를 가질 가능성도 1대 2라는 걸 안다. 딸을 낳으면 그들은 손목에 바로 카운터를 채울까? 아니면 며칠은 기다릴까? 어쨌든, 그 일은 빨리 일어날 테고, 내가 내밀 협상 카드도 더는 없을 것이다.

그래서 내 상황에 처한 여자가 할 수 있는 일을 하기로 했다. 다시 모든 걸 토해냈다.

27

린이 걱정스러운 표정으로 화장실 문밖에서 나를 기다리고 있었다.

"괜찮아, 진?"

린이 말했다.

"네. 내가 먹은 아침 식사의 절반이 로렌조 사무실에 있다는 것만 빼면요."

내 허리에 팔을 두른 린이 나를 호빗 동굴 같은 우리 사무실로 다시 데리고 갔다. 가방 밑바닥까지 뒤져 물티슈를 꺼낸 린은 내 얼굴에 묻은 마스카라 얼룩을 닦아주더니 단도직입적으로 말했다.

"넌 상사병을 문자 그대로 생각하는 것 같아, 진. 내가 무슨 말을 하는지 알지? 이탈리아 동료한테 아직도 뭔가 있는 거야?"

나는 내 책상 뒤에 있는 의자에 힘없이 푹 앉았다.

"다 보여요?"

이제 나는 모건을 비롯해 다른 직원들이 꾸준히 로렌조의 사무실을 찾아가는 내 모습을 지켜봤는지 궁금했다.

"또 누가 알아요?"

린이 내 쪽으로 몸을 기울이더니 우리가 앉아 있는 책상 위에 양쪽 팔꿈치를 세웠다.

"모건이 걱정된다면 그럴 필요 없어. 그 남자는 멍청하고, 자기중심적이야. 누군가가 모건의 머리에 몰래 물을 부어도 전혀 알아채지 못할걸. 네가 옷을 갈아입어도 모를 거야."

그러다 문득 웃음기가 싹 사라진 표정으로 얼굴을 찌푸렸다.

"하지만 조심해. 칼 코빈의 간통 감시단이 널 찾아오는 걸 원치 않는다면."

"물론이죠."

내가 말했다. 다시 온몸이 욱신거렸다. 세상은 비정상적으로 변했지만 놀랄 만큼 많은 것들이 예전 그대로였다. 우리는 여전히 먹고, 쇼핑하고, 자고, 아이들을 학교에 보낸다. 그리고 섹스를 한다. 단지 섹스에만 규칙이 생겼을 뿐이다.

"얼마나 됐어?"

린이 물었다.

"2년쯤 된 것 같아요."

은은한 광택이 흐르는 뮤직 박스를 정성스레 매만지는 로렌조의 손을 처음 봤을 때, 그리고 그 손으로 내 몸을 어루만지는 상상을 하며 등줄기를 쓸어내리는 듯 묘한 전율을 느꼈을 때부터였다. 정확한 날짜를 짚는 건 무의미했다.

"다 지난 일이야? 아니면 현재진행형이야?"

나는 지금 그녀에게서 멀어지고 있었다. 살균 기능이 있는 우리 사무실에서 어수선한 메릴랜드의 판잣집으로. 그 집

벽에는 바닥부터 천장까지 그물망이 걸려 있고, 창턱에 놓인 생선, 모퉁이 벽에 기대어 있는 녹슨 닻 등 비릿한 바다 내음이 진동하는 소품으로 뒤덮여 있다. 그리고 침대도 하나 있었다. 가장 많은 기억을 간직한 침대. 울퉁불퉁하고 삐걱거리는데다 너무 좁아서 우리 둘 다 팔다리를 겹치지 않고는 편안하게 누울 수 없었다. 난 그 침대가 너무 좋았다.

순수운동이 전국으로 퍼진 후에는 그곳에 딱 한 번 갔었다. 그때가 바로 린이 물은 '지난 일인지, 아니면 현재진행형인지'에 대한 답이었다. 3월 초에 나는 지하철을 타고 이스턴 마켓에 있는 치즈 가게로 간 적이 있었다. 예전에는 노부부가 운영했지만, 이제는 남편의 유일한 걱정거리가 된 가게였다. 내가 뭘 사러 갔었는지 기억이 가물가물하지만, 훈제 스카모짜(Scamorza)나 신선한 리코타(Licotta)였을 것이다. 어쩌면 나는 치즈를 사러 간 게 아닐지도 모른다.

로렌조는 길거리 빵집 앞에서 장 본 물건들과 한 아름의 꽃을 들고 나를 멀찍이 바라보며 서 있었다. 우리는 10개월 동안 한 번도 만나지 않았을뿐더러 내가 치즈 가게를 나와 재래시장을 가로질러 곧장 걸어가지 않았다면 서로 만나지 못했을 것이다.

나는 애써 두 마디를 내뱉었다.

"여기 있었어요?"

"여기 있었어. 8월에 귀국해."

로렌조가 말했다.

"여름학기가 끝나면 더는 이 나라에 머물 수 없거든."

일부러 내 눈을 피하던 로렌조의 시선이 내 은색 족쇄에 머물렀다.

"여름에는 머무를 수 없었는데, 그들이 후한 제안을 했어."

8월은 5개월밖에 남지 않았다. 로렌조가 떠났을 때, 나는 그가 다시는 미국으로 돌아오지 않으리라 생각했다. 아무렴.

로렌조가 빵값을 냈다.

"아무 데도 가지 마. 금방 올게."

그런 다음, 붐비는 시장을 뚫고 카페와 와인 가게가 있는 골목 끝으로 사라졌다. 그날은 3월치고 유난히 따뜻한 화요일 아침이었다. 3월이면 늘 꽃샘추위가 워싱턴을 덮치곤 했다. 마지막 추위 없이는 새 계절이 오지 않는다는 것을 상기시키듯이. 내 머리는 치즈 생각은 잊은 채, 얼른 옆문으로 뛰어나가 다음 기차를 타고 집으로 돌아가라고 명령했다. 아니면 어디 다른 곳이든지. 하지만 내 발은 머리가 지시하는 말 따위에 아랑곳없이 그대로 바닥에 붙어 있었다. 그때 로렌조가 다시 돌아왔다. 이미 들고 있던 식료품 가방 외에 또 다른 가방과 함께.

"10분 후에 8번가 골목에서 만나자."

로렌조가 남긴 말은 그뿐이었다.

공식적으로 혼전 성관계와 혼외 성관계는 불법이었다. 거의 모든 주에서 불법이었다. 거기다 중세 이전에 있었던 소도미 법에 따라 결혼한 부부조차 질내 성교 이외에는 그 어떤 것도 금지되었다. '음란함'과 '부자연스러움'이 기준이었다. 하지만 구강 성교나 항문 성교로 기소되어 처벌받은 사람은 드물었고, 칭찬할 만하지는 않더라도 부부의 침대 밖에서 일어나는 일은 정상적인 행위로 여겨졌다.

그렇다면 피임은 어떨까? 피임은 바람직한 행위였다. 유아용 음식과 기저귀를 판매하는 약국 선반에 트로잔이나 듀렉스, 라이프스타일 등 각종 콘돔이 같이 진열되어 있다. 논리적으로 당연한 대체물이었으니까.

칼 목사는 성도덕에 관한 몇 가지 안건으로 현재의 권력자 자리에 올랐다. 선거도, 인사청문회도 없었다. 대통령은 투표를 원했고, 원하는 표를 얻었다. 샘 마이어스는 비공식적인 오른팔인 칼 목사의 말만 들었다. 그래서 그는 칼 목사의 말대로 100년을 거슬러 올라가는 게 바람직하다고 생각하는 팔랑귀를 가진 남자였다.

그 귓구멍에 복이 있길.

정말 간통 감시단이 있는지 모르겠지만, 나는 애니 윌슨의 남편이 부인의 위법행위를 신고했을 때 애니에게 무슨 일이 일어났는지 알고 있었다. 그 일은 순수운동으로 세상이 바뀐 지 며칠 되지 않아 텔레비전에 방영되었다.

애니 윌슨은 주부의 가면을 쓴 창녀였다. 적어도 남편이 집에 있을 때면 편하고 여성스러운 옷을 입었다. 수요일 아침, 애니는 남편이 출근하고 난 뒤 옷장으로 직행해 화려한 옷과 요란한 치장으로 탈바꿈했다. 그러고는 이른 오후, 낡은 파란색 트럭을 타고 온 남자와 일주일 동안 떠나 있었다. 두 사람은 이미 그렇게 계획했었다.

나는 애니를 창녀라고 부르면 안 된다. 나 역시 그녀보다 나은 점은 없었다. 게다가 애니의 남편도 완벽한 남자는 아니었고, 그녀는 지난 2년 내내 남편을 떠나고 싶어 했다. 남편이 신용카드를 해지하고 그녀의 차 할부금을 내주지 않으면, 애니는 경비가 삼엄한 감옥에서 사는 거나 마찬가지였으니까. 어느 수요일 오후, 내가 애니를 응원했던 게 생각난다. 그녀에게 당장 집 밖으로 나가 파란색 트럭을 타라고 재촉하며 다신 뒤 돌아보지 말라고 했다.

만약 애니에게 열 살도 채 되지 않은 두 아들이 없었다면, 다시는 돌아오지 않았을 것이다. 그리고 그날 애니가 도망쳤다면, 그날 밤 칼 코빈 목사가 오랜 관습대로 고리타분한 옷을 입은 늙은 여자 두 명에게 애니를 인도하는 장면이 텔레비전에 나오지 않았을 것이다. 그랬다면 애니는 평생 카운터의 숫자를 매일 최대 0으로 설정한 채 살아야 하는 노스다코타 수녀원에 대한 칼 목사의 설명도 듣지 않았을 것이다.

이스턴 마켓에서 나와 길 건너 골목에 있는 로렌조의 차로 향하겠다고 마음먹은 이유는 단지 욕망 때문만은 아니었다. 물론 그날 아침 패트릭과 벌인 일방적인 말다툼 때문만도 아니었다. 내 안의 분노는 처음에는 서서히 피어나더니 이내 걷잡을 수 없는 화염처럼 타오르고 있었다. 나는 그 이중잣대, 즉 신원이 확실한 독신 남성들이 성매매 여성들에게 스트레스와 정자를 쏟아내러 갈 수 있도록 도시와 마을에 우후 죽순 생겨난 은밀한 클럽들에 관해 모두 알고 있었다. 남자 직원들의 대화를 엿들은 패트릭이 내게 그 클럽에 관한 이야기를 들려주었기 때문이다. 그곳은 콘돔을 직접 사용할 수 있는 마지막 보루였다.

다들 매춘은 가장 오래된 직업이라고 한다. 그렇게 오래된 건 없앨 수 없다. 게다가 동성애자들은 그나마 수용소에서 보살핌을 받았지만, 애니 윌슨과 같은 간통녀들은 노스다코타수녀원 또는 중서부 지역의 농촌에서 일해야 했다. 순수운동은 가족이 없는 독신 여성들에게 뭔가 조처를 해야 했다. 그 여성들은 말도, 수입도 없이 스스로 살아갈 수 없었다. 그래서 결혼이 싫으면 사창굴로 가야 했다.

소니아를 생각하자 피가 끓어올랐다. 만약 패트릭과 나 사이가 틀어지면 소니아에게 무슨 일이 일어날까. 사랑 없는 결혼에 강제로 끌려갈까? 아니면 빨고 신음하는 것 외엔 입으로 할 수 있는 게 없는 창녀촌으로 보내질까. 창녀들조차도 입을 다물고 행동해야 했다.

그래서 나는 이스턴 마켓에서 걸어 나와 길 건너편 구덩이와 살짝 얼어 있는 웅덩이를 조심스레 피하며 로렌조의 차에 올랐다. 그것은 내가 순수운동에 저항하며 엿을 먹일 수 있는 유일한 방법이었다.

격분한 호르몬과 내 어리석은 행동 때문에, 순수운동은 바로 나에게 엿을 되돌려주었다. 로렌조와 나는 세 번의 잠자리를 가졌다. 한 번은 콘돔을 꼈다. 나머지 두 번은? 콘돔없이 사랑을 나눴다.

젠장, 그때 정말 좋았는데.

린이 손을 잡자 로렌조와 함께였던 그날 오후의 내가, 오늘 아침 사무실로 되돌아왔다.

"조심해, 진. 목소리보다 잃을 게 훨씬 많잖아."

"나도 알아요."

내가 말했다. 그리고 때마침 모건이 우리 연구실 문을 두드렸고 나는 마음을 가다듬었다.

28

모건이 우리를 데리고 로렌조의 사무실로 향했다. 사무실에 들어서자마자 모건은 코를 찡그린 채 멈춰 섰다.

"무슨 냄새죠?"

모건이 말했다.

"아무 냄새도 안 나는데요."

로렌조가 딱 잘라 말했지만, 그의 눈은 나를 보며 웃고 있었다.

"저도 아무 냄새 안 나요."

린이 거들었다.

"흠. 자, 이제 시작합시다, 여러분. 마감일을 맞추려면 처리해야 할 일이 많아요."

내가 마감일에 관한 얘기를 들은 건 그날이 처음이었다. 그래서 행여 모건을 향해 품었을 내 존경심이 있었다면, 그나마도 사라졌다. 모건은 우리가 이미 베르니케 치료제를 찾아냈다는 걸 모를 테고, 나는 모건이 대통령에게 무엇을 약속했는지 궁금했다. 우리가 망할 케이크를 굽는 것도 아닌데 정해진 시간이 있다니.

"무슨 마감일요?"

내가 물었다. 모건은 우리에게 들려줄 이야기를 꾸며내려는 듯 망설이다 마침내 입을 열었다.

"대통령은 6월 말, G20 정상회의를 위해 프랑스를 방문할 예정이에요. 그때 대통령의 형이 동반하길 바라고 있습니다."

모건의 말은 연습이 잘된 대사처럼 들렸다.

"지금 5월이에요."

내가 말했다.

"시간이 더 있는 줄 알았어요. 계약서에는 아무 말도……."

하지만 모건이 내 말을 가로막았다.

"매클렐런 박사님, 계약서를 제대로 읽지 않았군요. 거기엔 대통령이 유럽으로 떠나기 일주일 전인 6월 24일이라는 마감일이 분명 적혀 있을 텐데요. 더 질문 있나요?"

"우리는 과학자예요. 마감일을 맞추지 않는다고요."

내가 말했다. 지금까지 잠잠하던 로렌조가 사무실 문을 닫았다.

"내가 나중에 설명할게요, 모건. 이제 관리 업무나 처리합시다. 그래야 우리가 당신 문제를 해결할 수 있으니까요."

린도 마찬가지였지만, 나는 로렌조에게 못 믿겠다는 표정을 지어 보였다. 하지만 로렌조는 고개를 가로저었다.

"나중에."

로렌조가 입을 열었다.

우리의 첫 번째 목적지는 경비실이었다. 20명의 직원이 근무 중인 사무실과 칸막이 방이 있었다. 로렌조, 린, 그리고 내가 일하는 곳을 제외하면 사람이 많지 않은 아래층이었다. 창문도 없었고, 심지어 현관문도 없었다. 모건은 목에 두른 끈에서 출입 카드를 꺼내 판독기에 꽂고 잠금을 해제했다.

"보안 때문이에요"

모건은 컴퓨터와 감시 장비가 즐비한 통로를 지나 작은 칸막이 방 하나로 우리를 데리고 갔다.

린과 내가 약속이나 한 듯 눈을 맞추었다.

"무슨 보안이요?"

내가 물었다. 모건은 내 말을 들은 게 분명하지만 대답하지 않았다.

나는 다시 물었다.

"그냥 일반적인 보안입니다. 매클렐런 박사님. 걱정할 필요 없어요."

그는 칸막이 방에 있는 남자에게 시선을 돌렸다.

"잭, 내 연구팀에 출입 카드가 필요해."

모건이 또 '내 팀'이라고 지껄였다. 잭은 웃지도 않고 투덜거렸다. 잭은 얼추 50세, 어쩌면 60세쯤 되었을 것이다. 주름 지고 낡은 양복 상의가 의자 등받이에 걸려 있었고, 흰 셔츠는 허리둘레에 붙은 뱃살 때문에 뜯어질 듯 팽팽했으며, 팔 아래에는 누런 얼룩이 피어 있었다. 옷깃에는 파란색 P가 새겨진 은색 핀이 달려 있었다. 나는 잭이 결혼했는지 궁금했다. 저 남자가 끙끙거리며 땀을 흘리는 동안 어떤 불쌍한 여자가 그 밑에 누워 있을까. 만약 미혼이라면, 성매매 클럽 중

한 곳에 접근할 수 있을 만큼 계급이 높을까? 오늘 나는 스무 살이 된 소니아가 창녀 노릇을 하며 괴물의 욕망을 만족시키는 모습을 두 번째로 상상했다.

"앉으세요."

잭이 내게 고개를 끄덕이며 책상 옆에 있는 의자를 가리켰다.

"오른손을 여기에 올려요, 손바닥은 아래로."

그러고는 책상 위에 윤이 나도록 반질반질 닦은 평면 스크린을 가리켰다. 나는 오른손을 스크린에 올려놓았다. 표면이 차가웠지만, 잭만큼 차갑지는 않았다. 기계가 윙윙거리며 한 무리의 빛이 내 손을 훑었다.

"똑바로 앞을 보세요. 웃지 말고요."

잭이 지시했다. 내 앞에 있는 카메라가 사진을 찍었다.

"끝났어요. 다음 차례는 당신이에요."

잭이 린에게 고개를 끄덕였고, 린도 나와 같은 절차를 밟았다. 잭이 또 다른 명령에 투덜거리자 린이 일어섰다.

"너도 나만큼이나 아무것도 모르겠지, 진?"

린이 내게 물었다.

"조용하세요."

잭은 린에게 차갑게 말하고는, 로렌조에게 시선을 돌렸다.

"로시 박사님, 앉으세요. 오른손은 스크린 위에 두시고요."

개자식. 나는 생각했다.

잭의 책상에는 아무 사진도 없었다. 가족사진도, 학교에서 푸른 하늘이나 숲을 배경으로 찍은 아이들 사진도 없었다. 심지어 장식품도 없었다. 잭의 점심, 아니 내가 생각하는 그의 점심은 구겨진 종이봉투에 담겨 있을 것 같았다. 봉지를 비우고 나면 다시는 채울 수 없을 만큼 엉망으로 찌그러진 봉투에 있으리라. 나는 잭이 결혼하지 않은 게 뻔하고, 그게 훨씬 설득력 있다고 생각했다. 온종일 잭과 함께 사느니 일주일에 한 번, 단 몇 분만 거친 숨소리를 들으며 쿡쿡 찔리는 고통을 겪는 게 나을 것 같았다.

로렌조의 순서가 끝나자 잭 뒤에 있는 복사기가 세 장의 플라스틱 카드를 뱉어냈다. 잭이 모건에게 손을 내밀자 두 사람은 악수를 주고받았다. 그리고 로렌조에게도 손을 내밀었지만, 로렌조는 아무 반응도 하지 않았다.

"괜찮아요."

로렌조가 말했다.

"손에 땀이 많아서요."

이게 바로 내가 로렌조를 사랑하는 100가지 이유 중 하나였다. 패트릭은 저 소름 끼치는 뚱보와 악수했을 게 뻔했다. 잭이 코팅한 출입 카드를 건네주면 패트릭은 미소를 지으며 '고마워요'라고 말했을 것이다. 그는 속이 부글대더라도 늘 의연하게 행동하곤 했다.

우리가 잭의 칸막이 방에서 나오자 모건이 보안 단지에 있는 작은 회의실로 우리를 안내했다. 평범한 회의실 구조는 아니었다. 한쪽으로 밀어붙인 넓은 책상 뒤로 의자 두 개가 있었고, 학교처럼 작은 책상과 의자 하나씩 짝을 지은 것 세 세트가 있었다. 회의실 맨 앞에 앉은 모건이 자기를 마주 보고 있는 의자에 앉으라고 우리에게 손짓했다.

나는 로렌조와 시선을 주고받았지만, 로렌조는 거의 알아차릴 수 없을 정도로 고개를 저었다.

그리고 우리는 기다렸다.

10분 동안 벽시계가 똑딱거리는 소리를 듣고 나니 오른쪽 뺨에 흉터가 있고 베테랑 특전사 분위기가 풀풀 풍기는 부루퉁한 남자가 열린 문을 통해 회의실로 들어왔다.

"안녕하세요, 모건."

그 남자가 말했다.

"안녕하세요, 연구팀 여러분."

그리고 나머지 우리에게 인사했다. 그 남자는 자리에 앉지 않고 책상 뒤에 서서 우리를 내려다봤다.

그만한 체격의 남자라면 복도에서 적어도 몇 번은 무슨 소리를 냈어야 했는데, 이 남자는 슬금슬금 소리도 없이 우리에게 다가왔다. 그래서 보자마자 그 남자가 마음에 들지 않았다. 시큰둥한 린의 표정을 보니 린은 나보다 먼저 그 남자에 대한 호감을 잃은 것 같았다.

"짧게, 요점만 말씀드릴게요. 여러분 모두 할 일이 있으니까요."

그 남자가 입을 열었다.

"저는 포예요. 프로젝트 보안을 책임지고 있지요."

포는 입술을 거의 움직이지 않은 채 말했다. 둔탁한 가슴마저 오르내리지 않아 숨을 쉬지 않는 것처럼 보였다. 게다가 회의실에 들어온 이후로는 단 한 번도 눈을 깜빡이지 않았다.

"여기서 해야 할 일은 한 가지예요. 중요한 건 '한 가지'와 '여기'입니다. 말하자면 여기서 일을 하고, 여기서 떠나고, 다음 날 다시 여기로 온다는 뜻이에요. 저는 이 일을 다른 연구소와 의논하거나, 근무 시간 외에 다른 사람들과 소통하는 걸 원하지 않습니다. 이상 무?"

"물론이죠."

로렌조가 그 남자 말에 관심 없다는 듯 손톱 하나를 살피며 말했다. 포가 로렌조를 노려봤다.

"당신은 이 벽 밖에 있는 누구와도 그 프로젝트에 관해 이야기하면 안 됩니다. 이 일을 집으로 가져가도 안 돼요. 하루에 여덟 시간 이상 일해야 한다면 여기서 하십시오. 점심은 3층 카페테리아에서 해결하면 됩니다."

포가 인쇄된 일정표를 확인했다.

"여러분의 점심 식사는 오후 1시부터입니다."

린은 의자에서 몸을 움직여 다리를 푼 다음 다시 다리를 꼬았다. 린의 발이 내 발을 스쳤고 나도 다시 발로 툭 쳐서 신호를 보냈다. *그래, 좀 이상하네.*

내가 먼저 입을 열었다.

"실례지만, 포. 하지만 실험실 조교들은요? 우리는 실험도 준비해야 하는…….”

포가 내 말에 가로막았다.

“실험실 조교에게 내리는 모든 지시는 모건을 통해 전달됩니다. 또한, 여러분의 노트북도 집으로 가져가지 못합니다. 내 부하 하나가 오늘 오후에 여러분과 약속을 잡은 뒤 가지고 계신 전자장치를 확보한 다음, 각 팀 구성원들의 컴퓨터에 인트라넷을 설치할 겁니다.”

“전 우리가 한 팀인 줄 알았는데요.”

로렌조가 약간 비꼬듯 말했다.

“포가 말하는 그 팀이 바로 여러분이에요.”

모건이 거들었다. 모건의 눈이 옆에 서 있는 덩치 큰 남자에게 쏜살같이 다가갔다.

“맞죠, 포?”

“네, 맞습니다. 다른 질문은요?”

포는 기다리지 않고 다시 말을 이었다.

“여러분은 건물에 들어갈 때, 나갈 때마다 보안 검색대를 통과할 겁니다. 건물 안에는 24시간 내내 직원이 배치돼 있습니다.”

포는 모건에게 고개를 한 번 끄덕이더니 등을 돌렸고, 들어온 길로 다시 나갔다. 조용히.

“좋습니다.”

모건은 다루기 힘든 학생들에게 말하듯 두 손을 한번 맞잡았다.

"일하러 갑시다. 실험실을 안내해드릴 테니 따라오시죠."

회의실에서 줄지어 나온 우리 셋은 콜라를 들이켜고 있는 뚱뚱한 잭을 지나 창문이 없는 정문을 통해 되돌아갔다. 모건은 출입 카드로 다시 문을 열었는데, 모건의 카드는 나와 로렌조, 린의 카드와는 달리 파란색이었다. 우리 것은 흰색이었다.

복도를 따라 엘리베이터 쪽으로 걸어가자 린이 나를 뒤로 끌어당겼다.

"포란 사람 말이야. 과묵하지만 지독한 타입인 것 같아."

린이 말했다.

"그러게요."

내가 맞장구쳤다.

"어째서 격리를 하고 마감일까지 지켜야 할까요?"

"나도 모르겠어. 하지만 점심시간에 우리끼리만 남으면 얘기할 기회가 있을 거야. 로렌조는 뭔가 알고 있는 것 같아."

"어서 가시죠, 여성분들."

엘리베이터를 잡고 있던 모건이 우리를 불렀다. 우리는 종종걸음으로 엘리베이터 문 앞에 도착했다. 모건이 먼저 탔고, 로렌조가 마지막으로 탔다. 엘리베이터 안에 들어서자, 로렌조가 손을 뒤로 뻗어 내 손을 꽉 쥐었다.

"매우 신나는 날이에요."

모건이 말했다.

그래, 더럽게 신나는군.

29

엘리베이터에서 실험실까지 약 3미터 거리를 걸어가는 동안 가장 먼저 들은 건 쥐가 끽끽거리는 소리였다. 동물은 실험필수품이지만, 나는 검증되지 않은 혈청을 그 작은 동물들에게 주입하는 게 늘 못마땅했다. 그들은 너무 연약했다. 마치 아기처럼. 동물들을 안고 기름방울 같은 눈을 들여다보면 내가 가진 시약이 무엇이든 순진한 그들의 혈관에 짜 넣는 게 참을 수 없이 싫었다. 하지만 린은 전혀 개의치 않았다. 아무래도 의사이다 보니 면역되었을지도 모른다. 그래서 나는 항상 린에게 주사를 놓으라고 했다.

"그냥 쥐들이야, 진."

린이 조지타운 대학의 실험실에서 말했었다.

"만약 쥐들이 너희 집 저장고에 침범한다면 너도 쥐덫을 놓았을 거야. 그렇지?"

글쎄. 뭐라고 말해야 할지 모르겠다. 하지만 쥐덫은 수동적인 장치였다. 그래서 화학약품 범벅인 바늘보다는 쥐덫을 더 잘 다룰 수 있었다. 나는 두뇌와 관련된 모든 것에 관해 항상 교과서 같은 여자애였다. 섬세한 손길이 필요한 일은 의사가 훨씬 낫지.

모건이 출입 카드를 문 앞에 들이밀다가 멈칫하며 잠시 생각에 잠겼다.

"여러분 카드 중 하나로 문을 열어보는 게 좋을 것 같습니다. 잘 등록되었는지 시험 삼아 말이에요. 매클렐런 박사님? 그 영광을 느껴보는 게 어때요?"

로렌조가 껄껄 웃었다.

"자, 지안나. 열어보기 전에는 안에 뭐가 있는지 알 수 없잖아."

나는 하얀색 카드를 문에 달린 보안장치에 밀어 넣었다. 문이 활짝 열리자 마치 판도라가 된 듯했던 나처럼 로렌조도 그런 기분이 들었는지 궁금했다. 실험실 안에서 뿜어져 나오는 환한 형광등 불빛에 순간적으로 우리의 눈이 멀 것 같았다. 내 생각에 이곳에는 어떤 악도 있을 수 없다. 판도라의 상자 가장 밑바닥에 깔려 있던 희망만이 있을 뿐.

그래도 그 '각 팀'이라는 포의 실언 때문에 나도 모르게 불안했다. 그게 단순 실수였다고 하더라도. 포는 냉장고처럼 차가우면서도 무덤처럼 조용했다. 그리고 신이나 나라를 위해 목숨을 바친 사람처럼 보였다. 아니면 돈이거나.

모건은 실험실을 마치 자신의 첫아들인 양 활짝 웃는 얼굴로 바라보며 우리더러 안으로 들어오라고 손짓했다. 로렌조는 린과 내가 들어가기를 기다렸다가 이중문을 통과했다.

수백 마리의 쥐들이 찍찍거리는 소리가 왼쪽 벽에 늘어선 우리에서 날아왔다. 오른쪽에는 토끼들이 조용히 분홍색 코를 킁킁거리며 그들의 공간에 들어선 침입자의 냄새를 맡았다. 예전에는 우리 실험실에 토끼가 없었다. 우리가 더 큰 동물들을 다뤄야 한다면 린이 주사를 놓아야 했다. 확신이 서지 않는 한, 부활절 토끼 혈관에 아무 주사나 꽂을 수는 없었다.

다만 최악의 사태가 올 거라는 확신은 있다. 내가 이 프로젝트를 가능한 한 길게 끌고 싶다면, 쥐와 토끼 몇 마리씩은 죽여야겠지.

실험실 책상들 가운데 10개는 각각 자체 작업대가 있어 줄지어 늘어선 동물 우리 사이의 빈 곳을 메웠다. 우리 세 명의 사무실 책상이나 간이 사무실 책상들처럼 이곳의 책상 위도 비어 있었다.

실험실 끝에는 보안장치가 달린 또 다른 문이 있었다. 이번에는 린의 카드로 문을 열었고, 다시 한번 모건이 우리보다 먼저 그 안으로 걸어갔다.

"제기랄."

린이 말했다.

모건이 안으로 들어가다 움찔했다. 통쾌하군.

로렌조는 영어의 'fuck'처럼 흔히 쓰이는 이탈리아어 한 마디를 내뱉었다.

"카조(Cazzo)."

두 사람 다 옳았다. 이런 공간은 처음 보는 것 같았다.

오른쪽에는 세 개의 문이 있었으며 '환자 준비실—들어오기 전에 문을 두드리세요'라는 안내 문구가 있었다. 그 너머의 열린 공간에는 컴퓨터와 소형 장비를 보관할 수 있는 캐비닛이 있었다. 각 캐비닛 하단에 '휴대용 초음파', '경두개 자기 자극기', '경두개 직류 자극기' 등 명칭이 라벨에 깔끔하게 인쇄되어 있었다.

"멋지군요."

로렌조가 말했다.

"경두개 자기 자극기와 직류 자극기는 몇 대나 있죠?"

"각각 다섯 대씩 있어요."

모건이 캐비닛을 하나씩 열며 대답했다.

"그리고 휴대용 초음파 키트 세 개, 모두 다양한 변환기가 달려 있습니다."

그러고는 라벨을 차례대로 읽었다.

"직선형, 부채꼴, 오목형, 신생아용, 질 초음파."

모건은 더 작은 피험자들을 위한 질 초음파 기기가 따로 필요하다는 사실도 모르면서, 마치 여성 해부학에 관해 말하려다 주춤하는 것처럼 마지막 항목에서 멈칫했다. 누누이 말했지만, 모건은 형편없는 과학자다.

로렌조가 내게 윙크를 건넸다.

"여기 더 있습니다."

모건이 우리를 데리고 열린 공간을 지나 실험실 뒤쪽으로 향했다. 그곳에는 MRI실로 통하는 문이 두 개 있었다.

"자기공명영상 촬영장치가 두 대나 있다고요?"

나는 군침을 흘리고 있는 린을 쿡쿡 찌르며 물었다. 예전 조지타운 연구소 시절에는 학교에서 20분 거리에 있는 병원까지 가서 MRI를 한 번만 사용하게 해달라고 애원해야 했다. 어렵사리 사용 시간을 허락받았었지만, 자주 있는 일이 아니었다.

모건이 활짝 웃어 보였다.

"테슬라 MRI 두 대. 그리고 여기 PET*시설도 있어요."

그러고는 다른 문을 열어 우리에게 안을 들여다보라고 했다.

병원에서는 양전자 방출 단층 촬영 장비에 접근하는 데만 몇 달을 기다려야 했다.

"EEG**는요? 생화학 실험실도 있나요?"

로렌조가 물었다.

"모두 이곳에 있습니다. 심전도 기록 장비는 소형 장비 구역에 있어요."

"뇌파 기록."

내가 정정했다

"그래서 ECG***가 아니라 EEG라고 불러요."

모건의 두 눈이 움찔했다.

"아무튼. 어쨌든, 내가 그 단어는 깜빡했지만, 박사님 오른쪽 끝에 전극과 복사기가 있을 거예요. 생화학 실험실은 이 문으로 들어가면 됩니다."

* 양전자 방사 단층 촬영
** 뇌전도
*** 심전도

이번에는 로렌조의 카드로 문을 열었다.

"곧장 가세요. 여러분은 아마 단백질 발현 모듈에 가장 관심이 있겠죠. 바로 여기에요. 박사님 오른쪽에."

모건이 한쪽을 가리켰지만, 로렌조는 여전히 내부를 훑고 있었다. 그 안은 고등학교 화학 실험실 5개가 들어갈 수 있을 정도로 무척 넓었다.

우리는 겨우 세 명인데? 물론 모건을 세면 네 명이긴 하지만, 우리 중 아무도 모건을 머릿수에 포함 시키지 않을 테니까. 게다가 생화학자는 단 한 명뿐이었다.

"자, 여러분."

모건이 시계를 확인했다.

"저는 높은 분들과 회의가 있어서요. 이제는 여러분에게 맡길게요."

"그러세요."

로렌조가 카드 열쇠를 생화학 실험실 문에 밀어 넣으며 말했다.

"우리는 괜찮을 겁니다."

"인터넷은요?"

나는 미디어 연구실에 있는 컴퓨터들을 가리키며 물었다. 컴퓨터마다 평면 TV만 한 모니터가 달려 있었다.

"안 돼요, 진."

모건은 작업대 하나를 작동시켰다.

"통계를 실행해야 할 경우를 대비해 엑셀, 워드, SPSS, 매트랩, 필요한 건 무엇이든 다 있습니다."

내가 진공상태에서 일하고 싶대도 필요한 건 다 있겠네.
나는 생각했다.

"정기 간행물 사이트에 접속하는 건요? 지난 5년간의 인지신경과학 학술지들을 가방에 넣어 다닐 순 없잖아요."

"아, 맞아요."

모건이 태블릿이 가득 찬 선반 쪽으로 움직였다.

"모든 게 학술 데이터베이스에 연결되어 있어요. 원하는 게 없으면 인터폰으로 전화하세요. 제가 꼭 찾아낼 테니."

모건은 가지런한 작은 이빨 두 개를 드러내며 미소지었다. 마치 햄스터처럼. 아니면 실험용 쥐든가.

"이제 저는 가봐야겠어요."

모건은 설치류 방을 지나 정문 밖으로 사라졌다.

마침내, 우리만 남았다.

"테슬라 MRI 두 대와 PET 기계면 1500만 달러야."

린은 실험실로 통하는 출입문을 여닫는 소리가 두 번 들리자마자 입을 뗐다.

"1500만 달러. 게다가 모든 게 다 있다니."

우리는 모두 숫자에 익숙했다. 국립과학재단은 우리가 MRI를 설치해달라고 요청했을 때 마지막 보조금 제안서에 웃는 이모티콘만 붙여서 보냈다. 나는 머릿속으로 몇 가지 대략적인 계산을 한 다음 수치를 생각해냈다.

로렌조가 고개를 끄덕였다.

"2500만 달러 정도 되는 것 같아요. 하지만 제가 신경 쓰이는 건 그게 아니에요."

"저도요."

내가 말했다. 우리 셋은 번갈아가며 눈을 마주쳤고, 나는 우리 셋이 같은 생각을 하고 있다는 걸 알았다.

모든 장비는 새것이고 반짝거렸으며 최근에 설치되었다. 그리고 이 모든 게 바로 우리가 베르니케 치료제를 연구하는 데 필요했다. 단 3일 만에 2500만 달러 상당의 장비를 갖춘 연구실을 설치하지는 않는다. 또한, 첫 번째 방에서는 이미 동물 냄새가 났다. 쥐와 토끼가 여기 온 지 꽤 되었다는 뜻이다.

그들은 대통령의 형이 중환자실에 입원한 시간보다 더 오래 이곳에 있었다.

"그들이 이미 알고 있었던 것 같아."

린이 말했다.

"이미 계획한 일처럼."

나는 생화학 실험실에서 MRI와 PET 스캔실을 지나 소형 장비를 보관하는 열린 구역으로 이동하며 주위를 둘러보았다. 우리 세계에서는 작은 게 싸다는 것을 의미하지 않는다.

"얘기 좀 해요."

나는 두 사람에게 말했다. 하지만 나는 내가 로렌조만 바라보고 있었다는 걸 안다.

30

린은 테슬라 MRI 튜브를 확인하고 싶다는 핑계를 대며 로렌조와 나를 소형 장비 구역에 남겨두었다. 린은 자그마한 체구를 가졌지만 헤비급 권투선수의 주먹처럼 예리한 눈을 가지고 있어서 마치 내 속을 훤히 들여다보는 것 같았다. *조심해.* 그 눈이 내게 경고했다.

"날 따라와요."

로렌조는 우리가 생화학 실험실의 개수대 중 한 곳에 도착하기 전까지 긴 손가락을 구부리고 아무 말도 하지 않았다. 로렌조가 개수대의 수도꼭지를 완전히 연 다음 검은 에폭시 수지 조리대에 기대어 서서, 오른쪽 귀를 톡톡 치며 천장을 올려다봤다.

"카메라가 있어."

나도 알고 있었다. 카메라가 있다면 도청장치도 있다. 나는 로렌조 쪽으로 살짝 몸을 기울이고 그의 양복 안주머니에서 보고서를 꺼내 읽는 척을 했다. 사실은 공과금 청구서였지만, 페르마의 마지막 정리라도 적혀 있는 종이처럼 뚫어지게 바라봤다.

"당신이 한 달이면 우리가 마감할 수 있을 거라 말했나요? 어째서요?"

"모건이 당신한테 부탁하려고 하지 않았으니까. 린도. 모건은 이 프로젝트에 어떤 여성도 참여하기를 원하지 않았어. 나는 대통령이 프랑스로 떠나기 전에 성공적인 결과물을 받을 거라 장담했는데, 두 사람이 팀에 있다는 전제 하에 그랬던 거야."

잠시 후, 로렌조가 덧붙였다.

"그리고 우리는 이미 성공했잖아."

나는 로렌조에게 키스해야 할지, 따귀를 때려야 할지 알 수 없었다.

"이 일이 끝나면 나한테 무슨 일이 생기는지 알죠? 그리고 린에게도?"

로렌조는 내 손목을 내려다봤다. 그리고 손목을 두르고 있는 빛바랜 화상 자국까지.

"알고 있어."

로렌조의 목소리는 슬프지만, 분노로 가득 차 있었다. 다시 한번, 나는 패트릭과 로렌조의 차이점을 생각했다. 둘 다 동정심을 갖고 있지만, 오직 로렌조만 속으로 전쟁을 벌이고 있었다.

"그리고 나는 보너스를 받아야 해."

그가 말했다.

"무엇 때문에요?"

"개인적인 문제야."

"대체 무슨 개인적인 문제기에 10만 달러나 필요해요?"

로렌조의 눈이 수도꼭지 너머로 나와 마주쳤다.

"아주 개인적인 일이야."

로렌조가 말을 잇더니 물을 잠갔다.

"좋아, 이제 좀 나아졌어?"

"물론이죠."

나는 로렌조가 오늘 아침 구토한 것을 말하는지, 아니면 우리의 대화에 대해 말하는지 이해하지 못했지만 무작정 대답했다.

"지금은 아주 괜찮아요."

"다행이군. 우린 해야 할 일이 있으니까."

"기다려요."

나는 수도꼭지를 다시 열었다.

"그들이 언제 그 프로젝트에 대해 연락했어요?"

"바비 마이어스가 머리를 다친 직후에."

나는 고개를 끄덕였다.

"엔조, 그 누구도 3일 만에 테슬라 MRI 튜브 두 개를 주문하고 배달하고 설치할 수 없어요. 아무리 정부라도요."

로렌조는 내가 그의 옛 별명을 부르자 미소를 지었다.

"응. 나도 알아. 자, 이제 린을 테크노 오르가슴에서 깨워 점심이나 먹으러 가자."

수도꼭지가 두 번째로 잠기고, 시계가 1시를 가리키자 우리는 처음 들어왔던 실험실 구역으로 되돌아갔다.

"첫 번째 피험자로 누구를 염두에 두고 있어?"

로렌조가 물었다.

"당연히 딜라일라 레이. 저번에 그 부인 아들을 만났어요. 우리 구역 우체부거든요."

게다가 그 남자는 나에게 세 번 눈을 깜박이며 아내와 세 딸이 있다고 말한 사람이었다. 나는 그 우체부에게 다음번 우편물을 배달할 때 문 앞에서 보자고 텔레파시를 보냈었다. 물론 지금 당장 내 머릿속에 떠오르는 건 음식뿐이었다.

31

오늘 오후, 운전석에 앉아 뱀처럼 구불거리는 자동차 행렬을 따라 록 크릭 파크웨이를 기어가던 나는, 러시아워에 도로를 가득 채운 남성 운전자들의 시선을 피해 운전대 위로 몸을 숙이고 차를 몰았다. 그러다 다시 재키 후아레즈를 떠올렸다.

재키는 패트릭을 뇌성마비라고 불렀다. 하지만 결코 로렌조에게는 그런 별명을 붙이지 않았다.

"남자는 두 가지 유형이 있어."

한번은 재키가 이런 말을 한 적이 있다.

"진짜 남자와 소심한 남자. 네가 사귀고 있는 그 남자……."

"……는 소심한 남자라고? 그렇게 생각하겠지."

내가 말을 잘랐다.

"너는 그렇게 생각하고 싶지 않겠지, 지니."

재키가 담배에 불을 붙이며 멘톨향의 연기를 내뿜었다. 재키는 주로 버지니아 슬림을 피웠다. 그래서 '*당신, 정말 큰일을 해냈군요*'라는 버지니아 슬림의 광고문구가 그해 우리 아파트를 장식했다.

"내가 만약 너였다면, 나는 나를 지지해줄 사람을 원해."

"어쭈, 로맨틱한데."

내가 말했다. 재키는 어깨를 으쓱해 보였다.

"그럴지도 모르지. 난 그저 강인한 사람을 원할 뿐이야."

"패트릭은 착해. 그러면 된 거 아니야?"

내가 말했다.

"내 목록에는 없어."

재키가 되받아쳤다. 내가 논문을 마치고 패트릭이 레지던 트를 시작했을 때, 우리는 결혼했다. 나는 재키가 오길 바라 며 재키를 초대했다.

하지만 재키는 오지 않았다.

어쩌면 나라도 그랬을지 모른다.

공원 도로를 벗어난 나는, 신호에 걸려 중년 남성이 운전 하는 검정 무광 콜벳(Corvette) 옆에 멈춰 섰다. *스포츠카는 이제 한물간 건가.*

그 차의 뒤 창문에는 '마이어스를 대통령으로! 나는 정말 순수합니다. 당신도 그렇죠? 미국을 다시 도덕 국가로 만듭 시다!'라는 스티커가 붙어 있었다. 그 남자가 경적을 울렸고 내가 고개를 돌릴 때까지 기다리다가 창문을 내렸다. 나는 그 남자가 미로처럼 생긴 워싱턴의 복잡한 도로 때문에 길을 물어보려는 줄 알고 창문을 내렸다.

하지만 빨간불에서 초록 불로 신호가 바뀌자 그 남자는 내 차를 향해 침을 뱉었고, 소리까지 질러댔다.

나는 내 차 범퍼에 아직 다른 후보의 스티커가 붙어 있다 는 걸 깨달았다.

재키라면 어떻게 했을까? 전속력으로 그 남자를 뒤쫓았을까? 그럴지도 모른다. 같이 침을 뱉었을까? 그럴 수도. 하지만 내 머릿속에서는 패트릭이라면 어땠을까 하는 생각이 문득 떠올랐다. 패트릭은 절대 아무 짓도 안 했을 것이다.

패트릭은 그저 그 남자의 야만스러움에 고개를 저으며 한숨을 내쉰 다음, 지저분한 침 자국을 닦으며 중년 남성의 위기를 잊곤 했을 것이다. 그렇다면 로렌조는 어땠을까. 로렌조였다면 그 새끼를 죽도록 두들겨 팼을 것이다.

왠지 나는 로렌조의 방식이 더 매력적인 것 같았다. 나는 지금껏 그렇게 살아본 적이 없었다. 그러다 갑자기 재키로 변하고 싶다는 생각이 들었다. 그 무엇보다 재키가 다시 보고 싶어졌다.

재키도 나를 보고 싶어 할까. 설령 나를 보고 싶어 한다고 해도, 재키는 '방문자'라는 단어가 존재하지 않는 곳에 있다.

재키는 시골 한가운데 있는 수용소(솔직히 말해, 진, 감옥이라고)에 있다. 그리고 아침부터 밤까지 농장이나 목장이나 양어장에서 일한다. 마지막 색깔이 무엇이었든지 간에 지금 그녀의 머리카락은 뿌리가 희끗희끗 세어가고 끝은 갈라져 푸석푸석했다. 그녀의 팔은 농부의 팔처럼 햇볕에 노출된 부분만 그을려 빨갛다. 우리는 그런 피부를 촌사람 태닝이라고 부르곤 했는데, 피부가 그렇게 그을리면 어깨 부분은 유난히 하얗게 보였다. 또한, 재키가 사는 세상에서는 숫자를 표시하지 않는 넓은 금속 팔찌를 착용한다. 그래서 어린 아기들을 데리고 슈퍼마켓에서 장을 보던 여자들처럼, 단지 손짓으로만 잡담이나 위로의 메시지를 나눈다. '나도 당신과 대화하고 싶어'라는 지극히 평범한 말조차 하지 못한다.

페미니스트인 재키 후아레즈는 지금 밤마다 모르는 남자와 감방에서 잔다.

나는 지난가을, 텔레비전에서 개종 수용소에 관한 다큐멘터리를 방영하는 것을 보았다. 스티븐이 그 프로그램을 틀었다.

"변태들. 꼴 좋다."

스티븐이 말했다. 그의 반응을 보며 절대 하지 말았어야 할 말이 내 입에서 엉겁결에 튀어나왔다. 나는 내 아들다운 모습은 사라지고 칼 코빈 목사처럼 행동하기 시작한 큰아들에게 날카롭게 쏘아붙였다.

"아들, 제발 저 얘길 곧이곧대로 믿지 마."

콘크리트 출입문에서 나와 작업농장 쪽으로 향하는 남녀의 끝없는 행렬이 화면에 비치자 스티븐이 텔레비전 소리를 줄였다. 무장한 군인들을 앞세운 지프들이 포로들의 행렬을 가로질렀다.

"엄마, 그건 삶의 선택이에요."

스티븐이 말했다.

"만약 누군가 한쪽 성별을 선택하면, 다른 누군가는 그냥 다른 쪽 성별을 고르면 돼요. 그들이 하려는 긴 그게 전부예요."

나는 말없이 앉아 한때 누군가의 어머니와 아버지, 회계사와 변호사였던 사람들이 회색 옷을 입고 콘크리트 벽에서 들판으로 나가는 모습을 지켜보았다. 어쩌면 재키도 그들 사이에 있는지 모른다. 날마다 지치고, 햇볕에 물집이 잡힌 채로.

스티븐은 TV 소리를 높이며 통계 화면을 가리켰다.

"보세요. 잘 돌아가고 있잖아요. 첫 달 이후 10퍼센트, 9월 말 현재 최대 32퍼센트예요. 그렇죠?"

스티븐이 말하는 건 개종 성공률이었다.

나는 아예 보지 않았다. 그러나 재키 후아레즈가 작업화와 카키색 작업복 차림으로 손에서 피가 날 때까지 잡초를 뽑고 농작물을 수확하는 모습을 보았다. 여전히 그러고 있을 것이다.

그렇지 않았다면.

재키는 결혼했을 것이다. 어쩌면 경비원 잭처럼 뚱뚱한 놈, 아니면 전에 알았던 게이와. 그런 다음, 카운터를 착용하고 임신할 날만 손꼽아 기다리겠지. 당국은 그 결혼이 진심이라고 판단할 것이다. 수용소 중 한 곳에서 사는 삶을 피할 수 있는 가장 편리한 조치였을 테니까.

아니. 재키는 절대 뜻을 굽히지도, 순수운동에 따르지도 않을 것이다. 돈, 목소리, 한 달 간의 자유를 대가로 대통령 부하들에게 창녀처럼 구걸하지도 않을 것이다. 물론 패트릭은 그러겠지만, 로렌조는 그러지 않을 것이다. 그게 남편과 애인의 차이다.

하지만 로렌조는 계약을 체결하고 실어증 프로젝트에 착수하기로 동의했다.

집 앞 진입로에 들어서자 나는 문득 그 이유가 떠올랐다. 로렌조에게는 또 다른 목표가 있다. 그래서 내 이름을 명단에 올렸을 것이다.

32

나는 엄마와 아내의 역할에 걸맞은 표정을 지으며 뒷문으
로 들어갔다. 소니아와 쌍둥이는 거실 카펫 위에서 카드놀이
를 하고 있었고, 패트릭은 부엌에서 도마 옆에 맥주병을 두
고 채소를 썰고 있었다. 나는 문득 패트릭이 이런 오후를 보
내는 게 처음이라는 생각이 들었다.

"여보."

나는 사무실을 떠나기 전, 보안 검색대에서 보안요원들이
철저히 수색한 내 가방을 조리대에 올려놓으며 말했다.

"왔어, 자기."

패트릭은 칼을 내려놓고 나를 꼭 끌어안았다.

"괜찮았어?"

"응, 그럼."

"어땠어?"

"사무실 밖에서 아무 얘기도 하지 말라는 고문에 고통받
고 있어."

내가 말했다. 어쩌면 내 생각보다 더욱 진심이 담겨 있는
대답이었다.

"스티븐은 어디 있어? 이제 곧 여섯 시라 저녁 먹을 시간
인데."

패트릭은 우리 집 왼쪽을 향해 턱을 가리켰다.

"옆집에."

"줄리아와 상의하러 갔나보네."

내가 말했다.

"이 결혼 문제만큼은 당신이 스티븐과 다시 얘기해야 해. 스티븐은 너무 어려."

"그럴게. 참, 장인 장모님이 영상 전화하셨어. 당신이 전화할 거라고 말씀드렸는데, 장모님이 오늘 밤 통화하고 싶은가 봐."

"당신 노트북 좀 써도 될까?"

"당신 노트북은 어디 있어?"

내 노트북은 현재 포의 부하인 컴퓨터 괴짜들과 함께 있었다.

"내 노트북은 워싱턴 어딘가 이름 없는 건물에 갇혀 있어."

내가 대답했다.

"내가 부엌에서 도와줄 건 없지?"

패트릭이 행주로 나를 찰싹 치며 말했다.

"자, 자. 얼른 가, 이 멍청아. 내 부엌에는 날쌘 보조 요리사 따위 필요 없으니까."

우리 둘은 남부 튀김 전문 요리사가 쓰는 비속어에 웃음을 터뜨렸다.

글쎄. 조금 다르긴 했지만.

나는 아이들의 카드놀이를 잽싸게 훑으며 소니아와 간신

히 몇 마디를 나눈 뒤, 패트릭이 열어둔 서재로 가서 부모님
께 전화를 걸었다. 처음에는 이탈리아어로 말하는 게 어색해
주춤거렸지만, 잠시 후 모든 모음과 운율, 음절이 편하게 변
했다. 아버지는 대통령, 대통령의 형제, 혹은 이 나라의 어느
부분에 대해서도 긍정적인 말을 하지 않았다. 엄마는 평소보
다 더 차분하고 조용했다.

"다들 괜찮아요, 엄마?"

내가 물었다. 엄마는 최근 두통이 몇 번 있었을 뿐, 모든
게 다 괜찮다고 했다.

"엄마, 담배를 끊어야 해요."

내가 걱정스러운 목소리로 말했다.

"이탈리아잖니, 지안나. 여기선 누구나 담배를 피워."

그건 사실이다. 축구 경기 다음으로, 담배는 전 국민이 즐
기는 것이었고, 특히 남부 지역에서는 더욱 그랬다. 나는 일
단 담배 얘기는 그만두고, 더 행복한 대화에 초점을 맞췄다.
그래서 한동안 부모님이 마당에 심은 레몬과 오렌지 나무,
채소밭에 관한 이야기, 그리고 제빵사 시그노라 마틸다와 결
국 결혼하게 된 생선 장수 시노레 마르코에 관한 소문에 귀
를 기울였다. 이제 둘이 결혼을 해야 할 때였다. 마르코와 마
틸다의 나이를 합치면 얼추 170세였으니까.

이번 여름에 올 수 있냐고 엄마가 묻자, 가슴이 철렁 내려
앉았다.

"나 혼자 죽는 걸 바라는 건 아니지?"

엄마가 말했다.

"아무도 죽지 않아요, 엄마."

내가 말했다. 그래도 등줄기가 찌릿하며 꿈틀거렸다.

"마이클 박사님께 진찰받겠다고 약속해요. 알았죠?"

'안녕'이라는 말과 키스, 내일 다시 통화하자는 약속을 계속하다 보니 통화를 끝내는데 꼬박 10분이 걸렸다. 만약 이탈리아 여성들이 우리처럼 단어 할당량을 가지고 있다면, 그들은 작별 인사를 하는 데만 단어를 다 써버릴 것이다.

영상 통화를 끝낸 후에야 패트릭 책상 위에서 '극비'라는 스텐실이 찍힌 서류봉투를 발견했다. 누군지 모르지만, 빨간 스텐실이나 그보다 더 큰 라벨을 붙여 '기밀문서'라는 걸 광고하거나 암시하도록 만든 인간은 얼간이다. 차라리 '어서 날 열어봐'라고 적힌 꼬리표를 붙이는 게 낫겠다. 만약 나에게 이런 일을 맡겼다면, 모든 비밀을 《리더스 다이제스트(Reader's Digest)》의 뒷면에 숨겼을 것이다.

패트릭은 부엌에서 휘파람을 불고 있고, 아이들은 지금 샘이 다른 카드 뭉치에서 스페이드 여왕 하나를 훔쳐 셔츠 소매에 숨긴 게 속임수인지 아닌지에 관해 논쟁을 벌이고 있었다.

이 봉투의 내용물을 엿보는 건 매우 쉬울 것이다. 내 왼쪽 어깨에 앉은 작고 붉은 악마가 날 유혹하며 어서 열어보라고 재촉했다. *어서, 진. 한번 열어봐. 아무도 모를 거라니까.*

그래서 나는 그 말에 따랐다.

봉투에 든 내용은 별로 놀랍지 않았다. 대통령의 과학 고문으로서 패트릭은 당연히 베르니케 프로젝트와 관련되어 있을 것이다. 내가 이해할 수 없는 건, 왜 내 남편의 기밀문서 봉투 안에 든 서류 첫 장에 골드, 레드, 화이트로 분리된 세 개의 팀이 있는지였다. 로렌조, 린과 나는 화이트 팀이다. 나머지 생소한 이름들이 '골드'와 '레드' 아래에 나열되어 있다. 그들 중 몇몇 이름에는 군 계급이 붙어 있었다.

"엄마!"

문간에 서 있는 소니아의 목소리에 나는 소스라치게 놀랐다.

"내가 올드 메이드를 이겼어요!"

이제 샘이 가진 스페이드 여왕이 말이 된다. 나는 재빨리 기밀서류를 봉투에 다시 밀어 넣으며 책상 위 물건들을 처음 있던 대로 정리했다. 책상 위가 항상 T자형으로 정리되어 있어 도움이 됐다.

"정말 멋진데, 우리 딸."

소니아에게 말했다.

"우리 부엌에 가서 아빠가 뭐 하는지 볼까?"

"사랑해요, 엄마. 정말 사랑해요."

소니아가 건네는 네 마디 말만으로도 내 심장이 멎는 것 같았다.

33

"뭐 재미있는 거라도 있어?"

내가 부엌에 들어서자 패트릭이 말했다. 나는 비밀을 숨기는 데 재주가 없었다. 거짓말을 하려고 생각하면 입술을 오므린 채로 게임의 시작을 알린다. 딱 한 번, 패트릭의 서른 번째 생일을 맞아 깜짝 파티를 준비한 적이 있었는데, 나는 당시 패트릭의 비서와 같이 일하는 몇몇 동료들을 동원했다. 마침내 그날이 되자, 패트릭은 마치 하늘에서 폭탄이 떨어진 것처럼 깜짝 놀라며 얼떨떨한 듯 행동했다.

성공! 나는 생각했다. 다음 날 아침, 내 남편이 얼마나 멋진 연기를 보여줬는지 에번 킹이 떠벌리기 전까지는 그런 줄 알았다.

"여보, 당신 눈에 다 쓰여 있어."

패트릭이 말했다.

"당신이 보안을 맡은 사람이 아니니 얼마나 다행이야."

그러니까. 깜짝 파티는 이제 그만.

가스레인지 앞에 서 있던 패트릭이 물었다.

"좋은 소식이라도?"

"뭐라고?"

"좋은 소식 있냐고. 부모님께?"

내 어깨를 짓누르던 두려움이 녹아내리며 부엌 타일 위에 물웅덩이처럼 고인 것 같았다.

"음, 그런 것 같아. 아버지가 어떤 가맹점에 가게를 팔았대. 그게 좋은 소식인 것 같아."

"은퇴할 때가 되셨지."

패트릭이 말했다.

"여기. 이거 맛보고 부족한 게 뭔지 말해봐."

그러고는 냄비에 있는 채소를 숟가락으로 조금 퍼서 나에게 주었다.

"완벽해."

내가 말했다. 무슨 맛이 나기는 했지만, 썩 좋은 맛은 아니었다. 패트릭이 부은 적포도주에서 썩은 기름 냄새가 났다. 닭고기겠지만, 왠지 염소 간처럼 보이는 고기는 부엌에 지옥 같은 악취를 풍겼다. 배가 고파야 하는데 전혀 고프지 않았다.

"스티븐은 아직 안 돌아왔어? 마침 왔네. 호랑이도 제 말하면 온다더니."

큰아들이 뒷문을 쾅 닫으며 들어섰다. 소니아의 표정이 밝아졌고 쌍둥이도 마찬가지였다. 패트릭과 나는 '왔니'라고 말하려 했지만, 우리를 쌩 지나친 스티븐은 냉장고에 눈길도 주지 않은 채 자기 방을 향해 곧장 복도를 걸어갔다. 스티븐의 얼굴은 상기되었고, 뺨과 목에 얼룩덜룩한 붉은 꽃이 피어 있었다. 어찌 된 일인지 스티븐은 열입곱이 아니라 온 세상을 어깨에 짊어진 서른일곱 살처럼 보였다.

패트릭과 나는 뾰로통한 10대를 마주한 어리석은 부모가 되었다.

"내가 가볼게."

내가 말했다. 내 후각이 더 지치기 전에 음식 냄새에서 벗어나고 싶었다.

"소니아에게 카드 게임에 관해 설명해달라고 해봐."

스티븐의 침실 문으로 걸어가는 동안 문틈에서 새어 나오는 음악이 내 뼛속까지 울리는 것 같았다. 나는 방문을 두드렸다. 하지만 대답이 없었다. 다시 문을 두드렸다.

"들어오세요."

스티븐은 짜증 난다는 듯 투덜거렸다.

"괜찮니, 아들?"

나는 문간에 코를 들이밀며 물었다. 스티븐이 무슨 말을 듣고 있든, 배경 소음이 흐릿하게 들렸다.

"네."

스티븐이 대답했다.

"학교생활도 괜찮지?"

"네."

"줄리아는 어때?"

"잘 지내요."

"저녁 먹을까? 거의 준비됐는데."

"곧 갈게요."

내가 부엌으로 가려고 몸을 돌리자, 스티븐이 단음절 사슬을 끊었다.

"엄마? 만약 엄마가 아는 사람, 어쩌면 엄마가 정말 사랑하는 사람이 못된 짓을 했다면, 엄마는 그 사람을 신고할 거예요?"

이 문제는 생각해볼 필요가 있었다.

일단은 그렇다고 대답해야겠지. 학교 앞에서 시속 60킬로미터로 달리는 차를 보면 운전면허를 빼앗아야 한다. 월마트에서 부모가 아이를 때리는 걸 보면 경찰을 불러야 한다. 옆집에 강도가 든 걸 목격하면 당연히 신고해야 한다. 모든 행동에는 적절한 반응이 떠오른다. 그렇지 않은 경우도 있었지만, 현재는 그런 경우가 없었다. 그들이 정한 적절한 반응이 서로에게 적절하지 않을 수도 있지만, 어쨌든.

나는 애니 윌슨과 파란 픽업트럭을 타고 뒷문으로 드나드는 남자에 관해 알고 있었다. 물론 그 남자가 진짜 뒷문으로 드나들었는지는 모르겠지만. 그리고 지금은 오빠와 함께 사는 린 콴이 여자를 좋아하는 여자라는 것도 알고 있다. 내가 만약 스티븐의 말에 따라 애니를 밀고했다면, 매일 아침 나 자신을 마주하는 게 지옥 같았을 것이다. 린에 관한 정보를 발설하는 나는 상상만 해도 혐오스러웠다. 칼 목사나 순수운동을 옹호하는 사람들이 뭐라고 말하든지 간에.

"경우에 따라 다르지. 그런 건 왜 물어봐?"

내가 말했다.

"별 이유는 없어요."

스티븐이 침대에서 몸을 일으키며 말했다.

"저 좀 씻어야 할 것 같아요."

스티븐이 나를 스쳐 지나갈 때 웅성거리는 전자 음악이 내 귀에 들려 왔다. 그 가사는 아마도 현대 기독교 철학의 기본이나 순수 남성, 칼 코빈의 뒤틀린 세계관과 일치하지 않을 것이다. 나는 뭔가 불길한 예감이 나를 짓누르고 있는 걸 느꼈다. 그것은 내 폐에서 공기를 짜내며 서서히 나를 숨 막히게 했다.

스티븐이 로렌조에 관해 알 리 없다고 스스로를 안심시켰다. 말도 안 되지. 지난번 이스턴 마켓에서 로렌조를 우연히 만나 교통체증을 뚫고 메릴랜드의 오두막을 향해 갔을 때도 나는 그의 차 뒷좌석 바닥에 앉아서 갈 정도로 조심했다. 3월이었으니 스티븐은 학교에 있었을 것이다.

피로와 걱정이 각각 한 무더기의 벽돌처럼 양쪽에서 내 어깨를 내리눌렀고, 나는 다시 복도를 따라 패트릭이 있는 부엌으로 향했다.

패트릭은 아직도 휘파람을 불고 있다.

34

사이렌 소리가 나를 깨웠다. 밤의 정적을 깨는 동물들의 울부짖음처럼. 그 울부짖음이 점점 커지더니 내 방 창문 바로 앞까지 침범했다. 블라인드 사이로 빨간색과 파란색 불빛이 깜빡거렸다. 그제야 나는 꿈이 아니라는 걸 깨달았다.

"도대체 뭐지?"

패트릭이 이리저리 몸을 뒤척이다 머리 위로 베개를 잡아당기며 말했다. 하지만 베개 동굴에서 오래 버티지 못할 게 뻔했다. 현실이 서서히 스며들더니 잠의 장막을 뒤로 젖혔고, 결국 패트릭이 일어섰다.

당장 내게 생각나는 건 오늘 아침 사무실에서 린과 나눈 대화뿐이었다.

아직도 이탈리아 동료에게 뭐가 남은 거야? ······얼마나 오래된 거야? ······조심해, 자기. 목소리보다 잃을 것이 훨씬 많으니까.

그리고 스티븐이 떠올랐다. 스티븐이 던진 수수께끼 같은 질문이 내 귀에서 계속 맴돌았다.

"맙소사."

나는 창가로 다가가며 중얼거렸다. 집 앞에는 승용차 두 대와 커다란 밴 한 대가 서 있었다. 구급차처럼 생겼지만, 흰

색은 아니었다. 세 번째 차가 박스 모양의 밴 뒤에 멈춰 서더니 진입로를 막았다.

차가 들어오지 못하게 막는 걸까. 아니면 나가는 걸 막는 걸까.

그다음 뱉은 말들은 허공을 긁는, 쉰 목소리로 속삭이는 것에 지나지 않았다. 내 몸속 모든 게 제 기능을 하지 못하는 것 같았다. 무릎도, 목소리도, 위장도. 나를 지탱하는 모든 기운이 모조리 빠져나가는 것 같았다. 우리 집 앞에 줄지어 선 불빛을 응시하는 동안 메스꺼움이 파도처럼 밀려들었다.

나는 초인종이 울리기를 기다렸다. 평소 초인종이 울린다는 건 내가 기대하는 일상적인 행사였다. 휴일에는 방문객들을 의미했다. 내가 기다리던 소포가 도착하거나, 어떤 유형의 개종이든 모두 저항하는데도 항상 친절하게 설명하는 유타에서 온 젊은이들. 핼러윈데이에는 유령과 도깨비, 공주나 액션 영웅처럼 꾸미고 '사탕 안 주면 장난칠 거예요'라고 외치는 앙증맞은 꼬마들을 의미했다.

"내가 나갈게."

패트릭이 말했다. 초인종이 울리기를 기다리던 나는 문득 흉물스러운 흉터가 있는 포와 그의 전 특수 부대원, 그리고 섬뜩한 침묵이 생각났다. 오늘 밤은 내게 은색이나 황금색 종이 아니라 철로 만든 종이 울릴 것 같았다.

아, 망했다.

이제 나는 제복을 입고 검은 장치로 무장한 남자들이, 반

235

짝반짝 윤이 나는 우리 집 나무 바닥 위에 지저분한 발자국과 흉한 흔적을 남기며 집 안으로 들어오는 모습을 상상한다. 토머스와 칼 목사, 그리고 다른 남자들이 나를 둘러싼다. 한 사람이 상자에서 0으로 설정된 카운터를 꺼내 곧 수갑처럼 내 손목에 찰칵찰칵 채운다. 방송국 카메라와 신문 기자들이 전 매클래런 박사가 끌려가는 모습을 어떻게든 촬영하려고 눈에 불을 켜고 긴장하며 지켜보고 있다. 아이오와의 농장, 메인에 있는 양어장, 앨라배마의 섬유공장에서 침묵과 노동의 삶을 살게 될 내 모습을 카메라에 고스란히 담겠지. 물론 그들은 수치스러워하는 대중들의 모습도 놓치지 않을 게 뻔하다.

스티븐. 나는 생각했다. *무슨 짓을 한 거니?*

물론 그들은 로렌조를 뒤쫓지 않을 것이다. 나는 알고 있다. 남자들의 어리석은 실수는 언제나 용인되었으니까.

눈이 휘둥그레진 소니아가 내 방으로 뛰어들었다. 아들들의 발걸음은 다른 방향으로, 패트릭을 따라 이동했다.

"괜찮아, 아가야."

나는 소니아를 내 품에 안으며 말했다.

"괜찮아."

하지만 괜찮지 않았다. 침대에 등을 대고 앉아 두려움에 떠는 딸을 달래며 피할 수 없는 파멸의 종소리를 기다리고 있는 나는, 아무것도 괜찮지 않았다.

35

끔찍했던 5분이 지나고, 복도를 따라 달려오는 패트릭의 발소리가 들렸다.

"상황이 안 좋은 것 같아."

패트릭이 말했다.

"뭔지 모르겠지만, 정말 심각해 보여."

걱정이 가득한 패트릭의 얼굴을 보니 창백한 양피지 위에 주름살이 생긴 것 같았다. 하지만 초인종은 울리지 않았다.

몸을 일으킨 나는 소니아를 품에 안은 채 패트릭을 따라 부엌으로 갔다. 검은색 차량 행렬은 여전히 거리에서 사이렌을 울렸고, 파란색과 붉은색 빛은 고요한 밤을 오염시키고 있었다. 킹스 집 현관 앞에 여섯 명의 남자가, 뒷문에는 두 명의 남자가 경비를 지키고 서 있었다.

내가 아니야. 나는 생각했다. *내가 아니야. 내가 아니야. 내가 아니야.*

여자의 날카로운 비명이 우리 부엌까지 뚫고 들어오자 나는 위험을 무릅쓰며 창밖을 내다봤다. 레오가 불을 켜려고 움직였다.

"안 돼. 꺼. 계속 어둡게 있어야 해."

내가 말했다.

대체 올리비아 킹이 무슨 짓을 할 수 있었을까?

만약 엄마가 아는 누군가, 혹은 엄마가 정말 사랑하는 사람이라도, 못된 짓을 했다면, 엄마는 그 사람들을 신고할 거예요?

그제야 나는 이 남자들이 올리비아가 아니라 줄리아 때문에 여기 와 있다는 걸 깨달았다.

그리고 창문에서 몸을 돌렸다. 내 옆에는 여전히 송장처럼 창백한 패트릭이 서 있었다. 내 품에 있었던 소니아는 부엌의 보조 의자에 앉아 있었고, 샘과 레오는 눈을 동그랗게 뜨고 옆집을 응시했다.

스티븐만 여기 없었다.

밖에서는 여자의 비명이 더욱 커졌다. 나는 그 여자가 머리에 분홍색 스카프를 두르고 분홍색 성경책, 빈 계량컵을 손에 든 멍한 올리비아라고 생각했다. 하지만 올리비아는 순수 지옥을 뚫고 나왔다.

"당신은 내 딸을 데려갈 수 없어! 에번! 어떻게 좀 해봐! 빌어먹을, 망할 주머니에 손만 찔러 넣고 구경만 할 거야? 무슨 짓이든 하라고. 저놈들을 죽여. 빌어먹을 놈들을 쏴. 줄리아 잘못이 아니라고 말해! 아니라고!"

올리비아의 장황한 열변이 고통스러운 울부짖음으로 바뀌었지만, 아주 잠시뿐이었다. 그리고 다시 비명을 지르며 울부짖는 동안 두 남자가 줄리아를 집 밖으로 데리고 나왔다. 현관 전등이 주머니에 손을 넣은 채 아무 말 없이 서 있는 에번의 얼굴을 비추고 있었다.

　패트릭이 막기도 전에 나는 집 뒷문으로 나갔다. 5월부터 쏟아지기 시작한 비도 무시한 채, 맨발로 빗물을 첨벙거리며 진입로를 가로질러 올리비아네 마당으로 향했다.

　"그만둬! 올리비아의 카운터를 떼어내!"

　내가 소리 질렀다. 올리비아를 제외한 모든 얼굴이 나를 바라봤다.

　올리비아는 계속 애원하고 흐느끼며 말을 이어갔다.

　"제발 우리 딸을 데려가지 마세요. 부탁할게요. 대신 날 데려가요. 제발."

　올리비아의 한 마디 한 마디가 역겹게 찰칵거리는 전기 충격기 소리에 중단되고 있었다.

　"빌어먹을 카운터를 떼어내라고!"

　나는 다시 비명을 질렀다.

　"집 안으로 들어가세요, 부인."

　남자 목소리가 들렸다. 나는 그 목소리의 주인공이 검은 양복보다 훨씬 어두운 영혼의 토머스라는 걸 알아차렸다. 토머스는 다른 남자들 가운데 한 명에게 지시했다.

　"저 여자를 트럭에 태워."

　그자들이 가리키는 건 아직 한마디도 하지 않은 줄리아였다. 아직은. 희미한 현관 전등을 등진 채 서 있는 줄리아의 얼굴은 말 그대로 멍해 보였다. 충격을 받은 게 틀림없었다. 줄리아의 왼쪽 손목에는 두꺼운 금속 수갑이 걸려 있었다.

줄리아는 곧 슈퍼마켓 여자들과 재키가 있는 곳으로 가게 될 것이다. 오직 신만이 그들의 뒤틀린 독방에 얼마나 많은 사람이 갇혀 있는지 알고 있다. *여자분들. 하루에 0단어입니다. 당신이 규칙을 지키는 데 얼마나 걸리는지 봅시다.*

나는 올리비아를 별로 좋아하지 않았지만, 내 발은 그녀의 마당 깊숙이, 복숭아색 새틴 잠옷 차림으로 꼬꾸라진 채 경련을 일으키는 불쌍한 여자에게 향했다. 그리고 이제 젖은 종이처럼 올리비아에게 달라붙어 있다. 마치 내 몸처럼. 비는 이미 그쳤으니 올리비아네 현관 앞을 축축하게 적신 건 땀이었다. 토머스가 다른 남자에게 손짓하자 그 남자가 허리춤에 달린 무기에 불가사리처럼 손을 얹고 내게 걸어왔다.

"집에 가십시오, 부인. 구경거리가 아닙니다."

"하지만 난……."

불가사리 같은 손이 허리띠로 1인치 가까이 더 움직였다.

지금 나는 줄리아가 현관에서, 어머니에게서 멀어지며 검정색 밴으로 끌려가는 모습을, 내 인생에서 가장 끔찍한 장면을 목격하고 있다. 절뚝거리는 줄리아를 부축해 데리고 가던 남자가 그녀의 권리에 대해 읊었다.

하지만 그건 권리가 아니었다. '당신에게는 그럴 권리가 있다'는 문장과 운율이 맞는 말은 하나도 없었다. 모든 문장이 '너는 그럴 것이다'로 끝날 뿐이었다.

진입로를 가로질러 다시 우리 집 뒷문으로 되돌아가는 동안, 내 맨발에 자갈 조각이 밟혔다. 자갈도 너무 많고, 돌멩

이도 너무 많았다. 그것들을 한 움큼 주먹에 쥐고 내 눈에 쑤셔 넣고 싶었다. 내가 본 모든 것, 그리고 내가 보게 될 모든 것을 지우고 싶었다.

이를테면 부엌에 서서 아무것도 하지 않는 패트릭의 모습 같은 것들. 내가 문틈에 서서 땀을 뚝뚝 흘리고 있을 때, 방에서 나온 스티븐은 인형의 눈처럼 텅 빈 눈빛으로 줄리아를 태운 검은 밴을 바라보았다. 그 밴이 줄리아가 평생 살아야 할 새집으로 그녀를 끌고 가는 모습을 가만히 바라보기만 했다.

샘과 레오가 내게 수건을 가져다주었다. 나는 쌍둥이와 소니아를 데리고 아이들 침실로 가 침대에 눕혔다. 그런 다음 스티븐에게 달려들었다.

"도대체 무슨 짓을 한 거야, 스티븐?"

지금 스티븐은 어제 저녁 식사 때 봤던 건방진 10대가 아니었다. 스티븐이 내 목소리를 회피하며 말했다.

"아무것도 아니에요."

"무슨 짓을 한 거냐고!"

"놔요, 엄마!"

그랬다. 나는 지금 열일곱 살짜리 아들의 옷깃을 잡고 있었다. 스티븐의 목덜미가 빨개지고 땀에 흥건하게 젖을 때까지 인정사정없이 옷깃을 쥐어짜며 흔들고 싶었다. 하지만 내가 원한 건 이런 게 아니었다. 내일 아침 거울에서 보고 싶은 모습이 아니었다. 나는 목소리를 낮췄다.

"얘야, 대체 무슨 짓을 했니?"

스티븐이 몸을 움츠렸다. 그러고는 오랜 세월 동안 내 요리책을 보관하고 있는 선반과 냉장고 옆의 구석진 공간으로 털썩 주저앉았다. 이제 내 눈은 패트릭을 향했다. *나도 알아야겠어.* 패트릭의 눈이 내 눈을 향해 말하고 있었다.

"나는 아, 아니에요……."

스티븐이 중얼거렸다.

"그건 내 잘못이 아니라고요."

그것. 그게 뭔데? 어사 키트(Eartha Kitt)의 오래된 노래가 내 머릿속에 울렸다.

그거 하자(Let's do it).

"오, 스티븐."

내가 말했다. 그리고…… 그것…… 그것이 다 쏟아졌다.

"줄리아가 그냥 뭔가 알아내고 싶다고, 뭔가 해보고 싶다고 했어요. 그래서……."

스티븐이 패트릭을 바라보며 도움을 청했다. 그러고는 조용히 고개를 젓다가 다시 말을 이었다.

"그걸 하면 안 되는 거였는데."

그것이라니.

나는 이 단어를 다시는 사용하지 않겠다고 말없이 다짐했다.

밖을 보니 올리비아는 벽돌담에 기대어 주저앉아 있었고, 현관 전등 아래에 있는 에번은 내가 이해할 수 없는 말을 외치고 있었다.

"올리비아는 이 일을 절대 극복하지 못할 거야,"

내가 중얼거렸다. 하지만 특별한 누구에게 한 말은 아니었다. 그러고는 패트릭에게 고개를 돌렸다.

"뭐 좀 할 수 있어? 당신이 칼 코빈이나 마이어스와 얘기해보면 안 될까?"

패트릭의 말은 진부했다.

"내가 뭐라고 말하겠어?"

"맙소사. 나는 모르지. 당신은 똑똑하잖아. 스티븐의 잘못이라고 하면 어떨까? 스티븐이 시작했고, 줄리아는 싫다고 했다고. 그런데 스티븐이 어떤 식으로든 계속했다고. 그래서 그들이 혼란스러워했다고 말하면 되잖아. 아니면 실제로 그런 일이 없었다고 하거나."

또 이럴 수도 있었다.

"애들이 실제로 섹스를 하지 않았다고. 그럴 수 있잖아?"

"그건 거짓말이잖아요."

패트릭이 대답하기도 전에 스티븐이 말했다.

"상관없어."

내가 말했다.

"줄리아에게 무슨 일이 일어날지 알고는 있는 거니? 그래?"

옛날 가족영화처럼 줄리아의 모습이 내 머릿속에 떠올랐다. 매력적인 홀터 톱을 입고 신나는 음악을 들으며 스케이트나 자전거를 타거나 레이 부인의 장미를 다듬는 나와 울타리 너머로 대화를 나누거나 스티븐의 손을 잡고 걸어가는 해맑은 줄리아의 모습이 눈에 선했다.

지금 내 눈은 텔레비전 속, 우중충한 작업복을 입고 카메라 플래시 세례에 움찔하며 서 있는 줄리아의 모습을 보고 있다. 칼 목사가 순수 선언문을 낭독하는 동안 그녀는 말없이 서 있었다. 앞으로 몇 년만 지나면, 줄리아는 피곤함에 찌든 얼굴, 구부정한 허리와 앙상하게 마른 몸으로 잡초를 뽑거나 생선 내장을 도려내고 있을 것이다.

그리고 이 방에 있는 누구도 그 일에 대해 아무것도 할 수 없다.

내가 말했듯이, 남자의 어리석음 때문에.

36

계약서에 따르면 금요일은 쉬는 날이지만, 너무 많은 아드레날린이 솟구쳐 잠을 뒤척였다. 결국, 침대에서 일어난 나는 패트릭이 좀 더 자도록 내버려둔 뒤 부엌으로 갔다. 부엌은 내가 최선을 다해 생각할 수 있는 곳이었다.

싸우고 싶지만 어떻게 싸워야 할지 모르겠다.

재키가 여기 있었다면 내가 뭘 해야 하는지 알려줬을 텐데.

재키의 마지막 강의가 생각났다. 어느 4월 말 오후, 조지타운 아파트에서 바자회를 하며 이케아 양탄자와 주방용품, 주전자와 프라이팬 따위를 팔던 날이었을 것이다.

"작게 시작하면 돼, 지니."

재키가 말했다.

"일부 집회에 참석해서 전단을 나눠주고, 몇몇 사람들에게 이슈에 관해 이야기하는 거야. 너 혼자 세상을 바꿀 필요는 없어."

그리고 일반적인 선전 구호가 이어졌다. *민중들이여, 한 번에 한 걸음씩, 작은 것부터, 당신이 바꿀 수 있길.*

패트릭이 비웃던 말들, 나 역시 그를 따라 비웃던 말들이었다.

6시경, 스티븐이 부엌으로 터벅터벅 걸어와 우유 한 잔을 붓더니 다시 방으로 가져갔다.

그래, 괜찮아. 나는 스티븐을 볼 수 없었다.

나는 토스트와 차를 준비했다. 내 뇌는 커피를 원했지만, 봉지를 열어 커피콩을 분쇄기에 넣자마자 역겨운 냄새가 나는 것 같아 구역질을 했다. 집에 있는 모든 것이 썩은 것처럼 토스트에서도 상한 냄새가 났다. 모든 것에서 오래된 생선 냄새가 났다.

소니아가 그다음 일어났다. 아이의 머릿속에는 지난밤에 대한 질문들로 가득 차 있었다.

"올리비아 아줌마 집에서 무슨 일이 있었어요?", "오늘은 아줌마랑 놀아도 돼요?", "줄리아 언니가 아파요?"

쉴 새 없이 몰아치는 질문이 노래처럼 들렸지만, 가사는 모두 틀렸다.

"괜찮아, 아가."

나는 거짓말을 했다.

"하지만 오늘 올리비아 아줌마는 좀 쉬어야 할 것 같아."

물론 그 말은 내가 일하는 동안 소니아를 돌볼 다른 보모를 찾아야 한다는 뜻이었다.

나는 이웃들을 떠올리며 하나씩 제외했다. 저마다 너무 늙거나 너무 종교적이거나 너무 별나거나 너무 부주의했다. 부주의한 건 소니아에게 순수 선언문을 읊으며 집으로 돌아오게 하는 것보다 나쁜 경우다. 우리에게 필요한 보모는 그저 소니아가 그네에서 떨어지지 않도록 돌봐줄 사람이었다. 나는 눈을 비비고 뇌를 샅샅이 뒤지며 해결책을 찾았다.

눈을 세 번 깜박이던 우체부의 모습이 불현듯 떠올랐다. 그리고 그에게는 세 명의 딸이 있다.

소니아가 아작아작 소리를 내며 시리얼을 먹는 동안, 나는 오늘 하루 일정을 정리했다. 진료 예약을 하고, 우체부를 기다리고, 에번이 출근하자마자 올리비아를 확인하고, 사무실로 가서 어제 패트릭의 사무실에서 발견한 내용을 린에게 전달해야 한다. 내가 계획하지 않은 일이 있다면 줄리아 킹이 공개적으로 망신당하는 걸 보는 것이다.

그 프로그램은 오늘 밤부터 다음 달 내내 방송될 것이다. 새로운 희생자가 나올 때까지 계속. 그들은 항상 이런 식으로 처리했다. 평범한 사람들이 시청할 수 있는 모든 프로그램에 그런 영상을 삽입해 내보냈다. 사악한 짓이었다. 꼭 봐야 한다고 강요하는 사람은 없었지만, 그래도 텔레비전을 꺼두는 편이 나았다. 물론 전혀 예상하지 못한 시간에 재방송되기도 했다. 심지어 요리 프로그램이나 옛날 드라마, 얼룩말에 관한 다큐멘터리가 방영되는 시간에도.

스티븐이 부엌으로 돌아왔다.

"열이 나서 몸 상태가 안 좋아요. 학교를 결석해야 할 것 같아요."

물론 스티븐은 그렇게 하고 싶어 할 것이다. 줄리아 킹이 PBS에서 오늘의 주인공이 될 테니까.

"넌 아프지 않아, 스티븐."

내가 말했다.

"그러니까 동생들 데리고 가서 옷 좀 입혀."

나는 시계를 확인했다.

"한 시간 후에 스쿨버스 올 거야."

"하지만, 엄마……."

"안 돼, 아들."

스티븐은 그 프로그램을 봐야 한다. 앤서니 버지스(Anthony Burgess)의 영화에 나오는 그 개자식처럼 눈꺼풀을 억지로 벌려서라도. 짐작건대 그들은 장차 농장이나 양어장에서 펼쳐질 줄리아의 미래 생활에 관한 영상 몇 가지를 소개할 것이다.

내가 설거지를 하고 있을 때 전화벨이 울렸다.

"전화 좀 갖다 주겠니? 그리고 샘과 레오를 깨우렴."

나는 소니아에게 눈을 돌렸다.

"아빠 일어났는지 가서 확인해볼래? 네가 조심할 수 있다면 이거 가져다드리고."

나는 묘한 악취에 눈을 살짝 찡그리며 반쯤 채워진 커피잔을 소니아에게 건넸다. 커피에서 얼마나 구린내가 많이 나는지 전에는 생각해본 적이 없었다.

"좋아요!"

소니아가 머그잔을 양손으로 잡더니 달팽이처럼 천천히 걸어갔다. 운이 좋으면 패트릭은 다음 주쯤 커피를 받을 모양새다.

"엄마 전화 받아요."

스티븐이 전화기를 건네며 말했다.

"바부(Babbo)*예요."

죽을 것만 같았다. 이 애칭은 내 아들이 소니아 나이였던 시절, 선홍색 코듀로이 바지에 가슴에 '슈퍼키드!'란 문구가 적힌 샛노란 티셔츠를 입고 뛰어다니던 시절에 할아버지를 부르는 애칭이었다. 나는 이 부엌에서 있었던 우리의 모든 순간을 또렷이 기억한다. 리모델링 작업 전, 가전제품들은 칙칙하고, 금색으로 얼룩진 하얀 포마이카가 주방 조리대를 덮고 있던 시절부터.

내가 브라우니를 만들고 있으면 스티븐은 숟가락을 핥겠다고 보채기보다 그릇을 자기 쪽으로 끌어당겨 고사리 같은 작은 손을 주걱으로 삼아 브라우니 만드는 일을 거들었다.

왜 아이들은 이렇게 빨리 자랄까?

나는 수화기를 들었다. 아버지였다.

"아버지, 잘 지내시죠?. 왜 영상 통화 대신 전화를 거셨어요?"

아버지가 이 질문에 뭐라고 대답했는지 전혀 들리지 않았다. 목이 쉬도록 울고 계셨고, 이탈리아의 병원에서 들릴 만한 소리들이 전화기로 흘러나왔다.

"아버지. 무슨 일이에요?"

* 이탈리아어로 아빠라는 뜻이다.

내가 물었다.

낯선 목소리가 아버지를 대신했다.

"매클렐런 박사님?"

한 여성이 물었다. 그 여자는 패트릭의 성을 마카렐라로 발음했고, 자음과 끝음절을 무시한 채 자기에게 익숙한 방식으로 불렀다.

"네, 말씀하세요."

아침에 먹었던 차와 토스트가 내 뱃속에서 꾸르륵거리며 요란한 소리를 내기 시작했다.

"무슨 일이죠?"

다시 시작됐다. 모든 것이 한꺼번에 다가왔다.

"어머님께서,"

의사가 자신을 소개한 후 말을 이었다. 의사의 영어 실력이 훌륭해 내가 1년 넘게 사용하지 않은 의학 전문 용어를 말해도 걱정할 필요가 없었다.

"어머님께서 동맥류를 앓았는데, 오늘 아침 일찍 터졌어요."

차와 토스트가 내 가슴까지 치고 올라왔다.

"위치는요?"

내가 물었다.

"뇌 속이에요."

의사가 대답했다.

"네, 그건 저도 알아요. 제 말은, 뇌 어느 쪽이죠? 신경학 배경지식이 있어서요."

"상위 측두엽의 후부예요."

"왼쪽, 오른쪽?"

나는 이미 답을 알고 있으면서 물었다. 전화기에서 바스락거리는 종이 소리가 들렸다.

"좌뇌예요."

나는 차가운 화강암 조리대에 머리를 숙이며 몸을 기댔다.

"베르니케 영역."

내가 속삭였다.

"맞아요. 베르니케 영역 근처."

또 다른 이탈리아어가 전화기를 타고 폭풍처럼 들리더니 의사의 목소리까지 묻어버렸다.

"죄송해요. 정말 죄송합니다. 또 다른 환자를 돌봐야 해서요. 몇 시간 후에 다시 전화할 수 있다면, 어머님의 상황을 더 많이 알려드릴 수 있을 겁니다."

의사가 아버지에게 전화기를 넘겼다.

"아빠, 엄마는 의식이 있어요?"

내가 물었다

"아니."

통화가 끝나자 문득 재키의 말에 머릿속에 맴돌았다.

한 발짝씩, 지니. 작은 일부터 시작해.

크든 작든, 어떻게 시작해야 할지 모르겠다. 하지만 뭐가 됐든 다음번에는 더 큰 게 필요하다는 것을 알고 있다.

재키가 여기 있었으면 좋겠다.

37

소니아를 제외한 모든 가족이 집에서 나갔을 때 우체부의
트럭이 집 앞에 멈춰 섰다. 비 웅덩이를 피하며 우편함 앞에
도착한 우체부가 가방에 들어 있는 봉투 더미를 꼼꼼하게 살
피며 몇 개를 추려냈다.

"안녕하세요. 매클렐런 박사님."

우체부가 인사했다.

"안녕하세요."

내가 대답했다.

"박사님, 저 같은 사람한테 괜히 말 낭비하지 마세요. 저도
이해해요."

나는 손목을 들어 보였다.

"일시적 유예기간이에요. 대통령 형에 대한 예우죠."

"무슨 말씀인지 모르겠어요."

"저 다시 일하고 있어요. 그리고 연구팀에서 임상시험을
위한 피험자가 필요해요."

우체부는 무슨 뜻인지 바로 알아들었다.

"좋은 소식이군요. 샤론한테 말해도 되나요? 제 아내요."

"그럼요."

"샤론이 정말 기뻐할 거에요. 어머니가 샤론을 자기 딸처

럼 예뻐하시거든요."

갑자기 그의 얼굴이 어두워졌다.

"결국 어머니도 카운터를 착용하시게 되겠네요. 그래도 아예 말을 못하는 것보다는 하루에 100마디라도 하는 게 낫지 않을까요?"

우체부가 말했다.

"그런 것 같아요."

나는 내가 그 말에 동의하는지 확신할 수 없어 대충 얼버무리며 대답했다. 우체부 손에는 반송된 우편물이 있었다. 나는 봉투에 적힌 반송 주소를 읽으려 했지만, 그가 주소가 있는 부분을 손으로 꼭 쥐고 있어 보이지 않았다.

"혹시 부인께서 보모 일을 원할까요? 제게 어린 딸아이가 하나 있는데, 아이를 돌보던 사람들이…… 음. 이제는 그 일을 할 수 없어서요."

"뭔가 방법을 찾을 수 있을 것 같아요."

우체부는 우편함의 금속 뚜껑을 들어 올리더니 자물쇠로 잠긴 상자 안을 유심히 살폈다.

"참. 오늘 발송된 우편물이 있어요. 잠깐만요."

우체부는 벨트 고리에 달린 열쇠 꾸러미에서 새것처럼 보이는 은색 열쇠를 꺼냈다. 패트릭이 들고 다니는 열쇠 꾸러미 이후 처음 보는 톱니 달린 열쇠였다. 우편함이 열리자 우체부는 주소가 적힌 곳을 손바닥으로 조심스럽게 덮은 뒤 봉투 하나를 꺼내 들었다. 그런 다음 다시 우편함을 잠그더니

그제야 뭔가 생각이 난 듯 손에 든 편지들을 금속 우편함에
밀어 넣었다.

"매클렐런 박사님? 박사님도 순수운동에……?"

우체부가 눈을 세 번 깜박거리다가 현관 앞에 설치된 카메
라를 슬쩍 바라보더니 물었다. 카메라가 지켜보고 있다는 걸
상기시켜주는 듯이.

나는 고개를 가로저었다. 큰 움직임 없이 오른쪽과 왼쪽으
로 살짝 느리게 움직였을 뿐이지만, 메시지를 전달하기에는
충분했다.

"흠."

우체부가 말을 이었다.

"그럼, 아내에게 전화해서 박사님 딸을 돌볼 수 있는지 물
어볼게요. 딸아이 이름이 뭐죠?"

"소니아예요."

"귀여운 이름이네요."

우체부가 시계에 대고 몇 단어를 말하자, 삐 소리가 한 번
울렸다.

"샤론, 여보야. 나 지금 AU 파크에 있는 의사 선생님 집에
들렀는데, 딸을 돌볼 보모가 필요하대. 잠시 후에 우리 집으
로 보내도 될까?"

다시 삐 소리가 한 번 나고 그는 통화를 끝냈다.

"헤헤. '네'는 한 번, '아니요'는 두 번이에요. 알죠?"

나는 그가 무슨 말을 하는지 전혀 알아들을 수 없었다.

"알겠어요. 일단 제 일을 먼저 할게요. 샤론과 만나게 되면 저 오늘 늦는다고 전해주세요. 초과 근무도 해야 하고, 우편물 배달할 곳이 몇 군데 더 있거든요. 그래야 먹고 살죠. 무슨 말인지 알죠?"

"그럼요."

내가 대답했다. 비록 우체부와 내가 서로 통하지 않는 언어로 대화한다고 생각했지만.

"그리고 우리가 레이 부인의 예약을 잡을 수 있게 전화번호 좀 알려주세요."

그는 광택이 나는 광고 전단에 글씨를 휘갈겼다.

"여기 별로예요. 사람들 모두 밸팍 쿠폰북을 싫어하더라고요. 하지만 멈추지 못하죠. 어쨌든, 여기 집 주소도 있어요. 샤론이 기다리고 있을 거예요."

나는 그가 꼬깃꼬깃 접은 종잇조각을 받아 들었다.

"고마워요. 곧 연락할게요."

우체부는 빗물 웅덩이를 피해 자갈길 진입로를 걸어가며 휘파람을 불었다. 실제 있는 노래도 아닌데 마치 익숙한 노래처럼 선율이 아름답고 친숙하게 들리는 기이한 소리였다. 내가 집 안으로 들어갔을 때, 소니아는 여전히 만화를 보고 있었다.

"우리 딸, 이제 그만 TV *끄자*."

"싫어요!"

소니아가 꽥꽥거리며 소리를 질렀다. 소니아와 실랑이를

벌이며 리모컨을 찾는 사이 그 아이가 TV 화면에 나왔다. 줄리아 킹. 줄리아는 이 더위에도 긴 소매에 발목까지 내려오는 칙칙한 회색 작업복을 입었고, 머리카락도 잘려 있었다. 그들이 파란 픽업트럭을 탄 애니에게 한 짓은 기억나지 않지만, 어쩌면 그사이에 규정이 바뀌었을지도 모른다. 새로운 유형의 굴욕감을 그들의 의식에 도입한 것일까. 칼 목사가 줄리아 옆에 서서 냉정하면서도 슬픈 듯, 순수 선언문 일부를 읊기 시작했다.

"당신 자신이 아니라 타인을 보라. 그리스도가 죽음에 순종했듯이, 십자가의 죽음조차 하느님의 종으로서 자신을 떠맡는 데 있었느니라."

그리고 계속된다.

"당신이 정의를 위해 고통받는다면, 행복이 곧 당신 것이니라. 하나님의 뜻이 그러하다면 당신이 고통받는 게 더 낫기 때문이다. 이 고통은 잠깐만 지속할 뿐, 하늘나라에서 영원한 빛과 영광의 열쇠가 되리라."

어쩌고저쩌고 어쩌고저쩌고.

소니아가 일어나 앉았다. 만화를 볼 때보다 훨씬 더 유심히 TV 화면을 들여다봤다.

"줄리아 언니?"

나는 거짓말을 했다.

"아니야. 그냥 좀 닮은 언니야."

그리고 칼 목사가 또 한 번 고함을 치기 시작하자 TV를 껐다.

"자, 준비하자. 오늘 새로운 친구들을 만날 거야."

나는 세 가지 일을 했다. 먼저 소니아에게 5초 이상 이를 닦게 한 뒤 침실 화장실로 달려가 토스트와 차를 변기에 쏟아냈다. 그런 다음 나는 우체부가 건넨 광고지를 펼쳤다.

주소가 적혀 있었다. 그리고 메모까지.

너무 놀라지 마세요.

38

샤론 레이의 집은 집이라기보단 헛간 같았다. 비바람에 낡고 거칠게 변해버린 목재 건축물이었는데 누군가가 거대하고 울퉁불퉁한 막대기로 내려친 것 같은 모습이었다.

두 줄로 난 바퀴자국을 따라 흙길을 달려, 작은 농장 크기의 채소밭을 지난 뒤 버지니아 번호판이 달린 지프차 뒤에 차를 세우고 시동을 껐다. 버지니아 차량 번호판에는 '불순한' 단어들이 적혀 있었다.

소니아가 카시트에서 안전벨트를 풀더니 소 두 마리를 향해 뛰어나갔다.

"아니, 꼬마 아가씨. 잠깐만!"

내가 소리쳤다. 여기까지 45분가량 운전하는 동안, 나는 소니아에게 오늘 함께 하루를 보낼 여자 친구들이 말을 거의 안 할 수도 있다고 설명했다.

"학교처럼."

내가 말했다.

"잘 기억해야 해."

물론 레이의 딸들은 금요일이니까 학교에 있을 것이다.

고장 난 경첩 때문에 기울어진 문이 열리더니 샤론이 밖으로 나왔다. 경첩 문제가 아니어도 현관 자체가 살짝 기울어져 있어 바닥과 평행하지 않았다. 샤론은 너덜너덜한 상의와 체크무늬 셔츠를 입고 있었고, 머리는 파란 반다나로 매듭을 묶어 머리카락을 잘 정리했지만, 완전히 덮지 않았다. 셔츠 소매를 걷어 올린 덕에 팔뚝의 잔 근육도 살짝 엿보였다. 그리고 한 손에는 렌치, 다른 한 손에는 플라스틱 양동이를 들고 있었다. 어쩌면 샤론 레이는 현대판 리벳공 로지(Rosie the Riveter)*가 아닐까. 만약 로지가 마흔 살가량의 흑인에 은색 카운터를 차고 있었다면 말이다.

샤론이 현관 앞에서 미소를 짓더니 양동이와 렌치를 내려놓고 소니아와 나에게 다가왔다. 그런 다음 그들의 집보다 수리가 잘된 것처럼 보이는 별채를 향해 오른쪽으로 고개를 기울였다. 우리는 조용히 별채 쪽으로 걸어갔다. 소니아는 염소와 닭, 세 마리의 알파카가 마당을 자유롭게 돌아다니는 모습을 보더니 눈이 휘둥그레졌다.

"저게 뭐예요?"

소니아가 털북숭이 짐승 하나를 가리키며 물었다.

"쉿."

내가 속삭였다. 샤론은 다시 미소를 지어 보였지만 우리가 집에 도착할 때까지 아무 말도 하지 않았다.

그러고는 남자의 허벅지처럼 두꺼운 나무 빗장을 옆으로 밀어 문을 열었다. 달콤한 건초 냄새와 달지 않은 거름 냄새

* 제2차 세계 대전 동안 전쟁에 참여한 남성 대신 공장에서 일했던 수천 명의 미국 여성을 상징한다.

가 코끝에 찰싹 와닿았다.

"잠을 확 깨우는 망할 똥 냄새는 안 나죠?"

샤론이 말했다.

"미안해요. 그냥 응가요. 제가 막말할 때가 가끔 있어요."

"괜찮아요."

나도 내 아이들에게 말을 조심하는 사람은 아니었다.

"그럼, 니가 소니아니?"

샤론이 몸을 굽혀 소니아의 왼손을 잡았고, 손목의 카운터가 있어야 할 부분을 엄지손가락으로 지그시 눌렀다.

"난 샤론 아줌마야. 너랑 나랑 좋은 친구가 될 것 같구나. 말 좋아하니?"

소니아가 고개를 끄덕이자 샤론이 다시 말했다.

"소니아, 말로 해도 돼. 너 말할 수 있지?"

"제가 소니아에게 얘기했어요……."

나는 샤론에게 자초지종을 설명하기 시작했다.

"하긴, 제가 왜 이렇게 말을 많이 하는지 이상할 거예요."

샤론이 왼쪽 손목에 있는 은색 띠를 떼어냈다.

"가짜거든요. 델이 작년에 만들어줬어요. 물론 진짜를 어떻게 떼어내는지 알아냈고요. 우리 애들을 위해 세 개 더 만들었어요."

샤론은 방금 한 말이 어쩌면 가축보다 더 흥미로울 수 없다는 듯이 소니아에게 말을 걸었다.

"그러니까, 뒤에 있는 동물은 카토야. 그 옆에는 멘켄, 그리고 옆에 있는 저 황소 머리 암말은 아리스토텔레스란다. 아줌마가 네 엄마랑 얘기하는 동안 쟤들한테 인사해볼래?"

소니아는 더 물을 필요가 없다는 듯 아리스토텔레스의 마 구간을 향해 달려갔다.

"말이 물지는 않겠죠?"

나는 암말에게 고개를 돌리며 물었다.

"제가 말하지 않는다면요."

샤론이 말했다.

"놀랐군요. 매클렐런 박사님."

"진이라고 불러도 돼요."

"델은 우체부 옷을 입은 기술자예요. 여기는 모든 게 준비 되어 있어요. 그래서 우리가 순수운동을 따라가는 것처럼 보 이죠. 착하고 조용한 척. 델은 도시에서 온 백인 남자이긴 해 도 착한 사람이에요. 이리 오세요. 제가 뭐 좀 보여드릴게요."

샤론이 나를 이끌고 카토와 멘켄을 지나갔다. 말에 붙인 기묘한 이름들. 남성 철학자의 이름을 따서 암말의 이름을 짓다니, 참 특이하다는 생각이 들었다. 샤론이 건물 뒤쪽에 있는 문을 열었다.

델의 작업실은 과학 연구실인 동시에 지금까지 봐온 어떤 연구실과도 다른 모습이었다. 기계들은 대부분 안 쓰는 게임 기 부품과 주방 용품들로 짜 맞춘 것처럼 보였다. 오른쪽에 는 닳아빠진 오래된 슬라이드 프로젝터가 있었고, 왼쪽의 깨 끗한 작업대 위에는 1980년대식 CPU 다섯 대가 가지런히 줄지어 있었다.

"여기서 뭘 하는 거죠?"

내가 물었다.

"수리요."

"뭐 때문에요?"

샤론이 나를 빤히 쳐다봤다.

"왜 그렇게 물어보죠? 날 봐요, 진. 난 흑인 여자예요."

"저도 알아요. 그게 왜요?"

"칼 목사와 그의 거룩하고 순수한 청양들이 하느님의 계획으로 다르게 만들어진 존재가 단지 '여자'와 '남자'만이 아니라 '흑인'과 '백인'도 있다는 걸 깨닫기까지 얼마나 걸릴 것 같아요? 우리 부부처럼 다른 인종 간의 결혼도 그들이 꾸민 일이라고 생각하나요? 만약 그렇다면, 당신은 내가 생각했던 것보다 똑똑하지 않아요."

나는 얼굴이 화끈 달아올랐다.

"그런 생각은 해본 적이 없어요."

"물론 절대 안 그러시겠죠. 제가 따지려는 건 아니지만, 박사님이 걱정하는 건 오직 백인 여자들뿐이잖아요. 저는 하루에 100마디만 허락된 것보다 걱정할 게 더 많아요. 저도 딸들이 있으니까요. 우리는 여전히 딸들을 학교에 보내고 주말에는 우리가 할 수 있는 일을 해요. 우리가 여기서 벗어나 국경을 넘을 방법을 찾을 때까지. 하지만 델과 나는 밀물이 밀려오는 걸 알고 있어요. 올해가 끝나기 전에, 남학생과 여학생 학교를 분리하는 것 이상의 뭔가가 시작될 거예요. 그때도 지금과 마찬가지로 평등하지 않을 거고요."

샤론의 목소리에는 아무런 감정도, 자기 연민도 없었다. 그저 냉정함과 확실한 관측만이 있을 뿐이었다. 정해진 요리 방법을 읊거나 일기예보를 알려주는 것처럼. 괴로운 건 나였다.

"어쨌든."

샤론이 냉장고를 열어 뚱뚱한 당근을 한 움큼 꺼내며 말했다. 그러고는 말들에게 당근을 먹이면서 소니아에게도 방법을 가르쳐주었다. 한 손을 내밀어 위로 향하게 펼친 다음 당근을 올려놓으면, 소니아가 당근을 손으로 잡지 않아도 말들이 먹이를 쉽게 먹을 수 있었다.

"어쨌든, 박사님이 일하러 가시면 소니아와 내가 농사일을 좀 해도 될까요? 마법의 물약이 언제 준비될지 짐작은 하시나요? 어머니께 얘기하려고요. 물론 델의 어머니지만, 지금은 제게 남은 유일한 어머니이기도 하니까요."

"그렇군요. 저도 마찬가지예요."

나는 엄마와 동맥류에 관해 설명했다.

"우리 둘 다 처지가 같군요, 진."

샤론이 소니아의 손을 잡으며 말했다.

"하지만 난 당신 상황이 부럽지 않아요. 치료가 끝나면 그 작은 팔찌가 다시 채워질 테니까요. 물론 박사님은 그럴 수 없겠지만, 어머니는 계속 수다를 떨고 계시겠죠."

"다음 주 초에는 뭔가 준비할 수 있을 거예요. 아마 화요일쯤?"

"그러면 정말 좋을 것 같아요."

샤론과 나는 번호를 교환했다. 나만 괜찮으면 델이 주말에 전화할 거라고도 알려주었다.

"하지만 여기서 우리가 나눈 사소한 것들에 대한 얘기는 아무에게도 말하지 말아주세요. 델은 저항군의 심부름꾼 역할을 도맡으며 많은 것을 잃었거든요. 나는 델이 곤란해지는 걸 원치 않아요. 다른 누구라도."

"저항군이 있다고요?"

그 말은 듣던 중 반가운 소리였다.

"박사님, 저항은 어디에나 있어요. 대학 나오셨잖아요?"

샤론과 함께 그녀의 집으로 걸어오는 동안 나는 샤론이 점점 더 재키처럼 보였다. 내가 책 속에 코를 박고 집에 있는 동안, 혹은 패트릭과 함께 치즈버거를 사러 가는 길에 캠퍼스 내 시위를 보며 눈을 찌푸리는 동안 재키가 포스터를 들고 앉아 있는 모습을 상상했다. 진흙투성이 부츠와 찢어진 옷을 입은 사람은 샤론이었지만, 왠지 더러운 건 나라는 생각이 들었다.

"6시에 소니아를 데리러 올게요. 너무 늦지 않다면."

소니아에게 작별 키스를 하기 전에 샤론에게 말했다.

"괜찮아요. 우리는 여기 있을 거예요."

주치의를 만나러 가는 길에 나는 우리 집 우체부 델이 떠올랐다. 그리고 지하에 반(反) 순수운동을 주도하는 집단이 있다는 사실에 웃음이 절로 났다.

그들도 우체부를 이용할 테니까.

39

진찰 결과, 나는 임신 중이었다.

클라우디아 박사의 진료실을 차지한 새로운 산부인과 의사는 며칠 후면 내가 임신 10주 차에 접어든다고 말했다. 그러고는 정확한 임신 시기는 알 수 없다며 패트릭에게 전달할 봉인된 서류봉투를 건네주었다. 그 안에는 다음 진료 날짜, 몇 가지 주의 사항, 출산 일정, 그리고 임신에 유용한 정보가 들어 있다고 한다. 의사가 내게 알려준 것이다.

입에서 간헐천처럼 용솟음치는 말들이 터져 나왔다.

"합병증이 있다면요? 예상치 못한 통증은요? 뭔가 증상을 설명할 필요는 없나요?"

카운터를 다시 차게 되면 어떻게 될까. 내가 알고 싶은 건 이것뿐이었다.

내가 말하지 않은 것도 있다.

내가 이 아기를 원하지 않는다면요? 물론 나는 이미 답을 알고 있었다.

멘도사 박사는 내 말이 끝나기를 기다렸다. 눈가는 차분했고, 입가는 약간 축 늘어졌다. 내 분노가 의사를 짜증 나게 하는지, 아니면 동정심을 불러일으키는지 알 수 없다.

"매클렐런 부인."

의사가 입을 열었다.

'박사'도 아니고 '교수'도 아닌 '부인'이라니.

"매클렐런 부인, 부인은 건강한데다 태아의 심장 박동도 강하고 규칙적이에요. 물론 우리가 이미 고령 출산으로 메모해두었고, 첫 임신이라면 걱정되겠지만, 괜찮을 겁니다. 걱정할 것 없어요."

그는 잠시 침묵하더니 의사들이 사용하는 작은 다이얼을 돌리며 무언가를 살펴봤다. 물론 전부 컴퓨터가 하는 일이지만. 그러고는 말을 이었다.

"올해 12월 20일경에 예쁜 아기를 낳을 수 있을 거예요. 멋진 크리스마스 선물이 되겠군요."

나는 올해 12월 20일에 예쁜 아기를 원하지 않는다. 난 아기를 전혀 원하지 않는다. 특히 딸이라면 더욱 그렇다.

"매클렐런 씨에게 모든 정보를 적어드렸습니다."

그러고는 봉인된 봉투를 툭툭 쳤다.

"매클렐런 씨가 이상 징후, 식욕 저하, 피부색이나 체중 변화 등을 주시할 겁니다. 그리고 우리가 부인의 컨디션을 정기적으로 체크할 거고요. 괜찮다면 다음 주 초에 융모막 채취를 해볼게요. 그러면 성별을 알게 될 겁니다."

의사는 아이패드로 진료 일정을 상의했다.

"월요일 오후는 어떤가요?"

나는 고개를 끄덕였다. 월요일, 수요일, 다음 달, 12월 20일. 최대한 빨리 알아보는 게 나을 것 같았다

의사가 내 무릎을 툭툭 쳤다. 아버지 같은 손길, 혹은 영리하게 행동한 개를 칭찬하는 주인의 손길 같았다. 무릎을 치는 그 손길에 무의식적인 반응으로 내 발이 앞으로 튀어 올라갔으면, 그래서 그의 사타구니를 후려갈겼으면 좋겠다고 생각했다.

"좋습니다. 다 됐어요. 축하합니다. 매클렐런 부인."

의사가 진료실을 떠나자 나는 잽싸게 속옷과 청바지, 블라우스로 갈아입었다. 이 방에 배어 있는 라텍스와 손 소독제의 냄새를 견딜 수 없었다. 내 외음부가 윤활제, 혹은 질 초음파 검사를 위해 사용한 알 수 없는 물질 때문에 너무 미끄러웠다. 제대로 닦아낼 시간이 없었기 때문이다. 하지만 여기서는 더 이상 숨을 쉴 수가 없었다. 숨을 전혀 쉴 수가 없다.

집으로 돌아오는 길에 세븐일레븐에 차를 세우고 담배 한 갑을 샀다. 담배를 피워도 될 것 같았다. 담배 연기로 내 안에 자리 잡은 작은 궁전을 독살하고 집에서 은밀히 기형학 입문이나 구식 낙태법을 실습해도 될 것 같았다.

낙태는 선택사항이 아니었다.

칼 목사와 그의 순수한 광신도들 때문만은 아니다. 그들은 다른 이유, 실용적인 이유로 선택에 제한을 두어야 했다. 이렇게 살면 아무도 여자애를 원하지 않을 게 분명하니까. 제정신인 부모라면 3개월 된 아이 손목에 채울 시계의 색을 고르고 싶진 않을 것이다. 난 그러지 않을 것이다.

3일 후면 어떻게 해야 할지 알게 될 것이다.

40

내가 출근했을 때쯤, 로렌조와 린이 연구실에 함께 있었다. 단백질 추출과 실험실 동물목록에 영장류를 추가해야 하는지를 논쟁하며 머리를 맞대고 있었다.

"그럴 필요 없어요."

내가 말했다.

"우리가 해야 할 일은 두 번째 MRI실을 확인하는 거예요."

물론 MRI 장비를 확인할 필요는 없었다. 이미 린이 확인했기 때문이다. 하지만 나는 MRI 장비들이 주변에 있으면, 귀 보호 장치를 해도 쾅쾅거리는 소리가 들린다는 피험자의 불평을 잇달아 들었던 적이 있었다. MRI 관에 누워 있으면 스피커 옆에 귀를 바싹 붙이고 시끄러운 음악을 듣는 것 같았다. 다시 말해, 매우 고통스럽다.

우리가 MRI실에 들어서자마자 나는 기계를 작동시켰다. 지구 자기장의 약 6만 배나 되는 힘이 내 뼈를 뒤흔들었다. 린과 로렌조에게 125데시벨 이상의 소음을 들려주며 엄마의 증상에 관해, 그리고 지난밤 패트릭의 사무실에서 발견한 봉투에 관해 말했다.

"세 팀?"

린이 소리쳤다.

"확실해?"

"확실해요."

내가 답했다. 내 목소리는 거의 들리지 않았지만 린은 알아들었다.

"어쨌든, 우린 이미 준비를 다 끝냈잖아요. 집에 전화번호가 있으니까 화요일에 레이 부인에게 연락해 첫 번째 투여를 해봤으면 좋겠어요. 월요일도 괜찮고요. 우리가 해낼 수있다면요. 그러려면 아마 주말 내내 일을 해야 할 거예요. 쥐몇 마리에게도 혈청을 투여해야 하고. 린이 투여할 수 있을 거예요."

"난 당신이 끝냈다는 걸 알고 있었어."

로렌조가 입을 열며 나를 끌어안았다. 멋지면서도 끔찍한기분이 들었다.

"그날 조지타운에서 당신 눈을 봤거든."

그렇다. 로렌조가 내 눈에서 또 뭘 보는지 궁금했다.

"린, 여기서 잠깐 우리끼리 시간이 필요해."

린은 눈썹을 추켜세웠지만 아무 말도 하지 않고 자리를 비켜주었다. 잠시 후 로렌조와 나만 MRI실에 남았다.

"소식이 좀 있어요. 별로 좋은 소식은 아니지만."

나는 큰 소리로 말했다. 언제, 혹은 왜 로렌조에게 말하기로 했는지 모르겠다. 로렌조의 얼굴이 문득 벽처럼 하얗게변했다. 로렌조가 우리 등 뒤에 있는 기계를 주먹으로 때렸고 쾅쾅거리는 소리가 나더니 다시 작동했다. 이탈리아 욕이

방 안에 가득했다.

"뭐야, 지안나? 당신에게 무슨 문제가 있는 거야?"

"아니. 난 괜찮아요. 아프지도 않고요. 그런데 괜찮은 게
아니라……."

로렌조가 MRI실 구석구석을 점검하더니 천장에 있는 환
기 장치를 살폈다. 5분 동안 나는 소음의 바다에 홀로 서 있
었고, 로렌조는 우리 주변을 샅샅이 뒤졌다. 위험요소는 없
다고 판단한 로렌조가 내게 다가와 긴 손가락으로 내 뒷머리
를 감싸더니 얼굴을 당겨 입을 맞추었다. 로렌조의 손이 내
목덜미를 쓰다듬고 소리 없는 음률을 연주하듯 등을 쓸어내
리더니 천천히 아래쪽을 훑기 시작했다.

블라우스 속 내 피부에 찌릿찌릿한 전율이 흘렀고, 나는
로렌조에게 키스를 퍼부었다. 입술과 혀와 침이 뒤섞인, 소
리 없는 사랑에 내 모든 게 흠뻑 젖어드는 것 같았다. 남편인
패트릭이 아닌 로렌조의 키스로.

나는 결코 이곳을 떠나고 싶지 않았다.

우리는 잠시 키스를 멈추고는 숨을 헐떡였다. 로렌조의 경
직된 몸이 내 배를 찔렀다. 마치 그가 내 안에 무엇이 있는
지, 저 어두운 곳에 내가 어떤 비밀을 간직하고 있는지 애써
알고 싶은 것처럼. 우리 둘 중 누구 하나가 입을 열기를 기다
리는 듯했다.

"내 애야?"

로렌조가 살짝 움직이자 우리 몸 다른 부분에 그의 손이

닿을 공간이 생겼다.

"지안나, 말해봐."

나는 이미 날짜를 계산했다. 계산기나 임신테스트기 따위는 필요 없었다. 10주 전이면 3월의 어느 쌀쌀한 날이었다. 나는 치즈 한 덩어리를 사러 이스턴 마켓에 갔고, 오후 내내 메릴랜드에 있는 우리의 작은 오두막에서 시간을 보낸 뒤 내 안에 로렌조를 품고 집으로 돌아온 것이다. 사랑의 오두막이자 우리만의 오두막, 아기가 생긴 오두막이었다. 패트릭과 나는 한동안 잠자리를 하지 않았다.

"네."

내가 속삭였다. 로렌조가 나를 바짝 끌어당겼다. 이번에는 모든 게 부드러웠다. 강렬함도 없고, 철저함도 없었다. 그저 입술과 팔이 뒤엉켜 포근한 고치를 만들었고, 그 안에는 우리의 조화로운 숨결만으로 가득했다. 이 무균실에 있으면 안전했다. 초자기장이 쾅쾅거리는 소리만 들릴 뿐, 우릴 감시하는 카메라나 녹음기가 없었다. 잠시나마 우리뿐이었다. 자식도 없고, 남편도 없었다. 로렌조와 내 안의 아기만 있었다. 이렇게 머물고 싶은 절박한 욕구만 있었다.

"내가 알아서 할게, 지안나."

로렌조가 내 귀에 대고 속삭였다.

"내가 해결할 거야."

나는 로렌조가 무엇을 해결할 건지 묻고 싶었다. 어제 그가 말한 돈과 개인적인 문제와 관련이 있다면……. 나를 위해,

소니아를 위해, 우리 아기를 위해 그에게 탈출구가 있는지 묻고 싶었다. 그건 패트릭과 아들들을 떠나는 걸 의미했다. 어쩌면 잠시만. 어쩌면 온전한 나를 찾을 수 있을 때까지만.

그래서 나를 찾고 나면? 패트릭이 다시 나를 품에 안아줄까? 우리가 다시 예전처럼 살아갈 수 있을까? 스티븐이 다시 내게 말을 걸까?

하지만 모두 어리석은 소리였다. 나한텐 빠져나갈 길이 없었다.

갑자기 기계에서 나는 모든 소리가 재키의 목소리처럼 들렸다.

내가 말했잖아. 내가 말했잖아. 내가 말했잖아.

41

MRI의 쿵쾅거리는 소리가 멈췄다.

"좋아. 두 사람."

린이 말했다.

"누군가 왔어. 내가 먼저 봤으니 다행이지. 저 포라는 인간
은 아무 소리도 내지 않는다니까. 아무 소리도. 정말 빌어먹
을 괴짜야."

나는 벽에 부딪힐 만큼 세게 뒤로 물러나며 로렌조의 품에
서 떨어졌다. 우르릉거리는 단조로운 기계 소리와 재키의 말
소리가 귓가에 울렸다. 린은 침착하게 내 손을 잡고 주 실험
실로 데리고 갔다.

"도대체 그게 뭐였죠? 젠장, 건물이 무너지는 줄 알았어
요."

포가 말했다.

"자기공명영상이에요."

린이 대답했다.

"원래 그렇게 들려요."

포가 투덜거렸다.

"대체 MRI가 왜 켜져 있었죠? 다른 건 안 켜져 있는데."

나는 첫 번째 MRI실을 바라보며 말했다.

"우리에게 MRI실은 하나밖에 없어요."

포는 대답 대신 서랍과 캐비닛을 열며 실험실 주변을 천천히 둘러보기 시작했다. 린의 말대로 포는 아무 소리도 내지 않았다. 만약 로렌조와 내가 윙윙거리는 소리를 들으며 사랑을 나누는 동안 린이 여기 오지 않았더라면, 나는 줄리아 킹과 함께 단상에 올라 칼 목사가 도덕관 운운하며 구구절절 떠드는 모습을 지켜봤을지도 모른다. 우리는 너무 늦게서야 포가 들어오는 소리를 들었으니까.

로렌조의 표정을 보니 나와 같은 생각을 하는 것 같았다.

"모건이 자기 사무실에서 당신을 만나고 싶어 합니다."

포가 내게 말했다.

"지금 당장요."

나는 샤론 레이의 전화번호를 로렌조와 린에게 맡긴 뒤 월요일 아침에 할 일을 준비하라고 말했다. 운이 좋으면 우리는 주말에 착수할 수 있을 것이다. 레이 부인을 가능한 한 빨리 이곳으로 데리고 오고 싶었다. 내가 레이 부인의 목소리를 되찾아줄 수 있다면, 샤론과 델은 내 부탁을 더 잘 받아들일지도 모른다.

엘리베이터에서 포는 출입 카드를 슬롯에 꽂은 뒤 5층 버튼을 눌렀다. 나는 처음으로 슬롯을 발견했다. 사무실과 연구실이 있는 층만 출입 카드 없이 접근할 수 있었다.

엘리베이터 문이 열리자, 포가 손을 뻗었다.

"이쪽입니다."

그가 말했다. 5층 복도는 정부의 과학실이라기보다는 5성급 호텔처럼 안락했다. 두꺼운 카펫이 깔려 있어 내 발걸음 소리조차 나지 않았다. 물론 남성을 상징하는 푸른색의 카펫이었다. 카펫 위를 걸어가는 동안 문에 적힌 이름들을 읽었다. 무슨 무슨 장군, 무슨 무슨 해군 장성, 무슨 무슨 박사. 모두 남자들 이름이었다. 몇몇은 반쯤 열린 문틈으로 나를 바라봤다. 눈살을 찌푸리는 남자도 있었다.

포가 노크할 때 모건은 책상에 앉아 있었다.

"들어와요!"

모건은 애써 큰 소리를 내려는 듯했지만, 목소리는 작았다. 나는 무게감 있게 보이려는 모건의 의도가 별 효과 없었다고 말하고 싶었다.

"오늘 아침에 어디 계셨죠?"

모건이 책상 위 서류에서 눈을 떼지 않은 채 내게 물었다.

"집에 사정이 생겼어요. 이웃이 내 딸을 돌봐주기로 했는데……."

모건이 책상 위에 있는 뚱뚱한 바인더를 닫더니 그 위에 있는 빈 메모지로 라벨을 가렸다. 그러고는 두 손을 머리 뒤로 젖혀 깍지를 낀 다음 뒤로 물러앉았다. 어쩌면 그는 자신이 매우 중요한 사람이고 지금은 더 강력해 보인다고 생각할지도 모른다.

"들어보세요."

모건이 입을 열었다.

"이게 바로 옛날 방식이 통하지 않았던 이유예요. 항상 무슨 핑계가 있지요. 애가 아프거나 자녀의 학교 행사가 있다거나 생리통 같은 거 말이에요. 아니면 출산휴가라든지. 언제나 문제예요."

나는 입을 벌린 채, 아무 말도 하지 않았다. 그저 기가 차서 입이 딱 벌어졌다.

모건은 아직 할 말이 남은 것 같았다. 펜을 집어 들고는 허공을 쿡쿡 지르며 말을 이었다.

"진, 머릿속에 새겨야 해요. 당신 여자들은 믿을 수 없으니까요. 이제 세상은 원래대로 돌아가지 않아요. 50년대를 떠올려봐요. 모든 게 괜찮았잖아요. 좋은 집에, 멋진 차가 있는 차고에, 식탁 위에는 늘 음식이 있었죠. 모든 일이 얼마나 순조로웠다고요! 우리는 여성 노동자가 필요 없었어요. 당신이 이 모든 분노를 극복하면 알게 될 겁니다. 더 나아질 거라고 깨닫게 될 거예요. 당신 애들한테도 더 좋은 일이죠."

모건이 펜을 내려놓으며 덧붙였다.

"어쨌든 그 일에 대해 왈가왈부하지 맙시다. 앞으로는 말을 잘 들어야 할 거예요. 이제부터는 9시까지 출근하세요. 이 일은 보고하지 않을 테니."

"금요일은 쉬는 날이에요."

내가 말했다.

"내 계약서에 그렇게 쓰여 있어요."

나는 목소리가 고조되거나 손이 떨리지 않도록 정신을 똑바로 차리며 말했다.

"음, 계약서를 바꿨어요."

모건이 책상 위의 서류철을 두드리며 말했다. 그리고 여전히 내게 앉으라는 말을 하지 않았다.

"서명하기 전에 알아두세요. 마감일을 6월 셋째 주로 앞당길 겁니다."

"왜죠?"

지금 모건은 어린 애를 훈계하는 선생님처럼 말했다.

"진, 진, 진. 그건 알 필요 없어요."

"좋아요, 모건. 그건 그렇고. 우리 팀은 이번 주말 내내 일하면서 다음 주 월요일이나 화요일에 첫 번째 피험자를 시술할 예정이에요."

나는 모건을 마주 보고 있는 의자에 앉았다.

모건은 충격을 받은 것 같았다.

"놀라시네요?"

"음, 전 그럴 줄 몰랐는데……."

"뭘 몰랐다는 거죠, 모건? 로렌조, 린 그리고 내가 이 일을 해낼 거라는 걸 몰랐다는 건가요? 거짓말 말아요. 당신도 우리와 같은 부서에 있어서 잘 알잖아요. 린이 대단한 실력자라는 걸."

너는 린의 발뒤꿈치도 못 따라가. 나는 이렇게 덧붙이려다 꾹 참았다. 내가 원하는 걸 얻으려면 괜히 모건을 건드리지 않는 게 좋았다.

모건은 마치 테리어처럼 눈을 동그랗게 뜬 채 경계하는 눈빛으로 나를 빤히 바라봤다. 아니, 그 표현은 틀렸다. 테리어는 영리하기라도 하지.

"정말 멋지군요, 진. 훌륭해요."

모건이 자리에서 일어나며 방문이 끝났음을 시사했다.

"우리가 해낼 줄 알았어요."

나는 모건의 말을 바로잡지 않았다. 대신 지갑을 떨어뜨렸다. 지갑을 짚는 척 몸을 숙이자 모건이 가린 바인더 옆면의 라벨을 읽을 수 있었다. 거꾸로 된 글자였지만, 하얀 배경에 파란색으로 선명하게 적힌 두 단어가 있었다.

베르니케 프로젝트.

42

현장 보안에서 감시, 사무실 호위까지 모든 일을 책임지는 것 같은 포가 모건의 사무실 밖에서 나를 다시 실험실로 데려다주려고 기다리고 있었다. 나는 포와 함께 장군과 제독들, 의사들이 즐비한 복도의 푸른 카펫을 따라 엘리베이터로 갔다. 엘리베이터 안에서 포는 다시 출입 카드를 사용했다.

실험실이 있는 층으로 갈 때는 출입 카드가 필요 없었으므로 5층을 떠날 때만 반드시 카드가 있어야 했다. 물론 그렇겠지. 아마도 그들은 누가 언제 출발하는지 알고 싶을 것이다.

아니면 그 누구도 떠나지 못하게 막고 싶은 걸까.

아래로 내려가는 동안 모건의 사무실에서 본 서류철이 생각났다. 내 파일, 그리고 로렌조와 린의 파일만 모아도 몇 개의 바인더를 채울 수 있었다. 우리는 참고 문헌, 통계, 실험 설계, 보조금 신청서, 진행 보고서 등 모든 자료를 갖고 있었다. 하나부터 열까지 별의별 학술 자료를 모두 모아 놓았다. 기관 심의 위원회 문서, 순진한 죄수들을 상대로 또 다른 터스키기 매독 실험*을 하지 않았다는 사실을 대학 측에 알리기 위해 수집한 모든 서류, 그리고 주제 동의서 등의 파일이

---

* 1932년 미 공중 보건국에서 앨라배마 터스키기 지역의 가난한 흑인들을 대상으로 벌인 매독 생체 실험이다.

캐비닛에 차곡차곡 쌓여 있었다.

그래서 우리에게는 한 권짜리 '베르니케 프로젝트' 바인더 같은 건 없다. 다년간 공들인 우리의 연구를 가지런히 정리하면 족히 100권은 될 것이다.

하지만 모건에게는 단 한 개밖에 없었고, 그 서류들은 순서대로 표시되어 있지도 않았다.

게다가 바인더 등이 갈라져 있었다. 누군가 계속 사용했던 게 틀림없다.

내가 이 생각에 빠져 실험실로 내려가는 동안, 내 뒤에 조용히 서 있던 포가 내 왼쪽을 슬쩍 쳐다봤다. 포는 숨도 쉬지 않는 것 같았다. 그 정도로 조용했다.

먼저, 세 개의 팀이 있다. 화이트, 골드, 레드. 어젯밤 패트릭의 서재에서 첩보원 노릇을 하며 알게 된 건 그 정도뿐이다. 포가 우리 팀과 또 다른 MRI 관에 대해 흘린 말들을 이제야 이해할 수 있었다. 다른 팀은 다른 실험실을 의미했다. 다른 실험실은 다른 프로젝트를 의미했다.

둘째, 우리 장비는 3일 전에 설치된 게 아니다. 말도 안 된다. 장비가 크든 작든, 그리고 그 장비가 무엇을 에워싸고 있든, 몇 달 전에 만들어졌어야 말이 된다.

셋째, 모건의 바인더는 등이 갈라졌다.

나는 윤기가 반지르르한 철제 엘리베이터 벽에 비친 내 모습을 보고 내가 혼자 중얼거리고 있었다는 걸 깨달았다. 나처럼 그 벽에 반사된 포 때문에 내가 왜소해 보였다. 포는 살짝 미소를 짓고 있었다. 엷은 미소 뒤에 어떤 날카로운 이빨을 숨기고 있을까. 그 이빨은 소리도 내지 않고 나를 갈기갈기 찢어버릴지도 모른다.

"도착했습니다."

포의 목소리에 나는 깜짝 놀랐다. 차갑고 조용한 메아리가 엘리베이터의 벽에서 튕겨 나왔다. 문이 열리면 몇 초 만에 실험실 바닥의 하얀 복도로 향할 것이다. 내 출입 카드는 여전히 가방 안쪽, 립스틱과 지갑 밑에 파묻혀 있었다. 그래서 카드를 찾을 때 온갖 잡동사니가 내 손에 먼저 잡혔다.

로렌조, 나는 생각했다. 로렌조를 찾아야 해.

엘리베이터를 내리려는 순간, 구두 굽이 엘리베이터 틈새에 끼여 나는 중심을 잃고 바닥에 넘어졌다. 정말 멍청한 물건들. 하이힐 역시 그렇다. 재키는 하이힐을 두고 늘 '전족이라는 중국의 오래된 관습만큼 사악하다'고 말했다. *빌어먹을 하이힐. 어떤 개자식이 여자의 두 발을 묶어 여자가 자기보다 두 걸음 뒤에서 절뚝거리며 걷게 하려고 만든 거잖아.* 재키가 소파에 앉아 샌들을 신은 발을 빙빙 돌리며 말했다. 하지만 난 지금 아무 데도 못 가고 있다. 내 몸의 절반은 엘리베이터 안에, 절반은 복도 타일 위에 둔 채 얼굴을 찡그렸다. 절름발이보다 훨씬 심각했다.

땅바닥에 얼굴을 맞대고 나니 약 3미터 떨어진 곳에 잠긴 실험실 문이 보였다. 나는 허둥지둥 일어섰다. 정육점 갈고리처럼 묵직하고 차가운 손이 내 팔을 잡아당겼다.

"괜찮아요."

나는 소리쳤다. 아니 소리친 것 같았다.

"조심하세요, 매클렐런 박사님."

정육점 갈고리를 가진 목소리가 말했다.

바닥에서 일어난 나는 출입 카드를 손에 쥔 채 실험실 정문으로 달려갔고, 포가 내 뒤를 따라왔다. 포는 예전처럼 조용하지 않았다. 나는 카드를 슬롯에 밀어 넣었지만, 문이 열리지 않았다. 내 뒤에서 웃음소리가 들렸다. 부드러운 웃음소리에 나는 흠칫 놀라 출입 카드를 떨어뜨렸다.

그리고 다시 그 손이, 그 긴 손가락이 내 어깨를 파고들었고 놀란 나는 뒤를 돌아보았다.

"괜찮아, 지안나?"

몸을 돌린 나는 로렌조의 품에 파고들었다. 로렌조 뒤로 보이는 복도는 텅 비어 있다. 포는 사라졌다.

43

우리는 위험을 감수하면서까지 MRI 장치를 다시 작동시
킬 수 없었다. 그래서 린과 로렌조는 내가 그들에게 할 말이
있을 때 다른 방법을 쓰자고 제안했다.

"진, 아파 보여."

우리 셋이 보안 검색대에 다가가자 린이 말했다.

"네 차가 있는 곳까지 우리가 데려다줄게.""

로렌조가 내 허리에 팔을 두르고 있는 동안 린은 나를 부
축하는 척하며 내 오른쪽에 섰다. 지갑과 서류 가방이 수색
대 위로 올라갔다. 육군, 아니면 해병대 같아 보이는 제복 입
은 남자가 한 번에 한 명씩 가볍게 쓰다듬듯이 우리를 수색
했다.

"이상 없습니다."

병사가 다른 남자에게 보고하자, 문 위의 불빛이 빨간색에
서 녹색으로 바뀌었다.

"좋은 주말 보내세요."

그는 워싱턴의 다른 평범한 건물에 있는 것처럼, 우리 몸
을 5분 동안 더듬으며 수색한 적이 없는 것처럼 말했다.

문이 미끄러지듯 열리면서 우리를 5월 말 오후로 내보냈
다. 로렌조는 나를 놓지 않았다. 오히려 나를 더 꽉 잡고서 부

축하느라 엉덩이를 내 몸에 바싹 가까이 붙였다. 어쩌면 누군가가 5층 창문으로 우리를 지켜보고 있을지도 모른다. 그래서 잠시 멈춰 선 나는 허리를 굽혀 무릎을 짚은 다음 숨을 고르는 것처럼 몸을 숙였다.

"프로젝트는 모두 색으로 나뉘어 있어요."

나는 아스팔트를 응시하며 말했다.

"레드 한 팀, 골드 한 팀. 그리고 우리가 화이트 팀이에요."

"모건이 그렇게 말했다고?"

로렌조가 물었다.

"네."

내가 대답했다.

"모건은 오로지 여자들이 집에 있을 때 세상이 얼마나 완벽한지 내게 가르쳐주려고만 했어요. 그래요. 모건은 내게 아무 말도 하지 않았어요. 숨기고 싶어 하는 두꺼운 바인더만 있었을 뿐이죠. 결국, 숨기지 못했지만. 모건은 보기보다 두 배는 멍청해요."

"패트릭에게 물어봐줄 수 있어?"

린이 물었다. 주차장에 도착한 린은 건물을 등진 채 내 옆에 웅크리고 앉았다.

"아니, 묻지 말자. 그 사람 서재에 들어가서 다시 한번 더 볼 수 있겠어?"

"아마도요. 패트릭이 최근에 부쩍 술을 많이 마시는데다 오늘은 금요일이잖아요. 어쩌면 오늘 밤에 뭔가 알아낼 수 있을지도 몰라요."

어쩌려고 그렇게 말했는지 모르겠다. 나는 첩보원처럼 생각하는 사람이 아니었다. 재키라면 남편을 취하게 한 뒤 몰래 남편 책상 서랍을 열 계획을 세울지 모르지만, 진은 아니었다. 결혼한 지 17년이 지났지만 나는 패트릭의 서류를 한 번도 뒤져본 적이 없었다. 개인적이든 사업적이든, 불륜이나 하룻밤 실수에 관한 단서도 찾지 않았다. 한번은, 내 수첩을 패트릭의 차에 두고 내린 것 같아서. 그걸 찾으려고 패트릭의 차 운전석 문을 찰칵 열었던 적이 있었다. 그때도 내가 침입자가 된 기분이었다.

"우리는 서로 비밀을 숨기지 않아, 자기야."

내가 행방이 묘연해진 수첩에 관해 묻자 패트릭이 말했다.

"그런 적 없지. 앞으로도 없을 거야. 내 차에 가서 찾아봐도 돼. 당신이 원하는 모든 걸 뒤져보든지. 하지만 운전석 사물함에서 더러운 손수건을 발견할 수도 있으니 조심해. 세균 덩어리니까."

패트릭은 내 팔을 위아래로 손가락으로 가볍게 건드리며 이렇게 말했었다.

"아일랜드 세균을 조심해!"

물론, 비밀이 있는 사람은 나였다. 180센티미터짜리 이탈리아 비밀.

아니, 정정하자. 나는 두 가지 비밀을 모두 숨겼고, 그 가운데 하나는 작은 오렌지만 하다.

"나는 이만 가는 게 좋겠어요."

내가 말했다. 샤론 레이의 농장으로 가는 길은 교통체증 때문에 한 시간 정도 걸릴 게 뻔한데다 저녁 식사 전에 올리비아의 집에 들르고 싶었다. 그런 다음 엄마가 있는 병원에 전화해야 하고, 그리고……. *잊지 마, 진.* 패트릭에게 술을 마시게 한 다음 그의 서재에서 기밀문서도 훔쳐야 했다. 금요일 저녁치곤 너무 무리한 스케줄이었다.

로렌조는 내가 차에 탈 수 있게 거들었다. 누군가의 도움이 필요하지 않았지만, 내가 아픈 것처럼 보이기에 충분했다. 그래서 린 몰래 그와 얘기를 나눌 수 있었다.

"패트릭한테 말했어?"

로렌조가 물었다.

"아뇨."

"말할 거야?"

"그 사람은 의사예요. 그 아기가 자기 아이일 리가 없다는 것을 알게 될걸요."

로렌조의 얼굴이 의아하다는 듯 일그러졌다.

"몇 달 동안 그와 잠자리를 거의 하지 않았거든요."

내 말에 로렌조가 느긋하게 웃었다.

"그렇군. 그럼 의심의 여지가 없단 말이네."

"전혀 없어요."

벌써 2주 전보다 치마 허리춤이 약간 끼는 느낌이 들었다. 조만간, 어쩌면 그보다 빨리 패트릭에게 말할 수밖에 없을 것이다.

패트릭은 스티븐이 했던 말처럼 나를 밀고하지는 않을 것이다. 나는 안다. 패트릭이 막는다고 해도 그 소식은 아이들에게 화물열차처럼 달려올 것이다. 그 열차는 소니아가 만화를 볼 때, 축구 경기 도중에, CNN 뉴스 사이에 예상치 못한 침입자처럼 계속 다가올 것이다. 아이들에게 학교는 매일 지옥으로 가는 여행이 될 것이다. 패트릭도 이 사실을 알 것이다. 그래서 침묵을 지킬 것이다.

하지만…….

그것, 말할 수 없는 그것은 폭풍우 구름처럼 우리를 덮칠 수도 있다. 아니, 그렇지 않아. 그건 사실이 아니야. 그 녀석은 기어가고, 어슬렁거리고, 걷고, 웃으며, 내가 로렌조와 사랑을 나눈 후 3월의 추운 오후를 어떻게 보냈는지 생생하게 상기시켜줄 것이다. 그로 인해 다른 걸 모두 망쳐 놓더라도.

"내가 작업 중이라던 다른 문제 말이야, 월요일쯤이면 뭔가 알게 될지 몰라."

로렌조가 나를 다시 부축하며 말했다.

"그때까지 기다려, 알았지?"

"뭔데요?"

갑자기 로렌조가 몸을 세우더니 내 손에서 손을 뗐다.

"당신들 두 사람."

귀에 익은 목소리가 들렸다.

"무슨 일이죠?"

조종사용 안경을 쓴 포가 건장한 가슴팍 앞으로 팔짱을 낀 채 내 혼다 앞에 서 있었다. 나는 모건이 싫었다. 하지만 전혀 두렵지는 않았다. 여기서 내가 두려워하는 유일한 사람은 포라는 이름의 조용한 거인뿐이었다.

나는 애써 미소를 지으며 차를 후진했다. 그리고 포와 눈도 마주치지 않은 채 그를 외면했다.

44

어린아이를 농장에 두면 안 돼. 나는 레이 부부의 집에서 소니아를 데리고 집으로 돌아오는 동안 생각했다. 아이들은 평생 농장을 뛰어다니며 놀고 싶어 하겠지만.

카운터를 뺀 지 겨우 이틀이 지났을 뿐인데, 소니아는 말 문이 터진 듯 수다를 떨었다. 남자 이름이지만 실제로는 암 말인 아리스토텔레스에 대해 시종일관 떠들다가, 급 화제를 바꾸며 갈색 닭은 갈색 알을 낳고 흰 닭은 정상적인 흰 알을 낳는다고 재잘댔다. 내일 또 농장에 가고 싶다며 안달이 난 소니아를 보니 나는 문득 레이네 집에 그녀를 밤새 두고 왔 어야 했나 하는 생각이 들었다.

아니, 소니아를 집으로 데려오는 게 더 나았다. 딜라일라 레이의 첫 시술이 월요일에 잘 진행된다면, 내 딸과 앞으로 일주일 이상 이야기를 나눌 시간이 없을지도 모른다.

나는 델이 자기 가족에게 그랬던 것처럼 같은 부탁을 들 어줄 수 있는지, 우리의 카운터도 제거하고 모형으로 교체해 줄 수 있는지 델에게 물어보려 했지만, 그러지 않았다. 아직 은 아니었다. 자꾸 스티븐이 떠오르기도 했다. 스티븐은 이 미 순수운동이 부추긴 달콤한 유혹을 모조리 마셔버렸다. 쌍 둥이 역시 뭔가 불쑥 내뱉을 수도 있고, 학교에서 비밀을 폭

로할 수도 있다. 아직은 그런 위험을 감수할 수 없었다.

운전하는 동안 풍경이 시골에서 교외로 바뀌었다. 눈앞에 보이는 모든 집이 작은 감옥처럼 느껴졌다. 부엌과 세탁실, 침실처럼 생긴 감방들이 즐비한 감옥. 모건의 말이 뇌리에 스쳤다. 오래전, 남자는 일을 하고 여자는 요리, 청소, 출산 등 사적인 영역에 머물렀을 때, 세상이 얼마나 좋았었는지에 대해 모건은 아무렇지도 않게 떠들어댔다.

나는 정말 그런 일이 일어나리라 믿지 않았다. 우리 중 누구도 그러지 않았을 것이다.

선거가 끝난 뒤 우리는 믿기 시작했다. 몇몇이 목소리를 높이기 시작했다. 여성들은 대부분 반(反) 마이어스 캠페인을 주도했다. 행진용 부츠를 신어본 적 없는 나 같은 여성들조차 버스와 자동차에 올라타 꽁꽁 얼어붙은 워싱턴으로 모였다. 남자들도 있었던 것으로 기억한다. 30년 동안 동성애자들의 권리를 위해 싸워온 배리와 키스는 우리 집 두 층 아래에 있는 그들의 집에서 구호판을 그리며 토요일을 보냈다. 우리 부서의 대학원생 중 다섯 명은 우리를 지지하겠다고 말했다. 그들은 한동안은 실제로 그랬다.

우리가 항의하고 있는 게 무언지, 혹은 누구를 향한 것인지 정확히 지적하는 건 어렵다. 샘 마이어스가 미국 대통령으로 뽑힌 건 끔찍한 일이었다. 어린데다 대단한 정치 경험도 없었고, 군 경력이라곤 대학 시절 1년간의 ROTC 훈련을 받은 게 전부였다. 그래서 양쪽에 목발을 짚고 대통령 선거에 뛰어들었다. 한쪽 목발은 마이어스의 형이자 상원의원인 바비 마이어스로 실질적인 조언자였다. 아마도 바비가 하나부터 열까지 조언하지 않았나 싶다. 또 다른 목발은 사람들이 경청하는 표 공급자, 칼 목사였다. 예쁘고 인기 있는 안나 마이어스는 선거에 피해를 주지 않았지만, 결국 그녀 자신에게 상처를 주었다. 그것도 아주 많이.

우리의 유일한 희망은 대법원이었다. 하지만 이미 오른쪽으로 기울어진 빈자리 하나와 퇴임 예정자 두 명이 대기하는 상황에서, 대법원은 큰 희망이 되지 못했다. 아직도 몇 안 되는 금지 명령이 미로처럼 복잡한 시스템을 통과하려면 수개월은 걸린다고 들었다. 만약 그들이 성공한다면 말이다.

2년 전 패트릭은 내 부재를 견뎌주었다. 내가 시위대에 참여하고, 전화하고, 편지를 쓰며 항의하는 동안, 패트릭은 주말 내내 한 끼 분량의 수프와 다른 한 끼 음식을 데우며 아이들을 보살폈다. 자기 아내 올리비아가 갑자기 정부에 반대하는 시위에 참여하겠다고 하면 기를 쓰며 말렸을 옆집의 에번 킹과 달리, 패트릭은 어떠한 해명이나 사과도 요구하지 않았다. 패트릭과 나는 암묵적으로 이해했다. 내가 침묵하면 우리 삶이, 내 삶의 방향이 어디로 움직이는지를.

하지만 관용은 패트릭의 일터에 있는 담당자들에게까지 확대되지 않았다.

수군거리는 소리가 들려왔고, 곧 내 목소리보다 훨씬 더 커졌다.

내가 달력에 시위 일정을 표시하던 어느 날(카운터 착용이 시행된 첫해 동안 나는 왕왕 그랬었다), 목련이 하얀 별처럼 흰 꽃망울을 품었을 때 아이들을 일찍 재운 패트릭이 나를 정원 나무 아래에 있는 캐노피로 데리고 갔다.

"사무실에서 들은 얘기가 있어."

그가 속삭이며 말했다.

"행정부가 당신 입을 다물게 할 방법을 논의하고 있어."

"나?"

"모두. 그래서 부탁인데 다음 주 국회의사당 행진은 그만 둬. 다른 여자들이 원하면 그냥 보내주고. 하지만 진, 당신은 그냥 실험실에 있어. 당신 일도 너무 중요하잖아."

나는 손바닥으로 나무 기둥을 내리치며 패트릭의 말을 잘랐다.

"대체 그들이 정확히 무슨 일을 꾸미는 거야? 강제 후두 절제술? 혀라도 자른대? 생각해봐, 패트릭. 당신도 과학자야. 아무도 인구 절반의 입을 닫을 수 없어. 당신이 모시는 그 개자식조차도."

"잘 들어, 진. 난 당신보다 더 많이 알고 있어. 이번만큼은 우리와 함께 집에 있자."

우리 머리 위로 바람이 불어 구름을 날려버렸다. 부드럽고 촉촉한 패트릭의 눈에 휘영청 밝은 달빛이 비쳤다.

그래서 나는 그 주말에 행진하지 않았다. 다른 어떤 것도.

하지만 그다음 날 나는 패트릭에게 들은 얘기를 산부인과 의사인 클라우디아 박사에게 말했다. 그리고 린, 독서 클럽의 여자회원들, 요가 강사 등 모두에게 말했다. 내가 들은 경고를 말할수록, 나쁜 공상 과학 소설처럼, 영화에나 나올 법한 이야기처럼 터무니없게 들렸다. 모든 게 암울하고 절망적이었다.

"그런 일은 절대 없을 거예요."

클라우디아 박사가 말했다.

어느 날 린은 사무실에서 이런 반응을 되풀이했다.

"단순한 경제학이야. 노동력을 반으로 줄이면 어떻게 될지 상상해봐."

린이 말했다. 그러고는 손가락을 딱 튕겼다.

"갑자기. 하룻밤 사이에."

"어쩌면 우리는 떠나야 할지도 몰라요."

내가 말했다.

"유럽이 낫겠어요. 저도 여권이 있고 패트릭과 아이들도 있으니 우린……."

"그런데 유럽에서 뭘 할 거야?"

린이 내 말을 툭 끊었다. 나는 뭘 할지 딱히 떠오르지 않았다.

"뭔가 생각해내겠죠."

"이봐, 진."

린이 말했다.

"난 그 개자식이 싫어. 그들 모두가 싫지. 특히 그 칼 목사는 웃긴 놈이야. 이 도시를 찬찬히 둘러봐. 그 남자 헛소리를 실제로 믿는 사람을 본 적 있어?"

"우리 이웃은 믿어요."

린이 손가락으로 허공을 가리키며 책상에 몸을 기댔다.

"그건 하나의 표본이야, 진. 딱 하나. 알다시피 한 가지 요소에 의존하기보다는 통계를 더 믿어야 해."

린의 말은 옳기도 하고 틀리기도 했다. 린이 말하는 통계로 따지자면, 내 이웃인 올리비아는 혼자 툭 튀는 이상값이었지만 이곳 워싱턴에서만 이상값이었다. 린이 고려하지 않은 건, 우리 중 누구도 고려하지 않았던 건 우리 도시에 얼마나 거품이 많은지, 턱수염을 기른 오리 왕국*과 잡초처럼 우후죽순으로 자라는 기독교 공동체가 얼마나 다른지였다. 글로리 타운이나 글로리빌 같은 곳에 관한 다큐멘터리가 있었는데, 거기서는 모든 여자가 옷깃이 높은 파란색 드레스를 입고 특별한 식단을 따르며 젖소의 우유를 짰다. 그 감독은 인터뷰할 때 그 다큐멘터리의 특징을 '단정함'이라고 말했다.

재키도 처음에 거품을 언급하며 작고 안전한 실험실에서 나오지 않으려는 내게 콧방귀를 꼈다. 그러고는 내게 풍선껌, 풍선, 탄산 포도주가 든 바구니를 선물하며 불행한 생일을 맞이하라고 했다. 지금 생각하면 100만 년 전의 일처럼 느껴지지만, 재키는 내게 자유롭게 살기 위해 무엇을 할지 생각해보라고 요구했다.

* TV 프로그램 〈덕 다이너스티〉.

내가 어떻게 해야 할까?

로렌조가 뭔가 일을 꾸미고 있다는 건 나도 안다. 꽤 많은 돈이 들지만, 방황하는 학자로서 미래를 위해 숨기고 있을 그 무언가를. 여기서 빠져나가는 항공권이나 도난당한 여권 같은 걸 감히 기대할 수는 없다. 하지만 나는 애니 윌슨의 옛집을 지나 우리 집을 향해 차를 몰며 그런 생각을 하고 있다. 현재 애니의 집에는 한 남자와 한 소년이 살고 있고 애니는 어떤 남자도 없는 땅에서 온종일 일만 하고 있다.

비상사태에는 비상조치가 필요하다.

"엄마, 봐!"

소니아가 쩍쩍거렸다.

"불빛이 더 많아요."

우리는 어느새 킹스네 집 앞까지 와 있었다. 그리고 이번 구급차는 진짜 구급차였다.

45

    줄리아 킹은 칼 목사가 이끄는 간통 감시 경찰의 희생자가 된 첫 번째 여자애는 아니었다. 올리비아 역시 한밤중에 아이가 끌려가는 모습을 본 첫 번째 엄마도 아니었다. 하지만 줄리아는 다음 날부터 TV에 끊임없이 등장했고, 재방송될 때마다 이야기가 변형되었다.

    또한, 올리비아는 자기만의 탈출구를 찾으려 노력한 최초의 여성도 아니다.

    나는 세이프웨이 매장에서 그들을 본 적이 있다. 한동안 사라졌다가 일주일쯤 후에 돌아오는 고객들. 멍한 눈빛으로 완두콩이나 치킨 수프를 꺼내려 높은 선반으로 손을 뻗을 때, 긴 소매에서 살짝 삐져나온 손목의 둘레에 붕대를 감고 있는 사람들.

    그리고 장례식도 있었다. 물론 자연사로 죽은 노인이나 여성들을 위한 장례식이 아니었다.

    오늘 아침, 나와 소니아가 집을 나설 때만 해도 에번의 차는 그 집 앞에 있었다. 그래서 에번이 아내를 위로하려고 집에 머물러 있다고 생각했다. 에번이 많은 위안을 줄 수 있다고는 생각하지 않았다. 어쩌면 그 집에 자살 흔적이 남거나 올리비아가 다량의 약물을 복용하지 않도록 그녀를 지키는 정도일지 모른다.

차를 세운 나는 올리비아네 현관을 나오는 들것이 보이자마자 소니아를 서둘러 집으로 들여보냈다.

"서재에 가서 오빠들과 뭐 좀 보며 놀고 있어, 알았지?"

"왜?"

왜냐고? 왜냐면 올리비아 킹의 시체가 들것에 실려 있거든.

"엄마가 그렇게 하라면 해야지, 아가. 어서 들어가."

올리비아는 들것에 실려 있었고, 훤히 드러난 그녀의 얼굴은 고요했다. 올리비아의 왼팔은 하얀 시트 아래로 축 늘어져 있었다.

어쩌면 그녀의 왼팔이었던 부분인지도.

검게 그을린 손가락은 다섯 개의 꽁초 같았다. 손바닥부터 시작해 새까맣게 타버린 손목은 바싹 말라 이제 아기 손목만 했다. 소니아의 유아용 팔찌를 채우면 밖으로 드러난 뼈에 느슨하게 매달려 있을 것 같았다. 매캐한 냄새가 공기를 가득 채웠고, 한 줄기 연기가 현관문에서 흘러나왔다.

오, 맙소사.

우리 집 현관이 쾅 소리 나게 열리더니 패트릭은 제때 나를 붙잡았다. 마치 내 무릎에 버클을 채우듯이.

"괜찮아. 그거 보지 마, 진. 보지 마."

그것. 늘 그것이었다.

집 안으로 들어가자 패트릭이 내게 술을 따라주며 아이들은 비디오를 보고 있다고 말했다.

"오늘은 텔레비전 못 봐. 앞으로도 계속……."

그러고는 잠시 말을 멈췄다.

"그건 나중에 말해줄게. 일단 이거 마셔."

"올리비아는 대체 어떻게 된 거야?"

내 목소리가 실처럼 가늘게 떨렸다. 스카치를 한 모금 마셨더니 몸이 타는 것 같았다.

패트릭은 평소 오후와 달리 맥주가 아닌 스카치를 한 잔 따른 뒤 부엌 조리대에 몸을 기댔다.

"에번은 할 수 있는 모든 걸 다 했다고 생각했어. 칼도 모두 숨겼고, 날카로운 건 전부 다 치웠고, 밧줄로 쓸 수 있는 건 뭐든지 떼어내고, 전기마저 차단해버렸어."

"생각은 잘했네."

내가 말했다. *하지만 에번이 뭔가를 놓쳤구나, 그렇지?*

"점심 식사 후 올리비아가 잠시 누워 있겠다고 했대. 그래서 에번이 침대보를 다 벗겨내고 혹시 몰라 침실에 있는 걸 다 꺼냈대. 오, 이런, 진. 더는 말할 자신이 없어."

패트릭이 스카치를 길게 한 모금 마셨다.

"좋아. 올리비아는 이 작은 녹음기를 가지고 있었어, 봤지? 딕터폰 같은 거……. 올리비아가 비서로 일했을 때부터 가지고 있었나봐. 에번이 올리비아를 확인하러 갔을 때만 해도 올리비아 말소리가 들렸대. 물론 많은 말을 한 건 아니고, 줄리아에 대해 몇 마디 말했을 뿐이래. 모두 스물 몇 마디 정도. 그러다 올리비아가 조용해지니까 에번은 올리비아가 잠든 줄 알았나봐. 나머지 말은 듣고 싶지 않겠지, 진. 듣고 싶지 않다고 말해줘."

"들어야겠어."

패트릭이 또다시 스카치 한 잔을 들이켜더니 술김에 억지로 용기를 내며 말을 이었다.

"에번은 상자 몇 개를 찾으러 차고로 나갔대. 글쎄, 어쩌면 칼이나 뭐 그런 걸 넣으려고 했겠지. 그건 말하지 않았어. 한 10분 정도 자리를 비웠다고 생각했는데, 침실 창문에서 연기가 새어 나오는 걸 봤나봐. 평소 날씨가 더워도 창문 틈새를 조금 열어두었대. 신선한 공기를 좋아해서였는지 잘 모르겠지만."

패트릭의 목소리가 떨리기 시작했다.

"괜찮아."

나는 패트릭의 손에 내 손을 얹으며 말했다. 패트릭이 다시 술병을 기울였다.

"올리비아가 반복녹음을 했어. 스무 마디 정도를 녹음한 다음 딕터폰에서 반복 재생되게 했나봐. 그리고 손이 닿지 않는 곳에 녹음기를 놓고 계속 재생되도록 설정했어. 몇 번이나 되풀이되도록. 첫 전류가 흘렀을 때 자기가 무슨 짓을 하는지 올리비아가 깨달았다면, 딕터폰을 꺼버렸을 텐데."

"아. 안 돼."

패트릭은 두 손으로 머리를 감싸며 조리대에 쓰러졌다. 목소리는 작아졌지만 계속 말을 이어갔다.

"에번이 침실에 들어왔을 때도 여전히 녹음기가 재생되고 있었대. 같은 말만 계속. '줄리아, 정말 미안하다'라고. 그러더니 그게 올리비아를 태워버렸어. 올리비아 손목에 있던 그 빌어먹을 금속 괴물이 피부를 갉아 먹고, 그리고, 그리고……."

나는 개수대 아래쪽에 걸린 수건을 가져와 얼음 몇 개를 넣고 감싼 다음 패트릭의 목덜미에 갖다 댔다.

"쉿. 잠깐만 가만히 있어."

"언제부터 이렇게 됐지, 진? 우리는 할 수 있는 모든 걸 하고 있잖아. 그런데 언제 그렇게 도를 넘고 잔인해진 거야?"

우리라니.

흐느낌, 아니, 그르렁대는 동물처럼 나지막하게 앓는 소리가 거실에서 들려왔다.

나는 패트릭의 머리에 수건을 얹은 뒤 꿈쩍하지 않는 그를 조리대에 남겨둔 채 부엌을 나왔다. 그러고는 모퉁이를 돌아 거실 창문 쪽으로 목을 내밀었다.

스티븐은 사이렌 소리와 함께 올리비아네 집을 떠나는 구급차의 모습을 지켜보고 있었다. 내 아들의 어깨가 삐딱하게 기울어져 들썩이고 있었다.

"올리비아는 괜찮을 거야."

나는 스티븐이 서 있는 곳으로 다가가며 말했다. 하지만 완전히 가까이 다가가지는 못했다.

"아무것도 괜찮지 않아요."

스티븐이 말했다. 지금은 침실로 돌아가 자라고 말할 때가 아니어서 나는 잠자코 있었다.

"엄마는 모를 거예요. 오늘 애들이 그 애에 대해 뭐라고 했는지 엄마는 전혀 모를 거예요."

스티븐은 줄리아와 칼 목사의 방송을 학교에서 본 게 틀림없었다.

"줄리아에 대해서?"

스티븐은 주위를 빙빙 돌며 머뭇거렸다. 핼쑥하고 창백해진 스티븐의 얼굴은 눈까지 퉁퉁 부어 공포 영화 주인공 같았다. 스티븐은 콧물이 계속 흐르자 소매로 마구 훔치며 말했다.

"그럼 누구라고 생각하는데요?"

갑자기 내 아들이 도로 다섯 살이 된 것 같았다.

스티븐은 자전거를 타다가 넘어졌을 때, 무릎에 난 상처나 손바닥에 솟은 발진을 보고도 코를 훌쩍이며 울었었다. 무뚝뚝한 열일곱 살짜리란 게 참.

"그 얘기 하고 싶니?"

내가 물었다.

"애들은 길 아래에 사는 그 아줌마에게는 그렇게 하지 않았어요. 기억하죠? 윌슨 부인? 그 아줌마가 텔레비전에 나올 때는 하품만 했어요."

스티븐이 다시 킁킁거리며 소매로 콧물을 훔쳤다.

"아마도 그 아줌마가 늙었거나 애들이 아줌마를 몰랐기

302

때문이겠죠. 하지만 줄리아는 모두가 알고 있잖아요. 다 같이 학교에 다녔으니까요. 예전에…… 그것이 모두 바뀌기 전에도."

"그것."

내가 반복했다.

"그래서 줄리아의 사진이 화면에 나오자, 구스타프슨 씨가 우리에게 말했어요. 줄리아가 악마를 품었고, 그래서 우리를 지옥에 빠뜨릴 거라고. 그러니까 우리가 모두 조심해야 할 그런 여자애라고요."

"세상에, 스티븐."

이제 스티븐은 마음을 가라앉히고 깊게 숨을 들이마시며 목소리를 가다듬었다.

"그분이 뭐라고 했는지 알아요?"

알고 싶지 않았다

"아니. 뭐라고 했는데?"

"그분은 우리가 사람들을 창녀나 걸레, 매춘부 같은 말로 부르지 말아야 한다고 했어요. 하지만 어떤 사람들은 그런 것으로 불릴 만하다고 했어요. 줄리아처럼. 그래서 줄리아가 텔레비전에 나오는 동안 우리에게 소리를 지르게 했어요. 줄리아가 너무 작아 보였어요, 엄마. 너무 무력해 보였어요. 그리고 그들이 줄리아의 머리카락을 모두 잘라버렸어요. 전부 다요. 해병대 컷 알죠? 구스타프슨 씨는 그게 잘한 일이라고 했어요. 스페인 종교재판 때 이단자들에게도 그랬고, 세일럼

(Salem) 마녀 재판 때도 그랬대요."

스티븐은 거의 킬킬거리며 웃기 시작했다. 미치광이의 웃음소리 같았다. 스티븐은 계속 말을 이었다.

"더 나빠졌죠. 그분이 교실 안을 돌아다니며 미소를 지었고, 가장 더러운 쓰레기가 적힌 종이 한 장을 나누어 주었어요. 아주 오래된 일곱 개의 더러운 단어들 기억하죠? 그 종이에 그 단어들도 있었고, 다른 단어가 50개 정도 더 있었어요. 우리더러 공책을 꺼내 각자 줄리아 킹에게 보내는 편지 한 통을 쓰라고 했어요. 가능한 한 화난 티를 팍팍 내며 욕을 적으라고요. 줄리아가 무슨 말을 듣든, 개는 그런 말을 들어도 싸고, 줄리아가 들판에서 등이 부러져도 우리는 그 모습을 즐길 자격이 있다고 했어요."

나는 스티븐이 '화난 티'라고 말할 때 움찔하지 않았다. 스티븐이 내게 했던 모든 말에 비하면, 그 욕설은 마치 빌어먹을 자장가처럼 들렸다.

"너도 썼니?"

"*그래야 했어요, 엄마.* 내가 그러지 않으면, 그들이 모두……."

스티븐이 말을 잠시 멈추더니 한쪽 입가를 씩 올리며 미소를 지었다.

"악마는 착한 사람이 아무것도 하지 않을 때 승리한다. 그들이 그렇게 말하잖아요?"

스티븐은 버크(Burke)가 인용한 말의 본질을 알고 있었다.

물론 정확한 문장은 아니었지만, 나는 스티븐의 말이 무슨 뜻인지 이해했다. 그래서 고개를 끄덕였다.

　재키도 그 말을 좋아할 텐데.

46.

이 정도면 거의 정상이었다. 피자 상자가 놓인 탁자에 둘러앉은 샘과 리오가 누가 더 잘하는 축구팀에 있는지 이러쿵저러쿵하고 있었고, 소니아는 우리에게 소젖 짜는 방법과 마구간 청소법을 속속들이 알려주었다. 내가 눈을 감으면 패트릭은 의자에 털썩 주저앉아 거의 움츠러들다시피 했고, 스티븐은 빵이며 피자며 다양한 음식을 여섯 번째 덜고 있었다. 떠들썩하고, 와자지껄하고, 이래라저래라 참견하는 시끌벅적함. 그야말로 세상 평범한 가족 저녁 식사 시간이었다.

평범하지 않은 것들만 빼면.

패트릭은 평소 마시는 양보다 술을 더 많이 마셨다. 스티븐은 페퍼로니 한 조각을 썰어 접시 한쪽에 쌓아 놓았다. 그리고 나는? 피로는 끝나지 않는 노래처럼 내 머릿속을 가득 채웠고, 무한 반복되며 팔다리를 바닥으로 끌어 내리고 있었다.

한편으로는 지금이 기회였다. 그리고 그 기회는 저절로 나를 찾아왔다.

나는 취한 패트릭을 침대에 눕히고 소니아에게 책을 읽어주었다. 패트릭의 덩치와 내 피로도를 고려하면 참 위대한 업적이었다. 소니아는 푸가 래빗의 집에 갇히기 전에 잠이 들었다.

우리 꼬마 아가씨, 착하네. 나는 생각했다.

소니아 침대 옆 탁자에 놓인 작은 시계를 보니 8시였다. 쌍둥이가 잠자리에 들기엔 너무 이른 시간이었다. 스티븐에게도 마찬가지였다. 그래서 나는 아들 셋을 확인하러 갔다.

샘과 리오는 거실에서 서로 카드 묘기를 가르치고 있었다. 이 또한 참 평범했다. 내가 스티븐의 침실 문을 두드리자 스티븐은 잠시 혼자 있고 싶다고 말했다. 모습도 드러내지 않은 채, 그저 두꺼운 벽 안에 숨어 대답할 뿐이었다.

문득 올리비아 생각이 났다.

"정말 괜찮은 거 맞지?"

내가 말했다. 하지만 나는 이렇게 말하고 싶었다. *엉뚱한 짓 하면 안 돼. 꼬마야.*

어쩌면 스티븐은 내 마음을 읽었을지도 모른다. 스티븐은 내가 생각하는 것 이상으로 훨씬 눈치가 빠른 아이니까.

"안 할 거예요. 엄마도 아시잖아요."

잠자기 전 아들과 자살 이야기를 나누는 것만큼 좋은 일은 없을지도 모르지.

내 남편에게는 밤마다 하는 의식이 있었다. 저녁 식사 후 맥주를 마시며 한 시간 동안 서재에서 공부하고, 양치질하고, 그리고 때에 따라서는, 아주 드물게, 가뭄에 콩 나듯이 섹스를 한다. 그는 공부하는 시간과 침대로 기어들어가는 시간 사이 어느 틈에 침대 옆 철제 금고에 열쇠를 보관했다. 호텔 객실에서나 볼 법한 키패드가 달린 금고였다.

한번은 그는 새 직장의 부작용으로 이러한 격리를 없애려고 했었다. 하지만 난 잘 알고 있었다. 만약 패트릭이 내일 당장 대통령의 과학 고문직을 사임하고 다시 미국 의학 협회 고문으로 돌아간다고 해도, 열쇠와 서랍과 금고는 여전히 이 집에 있을 것이다. 다른 모든 집이 그런 것처럼. 에번이 블라인드 내리는 걸 잊은 지난달 밤, 패트릭과 같은 동작을 하는 모습을 목격했었다. 게다가 에번은 미국 대통령의 과학 고문이 아니다. 빌어먹을 에번은 식료품 가맹점의 회계사이다. 그다지 비밀이 있을 만한 직업도 아니었다.

이제는 *아버지가 전지전능한 세상*이니까. 앞으로도 쭉.

패트릭은 오늘 밤 잠금 및 잠금 해제 의식을 거의 다 건너뛰었지만, 몸에 밴 습관이 침대에 누운 그의 몸을 서랍쪽으로 굴러가게 했다. 그러고는 불륜보다 더 비밀스럽게 간직하고 있는 여섯 자리 코드를 눌렀다. 나는 열쇠가 그들의 은신처로 들어가며 찰랑거리는 소리와 함께 다섯 개의 버튼 소리를 들었다. 그런 뒤 패트릭은 금고의 문을 닫고 다시 몸을 돌려 누우며 잠꼬대로 뭔가 '열심히 노력해야' 하고 '시간이 더 필요하다'고 중얼거렸다.

나는 패트릭이 아침에 먹을 아스피린 세 알과 얼음물 한 컵을 침대맡 협탁 위에 올려놓았다. 그런 다음 소니아에게 책을 읽어주기 위해 소니아의 침실로 들어갔다. 래빗과 푸, 티거가 등장할 때쯤 패트릭이 금고를 잠글 때 났던 그 다섯 번의 삐 소리가 생각났다.

삐 소리는 다섯 번이었다. 여섯 번이 아니었다. 세 아이를 확인하고 난 후, 나는 실내화를 벗고 복도를 지나 우리 침실로 향했다. 패트릭은 작게 코를 골고 있었고, 숨소리에 맞춰 그의 가슴은 얇은 이불 밑에서 규칙적으로 오르내리고 있었다. 침대 위 시계의 희미한 불빛으로 서랍 손잡이를 더듬었다. 놋쇠로 된 손잡이 아래로 떨리는 손가락을 걸고, 천천히 서랍을 열었다. 오래된 나무 서랍이다 보니 습도가 높은 날에는 끈적거리는 듯 잘 열리지 않았고, 지금은 특히 조심스러워서 손가락 하나로는 열 수가 없었다. 그래서 놋쇠 주위를 감싼 다음 조금 더 세게 잡아당겼다.

물리학은 참 매혹적인 학문이다. 문득 커다란 유리잔에 맥주를 따라주던 술집으로 친구들과 술을 마시러 나갔던 때가 떠올랐다. 맥주가 얼굴에 쏟아진 후에야 그 맥주잔이 유리가 아니라는 사실을 깨달았다. 유리처럼 보이지만 무게가 거의 없는 플라스틱으로 만들어졌다는 걸 말이다. 그래서 맥주 500cc가 든 유리잔을 들어 올리는 데 필요한 힘을 계산하다 보면, 이런! 얼굴이 온통 라거로 뒤덮인다. 결국 '술에 문제가 있었네'라며 라거가 잔뜩 묻은 얼굴을 닦는다.

이런, 이제는 당기는 데 문제가 생겼다.

내가 서랍을 열기 위해 손잡이를 잡아당기는 데는 1풋파운드*의 힘이면 충분했을 것이다. 물론 놋쇠 손잡이가 빠지

---

* 일의 양을 나타내는 단위. 1풋파운드는 1파운드의 무게를 1피트 들어 올리는 일의 양에 해당한다.

지 않았다면 말이다.

나는 손에 손잡이를 쥔 채 뒤로 넘어졌고 바닥에 머리를 쿵 찧었다. 패트릭이 코를 골다가 멈췄다.

"뭐해, 자기?"

패트릭이 중얼거렸다.

"방금 카펫에 걸려 넘어졌어. 다시 자."

놀랍게도 이 말은 통했다. 나는 5분 동안 패트릭의 숨소리가 얕아지기를 기다리다가 스크루드라이버를 찾아 부엌으로 갔다.

9시, 침대 옆에 앉아 내 손을 집어넣을 수 있을 만큼 서랍 문을 열었다. 금고 문은 닫혀 있긴 했지만 잠기지는 않았다. 문틈 사이로 손톱을 살짝 넣어 당겼더니 금고 문이 열렸고, 서랍이 닫히기 전 손바닥으로 더듬어 패트릭의 차가운 열쇠 꾸러미를 꺼냈다.

이제 샘과 레오를 재울 시간이었다.

아이들은 더 놀겠다며 보챘고, 샘은 레오가 한 가지 속임수를 더 썼다고 고자질했다.

"얼른 자."

나는 아이들이 침실로 들어가는 소리가 들릴 때까지 기다렸다. 그러고 나서 복도 끝에 있는 패트릭의 서재로 향했다.

만에 하나 갑자기 잠에서 깬 패트릭이 책상 뒤에 앉아 서류와 봉투들을 뒤적거리는 나를 발견할 수도 있어 미리 거짓말을 준비했다. 어쨌든 우리 엄마는 수천 마일 떨어진 병원에 계시고 엄마 뇌의 언어 중추는 고칠 수 없을 정도로 손상되었을지도 모른다. 그렇다면 아무리 늦은 시간에라도 전화해야 한다. 아버지는 오늘 밤 주무시지 않을 것이다.

하지만 지금은 나 혼자이다. 나와 끈적거리는 내 손가락, 그리고 종이 군단처럼 깔끔하게 정리된 패트릭의 파일들이 책상 맞은편에 늘어서 있다. 모든 것이 어젯밤과 똑같았다. 물론 오늘 이 방에 아무도 없었으니까. 올리비아의 소름 끼치는 자살 기도 때문에 패트릭은 서류 작업 같은 따분한 일을 할 시간이 없었다. *감전사 시도라니.* 까맣게 불에 탄 올리비아의 팔을 내 기억 속에서 지워버리자고 스스로 되뇌었다.

정신을 차리고 다시 확인한 패트릭의 서재는 '일급 기밀'이라는 스텐실이 찍힌 서류 봉투가 사라졌다는 것만 빼면 모든 게 그대로였다.

11시가 되자, 나는 모든 서랍과 캐비닛을 뒤졌고, 두 개의 가짜 페르시아 융단 아래도 훑었으며, 느슨한 널빤지로 만든 나무 바닥을 한 칸씩 더듬어 보았다. 결국, 수색을 포기한 나는 딱딱한 바닥에 드러누웠다. 아까 바닥에 부딪힌 머리가 여전히 쿵쾅거렸다.

온몸에 힘이 빠졌다. 지칠 대로 지쳤다. 이대로 여기 남아 팔다리를 쭉 뻗고 눈을 반쯤 감은 채 아침까지 있으면 좋을 것 같았다.

그랬으면 좋겠지만, 아버지와 영상 통화를 할 예정이었다는 핑계가 있더라도 엄청난 곤경에 빠질 게 뻔하다.

다리를 쭉 펴며 상체를 힘껏 들어 올린 나는 마지막으로 패트릭의 책상을 한 번 더 훑어봤다. 각종 보고서와 메모 더미를 낱낱이 뒤졌다. 패트릭이 아침에 이상한 낌새를 차리면, 나는 그가 술에 취한 상태에서 일하려 했다고 말할 생각이다.

서재 문을 잠그려 열쇠를 돌릴 때, 다른 열쇠들이 서로 엉겨 붙어 찰랑거렸다. 나는 열쇠들을 손으로 감싸 쥐며 소리가 안 나도록 했고, 그 열쇠들로 열 수 있는 게 또 뭐가 있을까 머리를 쥐어짰다. 열쇠는 모두 세 개였다. 서재 열쇠 하나와 작은 열쇠 두 개. 내 생각에 이 가운데 하나는 내 책의 대부분이 보관된 다락방 트렁크 자물쇠에 맞을 것 같았다. 나머지 가장 작은 열쇠에는 둥근 활 모양의 고리가 있어 재키를 생각나게 했다.

재키와 나는 아파트 현관 옆 벽에 재키가 벼룩시장에서 산 조잡한 열쇠 걸이를 붙여두었다. 내가 늘 우편함 열쇠를 잘못 놔두자 재키가 열쇠를 그 곳에 걸어두라고 잔소리했다. 지금도 그 모양이 생각나는데, 활 모양 고리가 있는 작은 열쇠였다.

패트릭의 서재 문이 잠기고 스티븐이 한밤중에 시리얼이나 스니커즈 바를 찾아 방에서 나오지 않은 게 분명해지자, 나는 현관문을 슬그머니 빠져나갔다. 밤공기에 피부가 따끔거리는 걸 보니 땀이 많이 났었던 것 같다.

옆집 올리비아네 집은 깜깜했고, 현관 등도 켜지지 않았다. 물론 에번은 태양이 하늘 높이 떠 있을 때 올리비아와 함께 구급차에 타고 있었다. 아마 아직 돌아오지 않았을 것이다. 나는 우리 집 현관 등을 끄려고 문설주 안쪽을 더듬은 뒤 스위치를 탁 눌렀다. 그리고 내 눈이 어둠에 적응할 때까지 기다렸다. 내 머리 위, 올리비아네 지붕 위로 초승달 한 조각이 걸려 있었다. 마치 갈고리처럼 보였다.

손바닥에 묻은 땀을 치마에 닦으며 열쇠 꾸러미에서 가장 작은 열쇠를 더듬어 찾았다. 떨리는 손으로, 나는 우편함에 걸려 있는 자물쇠를 발견했다. 델 레이가 오늘 아침 유독 자세히 살피던 그 금속 상자에서 봉투 하나를 찾아냈다. 작은 열쇠를 자물쇠에 넣자 쉽게 돌아갔다. 나는 숨을 참았다.

대체 뭘 기대하는 거야, 진? 우편함에 기밀문서가 있을 것 같아?

하지만 초승달 아래로 노란 서류 봉투의 윤곽이 보였다.

313

47

2분 전까지만 해도 내 이름은 진이 아니었다.

내 이름은 도둑이었다.

아니면 반역자든지. 칼 목사와 그의 순수 남성 패거리가 반역자에게는 어떤 처벌을 남겨두었는지 잠시 궁금했다. 간통처럼 사적인 문제로 여성들이 노스다코타 시베리아에 유배되고, 재키 같은 동성애자들이 수용소에서 종신형을 선고받는 세상에서 국가기밀을 훔치는 여성에게는 분명 신선한 공포가 있지 않을까.

그 사람들은 날 어디론가 데려갈 것이다. 그건 확실하다. 그러면 다시는 내 아이들을 볼 수 없을 것이다. 패트릭도, 로렌조도.

나는 평생 어딘가에 갇힌 죄수의 삶을 상상한다. 모든 사람의 기억이 희미해지고, 시간이 흐르면서 은빛으로 변하는 모습을 지켜보는 삶. 아니 어쩌면 그럴 필요가 없을지도 모른다. 내가 마지막으로 보게 될 장면은 복면 속 어둠일지 모른다. 목에는 밧줄이 걸려 있겠지. 아니면 빡빡 민 머리에 젤을 덕지덕지 바르고 전기의자에 묶여 있거나, 날카로운 바늘이 내 정맥 속으로 미끄러져 들어갈지도 모른다.

아니, 바늘은 아닐 것이다. 그 정도면 너무 친절하다.

314

시계가 12시를 가리켰다. 시계 소리는 마치 내 심박 수를 똑딱똑딱 세고 있는 듯했다. 심장이 뛰는 소리는 팀파니처럼 이미 내 귓가에서 쿵쿵거리며 울리고 있어 굳이 셀 필요가 없는데도.

이왕 여기까지 왔는데, 좀 더 멀리 가는 건 어떨까?

나는 편지함에서 노란 봉투만 꺼내고 자물쇠를 잠근 뒤 다시 집으로 들어갔다. 집 안은 고요하고 따뜻했지만, 오싹한 기분이 들어 팔에 오돌토돌한 소름이 돋았다.

빅 브라더가 벽에 걸린 스크린을 통해 방 하나짜리 아파트 구석에 웅크리고 앉은 윈스턴 스미스를 감시하는 최악의 상황*은 없지만, 우리에게는 카메라가 있었다. 현관 앞에 하나, 뒷문에 하나, 그리고 진입로를 겨냥한 차고 위에 또 하나가 있다.

1년 전, 소니아와 내 손목에 카운터를 채운 날, 나는 카메라가 설치되는 걸 지켜보았다. 그 누구도 모든 가정을 계속 감시할 수 없을 것이다. 지속적으로 감시할 수 있는 인력이 부족하기 때문이다. 이 시간에는 더더욱. 하지만 나는 조심스럽게 행동했다. 우편함에서 몸을 돌려 현관문을 통해 집 안으로 들어갈 때까지 노란 봉투를 몸에 납작하게 붙이고 있었다. 거실에서 부엌으로, 그리고 부엌 한쪽에 있는 화장실로 걸어갔다. 그곳이 가장 은밀한 공간 같았다.

* 조지 오웰의 소설 『1984』 속 설정.

벽에 등을 대고 바닥에 걸터앉은 나는 금속 걸쇠를 이용해 봉투를 뜯어냈다.

표지에는 내가 어제저녁에 읽었던 것과 같은 메모가 있었다. 그 아래에는 각각 종이 집게로 묶인 세 개의 서류철이 있었다. 각 서류철에는 흰색, 금색, 빨간색 표지가 있었다. 나는 먼저 흰색 표지를 뒤집었다. 그 서류에는 우리 팀의 목표가 대강 드러나 있었다.

'항 베르니케 혈청 개발, 시범 투여 및 대량 생산'

이 서류 뒤에는 프로젝트 관리자가 중간 보고서와 임상 시험에 대한 최종 기한을 정하는 통상적인 간트 차트(Gantt chart)가 있었다. 나머지 서류는 팀 구성원들의 이력서였다. 눈에 띄게 새로운 건 없었다. 다만 나와 린, 로렌조의 이력서는 대여섯 장인데, 모건의 이력서는 단 한쪽에 불과했다. 나는 서류들을 다시 뒤집어 각을 맞춰 정리한 다음, 흰색 표지를 덮고 종이 집게를 끼웠다.

금색 표지가 있는 서류철은 우리 팀 서류철과 거의 같았다. 표지 아래에는 다음과 같이 적혀 있었다.

'베르니케 혈청 개발, 시범 투여 및 대량 생산'

더 많은 간트 차트와 다섯 개의 이력서가 있었는데, 내가 모르는 다양한 생물학자와 화학자들의 학술적 업적을 기록한 이력서 외 모건의 자격증이 포함되어 있었다. 혈청 개발 팀이 두 개라니, 마치 일부러 경쟁이라도 벌이는 것 같았다. 전형적인 정부의 속셈이었다. 두 팀에 비용을 댈 수 있는데 왜 한 팀으로 묶었을까?

나는 금색 서류철을 내 옆에 놓아둔 채, 또 다른 중복을 예상하며 빨간색 서류철을 들추었다. 하지만 이번에는 전혀 달랐다.

일단, 그 팀의 목표는 하나였다.

'베르니케 혈청의 수용성 조사'

여섯 명의 팀원은 모두 과학자이자 박사였다. 각각의 이름 아래에는 군 계급과 소속부서가 적혀 있었다. 욕실 세면대의 강한 불빛에 눈을 꼭 감은 나는, 오늘 오후에 포가 5층 복도를 따라 모건의 사무실로 나를 데리고 가는 동안 지나쳤던 모든 문을 떠올렸다.

그 이름들 가운데 하나, 윈터스라는 이름이 어렴풋이 기억났다. 그 순간 거실 시계가 희미하지만 분명하게 시간을 알렸다. 새벽 1시 정각이었다.

조심스럽게, 나는 그 서류철을 흰색, 금색, 빨간색 순서로 다시 모았다. 그리고 봉투에 넣기 전에, 흰색 서류철에 있는 간트 차트를 다시 확인했다. 색깔로 구분된 수평 막대의 타임라인이 지난해, 우리가 실험 장비를 요청했던 11월 8일로 거슬러 올라갔다.

내가 옳았다. 베르니케 프로젝트는 최근에 구상된 게 아니었다. 이미 7개월 전에 시작되었다.

자리에서 일어나고 싶었지만, 다리가 말을 듣지 않았다. 오랫동안 다리를 꼰 채 바닥에 앉아 있었기 때문에 쥐가 날

정도로 다리가 찌릿찌릿 저렸다. 나는 세면대에 기대어 뒷다
리를 쭉 뻗었다.

"진?"

화장실 문 반대편에서 목소리가 들렸다. 흐릿하지만 틀림
없는 패트릭의 목소리였다. 패트릭이 문을 한 번 두드리더니
손잡이를 돌렸다.

이럴 수가. 문을 잠그지 않았다니. 그럴 필요가 없다고 생
각했다.

젠장, 젠장, 젠장, 젠장.

나는 세면대와 벽 사이의 좁은 공간으로 재빨리 서류 봉투
를 밀어 넣은 뒤 수도꼭지를 틀었다. 패트릭이 문을 열었을
때, 나는 찬물로 얼굴을 씻고 있었다.

"맙소사, 여보."

패트릭이 말했다.

"당신 꼴이 왜 이래."

거울에 비친 내 모습을 보니 가관이었다. 땀에 얼룩진 마
스카라가 눈 주변으로 번졌고, 오늘 아침에 입은 면 블라우
스는 얇은 도배지처럼 내게 착 달라붙어 있었다. 머리카락은
엉망으로 헝클어져 엉뚱한 자리에 삐죽삐죽 튀어나와 있었
다. 수도꼭지를 잠근 나는 수건으로 얼굴을 닦으며 패트릭을
향해 약간 겸연쩍은 미소를 지었다. 술이 거의 다 깬 듯한 패
트릭이 걱정스러운 눈빛으로 나를 바라봤다.

"그렇게 덥지는 않았는데. 피자가 잘못된 것 같아."

패트릭이 내 이마에 손을 얹었다. 시원하고 깨끗한 의사의 손, 분홍빛이 감도는 패트릭의 손이 나를 쓰다듬었다. 순간, 나는 그 손이 로렌조와 얼마나 다른지 생각했다. 동시에 패트릭의 손이 겉보기처럼 깨끗하지 않을 수도 있다는 생각도 들었다.

"당신은 전혀 아프지 않아, 여보."

패트릭이 말했다. 그러고는 살짝 웃으며 덧붙였다.

"음, 당신이 임신한 게 아니라면 말야. 아이가 넷이라 알겠지만, 1년 내내 당신 전용 욕실을 갖는 거나 마찬가지지."

나는 패트릭을 따라 웃으려 했지만, 내 목소리에서 이상하게 쉰 소리가 났다.

"당신 혹시……."

패트릭의 눈이 내 얼굴에서 배를 향해 쏜살같이 내려가더니 얼굴을 찡그렸다. 패트릭은 바보가 아니고, 의사다. 배아에 관한 교과서적인 이해와 간단한 수학만으로도 내가 임신할 수 없다는 걸 알 수 있어야 한다. 지난 몇 달 동안의 성생활을 돌이켜 보면 내가 현재 임신 3일 차든지 아니면 비치볼을 품고 다녔다는 말이 된다.

"물론 아니지."

나는 정색하며 말했다.

"정말 피자였던 것 같아. 맛이 갔나봐."

"알았어. 그럼 어서 침대로 돌아와."

패트릭이 내 손을 잡고서 화장실 불을 껐다. 그러고는 한

밤의 독서실에서 나를 데리고 나왔다.

"나 물 한 잔 마시고 갈 테니까 먼저 가서 있어."

패트릭에게 말했다.

"그리고 아버지에게 전화드려야겠어."

패트릭의 발걸음 소리가 점점 멀어지며 복도를 따라 침실로 향하자, 나는 임시 은신처에서 서류 봉투를 꺼낸 다음, 조금 전에 했던 도둑질을 거꾸로 되돌렸다. 그러고는 부엌에 들러 얼음물 한 잔을 들이켠 다음 아버지에게 전화를 걸었다.

"여보세요."

평소 아버지의 목소리와 달리 훨씬 더 나이 든 사람 같았다.

"아빠, 진이에요. 엄마는 어때요?"

아버지의 목소리가 모든 걸 설명하고 있었다. 아버지는 '뇌 손상'과 'W'로 시작하는 영역에 대해 물었다. 그리고 '왜 내가 더는 엄마와 이야기할 수 없을까?'라고 말했다.

"지안나, 네가 엄마를 고칠 수 없니?"

"물론 할 수 있죠."

나는 목소리에 최대한 자신감을 불어넣었다. 목구멍에서 느껴지는 가녀린 떨림을 아버지가 눈치채지 못하길 바라며.

"곧 할 수 있어요. 아빠. 곧."

입가에 물이 잔뜩 묻을 정도로 벌컥벌컥 얼음물 한 잔을 더 마신 나는 복도를 따라 침실로 걸어갔다.

패트릭은 다시 코를 골고 있었다.

나는 패트릭의 침대 바로 옆 카펫 위에 열쇠를 내려놓은 뒤 침대로 들어가 여섯 시간 동안 잠이 들었다.

48

악몽 속에서 아이들이 사라졌다.

하나둘씩, 내게서 멀어지는 아이들을 봤다. 아이들의 얼굴은 점점 어두워지며 희미해졌다. 올리비아, 어쩌면 군인일 수도 있는 누군가가 카메라 불빛 속에서 소니아를 번쩍 안아 올리는 것 같았다. 쌍둥이가 손을 흔들었고, 샘이 레오 머리 위로 카드 한 갑을 획획 날리며 말했다.

"50대 2 잡아봐!"

스티븐은 비뚤어진 미소를 지으며 말했다.

"엄마, 잘 가요".

그러고는 미안하다는 듯이 고개를 갸웃거렸다.

그리고 패트릭은 아무 말도 없이 내내 지켜보기만 했다.

사실 내 토요일은 이렇게 시작하지 않았다.

패트릭이 블라인드를 열어 아침 햇살을 침실로 날려 보냈다. 쌍둥이와 소니아는 커피와 따뜻한 베이글이 담긴 쟁반을 들고 행진했다. 평소 같으면 내 식욕을 돋우는 향이었지만, 오늘은 또 다른 메스꺼움을 일으켰다. 크림치즈를 바른 베이글 한가운데에 촛불 한 개가 있었다.

"생일 축하해요, 엄마!"

네 명의 목소리가 일제히 소리를 질렀다.

내가 오늘 마흔네 살이 되었다는 걸 까맣게 잊을 뻔했다.

"고마워."

나는 애써 배고픈 표정을 지으며 쉰 목소리로 말했다.

"스티븐은 어디 있니?"

"아직 자요."

샘이 말했다.

침대 옆에 있는 디지털시계가 9시 1분을 알렸다. 나는 린과 로렌조에게 10시까지 연구실에 갈 거라고 말했었다.

"어서 촛불 끄고 소원 빌어요, 엄마."

소니아가 말했다. 아침 식사에 촛농을 떨어뜨리며 촛불을 끈 나는 침대에서 일어나 화장실로 달려갔다.

"잠시 후에 갈게. 가서 스티븐 깨워. 일하러 가기 전에 스티븐과 얘기하고 싶으니까."

생일 축하 행진이 다시 줄지어 나갔다. 30초 후, 내가 입도 대지 않은 커피를 세면대에 버리고 있을 때, 패트릭이 들어왔다.

"스티븐이 갔어."

패트릭이 조용히 말했다.

나는 '갔다'라는 의미를 다른 관점에서 생각했다. 가게로 갔거나, 뛰어갔거나, 피자를 먹으러 갔거나, 정신이 나갔거나, 등등. '갔다'라는 말은 내게 간단한 단어가 아니었다. '갔다'라는 의미가 내 꿈에서처럼 '여기에 없는', 부재의 의미라고 생각하지 않는다. 내 삶에서 사라진 것, 죽음이라고 생각하지 않는다.

패트릭은 종이 한 장을 내밀었다.

"이게 스티븐의 방에 있었어. 베개 위에."

아무렇게나 휘갈긴 스티븐의 낙서를 보니 상황이 더 나쁠 수도 있을 것 같았다. 그래도, 그건…… 그 끔찍한 그건…… 나를 놀리는 것만 같았다.

'줄리아 보러 갈게요. 사랑해요. 스티븐'

나흘 만에 모든 게 '엉망'에서 '대환장 파티'로 바뀌었다.

"경찰을 불러야 할까?"

내가 물었다. 패트릭은 내 생각을 아는 것처럼 고개를 저었다.

"안 그러는 게 좋을 거야."

패트릭이 내 팔을 만지더니 내 손에서 빈 커피잔을 가져갔다. *'커피를 왜 버리고 그래?'*라고 묻지 않았다. 세면대에 안에 있는 갈색 얼룩을 쳐다보지도 않았다. 패트릭이 하는 말이라곤 *'내가 좋은 남편은 아니었어, 그렇지?'*였다.

그리고 우리는 자석처럼 서로를 붙들며 끌어안았다. 패트릭이 내 귀 뒷부분에 있는 부드러운 살갗을 매만지자, 내 맥박이 리듬을 따라 요동쳤다. 처음에는 급하게 뜀박질하다가 서서히 차분해졌다. 아들이 사라지고 세면대에 커피가 흥건히 고여 있는 이 순간에 사랑을 생각하는 게 이상했다. 패트릭의 손이 내 목에서 등을 가로질러, 실크 잠옷 위로 부풀어 오른 가슴으로 향했다. 마음은 그러지 말라고 해도 내 몸은 저절로 쫑긋거리듯 반응했다.

"나 늦으면 안 돼."

나는 패트릭에게서 물러서며 말했다. 게다가 오늘 아침에는 남편 아래에 누워 우리가 스티븐을 처음 만들었던 때를 생각할 수 없었다.

칼 목사가 줄리아 대신 우리 집을 갈기갈기 찢어놓고 나를 텔레비전 카메라 앞에 세운 다음 침묵과 노예의 삶으로 내보냈다면 패트릭이 어떻게 했을까 궁금했다. 패트릭이 나를 쫓아올까?

로렌조는 그럴 것이다. 하지만 패트릭은 아니었다.

"어디로 갔을까?"

내가 샤워기를 틀며 말했다.

"스티븐 말이야."

줄리아는 어디든 있을 수 있다. 해안, 내륙, 캘리포니아 오렌지 숲속 어디든.

"줄리아를 찾는 건 석탄 저장고에서 검은 고양이를 찾는 거나 마찬가지야."

패트릭이 고개를 가로저었다.

"아니, 난 그렇게 생각하지 않아. 보여줄 게 있어."

그러고는 나를 욕실에 버려둔 채 침대 옆 탁자로 향했다.

"대체 이게 뭐지?"

내 거짓말은 이미 준비되어 있었고, 패트릭과 눈을 마주치지 않으면 더 쉽게 외울 수 있었다.

"어젯밤 빌어먹을 손잡이가 떨어졌어. 기억 안 나?"

패트릭이 이 문제를 생각하는 동안 잠시 침묵이 흘렀다. 마침내 나는 침실에서 짤랑거리는 열쇠 소리와 어이없는 듯 패트릭이 내뱉은 '헐' 소리를 들으며 샤워실 안으로 들어갔다.

"원한다면 차 한 잔 줄게."

패트릭이 외쳤다.

"샤워 끝나면 내 서재로 와. 스티븐이 어디로 가는지 알 것 같아."

눈 깜빡할 사이에 생애 가장 빠른 샤워를 끝낸 나는 제대로 헹구지도 않은 머리를 빗은 다음, 몸에 꼭 끼지 않는 헐렁한 청바지에 리넨 셔츠를 입었다. 복장 규정을 어겨야 했다. 덥고 서둘러야 했고 임신 중이니까. 그런 다음 복도를 따라 패트릭의 서재에 들어갔다.

칼 목사의 얼굴이 화면을 가득 채웠다. 그는 기도하듯 두 손을 치켜들었다. 이게 바로 칼 목사가 선호하는 연설 자세였다. 뉴스 카메라가 칼 목사의 뒤를 쫓아다니며 나머지 배경도 함께 보여주었다. 줄리아 킹의 모습은 거의 알아볼 수 없는 상태로 바뀌었다.

그들이 줄리아의 머리를 삭발했다. 물론 그럴 거라 예상했었지만 중풍에 걸린 맹인에게 양털 깎기를 맡긴 것처럼, 그렇게 아무렇게나 머리카락을 잘라버릴 줄은 몰랐다. 남은 머리카락 뭉치가 거칠어진 머리 위에 달라붙어 있었다.

"그들이 대체 무슨 짓을 한 거야? 면도칼이라도 쓴 거야?"

나는 패트릭의 노트북 화면에서 눈을 떼지 않은 채 말했다. 이 영상을 본 스티븐은 반 친구들이 외치는 이름을 들으며 함께 참여해야만 했으리라.

칼 목사는 청중을 불러 기도를 올리며 고개를 숙였다.

"주여, 우리의 순진한 딸을 용서하시고, 사우스다코타의 블랙 힐스에서 자매들과 함께 지내는 동안 그녀를 인도해주소서. 아멘."

함성과 함께 여기저기서 쉬쉬하는 소리가 뒤따랐다. 몇몇 사람들은 '아멘'을 외쳤지만, 대부분은 증오 축제였다. 칼 목사는 양손으로 허공을 누르듯 침묵을 구했지만, 카메라가 얼굴을 비추자 입가에 희미한 미소를 지었다.

이제 카메라는 눈물을 흘리는 줄리아의 얼굴에 꼭 달라붙어 있다. 그녀의 입술이 떨리고, 그녀의 눈이 왼쪽에서 오른쪽으로 굴러가며, 애처롭게 한 조각의 동정을 찾는다. 칼 목사의 손이 그녀의 어깨에 나타났다. 줄리아는 움찔했지만, 그 손은 회색 작업복 아래에 있는 그녀의 쇄골을 손가락으로 파고들듯 더욱 꽉 움켜쥐는 듯했다. 줄리아의 작업복은 옷깃이 높고 소매가 길었다. 그녀는 이 더위 속에서 죽어가고 있는 게 틀림없었다.

내가 칼 코빈 목사를 얼마나 미워하는지에 대해 생각한 건 처음이 아니지만, 그를 죽이고 싶은 것은 이번이 처음이다.

49

내가 방금 전 몇 분을 머리 빗는 데 쓰지 않고 창문을 내다봤더라면, 길 건너편에서 엔진을 켜고 희뿌연 배기가스를 내뿜으며 서 있는 익명의 검은색 SUV를 봤을 것이다.

하지만 난 그러지 못했다. 내가 옆문으로 나가 내 차에 시동을 걸었을 때는 이미 늦었다.

우체부 델은 이미 우리 집 현관 계단에 올라와 있었다. 어깨 위에는 우편물 가방을, 한 손에는 우리 우편함의 열쇠를 들고 서 있다. 델이 나에게 손을 흔들자, 나도 혼다 뒷창문을 통해 손을 흔들었다.

문득 파도 같은 깨달음이 밀려왔다. 열쇠와 봉투, 어제 델이 우리 우편함을 안을 들여다보며 꺼냈던 우편물, 우체부를 첩자로 이용하는 지하조직에 관한 샤론의 경고. 그리고 마지막으로, 올리비아가 딕터폰에 같은 말을 녹음한 뒤 침실에서 무슨 짓을 했는지 패트릭이 내게 설명한 후 마지막에 내뱉은 말까지.

우리는 우리가 할 수 있는 모든 걸 하고 있어.

내가 그 점들을 연결하니 끔찍하고 무섭지만, 동시에 이 모든 궁금증을 풀어줄 한 가지 사실을 알게 되었다. 패트릭은 정부를 위해 일하지 않았다. 오히려 정부에 대항하고 있었다.

진입로를 빠져나온 나는 현관과 일직선이 된 지점에서 차를 세웠다. 델은 도로와 현관 카메라에 손이 보이지 않게 주의하며 우편함을 열었다. 순간 나는 델에게 소리치고 싶었다.

그만, 멈춰요! 열지 말아요!

델은 노란 서류 봉투를 꺼내 몸에 바싹 밀착한 뒤 우편물 가방에 몰래 숨긴 다음 우편함을 다시 잠갔다. 하지만, 그의 뒤에서 조용히 걸어와 현관 계단을 오르는 포의 발걸음 소리를 듣지 못했을 것이다. 포의 거대한 오른손에 들린 검은색 전기 충격기가 조용히 찰칵거리는 소리도, 델의 갈비뼈를 누르며 찌지직거리는 소리도 듣지 못했고, 그는 두 번 충격을 받았다. 마음으로 먼저, 그다음에는 몸에.

내가 있는 쪽을 향해 돌아선 포가 내게 할 말이라도 있는 듯 손을 흔들며 차도를 내려왔다.

지금 이동하십시오. 여기서 볼 게 없습니다.

그리고 길 건너편의 검은 차에서 두 명의 남자가 집 앞까지 급히 달려왔다. 나는 포가 우리 집 초인종을 누른 뒤 델에게 한 짓을 패트릭에게 똑같이 하는지 힘없이 지켜보고 있었고, 그 사이 두 남자는 델의 겨드랑이에 손을 넣어 누더기 인형 같은 그의 몸을 질질 끌고 검은 차로 데리고 갔다.

포는 초인종을 누르지 않았다. 그는 우리 집 마당을 나와 검은 차 뒷좌석 문을 열고 의식이 없는 델의 옆에 앉았고, 내가 차를 몰고 나가길 기다렸다. 내가 출발하자 검은 차도 내 차를 따라 코네티컷 애비뉴까지 쭉 가다가 거기서 방향을 틀더니 남쪽으로 향했다. 나는 레이의 농장으로 차를 돌려 샤론에게 경고하고 싶었지만, 그 생각은 잠시 접었다. 내가 잡히거나 너무 늦을 가능성이 컸고, 충분한 사유가 있더라도 제시간에 출근하지 않으면 모건이 불처럼 화를 낼 게 뻔했다.

교통체증을 뚫고 연구소로 향하며 아침에 일어난 일을 머릿속으로 정리했다. 포는 델이 처음부터 그 봉투를 가지고 있었고, 어쩌면 다른 주소로 배달하려 한다고 생각했는지도 모른다. 물론 나는 짧은 시간 동안 본 일을 세밀하게 떠올리지 못한다. 어림도 없는 소리다. 하지만 내게는 문자를 읽을 줄 아는 머리가 있다. 전생이든 먼 미래든, 책을 접할 기회가 있었다면, 나는 꽤 괜찮은 편집자가 될 수 있을 것이다. 글을 쓰는 재주는 없지만, 실수는 발견할 수 있다. 극심한 교통난을 버티며 로렌조와 린을 만나러 가는 동안 내가 발견한 건 노란 봉투 안의 골드 팀과 레드 팀의 서류에서 발견한 쌍둥이 오타였다.

끊임없이 쳇바퀴를 돌리는 햄스터처럼 내 머릿속을 맴도는 건 오류뿐만이 아니었다. 서로 다른 세 팀이 서로의 업무를 복제하는 임무가 기밀로 분류될 필요는 없다. 그리고 우리 팀은 기밀이 아니었고, 만약 기밀이라고 해도 대통령이 3일 전 기자 회견에서 이미 기밀을 해제했다.

나는 로렌조의 머스탱과 린의 스마트카(Smart car) 사이에 주차해야 했지만 그러지 않고 내가 원하는 자리에 차를 세웠다. 연구소 건물로 들어가자 군인이 내 지갑을 가져가서 엑스레이 검색대에 올려놓은 뒤 검문소를 통과하라며 내게 손을 흔들었다.

"이게 뭐죠?"

내가 물었다.

"새로운 보안 절차입니다."

군인이 말했다. 오늘은 미소도 짓지 않았고, 쾌활한 목소리로 *즐거운 하루 보내십시오!* 라는 말도 하지 않았다. 단지 모자 아래로 눈을 가늘게 뜨고 내가 지갑을 챙겨 엘리베이터로 걸어가는 모습을 지켜보기만 했다. 그곳에는 모건이 팔짱을 끼고 기다리고 있었다.

"늦었네요."

모건이 말했다.

"밤새워 일하다가 늦었어요."

나는 아무렇지도 않게 거짓말을 한 뒤 열린 엘리베이터 안으로 발을 옮겼다.

모건이 따라왔다.

"진, 집에 일을 가져가지 말아야죠. 그 간단한 규칙도 잊었습니까?"

나는 모건을 향해 몸을 돌렸다. 샌들을 한 켤레 더 신고 왔다면 이 개자식을 내려다볼 수 있었을 텐데. 그래도 우리의 눈높이는 평평했다.

"아니, 잊지 않았어요, 모건. 나는 어떤 것도 잊지 않아요.

난 워낙 머리가 좋으니까. 망할 실험실에 날 가두고 싶다면, 내 뒤에서 물러나서 내가 할 일을 하게 내버려둬요. 이 빌어먹을 놈아."

"그런 이야기는 그냥 넘어갈 수 없어요."

모건이 말했다.

"그럼 앉든지요. 아니면 누워있든가. 뭐 구멍이라도 기어다니면 되겠네요. 내 알 바 아니니까. 난 그럼 바빠서 이만 가볼게요."

"지금 일은 모두 기록하겠습니다. 보고서를 보내……."

"누구한테요? 대통령에게? 좋아요. 그럼 내가 잘못을 저질러서 이번 달 나머지는 쉴 거라고 전해요."

나는 모건을 약 올리려 엘리베이터를 빠져나오기 전에 닫힘 버튼을 눌렀다.

"도대체 무슨 일이야?"

로렌조가 말했다. 로렌조는 엘리베이터와 실험실 사이에 있는 복도에 있었다. 그는 흰색 코트 안에 폴로 티셔츠와 카키색 바지를 입고 있었다. 신경 쓰지 않은 듯하지만 말쑥한 차림이었다.

"난 저 쓰레기가 정말 싫어요."

내가 말했다.

"린은 어딨어요?"

"아직 안 왔어. 우리 둘이 실험실을 독차지하겠군."

로렌조가 우리 사이의 틈을 좁히며 묘한 눈빛을 보냈다.

에폭시 수지로 만든 실험실 책상 위에서 순식간에 사랑을 나눌 수도 있었지만, 오늘 예정된 일정은 아니었다. 우리는 먼저 이야기를 해야 했다.

"뭘 하고 있었는지 보여줘요."

나는 출입 카드를 실험실 정문에 꽂으며 말했다. 쥐와 토끼가 꽥꽥거리며 떠드는 소리가 우리를 맞이했다. 린이 여기 있으면 좋았을 텐데. 물론 내가 직접 동물들에게 주사를 놓기 싫어서는 아니다.

내가 알고 있는 것을 공유해야 했다.

로렌조는 생화학 실험실의 수도꼭지를 틀어 손을 씻기 시작했다. 손가락 사이에 비누를 문지르고 손톱을 하나씩 확인하며 티끌 하나 없이 깨끗이 닦았다.

"그래서?"

"세 팀 말이에요. 비슷해 보였지만 어딘가 조금씩 달랐어요."

나는 다시 팀별 목표를 다시 떠올렸다. 한 가지 면에서는 두 팀이 같았고, 나머지 두 팀은 다른 방식으로 똑같아 보였다. 이 모든 게 한 단어 때문이었다.

"'항'이라는 단어 때문에요."

어젯밤 차가운 욕실 바닥에 다리를 꼬고 앉아 있을 때만 해도 나는 그 단어가 오타라고 생각했다.

로렌조는 수도꼭지 가까이 몸을 기댄 채 계속 손을 씻는 척했다.

"우리 팀의 목표는 항 베르니케 혈청 개발이었어요."

내가 말했다.

"처음에는 골드 팀의 목표와 같다고 생각했는데, 그 순간 떠올랐죠. 우리가 여기서 하는 일, 그러니까 당신과 린, 내가 하는 일이 기밀은 아니잖아요."

"기자 회견에서 기밀을 광고하지는 않지."

로렌조가 동의하며 말했다.

"맞아요. 골드 팀의 서류에는 한 단어가 빠져 있었어요."

로렌조가 눈썹을 추켜세웠다.

"항이요."

내가 속삭였다.

"골드 팀은 항 베르니케 혈청을 개발하지 않아요. 레드 팀은 항 베르니케 혈청을 위한 수용성 연구도 하지 않죠. 레드 팀에서도 '항'이란 말이 빠져 있었어요."

"제기랄."

로렌조가 두 손을 응시하며 말했다.

"정말 오타가 아니었다고 확신해?"

"아니. 잘 모르겠어요. 확신할 수 없지만, 말이 되잖아요. 왜 혈청이 분류되는지, 그리고 모건이 왜 '베르니케 프로젝트'라는 라벨이 붙은 바인더를 갖고 있는지 설명해주는 유일한 단서예요. 우리는 항상 이 연구를 '항 베르니케', 나중에는 '베르니케-X'라고 불렀어요. 당신이 암 치료법 연구를 '암 프로젝트'라고 부르지 않는 것처럼요."

"연구실에서 암세포를 배양하지 않는 한."

로렌조가 입을 열었다.

"뭔가 이상하군."

나는 로렌조에게 패트릭과 델, 잠긴 우편함, 포의 부하들이 오늘 아침 델을 데려간 이야기를 들려주었다.

"그들은 알고 있어요."

내가 말했다.

"포나 누군가가 지하 작전이 있다는 걸 알고 있고, 실제로 무슨 일이 일어나고 있는지 알아낸 것 같아요."

한참 동안 우리는 흐르는 물 위로 서로를 바라보며 개수대 쪽으로 고개를 숙이고 있었다. 우리 둘 다 이 건물 어딘가에서 우리의 작업이 역설계되고 있다는 사실에 할 말이 없었다. 칼 목사든, 모건이든, 대통령이든, 순수운동이든 중요하지 않았다. 어쩌면 그들 모두가 실어증을 치료하는 게 아닌, 실어증을 유발하는 혈청을 연구하고 있을지도 모른다.

50

    로렌조와 나는 주사를 놓기 위해 두 무리의 쥐를 준비했다. 각 무리는 로렌조가 만들어 온 두 개의 신경단백질 가운데 하나를 맞을 예정이다. 쥐의 절반이 죽게 된다면 오늘 안으로 어떤 방향을 택해야 할지 알게 될 것이다. 우리 안에 있는 작은 생명체들을 한 마리씩 꺼내 털을 깎는 동안, 단어 하나가 내 머릿속을 탁구공처럼 왔다 갔다 했다.

어째서?

대답은 너무 쉬웠고, 역시 한 단어였다.

침묵.

로렌조가 떨리는 내 손에서 갈색 생쥐를 가져갔다.

"내가 할게."

그러고는 생쥐의 털을 조심스럽게 깎으며 말했다.

"거기. 미키는 첫 번째 우리에 넣어. 그리고 걱정하지 마, 주사는 내가 놓을 테니까."

"내가 그렇게 못해요?"

"당신이 오늘 아침 좀 불안해 보이는 것뿐이야. 별일 아냐."

로렌조가 내 어깨를 토닥이자 나는 화들짝 놀랐다.

"한 번에 한 가지만 해, 지안나."

나는 로렌조의 긴 손가락을 지켜봤다. 수년간 기타 줄을 누르고 튕기느라 굳은살이 박인 손가락. 그는 다음 생쥐를 손바닥 위로 올려놓고 차분하게 진정시킨 뒤 한쪽 털을 사각형 모양으로 면도했다.

"얘는 2조야."

로렌조가 축 늘어진 생쥐를 내게 돌려주며 말했다. 또 다른 미키 아니면 미니가 두 번째 우리로 들어갔다.

"그들은 괴물이에요."

내가 말했다.

로렌조가 고개를 끄덕였다. 내가 쥐를 말하는 게 아니라는 걸 그는 알고 있다.

나는 2년 전 어느 날을 떠올렸다. 우리 집 거실에서 올리비아와 나란히 앉아 커피를 홀짝홀짝 마시며 재키가 세 명의 순수 여성과 싸우는 모습을 TV로 지켜봤다. 재키의 세련된 빨간 정장이 쌍둥이처럼 똑같이 파스텔 옷을 차려입은 세 여자와 조용한 대조를 이뤘다. 올리비아는 재키가 입을 열 때마다 말도 안 된다는 듯 고개를 격렬하게 저었고, 파스텔 여자들의 말에는 조용히 고개를 끄덕였다.

"누군가가 저 여자의 입을 막아야 해요."

올리비아는 말했다.

"영원히."

세상에 올리비아, 대체 뭘 기대하는 거야? 나는 생각했다.

그들은 수용소에 있는 여자들부터 시작할 것이다. 길 아래에 재키, 줄리아, 애니 윌슨 순으로 늘어놓고. 우리는 그 중 어느 것도 TV로 방송되는 걸 보지 못할 것이다. 다음으로 칼 목사는 델과 샤론 같은 사람들을 체포해 저항의 마지막 불씨를 모조리 꺼버릴 것이다. 하지만 그들이 델의 목소리를 없애기 전에 그를 찾아가 세 딸을 미끼로 회유할지도 모른다. 물론 델은 그들의 말을 들을 것이다. 어떤 아버지가 안 그럴까?

패트릭이 다음 차례가 될 것이다. 그들이 패트릭에게 행할 방법들, 패트릭의 입을 열기 위해 소니아를 위협할 것들을 생각하니 심장이 멎는 것 같았다. 그리고 계속해서, 이미 너덜너덜해진 조직의 마지막 구성원들이 발견될 때까지 강제로 입을 열게 하고, 결국은 침묵하게 할 것이다.

내가 만든 빌어먹을 창조물로.

나는 이것이 끝이 되리라 믿지 않았다.

로렌조가 다시 내 어깨를 쓰다듬었다.

"당장 실험할 쥐들은 모두 준비가 끝났어. 괜찮아?"

나는 고개를 가로저었다.

남편이 사라지고, 여기서 일을 마치면 다시 손목에는 카운터가 채워진다. 집이나 아이들을 돌볼 방법이 없을 것이다. 스티븐이 다시 돌아온다면, 한동안 서로 힘을 합쳐 집안을 꾸려갈 수 있을 것이다. 스티븐이 돌아오지 않는다면……? 패트릭의 부모님은 이미 돌아가셨고, 이탈리아에 계신 내 부모님마저 돌아가시면, 매클렐런 가문은 아예 끝장나 이 세상에서 사라질 것이다.

그리고 내 아기가 있다. 로렌조의 아기.

나는 그동안 내가 어떤 존재였고, 어떻게 지냈는지 생각하며 많은 시간을 보냈지만, 미래는 항상 흐릿했다. 지금까지는 그랬다. 이제 수년 후의 유령들을 본다. 내가 만든 혈청을 내게 직접 주입한 후 말이 안 되는 말로 횡설수설하고 있는 나, 허리가 굽고 머리는 새하얗게 변한 내가 더는 알아볼 수 없는 손으로 잡초 한 줌을 잡아당긴다. 그리고 간이침대 위에 누워 얇은 담요를 덮고 겨울 추위에 벌벌 떨고 있는 나. 나는 멍한 눈으로 어쩌면 의식과 광기의 가장자리에서 비틀거리며 내 아이들이 어디로 갔는지 궁금해할 것이다. 스티븐, 샘, 레오, 소니아, 그리고 아기.

로렌조가 내 팔을 잡고 끌어당기자 나는 비로소 내가 철제 케이지의 맨 아랫줄에 등을 기댄 채 실험실 바닥에 앉아 있다는 걸 깨달았다.

"괜찮아, 지안나."

로렌조가 내 눈에 맺힌 눈물을 손가락으로 닦으며 말했다.

"괜찮아."

"아니에요, 당신도 알잖아요."

"그럴 거야."

로렌조 품 안에 파묻히고 싶었지만, 카메라가 기억났다.

"난 괜찮아요."

내가 몸을 바로 세우며 말했다.

"주사부터 시작해요."

내가 처음 실험동물로 실험을 시작했을 때, 한 가지 불문

율이 있었다. 동물에게 이름을 붙이지 말 것. 말하자면 그들을 애완동물로 생각하면 안 된다는 것이다. 그들을 A 지점에서 B 지점으로 가는 수단 이외의 것으로 생각하면 안 된다. 시험관이나 배양 접시, 현미경 슬라이드처럼, 생쥐들은 관찰하고 충족시킬 타고난 수단 그 이상의 무엇도 아니라고 생각해야 한다. 그럼에도 불구하고 로렌조가 생쥐들을 치료하거나 죽이게 될 주사를 놓을 수 있도록 내가 작은 생쥐들을 붙잡고 있는 동안, 그들에게 지어준 이름만이 내가 생각할 수 있는 전부였다.

재키. 린. 진.

51

로렌조의 생각은 위험했지만, 꼭 필요했다.

위층에 전화해 실험실을 청소할 조수를 부르고 모건에게 보고서를 제출한 뒤, 먼저 자리를 뜬 나는 보안 검색대를 통과해 다시 돌아보았다. 오후 근무 시간에는 또 다른 군인 두 명이 보초를 섰다. 그들의 군복은 칼같이 주름 잡혀 있었고, 군화는 정문 입구 형광등에 반사되어 반짝반짝 윤이 났다. 내 지갑이 검색대를 통과하는 동안 군인 한 명이 나를 가볍게 두드렸다. 그의 손이 짧고 빠른 호를 그리며 내 엉덩이와 등, 배, 가슴 위를 훑었다. 모든 검색이 끝나고 나는 5월의 햇살을 향해 걸어갔다.

내 생각에 5월 31일이 내 생일인 것 같았다. 스티븐이 패트릭의 지갑에서 돈뭉치를 훔쳐 달아난 날, 그리고 메릴랜드 작은 오두막에서 로렌조와 또 다른 밀회를 즐기던 날.

우리는 도시에서 반대편으로 가기로 했었다. 그래서 남쪽으로 가는 차량을 따라 워싱턴을 관통하는 고속도로를 통과했고, 물가 근처에 있는 수산 시장을 지나갔다. 나는 수산 시장에 있는 물고기가 어디서 왔는지 궁금했다. 메인? 노스캐롤라이나? 아마 둘 다일 것이다. 누가 생선 가공 공장에서 일하며 비늘을 벗기고, 내장을 손질하고, 포장하고 얼리는지 궁금하지 않았다. 언젠가는 나도 같은 일을 할지도 모른다. 장시간 동안. 월급도 없이. 내 살갗에서 영원히 사라지지 않는 비린내를 풍기며.

린은 경제가 무너지는 것에 관해 잘못 알고 있었다. 경제가 번영하지 않을 수도 있지만, 기계는 일정한 속도로 계속 움직이고 있다. 우리의 노동력은 절반으로 삭감된 게 아니라 재조립되고 재분배되었을 뿐이다. 일을 잘하지 못하는 남자들은 순수 사회에 서성거릴 가치가 없다고 여겨져 다른 남자들로 대체되었다. 모든 분야를 아우르는 산업계와 정부 부처는 CEO, 의사, 변호사, 엔지니어 등 여성들이 남긴 공백을 메우려고 국내 최고 대학을 갓 졸업한 남성들을 선별했다.

그래야 현 체제를 훌륭하게 재가동할 수 있었다.

온종일 스티븐을 마음에서 몰아낸 나는 이제야 그 슬픔이 잠금 해제되어 북받쳐 올랐다. 아들을 비난하고 싶은 적도 너무 많았지만, 그럴 수 없었다. 괴물은 절대로 태어나는 것이 아니다. 잘못 인도된 프랑켄슈타인처럼, 그들은 하나하나씩 천천히, 항상 자신이 더 잘 안다고 생각하는 미치광이의 인위적인 창조물로 만들어진다.

어쨌든 스티븐은 그 돈으로 멀리 가지 못할 것이다. 그리고 집으로 돌아가는 길을 찾을 것이다. 내가 믿어야 할 한 가지 사실은 이것뿐이다.

차량들이 빠지고 혼다를 출구 진입로로 끌고 나와, 윌리엄 스타이런(William Styron)의 고향이자 푸른 게와 돛단배가 잔

잔한 물가 위로 스쳐가는 체서피크만이 있는 동쪽으로 돌릴 때 내 눈물이 가라앉았다.

만약 베르니케 치료법에 효과가 있다면, 이탈리아 병원에 있는 내 어머니에게 약을 보내게 해달라고 모건에게 부탁할 것이다. 그 작은 혜택이야말로 황량한 풍경을 비출 한 줄기 밝은 태양이다. 많지는 않지만, 꼭 잡아야 할 빛이다.

오두막 진입로에 멈춘 로렌조의 차가 후드에서 일그러진 열기를 내뿜고 있었다. 물론 그가 먼저 도착했다. 미친 이탈리아 운전자를 이탈리아 밖으로 쫓아낼 수는 있지만, 그들의 광란까지는 막을 수 없는 것이다. 나는 로렌조가 우리 오두막을 빌렸을 때부터 비어 있던 다음 주차장으로 차를 몰았다. 규칙이 있다면, 첫째는 오두막 근처에 있는 공원에 세우는 것이고, 둘째는 빈 주차장에 주차하는 것이다. 첫 번째 규칙을 지켜본 적은 없었다.

로렌조는 부엌에 있었다. 싱크대, 2구 가스레인지, 그리고 물과 와인을 위한 정육면체 모양의 냉장고밖에 없는 부엌이지만, 우리는 그곳에서 요리하며 시간을 보낸 적이 없다. 어쨌든 음식을 만든 적은 없다.

나는 운전하는 동안 모든 걸 계획했다. 들어가서 얘기만 하고 나오자. 하지만 로렌조가 내 오른쪽 뺨에 손을 얹자 계획은 모두 엉망이 됐다. 로렌조는 나를 부엌에 딸린 작은 침실 대신 우리가 열어본 적 없는, 창문이 하나만 달린 나무판자로 된 어두운 방으로 이끌었다. 하지만 나는 내 뺨에 얹은 로렌조의 손을 떼어내 그를 이끌었다.

지난번에는 아무 얘기도 없었다. 나는 그때 손목 카운터를 끼고 있었고, 로렌조는 침묵을 지켰다. 그는 패트릭처럼 내 이름을 속삭이지 않았고, 동정 어린 말도 하지 않았다. 나와 내 안에서 움직일 때는 되도록 말을 하지 않았다. 우리는 오늘도 여전히 조용했고 우리의 손과 몸은 서로를 위한 말을 읊고 있었지만, 내 안쪽에서는 오케스트라의 열정적인 합주가 울리고 있었다.

한 번의 사랑이 끝난 뒤에도 우리는 다시 서로를 탐닉했다. 이번에는 몇 시간이 아니라 며칠 또는 몇 년이 있는 것처럼, 서두르지 않고 천천히. 시간을 쪼개지 않고서.

마침내 어떤 의미로든 그의 몸이 부드러워졌을 때, 로렌조는 세상을 덮은 방패처럼 내 위에 누워 그의 따뜻한 체온으로 나를 감쌌다.

"내가 당신을 꺼내줄 수 있어."

로렌조가 말했다. 잠시 그 말이 무슨 뜻인지 몰랐지만, 소나무 바닥 위에 우리 둘의 청바지로 둘러싸인 데님 웅덩이 쪽으로 손을 뻗더니, 얇은 버건디 책자를 손에 들고 내게로 돌아왔다. 나는 그게 뭔지 한눈에 알아봤다. 나뭇가지로 둘러싸인 톱니바퀴와 5점짜리 별―평화를 상징하는 올리브와 힘을 상징하는 참나무.

"이거 어떻게 얻었어요?"

나는 새 여권을 훑어보며 물었다. 2쪽을 펴보니 내 사진이 있었다. 하지만 다른 여자의 이름이 적혀 있었다. 그라지아 프란체스카 로지. 생년월일은 대략 내 나이와 비슷했다.

"친구들이."

로렌조가 말했다.

"음, 친구들이 마련해줬어."

"그라지아가 누구예요?"

로지는 이탈리아에서 흔히 볼 수 있는 성이지만, 상상을 초월하는 우연의 일치였다.

"누나?"

로렌조가 고개를 저었다.

"아니. 난 누나 없어. 그라지아는…… 내 아내야."

로렌조가 내가 묻기도 전에 설명했다.

"5년 전에 죽었어."

"아……"

로렌조는 마치 평범한 뉴스, 일기예보나 다음 동계 올림픽이 열리는 곳, 월드시리즈의 결과를 알려주는 것처럼 담담하게 말했다. 나는 아무 질문도 하지 않았고. 로렌조도 답을 제시하지 않았다.

"난 떠날 수 없어요, 알잖아요."

로렌조의 손이 내 몸 아래로 달려 내려오며, 내 쇄골에서 시작하여 성기 바로 1인치 위에 멈추어 서 있을 뿐, 그는 반론하지 않았다.

"딸이라면, 지안나?"

52

딸이라면?

나는 옆으로 누워 내 여권 앞면에 새겨진 금색 문장을 한 손가락으로 만지작거렸다. 로렌조가 거금을 들여 마련한 선물이자 지옥을 탈출할 수 있는 소중한 표. 불과 한 시간 전만 해도 나는 스타이런에 대해 생각하고 있었지만, 지금 나는 짧은 생애를 마감한 소피가 되어 그녀의 남자와 함께 누워 있다. 우리 위쪽의 공간에 무시무시한 솔로몬의 선택이 매달려 있다.

어느 쪽일까? 어느 쪽을 선택해야 하는 걸까?

"얼마나 더 생각할 수 있죠?"

우리의 어두운 침실 속에서 내가 물었다. 월요일에 첫 시술을 시작하지 않더라도 우리 둘 다 내게 얼마 남지 않았다는 걸 알고 있었다.

"우리는 프로젝트를 지연시킬 수 있어요."

내가 말했다.

"몇 주 정도는."

"그 정도면 될까요?"

"아니."

갑자기 나는 20여 년 전의 해변이 생각났다. 칸쿤이나 버뮤다나 같은 호화로운 해변이 아니다. 재키와 나는 간신히 돈을 긁어모아 바다가 보이지 않는 싸구려 모텔에서 이틀 밤 동안 묵은 적이 있었다. 우리는 매년 여름마다 레호보스(Rehoboth)로 가 직접 맥주를 마시고 햇볕을 쬐며 대학원의 광기를 피해 다녔다. 마지막으로 갔을 때 나는 재키에게 돈을 조금 더 챙겨왔다고 말했다. 그래서 하루, 어쩌면 이틀 정도 더 머무를 수 있었다.

"그 정도면 될까?"

재키가 냉장고에서 꺼내 라임 조각을 짜 넣은 코로나를 빨아 마시며 말했다.

"아니."

내가 웃으며 말했다.

"지니, 모든 건 끝나. 금방. 영원히 휴가 거품 속에 머물 수 없으니까."

나는 우리가 모텔 방에서 며칠 더 보냈는지, 아니면 다음 날 아침에 차를 몰고 돌아왔는지 기억나지 않는다. 다만 우리가 비키니 수영복과 선탠로션으로 가득 찬 비치백과 여행 가방을 우리 아파트로 끌고 들어가며 그런 게 정말 중요하지 않다고 생각했던 기억만 났다. 결국, 우리는 가축우리 같은 조지타운 아파트로 들어가 냉장고에 남은 음식들을 버리고, 쌓여있는 우편물을 확인하고, 일광욕도 잊은 채 학업에 다시 뛰어들게 될 것이다.

재키의 말이 또 한 번 옳았다. 모든 건 금방 끝난다.

"생각났어요."

내가 로렌조에게 말했다.

"칼 목사가 처음 내게 물었을 때, 나는 그가 대통령 형의 머리 부상에 관한 모든 이야기를 지어냈을지도 모른다고 생각했어요. 칼 목사가 내 연구를 역설계하려는 건 아닌지 궁금해하며 부엌에 서 있던 기억이 나요."

나는 고개를 홱 돌려 베개에 얼굴을 파묻었다. 베개가 날 통째로 삼키기를 바라며.

"당신 잘못이 아니야."

로렌조가 말했다. 하지만 내 잘못이 맞다. 다만 내 잘못은 목요일에 모건의 계약서에 서명했을 때 시작된 게 아니다. 20년 전에 시작되었다. 내가 처음으로 투표하지 않았을 때부터. 너무 바쁘다는 핑계로 시위에 참여하거나 포스터를 만들거나 의원들에게 전화를 걸 수 없다고 재키에게 수없이 말했었던 그때부터였다.

"이 침대에서 영원히 안 나가도 된다고 말해줘요."

내가 말했다. 로렌조가 시계를 확인했다.

"쥐들은 두 시간 더 있어야 해. 실험실로 돌아가려면 차로 45분 정도 걸릴 테고."

"한 시간 남은 거네. 적어도 나한테는. 난 카레이서가 아니에요."

"그렇다면 우리에게도 한 시간 남은 거야."

할 수 없다고 말했지만, 할 수 있었다. 그리고 이번에는,

침묵하지 않았다. 나는 비명을 지르듯 내 몸과 목소리를 움직였다. 손톱을 세워 이불을 긁거나, 로렌조의 피부에 박아넣듯 파고들었다. 나는 암페타민에 취한 야생고양이처럼 물고 긁고 신음하며 내 모든 스트레스와 공포, 증오를 로렌조에게 쏟아부었다. 로렌조는 한 방울도 남기지 않고 모두 가져가더니, 내 머리카락을 당기고 입술과 가슴을 물어뜯을 듯 불같은 키스로 공격했다.

거칠지만 그건 여전히 사랑이었고, 세상을 향한, 세상의 모든 죄악을 향한 우리의 절규였다.

53

우리는 15분 동안 샤워를 하면서 다음에 해야 할 일을 결정했다.

"다른 실험실이 있어요."

샤워기의 물줄기가 내 살갗 위로 쏟아지도록 내버려둔 채 말했다. 뜨거운 물이 찰과상에 닿으면 따끔따끔하다. 아래를 내려다보고 나서야 내가 엉망진창이라는 걸 깨달았다.

"이런, 맙소사."

"얼굴은 아주 멀쩡해. 사실 완벽하지."

로렌조가 내 머리에 샴푸를 해주며 말했다.

"당신 말이 맞아. 다른 연구실이 있는 게 분명해. 하지만 우리는 그곳에 못 들어갈 거야."

"들어가야 해요."

로렌조가 머리를 헹구더니 쥐의 둥지처럼 모인 내 머리카락 뭉치를 버리러 나갔다. 2분 후, 비좁은 욕실로 들어온 로렌조가 세면대에 한쪽 엉덩이를 걸치며 말했다.

"내 말 잘 들어, 지안나. 우리는 물론 그들의 다른 실험실에 안 들어가겠지만, 만약 들어가게 된다면, 어떻게 될까? 방화? 곧 붙잡히겠지. 보급품을 훔칠까? 물론 우리가 약병을 한 아름 들고 문밖으로 나오자마자 보안 귀신들에게 들키지 않는다면. 뭐, 어쨌든. 어떻게 될까? 무슨 일이 생길까? 그들은 정부야, 기계라고. 그들은 다시 시작하면 그뿐이야. 내년쯤, 당신과 린은 손톱으로 생선 내장을 따고 있을지도 모르지. 만약……."

로렌조는 잠시 말을 멈추었다가 다시 입을 열었다.

"여기 남는다면."

나는 그 경우도 고려했다. 로렌조의 말이 맞았다.

"그럼 아무것도 하지 말자는 거예요?"

나는 샤워를 마치고 수건으로 몸을 닦기 시작했다.

"전혀 아무것도?"

"아니. 우리는 뭔가를 해야 해. 여기서 당장 벗어나야지."

"엔조, 내겐 아이들이 있어요. 네 명이나. 내가 패트릭을 떠날 수 있다고 해도……."

로렌조가 내 배를 동그랗게 어루만지며 나를 아래위로 훑어본다.

"음. 나도 한 명 있어. 내게도 결정권이 있을까?"

"당신 딸은 데려가도 돼요. 이 아기 말이에요. 아들이든 딸이든 당신이 데려갈 수 있어요."

물론 내가 이렇게 말해도 불가능하다는 걸 안다. 이 아기를 출산할 때쯤이면, 또 어떤 새로운 법이 시행될지 누가 알 수 있을까?

"우리 둘 다 그럴 수 없다는 걸 알잖아."

로렌조가 이제는 심각한 눈빛으로 단호하게 말을 이었다.

"지금 아니면 안 돼, 지안나."

"아뇨. 다음 주 아니면 절대 안 돼요. 월요일에 첫 시술이 있는데다 주 중반까지는 결과를 얻어야 하니까요."

"그래서?"

그래서 여기, 땀과 정액과 사랑의 냄새가 나는 이 오두막 안에서 나는 결정을 내렸다.

"딸이라면 같이 갈게요. 당신이 원하는 대로."

로렌조는 내가 옷을 입고 머리를 빗는 모습을 보며 기다렸다. 그러고는 나를 끌어당기며 내 귀에 대고 속삭였다.

"좋아, 지안나. 좋아."

로렌조의 목소리는 힘차게 들렸다. 그러나 나는 알고 있었다. 그와 나, 우리 둘 다 아이의 염색체에 두 개의 X가 있지 않기를, 이 아이가 이 땅에서 딸로 태어나지 않기를 바라고 있다는 사실을.

"자."

내가 입을 열었다.

"우리 이제 돌아가야 해요. 내가 먼저 갈게요."

바깥 공기는 시원해져 있었다. 몇 채 안 되는 별장 건물들은 우리가 오두막에 도착했을 때는 없었던 그림자를 드리웠다. 차에 올라 시동을 건 다음, 아이가 딸이든 아들이든, 여기 머물든 떠나든, 나는 무엇을 위해 기도할지 생각했다. 소니아가 내게서 멀어지는 걸 지켜보거나, 조금 덜 끔찍한 시나리오를 떠올리면, 유니폼을 입은 남자 간호사가 그녀의 모든 말을 영원히 앗아갈 주사약을 주입하는 것을 지켜보는 것이다. 어느 쪽도 견딜 수 없을 것 같았다.

나는 딸을 위해 내가 그 어떤 쪽도 목격하지 않아도 되길 바라며, 믿지도 않는 신에게 기도했다. 그리고 같은 신에게 아들을 위한 기도를 했다. 내 딸 소니아를 떠날 필요가 없도록.

54

내가 출근을 위해 보안 검색대에서 세 번째 몸수색을 하고
있을 때, 군인들이 린은 오늘 나타나지 않았다는 것을 알려
주었다.

"아닙니다, 부인."

다른 군인이 말했다. 그 군인은 내가 나갈 때 몸수색을 했
던 바로 그 절도 있는 청년이었다. 왼쪽 가슴 주머니 위에 있
는 이름을 보니 페트로스키였다.

"모건을 만나야겠어요."

내가 말했다.

"누구 말씀하십니까?"

"레브론 박사요."

모건을 '박사'라고 부르려니 내 목구멍에서 고약한 담즙이
솟구치는 것 같았다. 모건은 그런 칭호를 들을 자격이 없었다.

절도 있는 페트로스키 병장이 이미 검색대를 통과한 내 가
방을 한 번 더 확인하고는 동료에게 고개를 끄덕였다. 벨이
두 번 울리자 모건이 전화를 받았다.

"뭐라고?"

모건이 말했다. 페트로스키 병장이 내 출입 카드를 앞쪽으
로 뒤집어 이름을 확인했다.

"매클렐런 박사님이 레브론 박사님을 만나야 한다고 합니다."

"내가 지금 바쁘다고 전하게."

실험실 쥐새끼가 끽끽거리듯 귀에 거슬리는 모건의 목소리가 군인과 나 사이의 허공을 뚫고 들렸다. 내가 그를 쥐라고 하는 이유가 여기에 있다. 역겹고 악랄할 뿐, 전혀 영리하지 않은 피조물이니까.

"모건에게 우리가 곧 쥐를 검사할 거라고 전해요."

내가 그 군인에게 말했다.

"하지만 먼저 보고를 하고 싶다고요."

다시 끽끽거리는 소리가 났다. 하지만 이번에는 가느다란 희망의 기미가 서려 있었다.

"그 여자 올려 보내. 물론 호위해서."

30초 후, 나는 스티븐과 몇 살 차이 안 날 것 같은 남자, 아니 남자아이와 함께 엘리베이터에 탔다. 무슨 이유 때문인지 알 수 없지만, 나는 그 아이가 대학생 시절에는 어땠을지 궁금했다. 동아리에서 회원 맹세를 하거나, 깔때기를 입에 물고 싸구려 맥주를 들이붓듯 마시거나, 이른 아침 졸린 눈을 비비며 미적분 수업으로 들으러 갔을까.

"대학은 다녔나요?"

내가 물었다.

"네, 부인."

"전공은 뭐였어요?"

나는 정치학이나 법학, 또는 역사학 같은 걸 생각하고 있었다. 내 옆에 서 있던 그는 순간 경직된 듯했지만, 고개를 돌리지는 않았다.

"철학입니다, 부인."

"그럼 기초 인식론 수업에서 총 쏘는 법을 가르치나요?"

나는 그가 엉덩이 옆에 찬 군인용 총에 시선을 두고 물었다. 그러고는 그 군인이 내 질문에 입을 꼭 다물기를, 내가 상관할 바 아니라고 말하기를 바랐다. *어서 가십시오, 부인. 구경거리 아닙니다.* 하지만 그 군인은 그렇게 하지 않았다. 대신 아랫입술이 살짝 떨렸다. 나는 페트로스키 병장의 제복 너머로 수줍은 소년의 모습을 봤다.

"아뇨, 부인."

군인이 말했다.

옛말에 '*윗입술을 꽉 깨물다*'라는 말은 '감정을 드러내지 않는다'라는 뜻이기도 했지만, 엘리베이터의 반질반질한 철벽에 비친 그의 모습을 보니, 우리가 걱정해야 할 건 윗입술이 아닌 것 같았다. 언제나 그렇듯 아랫입술이 우리를 두렵게 만든다.

나는 더 이상의 질문으로 그를 고문하지 않기로 했다. 페트로스키도 결국, 삶의 길을 따라가다가 어딘가에서 잘못된 방향을 택한 아이일 뿐, 스티븐과 별반 다르지 않았다. 물론 스티븐은 잠시 우회한 후 돌아섰지만. 아마 이 아이도 그럴 것이다.

"아직 시간이 있어요."

내가 말했다. 어린 군인에게 말하는 건지, 아니면 나 자신에게 말을 하는 건지 알 수 없지만.

'5층입니다'라는 녹음된 여자 목소리가 들리고 엘리베이터가 멈췄다. 그들만의 은밀한 공간이 미끄러지듯 열린 문 뒤에서 나타났다. 살짝 몸을 돌린 페트로스키가 팔을 뻗으며 내리라고 손짓하더니 나를 흘깃 바라봤다. 눈빛이 너무 빨라 거의 놓칠 뻔했다. 그가 눈을 세 번 깜빡였다.

한 번은 네, 두 번은 아니요.

세 번은 순수파가 아니라는 뜻인지도.

나는 그를 향해 눈을 감았다. 카메라가 그 모습을 포착할지 안 할지 모르지만, 만약 포착했다면, 적당한 핑곗거리를 지어낼 수 있었다. 내 눈에 벌레나 속눈썹이 들어갔다거나, 염증이 있는 것 같다고.

"가요."

내가 말했다.

토요일 오후라면 5층 복도는 유령도시여야 한다. 모든 장군과 제독들이 골프나 테니스를 치거나 지하실에서 '주축군과 연합군'이라는 전쟁 게임이나 하고 있어야 한다. 하지만 모든 사무실 문이 열려 있었고, 모든 문 뒤에는 책상에 앉아 무언가에 집중하느라 바쁜 남자가 있었다.

엘리베이터를 내리자마자 내 오른쪽으로 세 번째 문의 황동 명판에 윈터스 J라는 이름이 적혀 있었다. 안에서는 책상 뒤에 있는 남자가 고개를 들어 얼굴을 찡그리더니 다시 무언가를 읽기 시작했다. 그 남자는 내가 어제 알게 된 그 사람, 어젯밤 골드 팀의 명단에서 본 바로 그 이름이었다.

"다 왔습니다."

페트로스키 병장이 말했다. 그러고는 닫혀 있는 모건의 사무실 문을 세 번 두드렸다.

"들어오세요."

페트로스키가 휙 돌아섰다.

"행운을 빕니다, 부인. 그러니까 그 프로젝트에 대해서 말입니다. 보고가 끝나면 제가 다시 내려드리겠습니다."

내가 들어가자 모건이 일어나 앉으라며 자리를 권하더니 책상에 놓인 전화기 버튼을 눌렀다.

"앤디, 커피 두 잔 갖다줘."

그가 나를 쳐다봤다.

"크림? 설탕?"

"블랙으로요."

나는 미소를 지으며 말했다. 만약 모건이 스스로 배포가 크다고 여긴다면 오늘 아침 로렌조가 주사를 놓은 실험용 쥐 같은 눈을 하고도 왜 그 파티에 참석하지 않았을까?

모건이 비서 앤디에게 음료를 지시한 뒤 책상 의자에 앉았다. 자기가 더 커 보이도록 의자에 등을 바싹 붙이고 앉았지만, 그렇게 앉으면 바닥에 발이 닿지 않아 고통스러울 게 뻔했다.

"자, 어떻게 되었나요? 진전은 있습니까?"

나는 모건 머리 위에 있는 시계를 확인했다.

"약 30분 후면 알 수 있어요. 린은 어디 있나요?"

이 뜬금없는 대화의 흐름이 그의 모든 것을 느려지게 했다. 그리고 누군가 그에게 아이스크림을 권한 다음 멸치와 참치 중 하나를 선택하게 한 것처럼, 내 보고를 받는 동안 그의 입꼬리가 처음에는 아래로, 그다음은 평평하게, 그러고는 다시 위로 올라갔다.

"멋지군요. 내일이라도 시험할 수 있나요?"

"우리의 첫 번째 시술은 월요일로 예정되어 있어요."

"내일로 바꿔요."

모건이 말했다. 그리고 덧붙였다.

"가능하다면, 진. 가능하다면요."

모건이 자기 말에 순종하라는 듯한 신호를 보냈다. 그는 분명 뭔가를 원했다. 나도 뭔가를 원했다.

"물론이죠."

모건은 이제야 긴장이 풀린 것 같았다. 그 사이 앤디가 부드럽게 문을 두드리며 쟁반을 들고 왔다.

"제가 하죠."

나는 파란색 P 문장이 찍힌 하얀 머그잔 두 개 위로 유리병에 있는 물을 따르며 말했다.

"모건, 일전에 내가 소리 질러서 미안해요."

"우리는 모두 엄청난 스트레스를 받고 있으니까요, 진. 평화가 필요하죠."

물론 평화가 필요하다. 나는 모건에게 '평화'라는 단어와 '항복'이라는 단어가 어떤 언어에서는 사실상 동일하다는 것을 상기시켜줄 뻔했지만, 쓸데없이 그를 혼란스럽게 할 필요는 없었다. 일단 나는 지금 이 개자식이 너무 필요하니까.

"부탁할 게 있어요. 우리 엄마가 동맥류 파열로 고생하고 계세요. 좌반구. 베르니케 영역이에요."

모건이 눈을 가늘게 떴지만 아무 말도 하지 않는다.

모건의 실눈이 걱정인지, 동정인지, 불신인지 구별하기 힘들었지만, 나는 한 번에 한 발짝씩 더 나가보기로 했다.

"그래서 말인데, 우리 엄마를 시험 대상에 올려도 될까요? 어쨌든 임상 시험을 시작했으니까요."

"물론 할 수 있어요. 내일 모시고 오세요."

"음, 내일은 안 될 거예요. 엄마가 이탈리아에 계시거든요."

모건이 의자 팔걸이에 팔꿈치를 하나씩을 대고, 오른쪽 발목을 왼쪽 무릎 위에 올려놓은 채, 뒤로 물러앉았다. 되도록 많은 공간을 차지하려고 애쓰는 것처럼.

"이탈리아라."

모건이 그 말을 되풀이했다.

"네. 피자의 나라이자 기막힌 커피가 있는 곳이죠."

앤디가 가져온 쓰레기 커피와 달리. 나는 속으로 이렇게 비아냥거렸다.

"그건 나도 문제가 좀 있어요, 진. 우리와 유럽의 관계가……."

모건이 적당한 단어가 생각나지 않는 듯 머뭇거렸다.

"좋지 않아요."

참 모건다웠다. 모건이 선택할 수 있는 몇몇 단어, 즉 '약하다', '긴박하다', '문제 있다', '어색하다', '적대적이다', '불길하다' 가운데 겨우 '좋지 않다'를 고르다니.

그러고는 눈동자를 슬쩍 왼쪽 위로 움직이며 말을 이었다. 그건 그가 거짓말을 하거나 뭔가 숨기고 있다는 확실한 징후였다. 모건은 잠재의식 속에 숨겨진 틱 장애를 의식하지 못하는 것 같다. 다른 거짓말쟁이들은 그렇지 않다.

"알겠죠, 진? 내 말은, 우리가 이런 귀중한 제품을 유럽으로 보낼 수는 없다는 거예요. 현재 분위기로는 안 돼요."

내 커피는 한 모금 마실 때마다 더 쓴맛이 났다.

"나를 보낸다면요? 내가 혈청을 투여하면……."

"아하!"

그가 말이라기보다는 짖음에 가까운 소리를 냈다.

"여행 규칙을 알고 있겠죠."

모건이 부드럽게 말하면서도 짧게 말을 끊었다.

"그건 안 됩니다."

내가 어떻게 그 규칙을 잊을 수 있을까?

"그럼 좋아요. 로렌조를 보낼세요. 그는 여행할 수 있으니까요."

모건은 아이에게 어려운 수학 개념을 설명하고 있는 듯 고개를 가로저었다. 로렌조는 그 규칙을 무너뜨려도 된다고 생각한 내 잘못이었다.

"로렌조는 이탈리아 사람이잖아요, 진. 유럽 시민이라고요."

"로렌조도 우리 팀 중 한 명이에요."

내가 말했다.

"그래서 그게 다예요?"

모건이 책상 위에 있는 서류를 뒤적거리기 시작했다. 회의가 끝났다는 모건의 전형적인 신호였다.

"미안해요, 진. 쥐가 준비되면 전화해요, 알았죠?"

"그럼 이만 갈게요."

나는 모건의 사무실을 나가려 몸을 돌렸다.

"그런데 린은 어디 있나요?"

"모릅니다."

모건의 눈동자가 또 한 번, 왼쪽 위로 움직였다.

55

엘리베이터를 타고 지하실로 내려갈 때, 일련의 무시무시한 장면이 내 머릿속을 스치고 지나갔다.

딱 한 부분만 제외하고 뇌의 모든 부분이 온전한 프랑스 의사들은 환자와 이야기하고 처방전을 쓰고 수술하는 것은 고사하고, 손 세정제 한 병에 대한 지시조차 할 수 없다.

독일의 증권 중개인들은 고객들에게 기쁘게 *사세요!* 라고 말하는 대신 *파세요(dig)!* 라고 하거나, *팝니다!* 대신 *땅파기!* 라고 말할 것이다.

승객 200명의 안전을 책임지고 있는 스페인의 한 비행기 조종사는 항공 교통 관제사의 경고를 불쾌한 농담으로 해석하고, 그녀의 비행기가 지중해로 곤두박질치고 있다고 해도 비웃을 것이다.

계속해서, 꾸준히, 대륙 전체가 언어 없는 혼돈에 잠기고, 그 혼돈에 점령당할 때까지.

"필요한 게 있으면 알려주십시오."

엘리베이터가 1층에 도착하자 페트로스키 병장이 말했다. 그러고는 뒤도 돌아보지 않고 엘리베이터를 빠져나가더니 다섯 명의 남자가 정문을 통해 줄지어 들어오자 검색대에 자리를 잡았다.

그래. 오늘 로렌조와 나만 일하는 게 아니다. 정말 깜짝 놀랐다. 나는 지하실로 계속 내려갔다. 발을 내디딜 때마다 지옥으로 가는 또 다른 여정이 시작되는 기분이다. 실험실 안에는 생쥐 우리 앞에 앉아 서류 작업 중인 로렌조가 있었다.

"1번 그룹."

로렌조가 조용히 말했다. 그는 아무 말도 할 필요가 없다. 1번 우리 속은 쥐들이 서커스를 벌이기라도 한 듯 쾌활했다. 여러 마리의 쥐가 야유회라도 온 것처럼 이리저리 돌아다니고 수다를 떨며 찍찍거렸다. 2번 우리에는 생명이 없는 열두 마리의 쥐들이 누워 있었다. 털북숭이 몸뚱이는 이미 단단하게 굳은 채였다.

그 모습을 보니 생쥐들에게 이름을 지어준 나 자신이 미치도록 싫었다.

생쥐는 언어 능력이 없다. 하지만 이 마지막 실험에는 언어 능력이 필요한 게 아니었다. 고맙게도 린의 이전 연구 성과 덕분에, 나는 2년 전 있었던 유인원 실험에 참여하지 않아도 되었다. 우리는 이미 우리 혈청의 신경 언어학적 성분을 분리했다. 오늘 이 생쥐들은 단 한 가지 목적, 즉 로렌조가 개발한 두 개의 신경단백질만을 시험하기 위한 것이었다. 우리 중 누구도 사람에게 독소를 주입하고 싶어 하지 않았다.

하지만, 물론, 이 일은 틀림없이 일어날 것이다.

나는 로렌조 옆에 앉아 그의 서류 더미에서 비어 있는 실험 보고서 한 장을 내 쪽으로 끌어당겼다. 그러고는 작은 글씨로 종이의 상단 구석에 한 단어를 쓴 뒤 다른 한 손으로 덮었다.

생물 무기.

로렌조가 그 단어를 읽자마자 나는 종이를 아무렇게나 구긴 다음 안쪽 문을 통해 생화학 실험실로 들어갔다. 로렌조가 뒤따라왔다. 우리는 함께 분젠 버너의 푸른 불꽃 속에서 구겨진 종이가 노랗게 타다가 까맣게 변하는 것을 지켜봤다.

"확실해?"

로렌조가 개수대 수도꼭지를 비틀어 연 다음, 까만 재를 쳐다보며 말했다.

"아뇨, 하지만 말이 되잖아요."

나는 위층에서 모건과 나눴던 대화를 로렌조에게 전했다.

"생각해봐요, 엔조. 항 베르니케 프로젝트, 베르니케 프로젝트, 베르니케 수용성 조사 프로젝트. 주사는 시간이 걸려요. 사람들을 모아 의료 기술을 훈련해야 하니까요. 그렇게 되면 그들에게 탈출할 기회를 주게 될 거예요. 하지만 도시의 물 공급을 늘리려면 중성자 폭탄을 떨어뜨리는 편이 나을 거예요."

나는 손가락을 딱 튕겼다.

"빵. 하지만 소리는 안 나죠."

"그건 미친 짓이야."

로렌조가 말했다.

"칼 목사도 미친 건 마찬가지예요. 그나저나."

나는 에폭시 수지 싱크대를 닦아낸 뒤 불에 탄 흔적을 모두 없애며 말했다. 모건에게 아래층으로 오라고 전화하기 전에.

"우리의 끔찍한 지도자가 내일 첫 시술을 하길 원해요."

"그들이 빠르게 움직이고 있군."

"그런 것 같아요."

나는 로렌조에게 인터폰으로 모건을 호출하라고 했다. 내가 그 개자식에게 필요 이상으로 말을 걸 필요는 없으니까. 그동안 나는 첫 번째 신경단백질 혈청을 준비한 뒤 그날의 보고서를 작성했다. 그 쥐들, 죽은 쥐들은 냉동실에 가뒀다. 린이 여기 오면 그들에게 사후 마법을 부려줄지도 모른다.

린이 여기 오기만 한다면.

"린이 어제 당신한테 아무 말도 안 했군요, 그렇죠?"

나는 로렌조가 인터폰을 끊자마자 물었다. 로렌조가 고개를 저었다.

"린이 친구와 저녁 식사를 할 예정이라는 것 외에는."

"어떤 친구요?"

"이사벨 기억나?"

"어떻게 잊겠어요?"

내가 말했다.

이사벨 거버는 그녀가 스페인어 회화 고급반을 가르치지 않을 무렵부터 우리 부서를 서성거리곤 했다. 아르헨티나 출신이지만 스위스인 같은 분위기를 풍겼고, 린보다 30센티미터 정도 키가 더 컸다. 폭포수 같은 금발머리를 등 뒤로 치렁 치렁 늘어뜨린 여자. 가냘프지만, 약간 애교가 섞인 혀짤배기소리로 말했다. 린과 이사벨은 정반대의 특징을 지닌 커플이었지만, 모든 면에서 손발이 척척 맞았다.

작년에 두 사람은 서로의 관계를 정리하며 약혼을 취소했다. 모든 동성연애자를 수용소로 보냈기 때문에 두 사람은 결국 헤어져야 했다. 그 후 다시는 서로 말을 하지 않았다. 린과 이사벨의 손목 카운터가 작동한 후에는 이야기할 게 별로 많지도 않았다.

"두 사람이 조심해야 할 텐데."

내가 말했다. 뇌는 거대하지만, 몸집은 작은 린이 맨손으로 육욕의 죄를 씻어야 한다고 상상하니 몸이 움찔했다. 재키는 그 일을 감당할 수 있겠지만, 린은 재키가 아니었다.

그리고 또 다른, 훨씬 사악한 생각이 교묘하게 내 머릿속을 헤집고 들어왔다. *만약 우리가 모두 미행당하고 있다면?*

나는 그 질문을 머리에서 떨쳐냈다. 더는 생각할 여지도 없었고, 그런 생각을 쏟을 신경세포 한 개도 남아 있지 않았다. 물론 우리가 모건을 기다리는 동안 여유를 부릴 손도 없었다.

"그러면 월요일."

로렌조가 말했다. 그는 일에 관해 말하는 게 아니었다.

"월요일 오후에."

실험실 벽에 걸린 시계가 5시를 가리켰다. 돌이킬 수 없는 결정을 내릴 시간이 48시간도 안 남았다.

부모님, 그리고 내 안에 있는 오렌지 크기만 한 아기, 로렌조가 저울 한쪽에 있고, 패트릭과 아이들은 저울의 다른 쪽에 있다. 피할 수 없는 서로 다른 운명이 폭풍우 구름처럼 각각의 선택에 매달려 있다. 여기 남아 칼 목사가 점차 손을 뻗치고 있는 끔찍한 게임을 기다리거나, 아니면 유럽으로 건너가서 맨 앞줄, 가장 가까이에 있는 최고로 좋은 자리에서 유럽이 무릎을 꿇고 무너지는 모습을 지켜봐야 한다.

로렌조가 내 옆에, 손이 닿을 정도로 가까이 서 있었다. 그의 손가락이 내 손가락에 닿는 건 분명했다.

하지만 그걸로는 충분하지 않았다.

56

내가 혼다를 타고 집 앞에 도착했을 때 거의 7시가 다 되었다. 하늘이 아직 밝아서 겨울이나 겨울이 몰고 오는 어둠을 상상할 수 없었다. 이맘때면 나는 항상 겨울이 오지 않을 거라 착각하곤 했다.

하지만 겨울은 올 것이다. 늘 그랬으니까.

패트릭은 소니아와 쌍둥이에게 하얀 거짓말을 했다. 물론 나는 그 거짓말이 얼마나 하얗기에 세 아이 모두 스티븐의 부재에도 아랑곳없이 보드게임에 푹 빠져 있는지 잘 모르겠지만.

소니아는 나에게 안기기 위해 쌍둥이 오빠들 틈에서 빠져 나왔다.

"내가 이기고 있어요! 또요!"

소니아가 말했다.

나는 패트릭을 향해 눈썹을 치켜세웠다.

"스티븐은 며칠 동안 친구와 지내러 갔다고 말했어."

패트릭이 말했다. 그러고 나서 아이들과 그들의 플라스틱 조각 숲을 힐끗 보았다.

"샘, 레오, 동생 좀 보고 있어. 엄마와 아빠는 몇 분 동안 밖에 있을 거야."

“우리?”

내가 말했다.

“우리. 자, 진.”

그는 방금 막 뚜껑을 열어젖힌 맥주병을 내게 건네며 말했다.

“이게 필요할지도 몰라.”

진.

'자기야'나 '여보'가 아니라 '진'이다.

패트릭은 심각해 보였다. 아니면 열 받았겠지. 그게 더 말이 되는 것 같았다. 지난 24시간 동안, 나는 두 가지 죄를 저질렀다. 어쩌면 더 있을지도. 우편물을 몰래 뜯어보고 우편함에 도로 넣기도 했으니까.

“자.”

패트릭이 뒷문을 열고 나가더니 가능한 한 집에서 멀리 떨어진 곳으로 나를 데리고 갔다.

“나한테 뭐 하고 싶은 말 없어?”

나는 침을 꿀꺽 삼켰다. 프로젝트 서류를 훔쳐서 읽은 것과 로렌조와 오후의 절반을 보내다 온 것 중 어떤 게 더 나쁜 건지 알 수 없었다. 아니면 임신한 지 2개월 반 정도 됐다는 걸까? *그건 잊지 마, 진.*

패트릭이 이마 위로 흘러내린 머리카락을 쓸어 넘겼다.

“진, 당신이 내 서재에 있었던 거 알고 있어.”

“아버지랑 영상 통화하려고 그랬어.”

나는 거짓말을 했다.

"핑계가 좋네, 자기야. 하지만 아닌 거 알아. 부엌 전화로 통화 기록 확인했어."

그래. 별일 없으면 우리는 다시 '자기야'로 돌아갔다.

패트릭이 벤치 한쪽에 앉더니 나를 끌어당겼다. 나는 뒤로 물러섰다.

"안 물어. 걱정하지 마."

내 오른손이 저절로 옷깃으로 향했고, 내 목을 더 가리도록 옷깃을 바싹 잡아당겼다. 혹시라도 오두막에서 기념이 될 만한 무언가를 집까지 가져왔을까봐.

"좋아."

그러고는 패트릭 옆에 앉았다.

"나 한 남자가 처형당하는 걸 봤어."

패트릭은 이제 연보라색 옷을 벗고 늦봄에 어울리는 짙은 빛깔로 갈아입은 진달래를 똑바로 응시하며 말했다.

"지난 9월이었어. 9월 1일. 오후 2시 23분."

나는 무슨 말을 해야 할지 몰라 무작정 처음 떠오르는 걸 물었다.

"그때가 기억나? 정확한 시간까지?"

"그래. 그전에는 남자든 여자든 죽는 걸 본 적이 없었으니까. 동물이 죽는 모습도 본 적 없거든. 그래서 그 장면이 내 뇌에 고스란히 남았지. 어쨌든, 그 남자는 내 사무실 사람이었어. 후배 과학자 중 한 명인데 정부와 다른 기관들 사이의 연락 업무를 담당했지. 국립과학재단, 질병통제센터, 국립정신건강연구소 같은 곳 말이야. 우리는 그 후배 이름을 늘 줄여서 짐보라고 불렀어. 이름이 짐 보든이었거든. 젊은 아내와 소니아 또래의 딸이 있었는데, 아마 한 살 더 어렸을 거야. 짐보는 우스갯소리 하는 걸 꽤 좋아했어. 내가 짐보에 관해 기억하는 건 그게 다야. 웃기지 않아, 진?"

전혀 재밌지 않았다. 하지만 나는 그렇다고 말했다. 패트릭은 맥주를 한 모금 마시고는 입맛을 쩝쩝 다셨다.

"또 한 가지 재미있는 건 짐보는 늘 눈을 깜박였어. 그러니까, 눈꺼풀이나 먼지가 흩날릴 때 눈을 깜빡이는 것처럼 말이야. 항상 세 번 깜빡이더라고. 깜빡, 깜빡, 깜빡. 모두에게 그런 건 아니지만, 나는 짐보가 자주 깜빡인다는 걸 알게 됐어. 당신은 누가 그렇게 눈을 깜빡거리는 걸 본 적 있어?"

나는 고개를 끄덕였다.

"그렇군. 그래서 짐보는 서류들을 뒤적거리거나 복사를 할 때 대부분 고개를 숙이고 있었어. 매일 오후 3시쯤이면 짐보는 시내 건너편의 어떤 남자와 미팅이 있다면서 사무실을 나서곤 했어. 서류 가방을 챙겨서 바로 문밖으로 나갔지. 누가 또 눈치챘는지 모르겠지만, 짐보가 돌아왔을 때는 서류 가방이 가벼워 보였어. 가방을 휘두르는 모습을 보면 바로 알 수 있었거든. 나는 그 일에 관해 아무 말도 하지 않았어. 아무에게도."

맥주가 미지근해져서 더 마시고 싶지 않았다. 나는 술병을 땅바닥에 내려놓고 패트릭의 말에 집중했다.

"그런데 누군가 짐보를 잡아갔어."

"누군가는 항상 그들을 잡아, 자기야. 머지않아 당신도 당하게 될 거야."

나는 잠시 멈췄다가 다시 말을 이었다.

"당신을 말하는 건 아니야. 내 말은, 일반적인 의미에서 '당신'을 말한 거야."

패트릭이 내 손을 툭툭 토닥였다. 내 관심사는 오로지 패트릭의 손이 얼마나 깨끗한가 하는 것이었다.

"짐보는 그 일이 닥칠 거라 눈치챘을 거야. 그렇겠지. 왜냐면 그들이 짐보를 쏘기 일주일 전, 짐보가 나를 찾아왔었거든. 내가 나머지 사람들처럼 순수파인지 물었어."

패트릭은 가볍게 웃어 보였지만, 웃자고 하는 얘기는 아니었다.

"내가 나쁜 사람처럼 보이진 않지, 응?"

"응. 당신은 그렇지 않아."

나는 패트릭이 나쁜 사람이라고 생각해본 적이 없었다. 단지 늘 머리를 조아리고 입을 다물고 있는 남자일 뿐이다. 하지만 내가 이런 말을 하면 대화가 어떤 방향으로 흘러갈지 뻔했기에, 나는 말하지 않았다.

"그들이 짐보에게 수갑을 채워 사무실 밖으로 데리고 나가기 전에, 나에게 뭔가를 남겼어. 누군가의 이름과 번호만. 연락할지 말지는 알아서 결정하라더군. 짐보는 연락하길 원했지만 내가 한 발짝 물러서도 원망하지 않겠다고 했어. 그래서 내가 델과 연락하게 된 거야. 오늘 아침 델에게 무슨 일이 일어났는지 봤지?"

"그래."

"당신도 알다시피, 그들이 델도 쏠 거야. 짐 보든을 쏜 것처럼. 그들은 우리를 버스에 태웠어. 음, 버스 두 대에. 우리를 포트 미드(Fort Meade)까지 데리고 가는 동안, 그들은 우리가 어디로 가는 건지 한마디도 안 했어. 팀 워크숍이라는 건 핑계에 불과했지. 나는 그곳에서 여전히 그를 볼 수 있었어. 매일 오후 2시 23분에 그를 만났거든. '영광, 영광, 빌어먹을 할렐루야, 우리의 닭장에 여우가 있습니다, 여러분. 꼬치꼬치 캐묻고 다니는 여우를 상대할 방법은 하나뿐이죠.' 칼 목사가 이렇게 떠드는 동안 짐보는 수갑을 차고 말뚝에 묶인 채 우리를 노려보고 있었어. 토머스, 토머스 기억하지? 총을 쏜 건 그 개자식이었어. 재판도 없고, 배심원도 없고, 최후의 진술도 없었어. 그들은 포트 미드의 소총 사격장에서 짐보를 쐈어. 짐보는 총에 맞은 뒤 묶여 있던 말뚝과 함께 쓰러졌어. 이미 붉게 물든 모래밭 위에서 그가 계속 피 흘리는 모습을 지켜봤어."

패트릭은 몸을 숙여 내 맥주를 집어 들더니 단숨에 마셔버렸다.

"어쨌든, 그래서 내가 당신에게 말하지 않은 거야. 만약 그들이 나를 찾아오게 되면 당신은 아무것도 모르는 편이 더 나으니까."

만약이 아니다. '언제'인지만 남았을 뿐.

"하지만 나는 지금 알았잖아."

내가 말했다.

"그렇지, 자기야. 그렇겠지."

"스티븐은?"

나는 묻고 싶지 않았지만, 나 자신도 어쩔 수 없었다.

"만약 그들이 노스다코타에 도착한 스티븐을 찾아내면……."

패트릭은 아무 대답도 하지 않았다. 다만 두 손에 머리를 파묻은 채 몸을 앞으로 숙였다.

57

오늘 밤 어떤 사랑은 없었지만, 어떤 사랑은 있었다.

우리는 세 아이를 재운 다음 스티븐을 위해 조용히 소원을 빌었다. 너무 늦기 전에 돌아오라고. 그리고 나서 패트릭은 나를 침대로 데려가 내 몸을 감싸 안았다.

"당신은 떠나야 해."

패트릭이 말했다.

"어떻게든, 할 수 있는 대로."

"난 못해."

나는 할 수 있었지만 말이다.

"당신도 알 거야. 당신 연구소에서 일했던 그 이탈리아인 말이야."

이런 식이구나. 내 남편이 나의 불륜을 받아들이는 방법은.

나는 침대에서 일어나 패트릭의 손을 잡았다.

"한잔하자."

부엌으로 가는 동안 나는 여전히 이야기를 다듬지 못했다. 이야기 전체도, 이야기의 끝도. 하지만 어떻게 시작해야 하는지는 알고 있었다. 그리고 솔직하게 시작하는 게 나으리라. 나는 잔 두 개를 꺼내 패트릭의 잔에 스카치를 3센티미터 정도 따랐고, 내 잔에는 물을 가득 채웠다.

"오늘 밤은 그라파 안 마셔?"

패트릭이 말했다.

모든 게 쏟아져 나오려 했다. 로렌조의 사무실에서 뮤직박스를 들었던 첫날. 그가 기타를 연주하는 걸 보고, 그 긴 손가락으로 내 몸을 어루만지는 상상을 했던 날. 엊그제만 해도 갓난아기 같았는데 어느새 뾰로통한 10대가 된 스티븐을 보며 내가 부쩍 늙어버린 것 같아 느꼈던 서글픔. 같은 남자와 오랜 세월 같은 섹스를 한 뒤에 느낀 지루함. 마침내 패트릭의 소극적인 태도에 대한 나의 분노와 이스턴 마켓에서 로렌조와 재회한 뒤 계속된 우리의 만남, 그리고 아기, 내 새 여권까지.

하지만 아직은 말할 때가 아닌 것 같았다.

나는 이 모든 것들을 생각하며 부엌의 타일 벽에서 어떤 말들이 튕겨 나올지 상상했다. 사실, 영원한 운동은 없다. 모든 에너지는 결국 흡수되고, 다른 모양으로 변하며, 상태를 바꾼다. 하지만 내가 막 꺼내려는 이 말들은 절대 흡수되지 않을 것이다. 각 음절, 각 형태소, 각각의 소리들 모두 이 집에서 영원히 튕겨 나올 것이다. 우리는 늘 자신의 흙구름에 둘러싸여 있는 만화 주인공처럼 그 말들을 품고 다닐 것이다. 그 말들은 눈에 보이지 않지만 독 묻은 다트처럼 패트릭을 콕콕 찌를 것이다.

하지만 돌아가는 상황을 보니, 나는 아무 말도 할 필요가 없을 것 같았다.

"난 당신이 그 남자와 함께 가야 한다고 생각해."

마침내 입을 연 패트릭이 내 눈에서 모든 이야기를 읽은 것처럼 말했다.

"그 이탈리아인하고."

나는 내 입으로 그 말을 할 필요가 없다는 생각에 안심했다. 하지만 패트릭이 내 비밀에 대해 말하는 것을 들어야 하는 것, 지난 수년 간 내게 꼬치꼬치 캐묻지 않고도 그 누군가에 대해 알고 있었다는 사실을 깨닫고 나니 속이 메스꺼웠다. 패트릭의 목소리는 차가웠다. 인위적인 냉기가 말끝에 서려 있었다. 내가 손을 뻗어 패트릭의 팔에 손을 얹자 두 가지 일이 일어났다.

패트릭의 손이 내 손을 덮더니, 조용히 뿌리쳤다.

우리는 거기에 있었다. 부엌의 중년 부부, 저녁 식사 때 쓰고 물에 담가둔 프라이팬, 아침이 오면 일할 준비가 되어 있는 커피 메이커, 이곳의 모든 것은 평범했고, 우리가 매일 함께 나눴던 일상의 모습이었다.

마침내 패트릭이 움직였다. 패트릭은 그저 조리대에 떨어진 부스러기를 줍고, 프라이팬이 물에 잘 적셔졌는지 확인하며 분주하게 돌아다녔을 뿐이었지만, 그와 동시에 모든 것이 부서졌다. 패트릭이 나를 향해 다시 돌아섰을 때, 그의 이마에 있는 V자 주름은 깊어 보이다 못해 거의 낙인을 찍은 것처럼 보였다.

"소니아 데리고 가."

패트릭이 조용히 말했다.

"아들들은 내가 데리고 있으면서 어떻게든 지내볼게."

"패트릭, 나는……."

이제 패트릭이 나를 위로할 차례였다. 내 손 위에 얹은 패트릭의 손이 무겁게 느껴졌다.

"하지 마, 진. 차라리 내가 떠나는 게 낫겠어."

패트릭이 한숨을 쉬었다.

"모르겠어. 우리 모두 그 일은 신경 쓰지 않는 게 좋을 것 같아. 그걸 아는 것으로도 충분히 나쁜 일이잖아, 알겠지?"

나는 무슨 말을 해야 할지 몰랐다. 그래서 이 모든 고통을 어두운 곳으로 밀어내고 나중에 꺼내어 처리하기로 했다. 나만의 시간에, 오롯이 홀로 고통을 느끼기로 했다. 패트릭이 지금 굳이 아기에 대해 알 필요는 없다.

"어떻게 할 건데?"

내가 물었다.

"어떻게든 알아서 하겠다고 말했잖아."

V자 주름은 더 이상 깊어질 수 없다고 생각했는데, 지금 패트릭의 이마에는 아까보다 훨씬 더 깊은 주름이 새겨져 있었다.

"어떻게? 그들이 무슨 계획을 세우고 있는지 알아? 새로운 혈청, 빌어먹을 수용성 혈청. 이탈리아에서든 어디에서든 우리가 얼마나 오래 버틸 수 있을 것 같아? 빌어먹을 세상이 싹 다 '순수한 파란색'으로 변하기 전에 말이야."

패트릭은 대답이 없었다.

하지만 나는 알고 있었다. 내가 이미 알고 있는 사실을 듣기 위해 패트릭과 그의 정치적 통찰력을 이용할 필요는 없었다.

그 모든 미소와 끄덕임. *커피 어때요, 진?* 모건은 사무실에서는 날 속이지 않았다. 나는 텅 빈 립스틱 튜브처럼 일회용에 불과하다. 그렇지 않으면 우리가 새 혈청을 시험하는 순간 버려질 것이다. 실험실은 우리의 성공적인 실적을 인정받을 때까지, 그래서 그들에게 더 이상 내가 필요하지 않다는 확신이 들 때까지는 나를 붙잡아둘 것이다. 그다음 이런 일이 벌어질지도 모른다.

나는 사무실에 있을 것이다. 어쩌면 전화기 없이 책상에 앉아 있을 수도 있고, 창문이 있을 법하지만 그렇지 않은 벽 앞에 서 있을 수도 있다. 모건이 형식적으로 내 사무실 문을 두드릴 것이다. 나는 그가 문을 여는 것도, 내 공간을 뚫고 들어오는 것도 막을 수 없다. 내 사무실에는 자물쇠가 없다.

"매클렐런 박사."

모건은 아마 박사라는 호칭을 쓰는 데 지쳤거나, 더는 사용하지 않아도 된다는 안도감 때문에 오히려 힘주어 말할지도 모른다.

"함께 가시겠습니까?"

이건 초대가 아닐 것이다.

우리는 사무실 복도를 따라 걸어갈 것이다. 모건은 내 앞에 서서 조금도 뒤처지지 않으려고 짧은 다리를 뻗는다. 자신의 통솔력을 과시하려는 몸짓인지, 아니면 내 눈을 똑바로 보고 싶지 않아서인지 모르겠지만 두 가지 이유 모두 맞다고 생각할 것이다.

나는 모건에게 우리가 어디로 가는지 물어볼 것이다. 또 회의가 있어요? 혈청에서 결함을 발견했나요? 어쩌면 내가 하고 싶지만 하지 않을 말일지도. *제가 다음 차례군요. 그렇죠?*

내가 지금 로렌조와 함께 떠난다면, 나는 그라지아 프란체스카 로시가 된다. 과일 시장과 정육점에서 장을 보고, 부모님을 찾아뵙고, 서류상으로만 내 남편인 남자와 사랑을 나눌 것이다. 언젠가, 아마도 몇 주 혹은 몇 달 후에, 내가 옛 로마의 거리를 유쾌하게 거닐다가 돌아오면, 나는 지금의 나처럼 이 부엌에서 물 한 잔을 마시고 있을 것이다.

재키의 말은 고리타분했지만, 현실이 되어 나에게 되돌아왔다.

모든 게 끝나, 지니. 머지않아.

"물."

내가 이렇게 내뱉자 패트릭은 아무 의심 없이 물 한 잔을 더 따라주었다. 하지만 그때, 나는 겨우 깨달았다.

"그들을 다 없애려면 어떻게 해야 하지?"

내가 물었다.

"세상이 원래대로 돌아가려면."

다시 내게 재키 목소리가 들렸다.

자유로워지려면 뭘 해야 할지 생각해봐.

패트릭은 마지막 남은 스카치를 삼키고는 술병을 골똘히 바라보다가 또 한 잔을 따랐다. 술이 조리대 여기저기에 쏟아지기 전에 패트릭에게서 병을 빼앗아야 했다. 평소에는 차분한 손이 얼마나 심하게 떨리고 있는지 봤기 때문이다.

"뭐든지."

패트릭이 술 한 잔을 꿀꺽 삼키고 나서 말했다.

"아무거나 다."

'뭐든지'라는 말은 참 우스꽝스럽기 짝이 없는 단어다. 너무 과용되다 보니 거의 문자 그대로 쓰이지 않는다. *그녀와 데이트만 할 수 있다면 뭐든지 할 거야. 콘서트 앞자리를 차지할 수 있다면 내가 뭐든지 낼게. 당신이 원하는 것 아무거나. 난 아무것도 필요 없어.* '뭐든지, 아무거나'는 결코 존재 전체를 포괄하지 않는다.

나는 조리대에 몸을 기댔다. 패트릭의 숨결에서 풍기는 달콤한 스카치 향을 맡을 수 있을 정도로 가까이. 우리의 코가 거의 닿을 때까지.

"죽여버릴 거야?"

내가 물었다. 패트릭은 눈을 깜빡이지 않았다. 아주 잠시, 나는 그가 아직도 숨을 쉬고 있는지 궁금했다.

그는 여전히 그 정도였다.

나는 패트릭이 누구인지, 어떤 사람인지 되새겨야 했다.

과묵한 남자. 참견하기 싫어하는 남자. 실천보다는 이론에 관해 얘기하고 싶어 하는 남자. 수년 전 쥐 파먹은 듯한 중고 소파와 조립한 지 1년 만에 합판이 떨어져 나간 이케아 가구가 있던 누추한 조지타운 아파트에서 재키가 뇌성마비라고 불렀던 남자. 또한, 한때 삶과 죽음의 문제에 주의 깊게 발을 디니겠다고 맹세했던 남자이자, 신처럼 행동하지 않겠다는 맹세를 읊은 남자였다.

패트릭은 한 마디씩 끊어서 말했다.

"응."

그런 다음 패트릭이 덧붙였다.

"하지만 우리가 그럴 필요 없다는 거 잘 알잖아."

답답하고 고요했던 부엌이 차갑게 변했다.

"맞아."

내가 말했다.

우리가 해야 할 일은 그들의 목소리를 없애는 것뿐이다.

58

사악한 자를 위한 휴식은 없다. 그래서 오늘 밤 우리 둘 다 잠을 자지 않았다. 대신, 나는 다시 놀이방으로 들어가 이틀 전에 모건으로부터 숨겨둔 빨간 X가 적힌 서류철을 들고 패트릭의 서재로 갔다.

어둠 속에서 나를 기다리던 패트릭이 내가 안으로 들어서자 책상 램프를 켰다.

그러고는 차근차근 내가 모은 자료를 한쪽씩 훑었다. 그러다가 로렌조의 손으로 쓴 공식이 빼곡히 적힌 부분에서 시선을 멈췄다.

"당신이 한 거야?"

나는 고개를 가로저었다가 패트릭이 나를 보고 있지 않다는 걸 깨달았다.

"아니. 로렌조."

"허허."

"왜?"

나는 희미한 불빛 속에서 패트릭의 시선이 머물러 있는 부분을 읽으려고 안간힘을 쓰며 말했다.

"뭔가 아름답게 보여."

나는 로렌조의 연구를 거의 이해하지 못했지만, 패트릭은 생화학적 배경 지식을 가진 덕분에 눈에 잘 보이는 듯했다. 그러고는 서류를 한 장씩 넘길 때마다 입술을 바삐 움직이며 로렌조가 쓴 수많은 표기들과 아무렇게나 휘갈긴 메모를 읽어 내려갔다. 패트릭이 서류의 네 번째 장 막바지에 다다르자, 종이를 뒤집고는 옆에 내려둔 채 고개를 숙였다.

나는 패트릭의 흐름을 따라가지 못했다.

패트릭의 머리는 로렌조의 서류 5쪽을 벗어나 왼쪽으로 움직였고, 눈은 이미 다른 부분에 가 있었다.

패트릭과 나는 성향이 달랐다. 내 책상은 항상 불필요한 물건으로 가득했다. 액자, 껌 한 통, 핸드크림, 필요한 것 이상으로 많은 펜과 연필로 늘 어수선했다. 따라서 나의 서류 작업은 세심하지 않았고, 문서를 읽을 때면 다 읽은 페이지를 서류 더미 뒤로 보냈다. 패트릭은 병원 바닥처럼 무균 상태의 책상에 서류 더미를 가지런히 내려놓은 다음, 읽은 문서는 옆에 차곡차곡 쌓아나갔다. 그래서 일을 하다보면 읽은 것, 아직 안 읽은 것 두 더미가 생긴다.

나는 로렌조가 4쪽 뒷면에 쓴 글을 아직 한 번도 읽지 않았다.

그 글은 시처럼 보이지만, 또 그다지 시적이지 않았다. 여기저기 끊어진 구절에, 한 줄에 한 단어만 있기도 했고, 어느 줄에는 다시 구절로 시작했다. 내 위치에서는 뒤집어져 보이긴 했지만, 나는 그 제목을 한번에 알아볼 수 있었다.

지안나.

지안나에게.

"오."

패트릭이 소리 냈다. 패트릭에게 이탈리아어는 스와힐리어와 다름없기 때문에 나는 그가 아무것도 이해하지 못할 거라고 생각했다. 하지만 몇몇 단어 때문에 모든 것을 짐작할 수 있었다. 아모레(amore, 사랑), 비타(vita, 삶), 그리고 내 이름. 패트릭이 독서용 안경을 벗더니 책상 건너편에 있는 나를 바라봤다. 책상 램프에서 나오는 나른한 불빛에 그의 얼굴에 주름이 더욱 일그러져 보였다.

"그 남자가 당신을 무척 사랑하고 있어."

"응."

"서로 그래?"

나는 망설였다. 그 물음에 답하면 어둠 속에서 그와 영영 멀어질 것 같았다. 비록 내 얼굴에 모호하게나마 이미 드러나 있겠지만.

"괜찮아,"

패트릭이 말했다.

"괜찮아."

마치 정말 괜찮은 것처럼.

"자기야, 커피 좀 가져다줄래?"

패트릭이 말했다.

"물론이지."

패트릭에게 시간이 필요하다는 걸 안다. 1분, 어쩌면 몇 분 정도. 부엌으로 가서 종이 필터에 커피 다섯 숟가락을 넣고 물을 부은 다음 빈 유리병에 검은 눈물이 뚝뚝 떨어지는 모습을 지켜봤다. 커피가 준비되고 나도 준비가 되었을 때, 머그잔과 설탕, 그리고 거의 마시지 않은 우유 한 병을 쟁반에 담았다. 우유를 보니 스티븐이 떠났다는 끔찍한 사실이 떠올랐다.

내가 다시 서재로 들어갔다. 패트릭이 울었는지 안 울었는지 알 수 없었다. 그는 지금 일에 몰두해 있었다. 책상 위에 화학 서적을 펼쳐 놓고 잊어버린 화학 기호를 올려다보며 메모를 하고 있었다.

"있잖아."

내가 말했다. 패트릭이 고개를 흔들었다.

"이 연구는 되돌릴 수 있을 것 같아. 심지어 쉬워 보이지만, 나는 할 수 없어. 첫째, 나한텐 연구실이 없으니까. 둘째, 내가 이쪽 관련된 일을 안 한 지 20년이나 됐어. 당신은 어때……?"

패트릭이 잠시 말을 멈추더니 단어를 바로 잡았다.

"로렌조는 어때? 어쨌든 로렌조의 뇌에서 탄생한 거잖아?"

'탄생'이라는 말에 하마터면 들고 있던 쟁반을 놓칠 뻔했다.

"참. 수용성 문제는?"

내 질문에 패트릭은 활짝 웃었다.

"그 부분이 아주 멋져. 이미 수용성 물질이 있다는 거잖아.

387

적어도 우리의 목적을 위해서는 잘된 일이지. 물론 부정적인 목적으로 사용될 걱정을 하지 않는다면 말이야."

그러고는 로렌조의 마지막 연구를 언급했다. 그것은 좌뇌의 상측두회 속 잠겨 있는 자물쇠 세포를 돌리면, 치료의 문을 열 수 있다는 '인지적 열쇠'라는 혈청에 관한 연구였다. 반대로 항혈청을 주입한다면 복잡한 단어들로 가득 찬 방을 만들 수 있었다.

나는 패트릭이 무엇을 말하고자 하는지 안다. 그리고 그 약을 체계적으로 사용했을 때 생길 수 있는 부수적인 문제들 또한 신경 쓰지 않았다. 우리는 칼 코빈 목사나 대통령의 체제에 대해 따질 상황이 아니었다.

"로렌조가 월요일 아침까지 해낼 수 있을까?"

패트릭이 물었다.

"곧 그럴 거야."

"그때 베르니케 프로젝트에 관한 전체 회의가 있어. 다들 백악관에 모일 거야."

"칼 목사는?"

패트릭이 고개를 끄덕였다.

"그 사람도."

좋아. 나는 생각했다. 월요일. 패트릭의 책상 위의 시계가 반짝거리며 6시 41분을 나타냈다.

59

내가 나쁜 년이든 아니든, 일단 잠을 잤다. 꿈도 꾸지 않은 달콤한 세 시간 동안 나는 그 계획도, 패트릭, 로렌조도 생각하지 않았다. 스티븐이 어디에 있을지, 혹은 스파이 활동이 들켜 밀실에 갇힌 집배원 델이 우악스러운 토머스의 손아귀 속에서 살려달라고 애원하는 딸들의 모습을 바라보며 자백을 결심할지 말지에 대해, 불타고 남은 올리비아의 손목도, 체포된 린과 이사벨이 지금쯤이면 감옥으로 가는 길일지 아닐지에 대해서도 생각하지 않았다.

잠은 아주 환상적인 지우개다. 적어도 잠들어 있는 동안만큼은.

나는 패트릭이 적어준 쪽지를 접어 내 가방 속 콤팩트 파우더 안에 넣은 뒤, 커피만 마시고 실험실로 떠났다.

"좀 마실래?"

로렌조가 물었다.

"안 돼요."

이미 내 위벽을 태우고 있는 궤양 하나를 느낄 수 있었다. 나는 콤팩트를 열고 패트릭의 쪽지를 재빨리 손바닥으로 감싼 뒤 로렌조의 책상 너머로 밀어 넣었다.

"내가 먼저 가서 레이 부인의 시술을 준비할게요. 당신도 준비되면 아래층에서 만나요."

내 사무실은 텅 비고 어두웠다. 내가 어제 떠날 때 그대로
였다. 린은 돌아오지 않았다. 왠지 그녀가 다시 돌아오지 않
을 것 같은 불길한 예감마저 들었다.

그래서 내게 계획은 있었지만, 그다지 희망적이지는 않았다.

엘리베이터 안, 세 개의 벽에 반사된 세 명의 내가 나를 응
시했다. 앞에서 보면 그렇게 상태가 나빠 보이지 않았다. 눈
밑이 약간 부었고, 머리카락은 늘 그렇듯 엉망이었고, 아침
부터 커피와 물만 마셨더니 얼굴이 좀 일그러져 보였다. 옆
면에 비친 나는 익숙한 내가 아닌 다른 나를 보여주었다. 좀
더 어깨를 펴고 턱을 치켜들어야 한다고 스스로에게 주문했
다. 레이 부인이 나를 보고 어디서 맞은 거냐고 하면 안 되니
까. 부인은 무척 걱정할 게 뻔했다. 배를 안으로 좀 집어넣어
보려 했지만 소용없었다. 그때 블라우스 아래로 불룩 튀어나
온 배를 보니 청바지 윗단추를 풀어두지 말았어야 했다는 생
각이 들었다.

맙소사. 패트릭이 오늘 아침 내게 작별 키스를 했을 때 눈
치채지 못했기를 바랐다. 실험실로 들어온 나는 남은 쥐와
토끼 들에게 인사한 다음, 죽은 열두 마리의 쥐가 부검을 기
다리고 있을 냉동고를 외면한 채 진료실 중 한 곳에 들어가
레이 부인을 위한 준비를 했다. 삭막한 무균실이었다. 레이
부인이 언어의 땅에 다시 발을 내딛는 순간을 위한 장소라기
엔 빈약했지만, 내가 좀 더 아늑하게 꾸밀 수 있을 것 같았다.

나는 다시 실험실로 들어가 맨 윗줄 우리에서 눈처럼 흰 토끼를 한 마리 꺼내 양쪽 상단에 공기구멍이 뚫린 플렉시글라스 상자 안에 넣었다. 그리고 그 안에 톱밥으로 침대를 마련해주고, 마실 물과 사료를 넣어주었다. 그 사료는 알팔파로 만든 좋은 사료였지만, 냄새는 정말 지독했다.

"다 됐어, 썸퍼."

나는 토끼에게 이름을 지어주며 말했다.

"이제 넌 새 친구를 만날 거야."

그때 모건이 들어왔다.

"뭐죠, 진?"

모건이 물었다.

"동물실험은 끝난 줄 알았는데."

다시 한번, 내 뇌가 똑바로 서라고 주문했다.

"레이 부인을 위한 토끼예요. 부인이 흰 벽 외에 다른 무언가를 보고 싶어 할 것 같아서요."

모건은 우리의 첫 번째 피험자가 다른 실험용 동물과 별반 다르지 않다는 듯이 어깨를 으쓱했다. 하지만 모건의 마음은 온통 레이 부인에게 쏠렸으리라.

"시술 때문에 내려왔죠?"

나는 썸퍼의 플라스틱 집을 들고 첫 번째 피험자의 진료실로 걸어가며 물었다.

"놓칠 수 없죠."

나는 로렌조가 항 실어증 혈청 약병을 보관해둔 냉장고를

열었다. 로렌조는 두 번째 병, 즉 생쥐를 죽인 혈청에는 빨간
색으로 X를 적고 구분하기 쉽도록 별도의 선반에 두었다. 하
지만 유리병 여섯 개가 있어야 할 곳에 딱 하나의 유리병만
남아 있었다.

"여기 있는 거 당신이 가져갔나요?"

나는 모건에게 물었다.

"무슨 말이에요?"

모건이 왼쪽 눈을 위로 올리며 질문을 회피했다. 그가 뒤
로 돌아서자, 내게 문득 하나의 생각이 떠올랐다.

"모건, 당신도 연줄이 있나요?"

모건의 눈이 가늘어지더니 얼굴이 굳어졌다. 의심과 공포
가 동시에 담겨 있는 표정이었다.

"아."

나는 억지로 천진난만한 척 미소 지으며 말했다.

"난 그저 당신이 백악관에 들어가본 적이 있는지 궁금했
을 뿐이에요."

모건이 미끼를 따라가는 물고기처럼 내가 던진 말에 긴장
을 풀었다.

이 피라미야. 어서 잡아라. 네 이빨을 쑤셔 넣어.

"실은."

모건이 최대한 덩치가 커보이도록 몸을 쭉 편 다음 말을
이었다.

"나는 월요일에 초대받았어요. 모두 당신 덕분이에요, 진.

당신은 정말 타고난 팀 플레이어예요."

내 얼굴에는 여전히 미소가 걸려 있었다. 이번에는 억지웃음을 지을 필요가 없다.

"정말 대단해요, 모건. 정말 멋져요. 자, 이제 우리 준비를 해야 해……."

모건이 내 말을 낚아챘다.

"물론이죠, 진. 당신이 필요한 건 뭐든지 얘기해요. 레이 부인이 도착하면 우리가 여기로 모시고 오죠."

그러고는 토끼우리에 집게손가락을 넣고 흔들었다.

"안녕, 꼬마 토끼."

"좋은 생각이 아닌 것 같아요, 모건."

내가 말했다.

"당신이 자기 영역을 침범한다고 생각할걸요."

"아니, 난 그냥 토끼가 귀엽고 예뻐서."

그러다 그는 갑자기 뜨거운 것에 데인 것처럼 우리에서 손을 확 빼며 뒤로 물러섰다.

"젠장! 저 새끼가 날 물었어!"

나는 터져 나오는 웃음을 꾹 참을 수밖에 없었다.

"망할 짐승 같으니라고."

"그래도 손가락 하나만 물렸으니 얼마나 다행이에요?"

나는 모건의 손가락에 맺힌 핏방울을 보며 말했다.

"힘내요. 죽지는 않을 거예요."

내가 모건의 손가락에 난 상처를 붕대로 감는 동안 로렌조가 들어왔다.

"어떻게 된 거야?"

로렌조가 물었다.

"토끼한테 물렸어요."

나는 모건의 손가락에 필요 이상으로 많은 요오드를 부으며 말했다. 로렌조가 미소를 지었다.

"매클렐런 박사, 동부 솜꼬리큰토끼는 아니지? 광견병 검사는 받았나?"

모건에게 다가간 로렌조가 몸을 기울이고 상처를 살피더니 고개를 저었다.

"상태가 안 좋아질 수도 있겠는데."

모건의 얼굴이 분홍색에서 초록색으로, 초록색에서 도배용 풀처럼 창백한 빛으로 변했다. 모건은 로렌조가 자기 머리 너머로 내게 윙크하는 것도 보지 못했다.

"괜찮을 거예요."

나는 붕대 감는 것을 마무리한 뒤 모건을 실험실 밖으로 데리고 나가며 말했다.

"한 시간쯤 후에 봐요."

그리고 로렌조에게 눈을 돌렸다.

"누가 레이 부인을 데려올지 궁금해요."

델이 오지 않으리라는 것은 안다. 샤론이 함께 올 것 같지도 않았다. 지금쯤 그녀는 남편과 함께 구금되었을 것이다. 나는 포와 검은 양복 차림에 어두운 선글라스를 낀 그의 깡

패들이 검은 SUV를 몰며 흙길을 따라 레이의 농장으로 간 뒤 델의 작업장을 찾을 때까지 헛간과 마차를 뒤집어엎는 장면을 상상했다. 생각만 해도 추악했다.

"어떻게 됐어요?"

내가 로렌조에게 묻자, 그는 고개를 끄덕였다.

"생화학 실험실에."

그런 다음에는 이탈리아어로 속삭였다.

"나는 밤새워 일해야 해. 내일도 온종일 일해야 하지만, 할 수 있어."

나는 썸퍼와 플라스틱 집을 레인 부인의 진료실이 될, 더불어 내일 이른 아침 로렌조와 나의 대화로 채워질 진료실에 갖다 두었다. 또 한 편의 시를 쓸 수도 있겠지.

문득 패배는 했지만, 어쩐 일인지 기꺼이 받아들이는 것처럼 보였던 패트릭의 지친 눈이 떠올랐다. 주 실험실의 하얀 타일 바닥을 가로질러 반대편의 잠긴 문으로 가는 대신 나는 잠시 멈칫했다.

"모건이 월요일 아침에 백악관에 갈 거예요."

나는 두렵지만 비장한 목소리로 말했다.

"큰 회의가 있어요. 우리도 백악관 내부를 볼 수 있을까요?"

그리고 나서 덧붙였다.

"패트릭도 거기 갈 거예요."

로렌조는 이해한 듯했지만 아무 말도 하지 않았다.

나는 생화학 실험실에서 나머지를 말할 작정이었다.

그렇지 않으면.

로렌조가 출입 카드를 슬롯에 밀어 넣자, 이번에는 전등이 초록색으로 바뀌는 대신 붉은 빛을 뿜었다. 전자제품과 기계들이 내던 전자음 대신 날카롭게 윙윙거리는 소리가 났다. 내 출입 카드를 넣어도 마찬가지였다.

우리는 갇혔다.

60

로렌조가 말리기 전에 나는 모건의 내선번호를 눌렀다.

"우리 생화학 실험실로 가야 해요."

내가 말했다. 내 목소리에서 분노가 느껴졌다.

"뭔가 착오가 있는 것 같아요. 모건, 당신이 문을 좀……."

모건이 내 말을 끊었다.

"아뇨, 당신은 갈 수 없을 거예요. 그리고 나도 풀 수 없습니다."

"뭐라고요?"

이 말은 마치 침을 뱉는 것처럼 내 입에서 나왔다. 나는 정말 모건의 쥐새끼 같은 얼굴에 침을 뱉고 싶었다.

"진, 진, 진."

모건이 말했다. 나는 유치원 선생님처럼 극성스러운 모건의 잔소리에 마음의 준비를 했다.

"레이 부인의 시술이 성공적으로 끝나면, 당신의 일도 여기서 끝납니다. 당신과 로렌조가 할 일이 더는 없으니까요."

아, 네, 어련하시겠어요.

"그럼 린은요?"

나는 모건을 떠보려 미끼를 던졌다.

"린은 더 이상 이 팀이 아닌 건가요?"

"물론이죠. 당신과 로렌조, 린 모두를 말하는 겁니다. 팀 전체요."

우리의 대화를 계속 듣고 있던 로렌조가 내 머리 가까이에 얼굴을 갖다 대며 끼어들었다. 면도를 하지 않은 까칠까칠한 그의 뺨이 내 얼굴에 닿았다.

"모건, 혈청 증식을 하려면 실험실이 필요해. 혈청은 한정되어 있어. 자네도 알고 있잖아."

모건은 아무 말도 하지 않았다. 잠시 후 다시 그의 목소리가 들렸다.

"그건 잘 처리되고 있네. 다른 팀에서. 그 증식 말이야."

맞아. 그리고 역설계를 하는 팀. 골드 팀은 오늘 벌집처럼 바쁠 것이다.

나는 로렌조에게 고개를 끄덕이며 그의 뒤에 있는 저장 냉장고 쪽을 가리킨 다음, 내 귀와 어깨 사이에 수화기를 끼우고는 손을 자유롭게 했다. 나는 여섯 개의 손가락을 펼쳤다가 다시 한 개만 펼쳤다.

"좋아."

로렌조는 냉장고를 열고 유리병을 세며 말했다. 그가 중얼거렸다.

"모건이?"

나는 어깨를 으쓱했다. *또 누가 있겠어?*

"진? 내 말 들었습니까? 레이 부인이 여기 도착했다네요. 우리는 곧 부인을 실험실로 데려갈 겁니다."

"네, 모건. 들었어요."

그리고 나는 전화를 끊었다.

어젯밤, 아니 오늘 새벽 나는 패트릭에게 혈청을 뒤집으면 치료제가 무기로도 쓰일 수 있는지 물었다.

"로렌조의 공식 없이도 할 수 있어."

패트릭이 어둠 속에서 말했다.

"그들이 골드 팀에 적합한 화학자를 보유하고 있다면."

그런 다음 이번에는 다 읽은 페이지를 뒤집어 옆에 내려놓는 대신, 내 방식대로 맨 앞 페이지부터 아래로 훑고 나서 뒤로 넘겼다. 물론 그는 그 시를 다시 보고 싶지 않았을 것이다. 뺨을 맞는 건 한 번으로 충분했다.

"확실히 가능하긴 하지만, 훨씬 오래 걸려. 봐봐. 일단 혈청을 분해해서……."

패트릭이 말한 모든 게 흐릿했다. 난 화학자가 아니니까.

"로렌조."

나는 냉장고에서 혈청 한 병과 그 옆의 캐비닛에서 살균 주사기 두 묶음을 꺼내며 말했다. 나는 그것들을 찬찬히 살피는 척하며 목소리를 낮추고 속삭였다.

"내가 가지고 있는 서류들이 유일한 사본 맞죠?"

로렌조가 손바닥으로 조리대를 탁 치더니 설치류와 토끼가 있는 방으로 질주했다. 쉬익, 실험실 문이 열리고 닫히는 소리가 들렸다.

61

린은, 비록 지금은 없지만, 내게 그 준비 과정을 자세히 안내해주었다. 린의 노트는 청사진처럼 세밀하고 깔끔했다. 만약 린이 여기 있었다면 내가 주사를 놓지 않았을 테고, 단백질과 줄기세포 혼합물이 레이 부인의 혈류에 섞이지도 않았을 텐데. 린이라면 피험자의 두개골에 전략적으로 구멍을 뚫고 그곳을 통해 주사를 투여했을 것이다. 내가 직접 시도해보고 싶은 방법은 아니었다.

린은 자신의 갑작스러운 실종을 예상했던 걸까. 그녀는 두 가지 절차를 따로 준비했었다. 나는 뇌로 직접 전달하라는 지시는 제쳐둔 채, 두개골을 찍은 사진과 두개골을 고정하기 위한 프레임, 구멍 뚫는 도구들을 보며 진저리쳤다. 이런 짓을 혼자 시도하려면 어떤 종류의 광기가 있어야 하는 걸까. 아니면 1970년대 언젠가 자신의 머리에 전기 드릴을 꽂았던 그 여자를 린이 기억하는지도 모른다. 린은 그 사실이 자신의 사고방식을 깨뜨려줬다고 말했다.

맞다.

내가 지금 하려는 일은 훨씬 쉬웠다. 레이 부인은 지금 지내고 있는 요양원에서 출발하기 전에 이미 카테터*를 준비했을 것이다. 부인은 이 시술이 끝나면 다시 그곳으로 돌아갈 것이다. 델과 함께 갈 집이 없으니까. 누군가는 내가 그녀에게 굉장한 호의를 베풀고 있는 줄 알겠지만, 나는 내 정원을 가꿔주던 그 노파에게 과연 지금보다 더 나은 삶을 살게 해주는 게 맞는지 자신이 없었다. 적어도 지금 그녀는 정장을 차려 입은 관료들이 그녀의 아들과 며느리에게 일어난 일을 설명해주어도 이해하지 못할 것이다.

그리고 손녀들에게 일어난 일도.

로렌조의 제안은 아직 유효했지만, 제정신이라면 나 자신과 어떻게 그런 논쟁을 할 수 있을까? 네 명의 아이들을 버려둔 채 위조 여권으로 비행기에 오른 괴물은 대체 뭐라고 불러야 할까? 반대로 배 속의 아기가 태어나면 어떻게 될지 뻔히 알면서도 그냥 있어야 한다면 내가 미치지 않고 살 수 있을까?

완전 엉망진창이었다. 내가 어느 쪽으로 결정하든 나는 패배자다.

문이 다시 쉭 소리를 내며 열렸다가 닫히더니 텅 빈 연구실 사이로 발소리가 들렸다. 생쥐들이 자기들의 공간에 들어온 침입자 소리에 시끄럽게 찍찍거렸다.

"엔조?"

하지만 로렌조가 아니었다. 침입자는 모건이었고, 그의 뒤에는 정갈하게 수술복을 차려입은 젊은 남자가 레이 부인을

---

* 체강이나 관상 기관으로 삽입하는 관장 기구.

휠체어에 태우고 방으로 들어왔다.

레이 부인은 내가 그녀를 마지막으로 봤을 때보다 훨씬 늙어 보였다.

현재 자신의 여자친구를 되찾으려는 어리석은 임무를 수행 중인 스티븐은, 딜라일라 레이가 우리 집 정원에 대한 계획을 갖고 처음 집에 왔을 무렵 여전히 구구단과 씨름하고 있었다. 미국 최초의 흑인 대통령이 선출되었을 때, 레이 부인은 정치와 희망에 관해 이야기하며 '들어봐요, 자기. 이 나라가 이제 올바른 궤도로 갈 때가 되었어요'라고 말했다. 그녀는 품격이 있었다. 그녀는 항상 그녀만의 달콤한 남부식 억양으로 나를 '자기'라고 불렀다.

뇌졸중으로 쓰러지기 직전까지.

얼마 지나지 않아 희망의 상징 같았던 대통령은 새로운 남자에게 권력을 넘겨주었다. 레이 부인은 더는 나를 '자기'라고 부르지도 않았다. 뿐만 아니라 그녀의 풍부한 어휘 스펙트럼에 있는 희망차고 긍정적이면서도 카리스마 넘치던 그 어떤 단어도 말하지 않았다.

바로 그날 내가 레이 부인의 집으로 전화를 걸어 우리 집 장미 나무에 생긴 문제를 물었더니, 그녀의 아들이 전화를 받아 내게 소식을 전했다. 나는 여전히 그의 목소리에서 희망을 들을 수 있었다. 레이 부인의 치료를 위해 내 연구를 대충 설명하는 동안에도 벅차오를 듯한 낙관론이 우리 사이에 맴돌았다.

"안 되면 어떡해요?"

델이 말했다.

"어머니가 계속 수수께끼 같은 말과 세상에 있지도 않은 말들로 얘기하면 어떡하죠?"

"그럼 다시 해봅시다."

내가 말했다.

"그리고 우리는 계속 노력할 거예요."

그때 델이 치료비를 언급했다. 나는 델에게 치료비는 생각하지도 말라고 했다. 수수료도 없을 거라고.

이제 나는 나의 첫 인간 피험자에게 눈을 돌렸다. 휠체어를 탄 노파가 하얗고 공허한 실험실을 둘러보고 있었다.

"안녕하세요, 레이 부인?"

나는 레이 부인이 이 말을 낯선 단어들로 해석하지 않을 거라고 확신하며 말했다.

우리 집 정원을 설계하고 정치 및 파이 조리법을 이야기하던 식물학자 딜라일라 레이가 혼란스러움과 몰이해라는 베일에 싸여 나를 올려다봤다.

"오늘은 잘 반짝여요. 당신 생각을 위해 쿠키를 만들고 레드삭스가 험담하고 질주해도 나는 몰라요. 고혈압이 있을 거예요!"

레이 부인은 유창하지만 아무 상관도 없는 무의미한 말들을 했다. 나는 이 증상을 고치고 싶었다.

돌이켜보면, 내가 성공을 기대했는지 실패를 예상했는지

결코 기억할 수 없지만, 꿈속에서 나는 뇌졸중 발병 이후, 다시 올바른 단어로 말하게 된 노파의 첫마디를 항상 상상해왔다. 유리병에 있는 혈청을 주사기에 채우는 동안 손이 가늘게 떨렸다.

"여기. 내가 할게."

로렌조였다. 옛 기억에 너무 빠져 있다 보니 로렌조가 실험실로 들어오는 소리조차 듣지 못했다.

로렌조가 내가 들고 있던 혈청과 주사기를 가져갔다.

그러고는 린의 지시에 따라 처방된 혈청을 능숙하게 추출했다. 그런 다음 첫손가락 마디로 두 번 툭툭 치더니 불빛에 비추었다.

나는 호기심에 가득 찬 눈길로 로렌조를 바라봤다.

로렌조가 모건에게 고개를 끄덕이며 때가 되었음을 알렸다. 내가 준비한 방으로 레이 부인이 들어오자 로렌조가 내 팔을 잡았다. 그러고는 고개를 가로저었다.

골드 팀은 그들이 누구든 혈청과 공식을 가지고 있었다.

"알았어요."

내가 말했다.

"시작합시다."

"연주회 표가 있어."

로렌조가 조용히 말했다.

"무슨 표?"

모건이 레이 부인의 방에서 코를 내밀었다.

"다음 주말에 교향악 연주회가 있거든."

로렌조가 거짓말을 했다.

"베토벤 교향악 연주회, 당신도 알다시피 A급 회원이 아니면 얻기 어려운 표야."

"음, 나는 자네 A급 회원 목록이나 교향곡에 관심 없어."
모건이 말했다.

"우리는 여기서 기다리자고. 나는 다른 회의도 있어서."

"그렇겠지, 모건. 자네 같은 중요 인물이 어련하시겠어."

로렌조가 거의 딱딱거리며 말하고 있었다.

나는 이탈리아로 가는 생각 따위는 떨쳐버렸다. 적어도 지금은. 그리고는 로렌조 뒤에 바싹 붙어 무균실로 들어갔다. 레이 부인이 뭔가를 기억하는 듯 의아한 표정으로 썸퍼를 바라보고 있었다.

"아름다움은 아름다움과 옥수수 작물 같아. 정말 어리석어."
레이 부인이 말했다.

정갈하게 수술복을 입은 의사가 손을 뻗더니 부인의 등을 가볍게 두드리며 그녀를 안심시켰다. 모건이 빙그레 웃었다. 로렌조와 나는 서로 눈길을 주고받았다.

나는 로렌조가 무슨 생각을 하는지 안다. 모든 도시, 나라, 대륙 전체.

현대판 바벨탑은 눈에 보이지 않는 신에 의해 만들어지지 않는다. TV 출연을 즐기고 맹목적인 추종자들과 함께 권력의 맛을 봤으면서도 여전히 더 많은 걸 원하는, 사람들의 눈에 아주 잘 보이는 그 남자의 손에 의해 혼란이 일어날 것이다.

이제 곧 자기 손에서 지옥이 시작될 거라는 걸 전혀 모르는 남자.

칼 코빈 목사는 분명 미쳤을 거다. 확실히 미쳤다. 피할 수 없는 결과를 미리 생각해둔 걸까? 그는 유럽뿐만 아니라 어디에서든 자신이 꾸민 음모로 인해 야기될 대혼란과 심각한 피해에 대해 알고 있을까? 기업의 공급망이 사라질 것이다. 은행과 주식 시장도 사라질 것이다. 도보와 말 외에 대중교통도, 다른 교통체계도 사라질 것이다. 공장도 없어질 것이다. 몇 주 안에, 세계 인구의 대부분은 배고픔이나 탈수 또는 폭력으로 죽을 것이다.

살아남은 사람들은 초원 위의 무너져가는 집에서 건초더미와 옥수수 저장고를 한 번에 하나씩 지으며 근근이 살아갈 것이다.

어쩌면 그게 바로 그가 원하는 것일지도 모른다. 어쩌면 칼 코빈과 그의 순수 청색파 추종자들은 그다지 미치지 않았을지 모른다. 마이어스 대통령을 마음대로 갖고 노는 걸 보면 완전히 미친 건 아니다.

"준비됐어, 진."

로렌조가 주사기를 내밀며 말했다.

"당신 명예를 지켜."

로렌조에게서 혈청을 건네받은 나는 공기 거품처럼 불필요한 물질이 레이 부인의 뇌에 들어가지 않도록 다시 한번 꼼꼼하게 점검했다. 그러고 나서 유리병의 플라스틱 마개를 제거했다. 카테터에 바늘을 꽂자 모건이 긴장한 듯 입술을 핥았다. 나는 숨을 죽이고 주사기를 계속해서 꾸욱 눌렀다.

"괜찮으실 거예요, 레이 부인."

내가 말했다. 그 방은 무겁고 더운 공기가 꽉 막혀 사우나가 되어버렸다. 내 옆에서 로렌조가 스톱워치를 눌렀고, 우리는 모두 휠체어에 앉아 있는 여자를 주시하며 기다렸다. 몇 시간은 지난 것 같았지만, 딜라일라 레이가 자신의 카테터를 확인하고 회색 머리의 왼쪽 어딘가를 문지르며 썸퍼가 들어 있는 플라스틱 상자로 돌아섰을 때, 겨우 10분밖에 지나지 않았다.

"정말 사랑스러운 토끼예요."

레이 부인이 입을 열었다.

"솜꼬리토끼네. 내가 어렸을 때는 저 토끼들이 사방에 가득했는데."

방 안의 공기가 장마가 그친 뒤의 열대지방처럼 맑아졌다.

62

축하하고 싶었다. 아니면 춤을 추든가. 아니면 실험실의
텅 빈 복도를 따라 재주라도 넘고 싶었다. 샴페인을 마시고
초콜릿을 먹으면서 불꽃놀이를 하는 건 어떨까.

내가 약간은 신처럼 느껴졌다.

동시에, 내 인생도 끝날 것 같았다.

모건은 잠시 통화를 한 뒤 우리를 떠났다. 통화 내용 대부
분에 '내 팀'과 '내 프로젝트' 그리고 '내 연구'란 말이 포함
되어 있다. 씩 웃는 얼굴로 우리를 지나친 모건은 실험실 정
문 밖으로 바삐 걸어 나가며 함께 왔던 정갈한 차림의 의사
에게 레인 부인을 양로원으로 데려가라고 지시했다. 물론 모
건은 할 일이 훨씬 많았으니까.

"그럼."

나는 로렌조를 돌아보며 말했다.

"이제 끝났나봐요."

"꼭 그렇지는 않아."

로렌조의 눈은 죽음의 붉은 X가 그려진 여섯 개의 약병이
보관된 냉장고로 향했다.

"안 돼요."

내가 속삭였다.

"그게 유일한 방법이야."

로렌조가 말했다. 내가 어젯밤에 패트릭에게 했던 바로 그 말이 머릿속에서 맴돌았다.

죽일 거야?

"우린 절대 저것들을 꺼낼 수 없을 거예요."

로렌조가 냉장고 문을 열더니 치명적인 신경단백질이 담긴 쟁반을 밀어냈다. 아주 적은 양으로도 열두 마리의 쥐를 죽인 독약이었다.

"우린 하나만 있으면 돼, 지안나."

나는 실험실 벽에 걸린 시계를 확인했다. 두 바늘이 똑바로 위를 향했다. 오늘 아침, 내가 연구소로 들어왔을 때, 페트로스키 병장은 보안국에서 근무 중이었다. 그는 하품을 하고 인사를 하더니 또 다시 하품을 했다. 만약 그가 밤을 새웠다면, 이 건물에서 하나뿐인 내 동맹자는 야간 근무를 마친 뒤 집에서 자고 있을 것이다.

좋아. 플랜 B로 가자.

하지만 내게는 두 번째 계획 따위는 없었다.

아니, 어쩌면 있을지도 모른다.

중앙 실험실 밖에 벽장 크기의 샤워실이 있었다. 그곳에는 화장실과 세면대, 그리고 트윈 제트 엔진처럼 굉음을 내며 바람을 내뿜는 손 건조기밖에 없었다. 냉장고 옆에 기댄 나는 쟁반에서 유리병 하나를 꺼내 브래지어 앞부분에 끼운 다음, 조리대 선반에서 수술용 장갑 하나를 꺼냈다.

"곧 돌아올게요."

나는 장갑에 공기를 불어 넣으며 말했다. 이제부터 내가 무엇을 할지 잠시 고민한 다음, 장갑 두 개를 더 챙겨 세면실로 향했다.

로렌조가 한쪽 눈썹을 추켜올렸다.

"여섯 병 맞죠?"

내 뒤에서 냉장고가 열리는 소리가 나더니 뒤이어 실험실 싱크대의 수도꼭지에서 물이 흘러나오는 소리도 들렸다.

아침에 건물로 들어오거나 밤에 건물을 떠날 때에도 군인들은 우리를 철저히 점검하지 않았다. 결국, 그들도 남자였다. 어쩌면 1년 동안 자기주장이 강한 여성들과 여성의 자주권, 그리고 여성의 속임수에 대해 걱정할 필요가 없었던 탓인지, 남자들의 세상에서 그렇게 오랫동안 간직해왔던 여자들만의 비밀, 작은 원통형의 물건을 숨기는 우리만의 방법을 잊어버렸을 것이다. 우리의 침묵이 시간이 흐른 뒤에도 의심조차 하지 못하리라.

유리병 마개를 다섯 번이나 확인하며 안전하다는 확신이 생기자, 나는 라텍스 장갑의 손가락 하나에 유리병을 끼워 넣은 다음, 공기가 들어가기 전에 매듭을 묶었다. 그러고는 그 과정을 다음 두 개의 장갑에 반복했다. 작업이 끝나고 나니 푸른색 라텍스 덩어리 세 개만 내 손에 남아 있었다. 더 이상 정확한 원통 모양도 아닌데다 크기도 작고, 누출될 가능성도 없었다.

대체 이게 무슨 짓이람. 나는 생각했다. 테니스공만 한 아기 머리 네 개가 내 몸을 통과한 적도 있었는데 뭘. 한 시간이면 약간 불편한 정도일 테니 참을 수 있었다.

나는 몸을 쭉 펴고 손을 말린 다음, 로렌조가 있는 실험실로 되돌아갔다. 로렌조가 내게 경고하는 듯한 눈빛을 한 번 던졌고, 포가 나를 향해 걸어왔다. 웬일인지 내가 서 있으니 포가 훨씬 더 커보였다.

"무슨 문제가 있나요? 매클렐런 박사님?"

포가 물었다.

"화장실 갈 때마다 일일 할당량이 줄어든다면요."

포는 이 말에 아무런 반응을 보이지 않았다. 하지만 실험실의 각 방을 확인한 다음, 플라스틱 박스에 있는 썸퍼를 보려고 잠시 멈춰선 뒤 다시 우리를 돌아봤다.

"따라오시죠."

"우리는 여기 일이 아직 끝나지 않았어요."

내가 말했다.

"맞죠, 엔조?"

내가 그에게 건넨 눈빛은 분명 다른 의미였다.

"우리는 끝났어."

로렌조가 말했다. 포는 다시 5분 동안 주위를 기웃거렸다. 포가 저장 냉장고를 열자 나는 숨을 죽였고, 그는 일반적으로 유리병을 세는 데 필요한 시간보다 더 오랫동안 냉장고를 살폈다. 그러고는 실험실 문을 통해 우리를 이끌고 복도를 따라 내려간 뒤 위층으로 올라가는 엘리베이터 버튼을 눌렀다.

"출입 카드 주십시오."

포가 커다란 손 하나를 내밀었다.

"그게 다예요?"

나는 내 머리 위로 카드 줄을 들어 올리며 말했다. 내 머리에 카드 줄이 걸리자, 포는 손을 뻗어 줄을 풀었다. 그의 손이 내 관자놀이에 스치자 온몸이 떨렸다. 포는 얼음처럼 차가웠다.

나는 다시 델과 샤론, 그리고 그들의 세 딸을 떠올렸다. 정말 이상한 이유 때문이었다. 누가 레이네 농장에 있는 동물들에게 먹이를 주고 있는지 궁금했기 때문이다.

스티븐이 어린 소년이었을 때, 동물에게도 언어가 있는지 내게 물어본 적이 있었다.

"아니."

내가 대답했다.

"동물도 생각해요?"

"아니."

어느 날 오후, 스티븐이 학교에서 벌에 관한 책을 읽었다며 부엌에 있는 내게 보여주었다. 소니아가 아닌 스티븐이 매일 오후 4시에 따뜻한 코코아를 원했을 때였다.

"'벌들은 꽃가루를 찾고 나면 다시 벌집으로 돌아와 다른 벌들에게 꽃가루가 있는 곳을 알려줄 수 있다'고 쓰여 있어요."

스티븐은 그 장의 일부를 소리 내어 읽었다.

"'벌의 춤은 언어와 같다' 그렇게 적혀 있어요."

나는 그 책을 훑어보며 저자 가운데 한 사람의 약력을 살펴봤다. 그 여자는 경력이 많은 양봉가였는데, 그 중 어느 경력도 언어학과 관련이 없었다.

"그래. 아무것도 없네."

내가 말했다.

"맞아, 얘야. 벌들은 춤을 추지. '이봐, 애들아! 여기 좋은 꽃가루가 있어!'라며 알려주는 거야. 그런데 그게 전부란다. 스티븐. 벌이 꼬리춤을 추며 벌떼 친구들에게 돌아간다면 꿀이 아주 가까운 곳에 있다는 뜻이야. 벌들은 단지 특별한 형태로 소통을 하는 것일 뿐, 그건 언어가 아니야. 언어는 사람만 가지고 있단다."

"고릴라 코코는?"

고릴라 책은 동물 전문가들이 공동으로 집필한 책이었다.

"코코는 훌륭해. 게다가 수백 개가 넘는 신호도 알고 있어. 하지만 코코도 네 동생들처럼 말을 할 수 있는 건 아니야."

당시 샘과 레오는 네 살이었다. 코코는 45세였다.

스티븐은 교과서를 들고 부루퉁해서 방으로 갔다. 나는 또하나의 거품이 터졌다고 생각했다. 네 발과 두 발 달린 동물 친구들이 그들만의 언어 기능이 있다고 상상하는 건 참 즐거운 일이다. 그래서 사람들이 계속 증거를 찾는 것인지도 모르지만, 그것은 그저 상상일 뿐 사실이 아니다.

여기, 엘리베이터에서, 문득 나는 그 상상이 사실이었으면,

증거가 있었으면 좋겠다는 생각이 들었다.

우리가 1층에 도착하자 포가 입을 열었다.

"노트북은 가져가도 됩니다. 이미 모든 파일을 깨끗하게 삭제했으니까요."

로렌조와 나는 가방을 챙겼다. 포가 사무실 문을 닫은 뒤 우리를 보안국으로 안내하기 전에 로렌조는 자신의 사무실에서 커피 메이커를 챙겨갈 수 있도록 허가를 받았다. 다른 건 없었다. 모든 게 똑같았다. 군인 두 명, 가방 검색용 엑스레이 기계 한 대, 다만 페트로스키 병장이 근무 중이 아니었기에 미소 지을 수 없었다. 군인들이 우리를 한 명씩 수색했고, 주머니도 뒤졌다. 나를 수색하는 군인은 내 가랑이의 은밀한 틈에서 불쾌하고 쓸데없는 시간을 보냈다. 로렌조의 표정을 보니 그 역시 나와 똑같은 일을 당하고 있었다.

모든 가능성이 내 머릿속을 스쳐 지나갔다. 전신 검색. 익명의 손이 *명령에 따를 뿐입니다, 부인*이라 말하며 내 몸을 배회한다. 그 손은 매우 사적인 영역으로 미끄러져 들어가 라텍스로 포장된 유리병을 찾는다. *이게 뭐야, 진?* 모건이 물을 것이다. 나는 이제 천 개의 텔레비전 화면에 등장한다. 뉴스 코너를 방해하는 깜짝 공연처럼, 벵골 호랑이에 관한 다큐멘터리 중간에도, 만화 영화 중간에도 내 모습이 비치겠지. 카메라가 번쩍이며 내 눈을 멀게 하고, 날카로운 면도날로 내 머리카락을 자르는 동안 두피는 찌르는 듯한 통증을 느끼겠지. 칼 목사가 내 옆에 서서 몇몇 구절을 읽는다. 패트릭이 포트 미드행 버스를 타고 달려가 짐보와 델, 샤론의 유골과 섞여 있는 내 피를 보는 동안, 나는 패트릭의 눈에 담긴 공포를 본다. 그곳에 또 누가 있는지는 신만이 아실지도. 어쩌면 내 아들일 수도 있고.

하지만 우리는 문 앞에 이르렀다.

"서두를 필요 없어요. *열쇠는 이미 우리 손에 있으니까.*"

내가 말했다. 우리는 오후 늦게서야 밖으로 나왔다.

포가 차를 향해 걸어가는 우리의 모습을 뒤에서 지켜보고 있었다. 만약 그가 방금 내 말을 들었다면, 어쩌면 우리 뒤에서 이렇게 외쳤을 것이다.

"떠나십시오. 그리고 여기 다시 오지 마십시오."

포는 아무 말도 하지 않고 손을 주머니에 쑤셔 넣으며 건물 안으로 사라졌다. 나는 그가 한숨을 쉬는 걸 본 것 같다.

63

　나는 로렌조의 전화기를 빌려 패트릭에게 전화를 걸어 집으로 출발한다고 알렸다. 물론 로렌조는 여전히 휴대전화를 가지고 있었다. 나는 가지고 있지 않았다.

　네가 이탈리아에 가면 생기겠지, 애야. 나는 자신에게 말했지만, 금세 내 머릿속에서 그 생각을 떨쳐버렸다. 지금 당장은 그런 생각을 할 엄두가 나지 않았다. 차를 타러 오는 내내 내 몸에서 이 독약들을 빼내는 것 외에는 아무 생각도 할 수 없었으니까.

　"그러니까."

　내 왼쪽 손목을 잡은 로렌조가 오래된 화상 자국을 엄지손가락으로 쓰다듬으며 말했다.

　"난 떠나야 해, 알잖아. 아직 시간이 있을 때."

　"알고 있어요."

　로렌조가 자기 차 조수석 문을 열었다. 그러더니 수납함에서 얇은 봉투를 꺼내 내게 건네주었다.

　"당신을 위한 거야."

　납작하고 딱딱한 게 마치 여권 같기도 하고 아닌 것 같기도 했다. 내가 할 수 있는 가장 그럴 듯한 추측은 스마트폰이었다.

"잠깐만 기다려줘요."

내가 말했다. 나는 차 문을 닫고 치마를 걷어 올린 다음 라텍스로 싼 꾸러미를 꺼내 소니아의 빨대컵에 넣어두었다. 소니아는 이제 더 이상 빨대컵을 사용하지 않아도 될 만큼 자랐지만, 빨대컵을 사용하면 자동차 앞유리창 전체에 주스를 끼얹는 일이 없어 항상 행복한 대안이었다. 뚜껑이 툭 닫히자 나는 다시 편하게 숨을 내쉬었다.

"진!"

모건이 팔을 벌리며 미친 듯이 우리를 향해 달려오고 있었다. 그의 뒤에 있는 군인은 왼쪽 팔꿈치가 약간 삐걱거리는 듯한 모습과 총집 너무 가까운 곳에 있는 손을 제외하고는 느긋한 모습으로 걸어왔다. 그의 모습은 현재 군대의 기강을 잘 보여주는 듯했다. 저 어리바리한 군인이 징병제 시절을 겪지 않은 게 모건에게는 참 다행스러운 일이다. 만약 저 아이가 징병제로 입대했다면 그의 소대가 손쓸 겨를도 없이 첫 번째 참호에서 전사했을지도 모른다.

로렌조가 건넨 봉투는 카시트 밑으로 들어갔다. 내 손으로 한 짓이었지만, 마치 모르는 사람의 명령에 따라 움직이는 제삼자의 손을 보는 듯 황당한 짓이었다. 나는 생각할 겨를도 없이 기계적으로 손을 뻗어 증거가 보이지 않도록 더 깊게 쑤셔 넣었다. 모건이 다가와 로렌조의 전 부인 여권을 소지했다는 이유로 나를 붙잡기 전에 얼른 숨겨야겠다는 생각뿐이었다. 나는 위조 신분증을 소지한 것에 대한 벌금이 얼

417

만지도 몰랐고, 알고 싶은 마음도 전혀 없었다.

불행하게도, 그 혈청은 한동안 빨대컵 속에 있어야 했다.

"안으로 다시 들어가야 해요."

모건이 말했다.

"왜요?"

나는 혼다에 시동을 걸며 아무것도 모르는 척 물었다.

"내가 뭘 잊었다면 내일 받으러 올게요. 주말 내내 애들을 못 봤어요."

그제야 왜 내가 다시 안으로 끌려가야 하는지 생각났다. 프로젝트는 끝났고, 침묵에 대한 나의 유예기간도 끝났다.

모건은 내 창문을 향해 분홍빛 감도는 작은 손을 뻗었다. 그때 로렌조가 우리 사이에 끼어들었다.

"진을 보내줘."

로렌조가 말했다. 군인은 총기를 뽑을 때 외에는 움직이지 않았다. 난 총에 대해 전혀 모르지만 만약 내가 통제되지 않으면 얼마나 짧은 순간에, 어떤 일이 벌어질지 충분히 알고 있었다.

"엔조. 당신 가봐야 하잖아요."

나는 로렌조의 눈을 바라보며 말했다. 로렌조의 눈은 단단한 수납함과 열린 창문 사이에서 움직일 생각이 조금도 없다고 말하고 있었다. 내 말을 증명하고 있었다.

"둘 중 누구도 떠나지 못할 겁니다."

모건이 말했다. 내 계기판의 시계가 1시 36분부터 1시 37분까지 바뀌는데 너무 오랜 시간이 걸렸다.

"좋아요."

나는 핸들에서 손을 뗐다.

"좋아요. 시동 끌게요."

그러고는 왼손을 허공에 댄 채 오른손으로 혼다의 시동을 껐다.

"됐나요? 이제 나가도 되죠?"

되도록 사격 방향에서 멀찍이 벗어나려 꿈틀거리던 모건이 군인에게 신호를 보냈고, 그의 총이 약간 아래로 내려갔다. 내가 차 문을 열었을 때도 총은 여전히 총집으로 들어가지 않았다.

모건은 네 명짜리 행렬을 이끌며 주차장을 건넜다. 나보다 몇 발짝 뒤떨어져 있는 로렌조는 내게 그다지 위안이 되지 않았다. 총알과 내 몸 사이를 막아주기엔 너무 약한 방패였다. 우리는 보안 검색대를 지나 엘리베이터에 다시 올랐다. 이번에는 실험실이 있는 지하 1층 버튼을 누르는 대신 모건의 출입 카드를 꽂고 SB 버튼을 눌렀다. 지하 2층이었다.

엘리베이터 문이 열리고, 나는 패배와 두려움과 의문으로 가득 찬 눈으로 로렌조의 눈을 보았다. 그는 내 허리에 손을 얹고 나를 안심시켰다. 우리는 모건을 따라 엘리베이터 밖으로 나갔다. 그 군인은 여전히 말이 없었지만, 우리 뒤에 있는 건 분명했다.

64

우리 팀의 사무실과 실험실이 있던 층이 외로운 무덤이었
다면, 지하실은 윙윙거리며 움직이는 벌집이었다. 두 사람이
나란히 앉을 수 있는 간이 사무실이 빽빽하게 늘어서 있었
고, 애매한 높이의 파티션은 겨우 사생활 침해를 막아줄 뿐
이었다. 제복 차림의 경비원들이 끊임없이 복도를 순찰하며
감시하고 있었다. 그들은 열두 명이었는데, 지금 내 뒤를 따
라 걷고 있는 남자처럼 겉보기에는 모두 멀쩡했다. 역겨울
정도로 달콤한 애프터셰이브, 담배, 그리고 불에 탄 커피 냄
새를 맡을 수 있을 만큼 바싹 따라오는 걸 보면 이 남자도
아주 멀쩡하지는 않은 듯했다. 우리가 지나가는 동안 간이
사무실 안에 있는 그 누구도 고개를 들지 않았다. 그들의 머
리는 하나같이 아래를 향했고, 엑셀 차트와 손으로 쓴 공식
들을 자세히 들여다보거나, 컴퓨터 화면을 멍하니 바라보고
있었다.

창문도 없고 공기도 통하지 않는 이 방에는 못해도 50명
은 있을 것 같았다. 그들 중 대부분은 대학을 갓 졸업한 젊은
이들이었다.

린의 필체가 눈에 띄자, 나는 잠시 멈춰 서서 간이 사무실
하나를 들여다봤다. 하지만 모건이 내 눈앞에 대고 손가락을

딱 튕겼다.

"앞을 봐요, 진."

애프터셰이브, 담배, 커피 혼합물 냄새가 또 다시 내 목덜미에 달라붙었다. 로렌조의 손이 내 손과 아쉬운 듯 스치며 내가 지금 혼자가 아니라는 사실을 깨닫게 해주었다.

간이 사무실 복도를 통과한 우리는 벌집 끝에 다다랐다. 모건이 출입 카드를 이용해 이중문을 열었고, 그곳은 한 층 위에 있는 동물 우리와 별반 다르지 않았다. 다만 이곳에는 쥐가 찍찍거리고 솜꼬리토끼가 쿵쿵거리는 대신 우리 안에 갇힌 영장류가 있었다. 구체적으로 말하면, 침팬지와 고릴라, 오랑우탄 등의 유인원 들이었다. 세 줄짜리 철문이 양쪽 벽에 늘어서 있었고, 각 문에는 식별 번호와 네 줄로 된 정보, 즉 나이, 종, 실험 날짜, 담당 기술자 이름이 적혀 있었다.

우리가 들어가자 침팬지들의 고함 소리와 쿵쾅거리는 소리에 귀가 멀 것 같았다.

하지만 나를 진짜 괴롭히는 건 그런 게 아니었다.

우리의 4분의 3이 비어 있었고, 각 문에는 다섯 마리의 유인원 중 세 마리—보노보, 고릴라, 오랑우탄—의 꼬리표가 남아 있었다. 꽥꽥거리는 침팬지는 원래 네 마리였는데 그중 절반은 이미 없었다.

침을 삼킨 나는 실험실의 하얀 벽과 구분하기 어려울 만큼 창백한 로렌조를 바라봤다. 물론 그렇겠지. 로렌조도 나와 같은 생각을 하고 있었다.

그들은 유인원으로 실험을 하고 있었다. 한 번에 한 종씩, 인간과 가장 가까운 친척인 침팬지를 맨 마지막에 남겨두었다.

아니면 마지막 바로 앞이든지. 다섯 번째 유인원은 아직 우리 안에 없었다. 적어도 아직은 그들이 접근하지 못한 유인원인 듯했다. 불현듯 내 혈관을 흐르는 피가 차갑게 얼어붙는 느낌이 들었다.

다섯 번째 유인원은 바로 우리, 인간이었다.

나는 다리의 힘이 풀리는 바람에 왼쪽으로 비틀거렸고, 몸무게가 34킬로그램인 실험 번호 412호 수컷 침팬지의 우리에 부딪혔다. 린의 경고가 내 머릿속에서 되풀이되며 자동차 경적처럼 울려 퍼졌다.

"절대 안 돼, 진. 그러니까 내 말은, 절대 그들 가까이 가지 말라는 거야. 그들을 다룰 기술자와 조련사가 따로 있으니까 그들에게 먹이도 주지 말고, 쓰다듬지도 마. 우리에서 침을 뱉을 수 있는 거리까지 가서도 안 돼. 멀리 떨어져 있어야 해. 100미터 거리쯤에 있어. 날 믿어. 내 눈에 그들은 절대 귀엽지 않아."

린은 우리가 실험실을 처음 둘러보던 날, 몇 달 후에야 보조금을 받고 침팬지 두 마리를 살 수 있었다고 말했다.

"귀엽게 생겼어요."

내가 말했다.

"재 한번 확인해봐."

122센티미터 키에 기저귀를 찬 수컷 침팬지 메이슨이 근처 우리 안에서 막대사탕을 빨고 있었다.

"이제 걔들이 송곳니를 드러낼 때까지 기다려봐. 그런 말이 나오나."

린이 말했다.

"이 녀석들은 타이머가 없는 시한폭탄이야. 프로레슬러도 걔들을 한 번에 제압하지 못한다니까. 찰라 내시(Charla Nash)*라고 안 들어봤어?"

나는 고개를 저었다.

"알아야 해요?"

"응. 있잖아. 한니발 렉터라는 사람 생각해봐. 그 멋진 간호사가 렉터에게 이상한 하키 마스크 씌우는 걸 잊었을 때 그가 무슨 짓을 했는지. 침팬지에 비하면, 렉터는 마취 중인 새끼 고양이처럼 전혀 해롭지 않다니까. 그리고 그들에게 맞아도 뭐가 널 때렸는지 절대 모를 거야."

지금 나를 강타한 건 얼굴에 닿은 강력한 주먹과 입술에 닿은 쇳물의 쓴맛이었다. 내 두피의 일부, 즉 412번이 견인차 끌어당기기 대회에 참가한 농부들처럼 괴물 같은 힘으로 잡아당기고 있는 부분은 불이 붙거나 보기 흉한 곡괭이 끝으로 구멍이 뚫린 것 같았다. 두 개의 상반된 힘이 양쪽에서 나를 잡아당기자, 중력이 나를 끌어내렸고, 무릎뼈가 바닥 타일에 부딪히며 3 옥타브의 소리를 냈다. 침팬지가 내 머리채

---

* 침팬지에게 공격당해 얼굴을 잃은 호주 여성.

를 잡고 들어 올리려 했다.

다급하게 외치는 로렌조의 목소리가 멀리서 희미하게 들렸다.

"젠장, 어떻게 좀 해봐. 어떻게 좀 해보라고!"

나한테 말하는 걸까? 나는 불타오르는 듯한 머리로 손을 뻗었다. 그냥 손이 아닌 발톱이 달린 무언가가 내 머리를 꽉 움켜잡고 있었다.

찰라 내시, 찰라 내시, 찰라 내시, 내 머릿속엔 온통 그 생각뿐이었다. 내 안에서 비명을 지르는 그 이름, 그녀의 사라진 눈, 고기 분쇄기에 먹힌 것 같은 그녀의 손, 입이 있어야 할 자리에 생긴 상처.

머리 위로 총성 한 발이 울려 퍼졌고, 나는 아래로 힘없이 둥둥 떠내려갔다.

65

나는 의식이 있었다. 의식이 없었다면, 방금 입에서 섯꼭
지를 뽑힌 심술궂은 아이처럼 모건이 고함치는 소리도 듣지
못했을 것이다.

"도대체 왜 그런 짓을 한 거야?"

모건이 말했다. 조용히 눈을 뜬 나는 총을 쏜 군인을 바라
보았다. 그에게는 첫 번째 살인이었을 그 일이 벌어진 이후,
여전히 손을 벌벌 떨고 있었다. 그러고는 내 얼굴을 보고, 로
렌조를 보고, 모건을 보고, 우리 안에서 죽은 412번까지 바라
봤다. 그 군인이 대답하기도 전에 모건이 다시 입을 열었다.

"정말 멋지군. 아주 대단해. 이 멍청이야. 내가 널 이 우리
에 대신 처넣어야 정신 차리겠군. 어차피 네 일을 제대로 할
만큼 머리가 좋지도 않잖아. 이 동물들이 얼마짜리인 줄 알
아?"

"나보다 훨씬 비싸겠죠, 모건."

내가 말했다.

"맙소사."

모건이 로렌조에게 시선을 돌렸다.

"얼마나 다쳤나요?"

내 머리에서 침팬지의 손가락을 떼어낸 로렌조가 나를 타

일 바닥에 눕힌 뒤 얼굴에 난 상처를 검사했다. 뜨거운 피가 내 입안으로 흘러들어갔다.

"아파?"

그러고는 내 관자놀이 근처를 쿡쿡 찌르며 물었다.

아프냐고? 아니. 거친 사포 위를 질질 끌려가는 것 같아. *타는 듯한 고통이야.*

"네."

나는 상처를 매만지며 말했다.

"아니, 만지지 마. 내가 닦아야 해. 모건, 구급상자 가져와."

"망할 구급상자가 어디에 있는지 내가 어떻게 알아? 난 프로젝트 관리자야."

"자넨 형편없는 프로젝트 관리자야, 모건."

로렌조가 말한다.

"형편없는 과학자에 허접한 연구자라고. 내가 너를 혼자 있게 둔다면, 한 번에 한 개씩 네 뼈를 뽑아버릴 거야. 일단 찾아봐. 구석에 있는 캐비닛이라도 뒤져서 붉은 십자가가 표시된 상자가 있는지 살펴보라고."

그러고는 숨을 죽이며 말했다.

"재수없는 자식."

"난 괜찮아요?"

나는 모든 게 원래 있던 자리에 그대로 있는지 확인하기 위해 내 얼굴을 만져보고 싶었다.

"괜찮은 것보다야 낫지."

로렌조가 말했다.

"그리고 모건, 구급상자 찾고 나면 의사 좀 불러줘."

모건이 가까이 다가오자 그의 구두에 비친 내 모습을 조금은 볼 수 있었다.

"안 돼. 혹시 몰라 얘기하는데 여긴 보안 시설이야."

로렌조가 모건의 말을 무시한 채 내 오른쪽 얼굴을 과산화수소로 소독한 다음 내 이마부터 입가로 이어지는 상처에 깨끗한 붕대를 감았다.

"대부분 긁힌 자국이야, 설 수 있겠어?"

"그런 것 같아요."

나는 남은 침팬지들에 시선을 고정하며 실험실을 둘러봤다.

"어떻게 된 거죠, 모건?"

그러고는 모건에게 물었다. 모건은 할 일이 많은 사람이었다. 악동 영장류의 희생자가 잊히자 다시 나를 건드렸다.

"당신들 다시 가서 일해야 해요."

"뭐라고요? 다 끝났다고 했잖아요. 당신이 고용한 포라는 이름을 가진 깡패가 우리 일은 끝났다고 말했어요. 당신이 우리 파일을 다 삭제했잖아요."

내가 대답을 기다리자 모건은 자신의 신발 끈을 찬찬히 살폈다.

"나를 따라오세요."

모건이 입을 열었다.

우리는 동물보호실을 나와 다른 문을 통과했다. 인간을 닮은 지하 실험실의 유인원들이 시끄럽게 윙윙거렸다. 아무도 내 비명을 못 들은 것 같았다. 어쩌면 총소리도.

물론 들었지만 신경 쓰지 않을 수도 있다.

몇 초가 지나서야 실험실 가운에 있는 금장 문양과 남자 연구원들 목에 걸린 출입 카드의 작은 금색 사각형이 눈에 들어왔다. 비좁은 칸막이 방에 있는 사람들처럼 남자들은 모두 고개를 숙이고 있었고, 군인들이 통로를 순찰하고 있었다.

"골드 팀에 온 걸 환영합니다."

모건은 과학자라기보다는 게임쇼의 진행자처럼 말했다. 놀랄 것도 없었다. 구급상자가 자기 얼굴을 빤히 쳐다보고 있는데도 구급상자를 못 찾은 멍청한 남자니까. 모건이 0.3제곱미터 크기의 텅 빈 실험실 위쪽으로 우리를 안내한 뒤 잠시 멈춰 서서 우리가 앉기를 기다렸다.

"좋아요, 모건. 내가 먼저 물어볼게요."

내가 말했다.

"도대체 이게 뭐죠?"

"당신들의 새 팀이에요."

모건이 팔을 쭉 뻗었고, 그는 마치 '당신이 이 모든 상을 탈 수 있어요'라고 말하는 듯했다.

"이해가 안 되네요."

"그렇겠죠."

모건이 고개를 끄덕였다. 유리 벽돌처럼 두툼한 안경을 낀 남자가 나타나 우리 앞에 있는 책상에 두꺼운 바인더 두 개를 내밀었다. 각 바인더에는 금색 문자로 일급비밀이라고 적혀 있었고, 그 안에는 내가 노트북에 저장해뒀던 데이터가 대부분 들어 있었다. 안경 낀 남자가 떠나기 전, 나는 그의 왼쪽 네 번째 손가락에서 번쩍이는 금빛을 또다시 보았다. 모건은 침팬지를 쏜 군인 쪽으로 휙 돌아선 뒤 시간이 별로 없다고 말하고는 내가 알아들을 수 없는 지시를 내렸다.

"지안나,"

로렌조가 내 팔꿈치를 쿡쿡 찔렀다. 로렌조의 눈은 나를 향하지 않은 채 연구실 여기저기를 배회하고 있었다. 그러더니 그는 자기 왼손 약지를 툭툭 건드렸다.

내가 앉아 있는 의자는 좌석 아래에 있는 지렛대로 높낮이를 조절할 수 있었다. 나는 의자 높이를 최대한 올린 뒤 실험실 여기저기를 관찰했다. 남자들이 머리를 긁적이거나 연필을 빙빙 돌리거나 피곤한 눈을 비비고 있었다. 내 눈에 보이는 모든 왼손 네 번째 손가락에는 금색 결혼반지가 끼워져 있었다.

그리고 모든 눈에서 두려움이 엿보였다.

"이 사람들은 자원봉사자가 아니죠, 엔조?"

로렌조가 고개를 흔들었다.

"오, 맙소사."

이 시설 안에 있는 모든 남자는 결혼했고, 어쩌면 아이가 있을지도 모른다.

"성과보수도 있겠군요."

내가 말했다. 마지막 급여를 받은 듯한 불쌍한 군인에게 연설을 마친 모건이 이제야 우리에게 돌아왔다.

"여러분, 나는 공식이 필요해요. 오늘 밤까지. 아니면 내일 아침까지. 치료용 혈청도 필요합니다."

"이미 치료용 혈청을 줬잖아요."

내가 반발했다.

"그리고 유리병도 가져갔고요. 다섯 병 전부."

나는 모건이 진, 진, 진이라고 부를 때처럼 양손으로 책상 가장자리를 움켜잡았다. 내가 지금 당장 잡고 싶은 건 모건의 목덜미였다. 그래서 무엇이든 계속 붙잡고 싶었다. 그것도 아주 꽉.

모건이 웃는다.

"당신은 내게 치료용 혈청 한 개만 줬어요, 진. 또 하나가 필요합니다."

나는 전혀 모르는 척했다.

모건이 두 손을 맞잡았다.

"좋아요. 간단한 용어로 설명하죠. 우리는 항 베르니케 혈청 연구를 진행하고 있어요. 그리고 효과가 있었지요. 우리는 모두 그 여자가 말 많은 바보에서 토끼 애호가로 도약하는 모습을 봤으니까요."

"레이 부인이에요. 그녀에게 이름이 있어요."

내가 말했다.

"어쨌든. 이제 우리는 같은 걸 원하지만, 사실 다른 겁니다."

로렌조가 눈을 굴린다.

"의미상 다른 걸 원하는 거겠지, 모건?"

상사에게 말귀 좀 알아들으라고 툭툭 건드리며 성가시게 해도 자기가 멍청하다는 걸 들키고 싶지 않은 상사는 괴로운 속내를 드러내지 않는다.

아마도 모건은 이 농담을 이해하지 못할 것이다. 모건은 결코 언어학계에서 빛나는 별이 아니었다.

"나는 당신들이 이미 내게 준 것과는 정반대의 혈청을 원합니다. 그러니까 베르니케 실어증을 유발하는 신경단백질이죠. 그리고 기한은 내일까지예요. 이제 그만 일을 시작하죠."

로렌조가 먼저 입을 열었다.

"그들이 자네에게 무슨 약속을 했나, 모건? 평생 워싱턴의 최고급 스트립쇼 클럽에 드나들 수 있는 회원권이라도 준다고 했나? 자네가 발기되는 줄은 꿈에도 몰랐네."

"잔말 말고 내가 원하는 것만 주면 돼."

실험실 안의 모든 시선이 지금 우리를 바라보고 있었다.

"아니요."

내가 말했다.

모건은 그의 코가 거의 내 코에 닿을 때까지 몸을 구부렸다.

"뭐라고요? 제대로 안 들리는군요."

"'아니요'라고 했어요. 부정의 뜻이죠. 모건. 당신의 요구를 거절하는 것. 찬성의 반대."

내가 그를 알게 된 이후 처음으로 모건이 웃었다. 숨죽이며 킥킥거리는 공허한 웃음소리가 들렸다.

"요구가 아니에요, 진."

시계를 확인한 모건이 자신의 귀중한 시간을 예상보다 많이 빼앗겼다는 듯 한숨을 쉬며, 순찰병 한 명을 우리가 있는 실험실 구석으로 불러들였다.

"하사, 이 두 사람을 1번 방으로 데리고 가서 안에 무엇이 있는지 보여주게. 이들이 충분히 확인한 다음 여기로 다시 데려와."

1번 방은 실험실 반대편에 있었다. 잠겨 있었지만, 무엇이든 들어 있을 수 있었다. 나는 쥐나 뱀과 같은 오웰의 가능성*을 생각하지 않으려고 애썼다. 어쨌든, 그것들이 나의 가장 큰 두려움은 아니니까. 내가 가장 두려워하는 건 두 발로 걷는 샘, 레오, 소니아와 같은 이름을 가진 것이다. 내가 가장 두려워하는 건 내 아이들이다.

위장용 전투화를 신은 하사가 우리를 철문으로 안내했다. 그러고는 반지를 낀 왼손으로 전자 판독기에 출입 카드를 넣었고, 철문이 열리자 옆으로 비켜섰다. 연결통로가 드러나며 닫혀 있는 또 하나의 문이 보였다. 실험실을 뒤로한 채 우리가 들어왔던 입구가 닫히고 나서야 비로소 이 공간이 무덤과 같다는 걸 깨달았다.

나는 좁은 공간이 싫었다. 항상.

* 조지 오웰의 소설 『1984』에 나오는 고문 방식이다.

로렌조는 손을 뻗어 내 손을 잡았다. 그의 피부가 뜨거웠다. 방 전체가 용광로였다. 내 얼굴 위로 땀이 흘러내렸고, 내 뺨에 감은 붕대 아래로 땀이 가득 차 소금 강물을 이루고 있었다. 덕분에 더 온도가 높아지는 듯했다. 그러나 나는 전혀 따뜻하지 않았다. 빙판이 내 주위를 감싸고 있는 것 같았다. 하사가 앞으로 나서며 옆문을 열었다.

방 안에는 뚜껑 없는 변기를 제외한 유일한 가구 위에 앉은 세 사람이 있었다.

나는 거대한 유인원, 사람을 닮은 호미니드를 떠올렸다. 고릴라, 오랑우탄, 보노보, 침팬지. 그리고 물론 인간들도.

왼쪽에 있는 사람이 내 이름을 불렀다. 내 옛 이름, 20년 동안 들어본 적 없는 그 이름. '지니'의 두 번째 음절에서, 고통스러운 소리가 요동치며 그녀의 등이 강철로 만든 벽에 부딪혔다. 구역질 나는 쿵 소리가 방 안에 메아리쳤다.

마치 총소리처럼.

66

내가 균형을 잃은 불안정한 걸음으로 들어가려 하자 로렌조가 내 팔을 붙잡았다. 로렌조의 손아귀가 너무 단단해 멍이 들 것 같았다.

"안 돼."

로렌조가 말했다.

"그녀가 또 입을 열면 전기가……."

로렌조는 나보다 힘이 셌지만, 나는 긴 의자에 앉은 그 여자에게 몸을 내던지듯 달려갔다. 그녀의 몸은 머리 위의 가혹한 불빛 아래에 축 늘어져 생명이 없는 인형 같았다. 그녀는 내가 기억하는 사람이 아니었다. 짧은 승마 바지에 미친 듯이 요란한 페이즐리 블라우스를 입지도 않았고, 형편없는 조지타운 아파트에서 허브차를 끓이고 이케아 탁자의 설명서를 읽으며 시시콜콜 저주하지도 않았다. 매주 염색을 하며 짓던 미소도 찾아볼 수 없었다. 대신에 자신의 머리카락과 피부색에 맞는 회색 작업복을 입고 있었다. 1년간의 노동으로 신선한 고기처럼 생살이 다 드러난 손만 제외하고 모두 회색 천에 덮여 있었다. 그리고 매력적인 중국 별자리 동물 팔찌가 있던 왼쪽 손목에는 검은색 카운터를 두르고 있었다.

"재코."

나는 엉망진창으로 부르튼 재키의 입술을 한 손으로 어루만지며 말했다.

"재코, 아무 말도 하지 마. 그들이 널 더 힘들게 하지 않도록."

재키 후아레즈, 한때 세상을 멈추게 할 줄 알았던 그 여자가 말없이 내 품에 안기며 흐느꼈다.

내 뒤의 문이 미끄러지듯 닫혔다가 다시 열렸다. 누구인지 확인하려고 일부러 돌아설 필요는 없었다. 그 개자식의 역겨운 냄새가 방 안에 진동했으니까.

"모건."

내가 말했다. 그때 찰칵거리는 소리와 끽끽거리는 소리, 금속성 화기가 딸깍거리는 소리가 들렸다.

이 소리는 내가 총기에 관해 알고 있는 것 중 또 다른 하나였다. 아직 죽일 준비가 되지 않았으니 당장 조준하거나 총을 쏘지는 않을 거라는, 일종의 경고였다.

"조심해요, 모건."

내가 여전히 재키를 붙잡고서 말했다.

"당신은 로렌조가 필요한 거잖아요. 로렌조의 공식이."

물론 그는 그렇지 않았다. 저 쥐새끼 같은 놈은 이미 로렌조의 공식을 갖고 있겠지. 난 시간만 벌고 있을 뿐이었다.

그때 갑자기 그 일이 일어났다. 위층 실험실로 달려가 자신의 사무실을 확인하고 온 로렌조가 내게 고개를 저으며 서류가 없다고 말했다. 모건은 내일까지 공식을 요구했다.

"하사."

모건이 말했다.

"그거 치워."

나는 재키에게서 몸을 돌려 가만히 서 있는 로렌조 쪽으로 눈을 돌렸다. 로렌조는 모건을 한 방 먹인 대가로 총알을 맞을 준비를 하고 있었다. 그제야 나는 모건이 로렌조의 공식을 가져가지 않았다는 걸 깨달았다.

그럼, 대체 누가 공식을 가져간 거야?

그 질문이 내 머릿속을 맴돌았지만, 나는 감방에 있는 다른 여자들에게 눈을 돌리며 그 생각을 마음속 조용한 구석에 다시 집어넣었다. 세 여자 중 한 명인 린이 나와 눈을 마주치고 나서 로렌조를 바라봤다. 그녀의 옆에는 우리 부서를 즐겨 찾던 아르헨티나계 스위스인 미녀가 있었다. 그녀의 등 뒤로 흘러내리던 금색 폭포수는 이제 없지만 여전히 아름다웠다.

이사벨 거버.

재키처럼 칙칙한 작업복을 입은 두 사람은 서로 엉덩이를 맞댄 채 무릎에 양손을 포개고 앉아 있었다. 두 사람의 손목에는 모두 검은 띠가 채워져 있었다.

"두 사람이 차 안에서 관계를 하는 걸 목격했죠."

모건이 말했다.

"빌어먹을 멍청이들."

린이 입을 벌려 말을 하려다 생각에 잠긴 듯 다시 입을 닫았다. 그 결정을 하는데 1초도 안 걸렸지만, 그녀의 눈이 그 말을 대신하고 있었다.

어깨너머로 로렌조가 주먹을 꽉 웅크리는 모습이 보였다.

"하지 말아요, 엔조. 그는 그럴 가치가 없어요."

갑자기 나는 내 차에 유리병을 놔두지 말았어야 했다고 생각했다. 지금 당장 꺼내 와 모건의 목구멍에 독약과 유리병을 모두 쑤셔 넣고 싶었다. 아니면, 그 개자식이 창문이 없고 방음이 잘 되는 방에 재키, 린, 이사벨과 함께 갇혀 있는 모습을 음미하는 게 나을지도 모른다.

"자, 그래서. 이제 일할 준비는 됐나요, 여러분?"

모건이 말했다.

"아니면 이 가운데 한 명을 포트 미드로 보낼까요?"

세 여자의 표정을 보니 모건은 이미 그들이 죽어가는 모습을 생생한 사진 한 장에 담았다는 것을 알 수 있었다.

시간 문제였다. 모든 것은, 어떤 형태로든 시간으로 설명이 된다. 20년 전만 해도 나는 교과서와 구술, 그리고 자격증 서류에 쏟아부은 시간이 내가 허락하지 않았던 시간, 즉 재키의 행진이나 가족계획연맹의 다과회보다 더 중요했다. 그리고 24시간이 지나야 내 안에 있는 생명체가 남자인지 여자인지 알 수 있다. 로렌조는 '아직 시간이 있을 때' 떠나야 한다고 했지만, 우리 둘 다 그럴 시간이 정말로 남아 있는지 확신하지 못한다. 모건이 지시한 까다로운 마감일. 그리고 불과 18시간 후면 열리게 될 백악관 전체 회의.

내가 스티븐을 때린 시간. 그리고 내가 그 시간을 되돌릴 수 있길 바라며 보내게 될 모든 순간들.

앞으로 나선 모건이 양복 상의 안쪽 주머니에서 똑같은 분홍색 소책자 세 개를 꺼냈다. 그런 다음 그것을 카드처럼 나눠주었다. 처음에는 이사벨, 다음에는 린, 그리고 다음에는 재키에게.

"여자분들, 선언문을 읽는 걸 잊지 마십시오."

모건이 말했다. 그리고 '여자분들'이란 단어가 모욕적으로 들리도록 더욱 강조했다.

"진심이에요, 모건?"

내가 물었다.

"이봐요, 진, 규칙을 만든 건 내가 아니에요. 마음에 들지 않으면 칼 목사님과 상의해보세요."

모건이 내 손목을 바라보며 공허한 웃음을 지었다.

"팔찌가 다시 채워지기 전에 서둘러야 할 텐데요."

재키는 여태까지 그랬던 것처럼 태연하게 옆 벤치에 있는 책자를 집어 든 뒤 그 책자에 눈길 한번 주지 않은 채 모건에게 던졌다. 책이 모건의 이마에 정면으로 부딪치며 통쾌한 소리가 났다.

모건은 몸을 구부려 그 책을 집는 대신 뻥 차서 구석으로 날려버렸다.

"제대로 배워야겠군."

모건이 하사에게 안쪽 문을 열라며 손짓했다. 로렌조가 재키 옆에 무릎을 꿇고 있던 나의 손을 잡고 일으켜 세웠다.

"냉정하게 있어, 재코."

내가 재키에게 말했다.

"약속해, 알았지?"

재키가 고개를 끄덕였다.

"내가 할 수 있는 모든 걸 할 거야."

모건을 따라 방에서 나온 나는 벌집 같은 실험실로 돌아가며 *내가 했어야 할 모든 것들을* 생각했다.

67

실험실에는 축구장만 한 평면 스크린이 있었다. 이런 물건을 사는 남자들이 주말이면 약 90미터 길이의 인조 잔디 위에서 가죽 공 하나를 두고 뛰어다니는 다른 남자들을 지켜보며 대부분의 시간을 보낸다는 점을 고려하면 적당한 크기일 것이다.

칼 목사가 평소와 다름없이 화려한 옷차림을 하고 화면에 등장했다. 이제는 그를 보는 것보다 보지 않는 게 훨씬 힘들어졌다. 게다가 누군가 볼륨을 높여놓았다.

"친구 여러분."

칼 목사는 자신을 대표하는 상징이자 리우데자네이루에 있는 그리스도 조각상처럼 팔을 벌리며 말했다.

"친구들이여, 좀 불행한 소식이 있어요."

"그렇겠지."

나는 옆에 있는 로렌조에게 속삭였다. 로렌조는 화학량론에 몰두하고 있었다. TV에서 나오는 말들처럼 내게는 참 낯선 언어로 이루어져 있었다.

"침착하십시오, 제발, 진정하세요."

칼 목사의 손이 아래로 내리누르듯 허공에 멈추자 청중들의 웅성거림이 둔해졌다. 그가 지금 어디에 있는 건지 알 수 없었다. 백악관 기자실치곤 사람들이 너무 많았다. 게다가 그는 무대 위에 있었다. 케네디 센터이거나 아니면 워싱턴 남서부의 아레나 무대일 수도 있다. 생방송 공연을 본 지 1년이 넘었다. 몇 안 되는 연극 공연은 가족 친화적인 허튼 소리이거나 불분명한 내용을 빌미로 검열되거나 우리 대부분이 출입할 수 없었다.

칼 목사는 계속해서 순수 선언문을 읽고 있었다. 한 줄씩 차례대로, 확언에 따른 긍정, 믿음에 따른 확신 등등. 현재 주제는 고통이다. 그가 가장 좋아하는 주제 중 하나였다.

"친구 여러분, 사랑하는 친구들, 고통은 우리 이승에서 피할 수 없는 현실입니다. 우리가 좋은 일을 해도 때로는 고통이 따르지요. 그래서 그 순간 나만큼 고통받는 사람은 아무도 없습니다."

긴 침묵이 이어졌다. 칼 목사는 고통을 받든 말든 무언가를 끄집어내는 걸 좋아했다.

"여기 길 잃은 양이 있습니다."

카메라가 칼 목사의 얼굴을 가까이 끌어당기자, 그가 미소를 지으며 눈물을 또르르 흘렸다. 그런 다음 무대 뒤로 물러서더니 오른팔을 뻗어 무대 날개를 향해 손을 흔들었다.

"자. 어서 나오세요, 지금."

무대 오른쪽에서 외톨이가 등장했다. 내가 누구를 기대하는지 모르겠다. 델 레이일 가능성이 크다. 아니면 또 다른 줄리아 킹. 아니면 그 누구든.

내 아들이 나타나리라고는 전혀 예상하지 못했다.

텔레비전으로 중계된 청중들의 한숨 소리가 실험실에서 들려오는 50개의 숨소리에 파묻혔다. 청중이 조금밖에 없다면, 녹음된 웃음소리를 사용하는 것일지도 모른다. 스티븐이 형광등 아래에서 눈을 깜박이며 팔을 뻗고 서 있는 칼 목사를 향해 쭈뼛쭈뼛 중앙 무대로 발을 내디뎠다.

"저 아이는 열일곱이에요."

나는 로렌조에게 속삭였다.

"겨우 열일곱 살."

설명할 필요가 없었다. 로렌조는 내 아이들의 사진을 본 적이 있었으니까.

아주 오래전, 아이들의 사진이 내 사무실에 흩어져 있었다.

"잡혔습니다."

칼 목사가 말한다.

"남자나 소년이 있어서는 안 되는 곳에서 붙잡혔어요."

그러고는 스티븐에게 고개를 돌렸다.

"그렇지, 아들아?"

스티븐은 무슨 말을 하려다 고개만 끄덕였다. 내 모든 정맥과 동맥을 통해 분노가 끓어올랐다. 그리고 그 압력이 나를 짓누르더니 갇혀 있던 비명이 터져 나왔다.

나는 나머지 연설을 대부분 듣지 못했다. 귀청을 찢는 내 심장 소리 외에는 아무것도 들리지 않았다. '간통자', '배신자', '본보기', '재판' 같은 말들이 내 내장을 파고들며 납덩

442

이처럼 가라앉았다.

칼 목사는 청중들에게 함께 기도하자고 주문하며 고개를 숙인 다음 스티븐의 손을 잡았다. 카메라가 또다시 앵글을 끌어당기며 서로 얽혀 있는 손가락을 클로즈업했다. 칼은 끈질긴 보아뱀 같았다. 스티븐은 연약했고, 칼의 손아귀에 갇힌 다섯 개의 무력한 손가락이 애처롭게 뒤틀리고 있었다. 내 아들 손에서 몇 센티미터 떨어진 손목에는 넓은 금속 띠가 감겨 있었다.

100만 년 전. 사실 겨우 20년이지만, 전 세계의 모든 삶과 마찬가지로 100만 년 전, 1000만 년 전처럼 느껴지는 어느 날, 재키는 나에게 자유롭게 살기 위해 뭘 할 건지 물었다. 어젯밤, 나는 부엌 조리대 건너편에 앉아 있는 패트릭을 보며 살인이라도 할 건지 물었다.

지금 나는 칼 목사가 텔레비전에서 스티븐을 꾸짖는 동안 반쯤 정리된 공식을 책상에 올려두고, 모든 질문을 하나로 묶어 모든 답을 하나로 정리했다.

그래, 난 뭐든 할 거야. 다 죽일 거야.

물론 전혀 나답지 않은 생각이었다.

어쩌면 내 안에 그런 모습이 숨어 있었는지도 모른다.

어쨌든, 나는 그런 여자, 새로운 진이 좋았다. 평면 스크린에서 모건이 웃고 있는 모습을 보자, 그 여자가 훨씬 더 마음에 들었다.

68

오후 5시, 바비큐 냄새와 준벅 칵테일을 즐기며 여름밤을 즐겨야 할 일요일이지만, 모건은 우리 중 누구도 집에 갈 수 없다고 통보했다.

"카페테리아는 3층에 있습니다, 여러분. 숙소는 6층과 7층에 있고요. 전화할 일이 있으면 페트로스키 병장에게 요청하세요."

모건은 실험실 입구에 있는 임시 경비대에게 고개를 끄덕였다.

"좋은 밤 보내세요, 여러분."

그러고는 뒤로 돌아 실험실 밖으로 성큼성큼 나갔다.

"침팬지 방을 지날 때 되도록 가까이 붙어서 가세요."

나는 모건에게 소리쳤다. 모건이 성난 몇몇 실험실 동물에게 갈기갈기 찢기는 생각을 하니 기분이 한결 좋아졌다. 나는 로렌조에게 눈을 돌렸다.

"페트로스키가 열쇠예요. 일은 어떻게 돼가요?"

내 말에 로렌조가 의자 등받이에 기대며 활짝 웃었다.

"끝났어."

"뭐라고요?"

로렌조가 나를 화학의 길로 안내했다.

"이것 좀 봐, 지안나."

그러고는 오늘 오후에 작업한 노트로 위로 손가락을 움직이며 우리가 레이 부인에게 실험했던 오래된 신경단백질과 의미 유창성의 상관관계를 설명했다.

"괜찮아?"

정말 훌륭했다. 우리가 엄청난 악마의 봉인을 풀어준 것처럼 보이기도 했다.

"엔조, 이 양만 보면 우리는 뇌의 전체 오염도 가능하고, 붕괴를 막을 수도 있겠어요. 그러니까……."

나는 내 데이터와 두 번 비교하며 수치를 확인했다.

"상측두회의 4분의 3 이상은 보호할 수 있다는 건데, 이 결과대로라면 레이 부인의 말더듬증 정도는 걱정할 필요도 없어요. 반대로 헨리 키신저(Henry Kissinger)*도 5초 만에 벙어리로 만들 수 있어요."

로렌조의 얼굴에서 미소가 떠나지 않았다.

"그래. 아름답지?"

아름다움에 대한 당신의 생각이 어떤지에 따라 다르겠죠. 나는 생각했다. 그리고 그 순간 아주 괜찮은 아이디어가 떠올랐는데, 로렌조가 눈썹을 치켜세우고 있는 걸 보니 이미 내 얼굴에 표시가 난 모양이다.

"몇 시간 내에 이걸 요리할 수 있을 것 같은데, 혹시 염두

---

* 미국의 정치학자이자 핵전략 전문가로 1973년 베트남 전쟁 휴전 협상에 성공하며 뛰어난 외교력을 인정받아 노벨 평화상을 수상했다.

에 둔 첫 피험자 있어?"

"어떻게 할까요?"

나는 연구실을 훑으며 말했다. 아무도 우리 대화를 듣지 않는 것 같았다. 화면 속 작은 수다쟁이와 칼 목사의 '불쌍한 아이—그는 대체 무슨 짓을 했나'라는 제목의 강연에 관심을 가졌다.

"내 생각엔,"

로렌조가 장난스럽게 눈썹을 씰룩거리며 말했다.

"위대한 사람들은 모두 같은 생각을 하지."

"그리고 우리도 가끔 그렇고요."

내가 덧붙였다.

"어쨌든, 저 안에 있는 갇힌 여자들보다는 모건이 훨씬 나을 거예요."

그러고는 반대편 끝에 있는 잠긴 문을 턱으로 가리켰다.

"침팬지가 몇 마리 남았는지 보셨잖아요. 그들마저 바닥나면 모건은 유인원 먹이 사슬의 가장 꼭대기까지 올라가고 싶어할 거예요."

로렌조는 펜 끝을 씹다 멈추고 그걸로 자기 이를 가볍게 톡톡 두드렸다. 로렌조의 오래된 습관이었다. 1년 넘게 그를 보지 못했어도 그 버릇은 변함없었다.

"한 가지 문제가 있어."

로렌조가 말했다.

"뭔데요? 사람들을 파랗게 만드나요?"

로렌조의 얼굴에서 장난기가 사라졌다.

"아니, 파랑이 아니야."

"맙소사. 그럼 치명적일 수도 있어요?"

내가 물었다.

"그럴 수도 있지."

로렌조가 노트에 있는 일련의 공식들을 가리켰다.

"당신이 옛날에 했던 연구와 완전히 다르군요."

공식들을 조금 더 읽어 내려가자, 로렌조의 연구가 점점 명확해졌다.

"이건 물에 녹지 않고 혈류에 주입할 수도 있군요."

"맞아. 이걸 시험하면 그 뇌는 반쯤 타버릴 거야. 그래서 이건 별도의 실험 없이 바로 수행해야 해. 카이사르의 말처럼 시작점에서부터. 세포를 고치는 것도 하나의 방법이야. 목표물을 넘어서는 건 괜찮아. 그저 빗나가도 괜찮아. 별일 아니거든. 좀 건강하고 행복한 뉴런이 몇 개 더 생기는 정도야. 그들을 파괴하는 건 전혀 다른 물질 일체거든."

"다른 물질 일체."

나는 자연스럽게 단어를 정정해주었다. 하지만 정작 내 뇌 속에서 메아리치고 있는 '두부 절개술'이란 한 단어를 자연스럽게 듣지 못했다.

"안 돼요, 엔조. 우리는 절대 성공하지 못할 거예요."

게다가 인간의 두개골을 전기드릴로 뚫는다고 생각하면, 아무리 모건이라도 골이 지끈거렸다.

"아마 아닐 거야."

로렌조가 실험실을 둘러보며 펜 끝으로 머릿수를 셌다.

"여기 있는 사람 중에 파란 옷을 입은 소년들을 빼면 약 50명. 그들 중 몇몇은 학교를 졸업하자마자 채용된 어린애 같아. 하지만 그렇게 어리지도 않아, 지안나. 적어도 대학원생쯤? 우리 좀 돌아다니면서 신분증을 훑어보는 게 어때?"

그러면서 실험실 입구 쪽을 가리켰다.

"당신이 끝을 맡아. 내가 뒤를 맡을게. 자세한 건 필요 없고 그냥 간단한 직함만 획 조사하면 돼, 알겠지? 누가 물어보면, 남편한테 전화하러 보안 데스크로 가는 길이라고 해. 차에 관해 물어볼 게 있다고."

물론 패트릭에게 전화해야 한다. 어차피 이 건물에서 금방 나갈 수 있을 것 같진 않으니까. 패트릭에게는 차가, 아니 구체적으로 내가 차 안에 두고 온 게 필요하다. 나는 정사각형의 작업 공간을 떠나 나와 가장 가까운 통로를 통해 페트로스키 병장이 있는 곳으로 걷기 시작했다. 천천히.

"전화를 걸어야겠어요."

페트로스키 병장에게 내가 말했다.

"오늘 밤 내가 집에 못 간다는 걸 남편에게 알려야 하니까요."

페트로스키가 웃었다.

"알겠습니다. 부인. 번호는요?"

"제가 할게요."

"제가 해드리는 게 맞는 것 같습니다."

물론 그의 말이 맞았다. 어쩌면 페트로스키 역시 나에게 할 말이 있을 것이다. 내 생각도 맞았다. 페트로스키는 종이와 펜을 건네주며 말했다.

"여기서 다 적어주십시오. 제가 적어주신 그대로 전해드리겠습니다."

메모는 짧았다.

차 가져가, 소니아 빨대컵도 가져가고. 빨대컵이 없으면 잠투정 부릴 거야.

그 말은 사실이었다. 만약 동사들 가운데 일부를 과거 시제로 바꾼다면 말이다. 나는 페트로스키에게 메모를 건넨 다음 눈을 세 번 깜빡였다.

페트로스키 역시 눈을 깜박거리며 뒤를 돌아봤다.

"또 다른 건 없으세요, 매클렐런 박사님?"

그가 물었다. 로렌조와 들어올 때 이 책상에 앉아 있던 다른 군인이 기억났다. 페트로스키는 최근에 도착한 게 틀림없었다.

"오늘 밤 근무예요?"

"네, 부인. 밤 12시부터 8시까지 근무합니다."

내 눈이 그의 왼손으로 움직였다.

"결혼했군요."

내가 말했다.

물론 그럴 것이다.

"네, 부인. 이번 달에 결혼 2년 차 됩니다."

그의 입가에 당혹스러운 미소가 퍼졌다.

"아내와 고등학교 때부터 연인 사이였습니다."

"나도 젊을 때 결혼했어요."

나는 그게 가장 현명한 관계는 아니었다고 말하려다 그만 뒀다.

"그래서 어릴 때 아이를 가졌죠. 애들은 있어요?"

페트로스키는 망설였지만, 곧 수줍은 미소가 사라졌다.

"한 명입니다. 딸이고요. 4월에 한 살이 됐습니다."

그러더니 목소리를 낮추며 물었다.

"태어난 지 1년이다 보니, 뭐 하나 물어봐도 되겠습니까?"

"물론이죠."

"저는 과학자도 아니고 그쪽으론 문외한이라서요. 고등학교와 지방대학을 졸업하자마자 바로 입대했습니다. 군인이 되면 월급과 다른 모든 것도 받을 수 있다고 생각했으니까요. 게다가, 20년을 복무하면 연금과 보험 같은 것도 받을 수 있고요."

"꽤 괜찮은데요."

내가 말했다. 페트로스키가 몸을 앞으로 숙였다.

"하지만 제가 아이들에 대해 좀 알고 있는데요. 제가 장남이에요. 그리고 형제가 다섯이고요. 제가 열다섯 살 때 막냇동생이 태어났어요. 대니라고 하는데, 참 착해요."

나는 고개를 끄덕였다. 우리의 선량하고 착한 병장이 계속 말을 이었다.

"대니가 생후 5개월이 되었을 때 '아니요'가 무엇을 말하는지 알았어요. 그리고 한 살이 되기 전에 '엄마'와 '아빠' 그리고 '부'라고 말했고요. 부는 우리 집 개 이름이었어요. 대니는 말이 안 되는 말을 했지만, 우리는 대화가 됐어요. 그리고, 맙소사!"

페트로스키가 손바닥으로 책상을 탁 내리쳤다.

"놀랍게도 두 단어로 질문을 하기 시작했어요. 예를 들어 '부 어딨어?'라든지, '주스 줘' 등등. 무슨 기적이 일어난 줄 알았어요."

난 잘 알고 있었다. 네 명의 아기가 그 모든 단계를 거치는 모습을 지켜보았으니까. 옹알이, 한 음절 단어, 두 음절 문장, 거의 주어와 술어에 불과했지만 말이다. 그러고 나서 페트로스키의 말처럼 '맙소사' 하고 그 모든 일이 일어나기 시작했다. 스티븐은 세 살 때 다음과 같은 요구를 했다. *아침에 학교에 데려다주세요, 오후에 초콜릿을 만들어주세요.*

물론 나는 그 이면 역시 알고 있다. 페트로스키처럼.

"제가 어떤 다큐멘터리를 한번 본 적이 있습니다, 부인."

그가 말했다.

"사실 전부 다 볼 수는 없었어요. 너무 끔찍했거든요. 어떤 사람들이 지니라는 이름의 어린 딸을 방에 가두고 12년 동안 딸과 이야기하지 않았다더군요. 12년이라니요, 박사님 상상되십니까?"

상상이 가는데도 고개를 저었다. 그것은 드문 경우였다. 페트로스키는 자신이 얼마나 옳은지 깨닫지 못하는 언어학자처럼 말을 이었다.

"그러니까 아이를, 어떤 아이든 상관없이 말하게 내버려두면 그들은 말하게 되고, 만약 그렇지 않으면……."

그러면서 우리 사이에 있는 탁자를 손바닥으로 쾅 내리쳤다.

"그거였어요. 마치 그들 안에 시계가 있는 것처럼 말입니다."

"아이들은 그래요."

페트로스키 병장에게 사용하지 않으면 잃게 된다는 이론인 '결정적 시기 가설'을 언급할 필요는 없었다. 그는 화려한 전문 용어 없이도 상황을 잘 파악하고 있었다.

"그러니까 제 질문은,"

페트로스키가 내 눈을 똑바로 바라보며 말했다. 그의 눈은 침착하고 파랗지만, 그 이면에는 고통이 감돌고 있었다.

"제 질문은, 제 딸이 말을 안 하면 어떻게 되는 건가요? 그러면 그 지니라는 여자처럼 될까요? 결국, 어떤 위탁 가정으로 가게 될까요?"

그의 질문에 대한 대답은 1000가지쯤 떠올랐지만, 사실 정답은 없었다. 다큐멘터리에 나오는 아이인 지니는 말을 배운 적이 없었다. 지니 자체보다 다음 업적에 더 관심을 가진 언어학자들이 수년 동안 지니를 설득하고 부추긴 끝에, 지니는 결국 페트로스키가 예상한 대로 위탁 가정에 맡겨졌다.

나는 내 메시지의 마무리를 손질한 뒤 페트로스키에게 돌려주었다. 그가 내 손을 잡았다.

"도와줄 수 있으시죠? 의사시잖아요."

나는 형식적으로 고개를 끄덕이고 되물었다.

"도와줄 수 있죠?"

페트로스키가 말을 멈추더니 자기 소매에 달린 세 가닥 줄무늬를 내려다봤다. 그러고는 다시 말을 이었다.

"저는 맹세했어요. 어쩌면 우리는 어려운 상황을 이겨내야할 겁니다. 이런 식의 순수운동은 영원히 계속될 수 없으니까요."

불구덩이에 통나무를 던질 시간이었다.

"당신 말이 맞아요. 그럴 수 없지요. 몇 년 더 지나면 칼목사는 역사책에 또 다른 각주가 될지도 모르니까요. 물론그가 더 오래 얼씬거릴 수도 있겠지만."

"맞아요."

페트로스키가 담담하게 대답했다.

"있잖아요, 병장님."

나는 머릿속으로 이야기를 꾸미는 나 자신을 살짝 증오하며 말했다.

"몇 년 전에 어떤 기사를 읽었어요. 사람들은 보통 아이들이 열세 살이나 열네 살 때까지 언어적으로 깜짝 놀랄 만큼성장한다고 생각한대요. 하지만 전문가로서 말씀드리면, 그보다 훨씬 적은 나이였어요. 아마 세 살이나 네 살 정도요. 그 후에 아이들의 뇌는 일종의……."

나는 올바른 단어를 떠올렸다.

"'끄기'를 선택해요."

페트로스키의 얼굴이 창백해졌다. 내가 의도한 반응이 이런 것이라는 사실에 나는 움찔했다.

"음, 다시 일하러 가는 게 좋겠어요."

내가 말했다. 내가 로렌조와 함께 세부사항을 해결하는 동안 그에게 곰곰이 생각할 수 있는 시간을 주는 게 나을 것 같았다.

나는 차 열쇠를 남기고 페트로스키의 책상 앞을 떠나면서 이번에는 다른 경로를 따라 실험실로 되돌아갔다. 실험실 연구원들의 신분증 절반은 엉뚱한 방향으로 놓여 있었지만, 나는 직함만 보고 오면 된다는 로렌조의 말을 생각하며 그중 10여 개를 얼른 머릿속에 입력했다.

69

인구의 약 2퍼센트가 박사학위를 가지고 있다. 영어학 박사학위를 빼면 그 비율은 줄어든다. 훨씬.

"나는 아홉 명 셌어요."

내가 말했다.

"열두 명 정도 중에서요."

로렌조는 출입 카드를 센 나보다 훨씬 운이 좋았다.

"난 스무 명 중 열다섯 명."

3분의 2든, 4분의 3이든 중요하지 않았다. 우리는 전문가들로 가득 찬 실험실에 앉아 있었다. 시간만 충분히 있다면 셰익스피어 희곡을 전부 타이핑할 수 있는 원숭이를 찾아낼 수도 있을 것이다. 이런 구성의 실험실이라면 화성으로 가는 로켓도 굉장히 짧은 시간 내에 만들 수 있을지 모른다. 뇌를 뒤죽박죽으로 만드는 신경 독소는? 하룻밤이면 충분하다.

패트릭이 내일 아침 참석할 전체 회의 시간에 맞춰 만들어낼 수 있다.

나는 방을 다시 점검했다. 눈은 지쳤지만 분주하게 움직였다. 로렌조는 내일 아침까지 모건을 만족시킬 만한 무언가를 생각해내라고 연구원들에게 지시했다.

"우리 동맹군을 찾은 것 같아요."

내가 말했다.

"그래?"

"저기. 보안 데스크에서."

로렌조가 나머지 사람들을 보려고 목을 길게 뻗었다.

"설마."

페트로스키가 자기 말대로 그리 똑똑하지 않을지는 몰라도 내가 원하는 두 가지 성향을 가지고 있었다. 우선 그는 자기 딸 때문에 몹시 겁을 먹었고, 게다가 심지가 강한 남자였다. 그가 제복을 입고 벨트에 열쇠고리를 달고 다닌다고 해도 신뢰할 수 있을 것 같았다.

"주위를 둘러봐요, 엔조."

내가 말한다.

"이 녀석들은 24시간 내내 일해왔어요. 그래서 몹시 피곤해하고 있죠."

내가 이 말을 하는 동안, 각각 40대로 보이는 세 명의 남자가 군인 한 명의 호위를 받으며 연구실에서 줄지어 나왔다.

"일주일 동안 아이들 얼굴을 한 번도 보지 못했어."

한 남자가 불평했다.

"아이들?"

또 다른 남자가 말했다.

"우리 애들은 괜찮아. 하지만 아내는……."

"뭐 좀 먹고 잠도 좀 잤으면 좋겠어, 안 그러면 내일 죽을지도 몰라."

456

세 번째 남자는 마치 자기 발밑에서 꿇아떨어질 것 같은 표정이었다.

"내 말이 무슨 뜻인지 알겠죠?"

나는 또 다른 다섯 마리의 일벌이 신호를 보내면 건초를 칠 준비가 되었다고 말했다.

"우리는 기다리기만 하면 돼요."

"틀렸어, 지안나."

로렌조가 나를 훑어봤다.

"당신이 해야 할 일은 잠을 좀 자는 거야. 적어도 두어 시간 동안만이라도."

내가 노벨상을 받을 가능성만큼 잠을 잘 기회도 얼마든지 있었지만, 그의 말이 맞았다. 나는 전속력으로 피곤의 벽을 향해 달려왔고, 다음 실험 과제는 절대적 경계심이 필요했다.

"최대 두 시간이야. 모건이 밤을 새우고 있다고 가정하면."

"모건은 그럴 거야. 나가면서 새로 사귄 친구한테 확인해."

로렌조가 웃음을 터뜨렸다.

"그리고 너무 시시덕거리지 마. 나 질투심 많은 타입이야."

그러고는 뒤쪽 선반에서 태블릿을 꺼내 터무니없이 길지만 우아한 손가락으로 톡톡 건드리더니 내게 건넸다.

"당신을 위한 가벼운 읽을거리."

나는 화면에 적힌 제목을 읽었다.

"영장류의 비교 신경해부학? 이게 가벼운 거예요?"

"말 그대로야. 아이패드 무게는 0.5킬로그램도 안 되니까."

"총 몇 쪽이에요?"

"약 500쪽이야. 7장과 8장부터 읽으면 좋을 것 같군."

로렌조는 내 눈에 비친 무언의 질문들을 보아야 한다. 왜냐면 그는 계속 직진하기 때문이다.

"이봐, 지아나. 나도 같이 읽고 싶지만, 나는 지금 0부터 시작해야 해. 게다가, 난 그런 걸 읽으면서 동시에 다른 일을 할 수도 없고. 그러니 당신이 뇌과학을 좀 복습해, 알겠지?"

로렌조가 뒤에 있는 컴퓨터로 시선을 돌려 키보드를 꺼내더니 이용 가능한 과목의 도표를 참고한 후 실험실 동물 요청서를 작성하기 시작했다. 식별 번호란에 413을 입력한 다음, 빈 블록으로 내려와 다시 독수리 타법을 시작했다. 나는 로렌조가 진정제 투여, 두부 절개술, 베르니케 5.2의 시험 혈청에 대한 두개골 내 주사라고 입력하는 모습을 지켜봤다.

"오, 이런."

나는 한 손에 드릴을, 다른 손에는 아이패드를 들고 단계별 지시사항을 입력하는 내 모습을 상상하며 말했다. 이건 내가 등록한 게 아니다.

"나는 사실 실습형 인간이 아니에요, 엔조."

"당신은 나의 전부니까."

로렌조는 담당 전문의 이름을 적는 공간에 매클렐런 박사라고 적었다.

"그렇게 돼야겠죠?"

내가 말했다.

"그럴 수도 있고, 죽은 모건의 이름으로 끝날 수도 있지."

로렌조의 입이 한쪽 구석으로 쏠렸다.

"그게 당신이 원하는 게 아니라면."

물론 그게 내가 원하는 거였다. 하지만 욕심을 부리는 건 의미가 없다. 벙어리 모건도 역시 일을 곧잘 할 것이다.

"좋아요."

내가 말했다.

"위층으로 갈게요. 내가 10시까지 여기 안 오면 사람을 보내서 날 깨우라고 해요. 알겠죠?"

"그래."

나는 페트로스키에게 들러 호위를 부탁하지 않았다. 대신 그와 가장 가까운 군인에게 내 목소리가 들릴 만큼 큰 소리로 말했다.

"잠깐 눈 좀 붙여야겠어요. 숙소로 데려다줄 수 있나요?"

그 군인이 반쯤 채워진 연구실로 전화해 카페테리아나 숙소에 가길 원하는 사람이 더 없는지 묻는 동안, 페트로스키가 고개를 살짝 끄덕이며 내게 손짓했다.

"댁으로 전화했습니다."

그가 말했다.

"좋아요, 고마워요."

나는 그에게 도움을 청하고 싶지 않았다. 그가 먼저 물어보는 게 더 나았다.

그리고 그렇게 됐다.

"제가 도와드릴 일이라도 있습니까?"

"네, 병장님, 있고 말고요."

내가 무엇을 해야 하는지 자세히 설명하는 동안, 아이처럼 부드럽고 수염도 없는 매끈한 그의 얼굴이 한층 밝아졌다.

70

로렌조가 8층 아래에서 불운의 침팬지 번호 413을 진정시키며 우리에게 필요한 장비를 설치하는 동안, 나는 옷을 입은 채로 좁은 침대에 앉아 카페테리아에서 가져온 퀴퀴한 샌드위치를 먹으며 우리와 가장 가까운 친척인 침팬지의 상세한 뇌 지도와 영장류의 비교 신경 해부학에 대한 7장을 소화하고 있었다. 오늘 오후 413호의 동료가 나를 으스러뜨릴 정도로 괴롭힌 덕분에 지금은 메스꺼움 정도는 신경도 안 쓰일 정도였다.

나는 아이패드의 새 창을 열어 두개골절제술과 두부 절개술 절차에 관한 의학 논문의 데이터베이스를 확인한 뒤 먹지 않은 샌드위치 반쪽을 가만히 바라보았다. 잠자리 독서와 어울리는 짝이 아니어서 식빵 위에 치즈를 얹은 다음 새로운 친구 쿠싱 천공 드릴의 구성품과 친해질 준비를 했다.

인간은 물론 유인원의 두개골에 구멍을 뚫을 방법이 없다고 생각할 때쯤, 나는 재키와 린, 그리고 이사벨을 떠올렸다.

마음 단단히 먹어, 진.

그리고 눈꺼풀이 중력에 굴복할 때까지, 아이패드가 손에서 미끄러질 때까지 계속 읽었다.

내가 잠들자마자 바로 문을 두드리는 소리가 났다.

"매클렐런 박사님?"

목소리가 거의 들리지 않을 정도로 작았다.

"네."

"갈 시간이에요. 로시 박사님이 매클렐런 박사님을 연구실로 모시고 오래요."

누구에게나 필요한 게 있다. 나에게 필요한 건 약 일주일 동안 쉬지 않고 낮잠을 잘 수 있는 시간이다.

"알았어요. 갈게요."

나는 침대 위에서 일어나 옷매무새를 매만졌다. 옷차림새를 보니, 아주 오래는 아니더라도 열심히 잠을 잔 것 같았다. 그리고 문을 열었다. 목소리의 주인공은 페트로스키였는데, 내가 지하실에 두고 온 지 10년은 된 것 같았다.

"잘 쉬셨습니까, 박사님?"

내 입에서는 '네' 하는 소리가 났지만, 내 머릿속은 쿵쾅거리고 삐걱거렸다. 한쪽 발이 복도를 따라 내려가며 좀 더 힘을 내라고 스스로에게 명령을 내렸다. 그 덕에 나는 페트로스키와 함께 겨우 엘리베이터에 올라탔다.

"다 준비됐습니다."

페트로스키가 말했다.

"모든 게 박사님이 요구하신 그대로입니다."

"좋아요. 자, 잘 들어요, 병장님. 이제 병장님 일은 끝났어요. 마지막으로 알고 싶은 건 레브론 박사가 최근 실험실에 접근한 시간이에요……. 지금 몇 시죠?"

462

"10시 5분입니다, 박사님."

그는 내가 볼 수 있도록 왼쪽 손목을 내밀었다.

"좋아요. 그럼 레브론은 9시 50분에 지하실 지하 실험실로 들어갔겠군요. 그가 병장님에게 머리가 아프다고 말했고요. 그게 병장님이 아는 전부고요."

페트로스키는 놀랍지도 않은 듯 군대식 어조로 담담하고 간결하게 대답했다.

"네, 박사님."

그러고는 내가 엘리베이터에서 내릴 때까지 열림 버튼을 잡아주었다. 실험실 입구에서 그가 걸음을 멈췄다.

제발 이제는 두려워하지 마. 나는 내가 페트로스키와 대화하고 있는지, 아니면 나 자신에게 말하고 있는지 확신할 수 없었다.

페트로스키가 출입 카드를 슬롯에 넣었고, 녹색 불빛이 켜지자 안으로 들어갔다. 침팬지들이 있는 우리를 지나가자 남아 있던 침팬지들이 소리를 질러댔다. 나는 413번 침팬지 우리가 비어 있는 걸 확인했다.

주 실험실도 마찬가지였다.

페트로스키가 맡은 첫 번째 임무는 지하실의 사람들을 대피시키는 것이었다. 빈 의들과 바닥 흐트러진 서류들의 흔적으로 미루어 볼 때, 페트로스키는 주어진 임무를 아주 잘 해냈다. 이제 로렌조와 분젠 버너, 약간의 호일, 그리고 설탕과 질산칼륨의 혼합물만 있으면 된다. 그것만 있으면 생화학 실험실에 폭탄이 터진 것처럼 보일 수 있었으니까.

글쎄, 계획은 그랬다.

나는 페트로스키를 보안 데스크에 남겨둔 채 어지럽게 흐트러진 노트북과 계산기, 독서용 안경들을 헤치며 로렌조가 기다리고 있는 곳으로 되돌아갔다. 로렌조는 두 시간 전에 내가 그를 두고 간 책상에 반은 서 있고, 반은 앉아 있었다. 참 멋진 남자였다. 그래서 나는 그와 금방 사랑에 빠질 수밖에 없었다.

"지안나, 정말 기적같이 성공했어. 조용하고, 연기도 자욱하게, 게다가 죽은 사람은 아무도 없었고. 내가 화학 키트를 받았을 때 처음으로 만든 게 연막탄이었어. 그래서 어머니의 최고급 파스타 냄비를 망가뜨렸지."

로렌조의 눈에 악동 같은 장난기가 번뜩였다.

남자애들이란. 남자들은 쓸데없이 뭔가 터뜨리는 걸 좋아했다. 아니면 적어도 터뜨린 것처럼 보이게 만들거나.

로렌조가 책상 위에서 다리를 한 번 흔들었다.

"준비됐어?"

"내가 이걸 할 수 있을지 모르겠어요."

나는 치즈 얹은 식빵이 코로 들어가기라도 한 것처럼 헛소리를 했다.

"그들은 어디 있죠?"

"여기."

로렌조가 옆방으로 통하는 문을 열었다. 방은 비어 있었다. 사진으로만 봤던 스테인리스 스틸 기구들을 늘어놓은 바퀴 달린 수술대와 두 개의 들것만 제외하면. 그리고 픽업, 수축기, 멜론 스쿱처럼 생긴 겸자까지. 나와 가장 가까운 들것에는 키가 약 120센티미터인 암컷 침팬지가 누워 있었고, 그녀의 왼쪽 머리털이 부분적으로 깎여 있었다. 다른 들것에는 키 170센티미터의 생명체가 있었다. 둘 다 강한 진정제를 맞았고, 가슴이 일정한 리듬으로 오르내렸다.

페트로스키는 모건을 실험실로 데려가는 데 성공했다. 그리고 로렌조가 그 일을 마무리했다.

"늘 이렇게 있었다면 모건을 훨씬 좋아했을 텐데,"

내가 말했다.

"어느 쪽이 먼저죠?"

로렌조가 침팬지를 가리켰다.

"좋아. 농담이 심했지."

하지만 이제부터는 유머가 필요하다. 불규칙한 강철 조각이 달린 두개골 절단 드릴을 보자마자, 약간 기형 이빨 같다고 생각했다. 나는 다시 생각했다. 이 일을 극복하려면 유머는 필요하지 않다. 빌어먹을 신경외과 의사가 필요하지.

"지안나?"

로렌조가 말했다. 그러고는 시계를 점검했다.

"그들은 영원히 외출하지 않을 거야."

나는 천공 드릴을 들어 전원을 켰다. 작은 구멍이 빙빙 돌아가며 낮게 윙윙거렸다. 이 작은 기계가 두개골을 뚫고 들어갈 리가 없다.

"못하겠어요."

내가 드릴을 내려놓으며 말했다. 다른 건 무슨 일이든 기꺼이 할 수 있을 것 같았다.

71

지난 40여 년 동안 '죽일 거야'라는 말을 얼마나 많이 했는지 모르겠다. 어쩌면 수천 번은 될지도 모른다.

세탁기에 옷을 엉망으로 놔둬서 죽일 거라 했고, 늦는다고 미리 말하지 않아 죽일 거라 했다. 엄마의 마졸리카 화병을 깨뜨린 죄로 죽일 거라 했다. 죽일 거야, 죽여버릴 거야, 죽일 거야. 물론 정말로 죽일 의도는 없었다. 이 말은 '죽도록 사랑해'와 '말 한 마리를 먹을 만큼 배가 고파', 그리고 '올해 시리즈에서 삭스가 손해를 볼 거라 장담해'처럼 공허한 말에 불과하다. 브론테의 소설에서처럼 사랑 때문에 죽거나, 말 한 마리를 다 먹거나, 야구 경기에 목숨을 거는 사람은 아무도 없다. 아무도. 하지만 우리는 늘 이 쓰레기 같은 말을 무의식적으로 내뱉는다.

그렇다고 내가 412번 침팬지를 죽일 수 있었을까. 침팬지가 아무리 흥분해서 제정신이 아니었다고 해도.

내가 지금 들것 위에 잠든 두 호미노이드의 어느 곳도 절개하지 못할 거라는 것도 잘 알고 있다.

그리고 난 그럴 필요가 없었다.

"페트로스키를 불러야겠어요."

로렌조에게 말했다. 로렌조가 나를 빤히 쳐다봤다.

"아니. 페트로스키에게 절개를 부탁하려는 게 아니에요. 1호실 열쇠가 필요해요."

로렌조가 다시 날 바라봤다.

"린을 빼내려고요. 그리고 다른 사람들도. 만약의 경우, 우리가 모건에게 약을 주사했고, 그 틈에 모건의 열쇠를 훔쳤다고 하면 돼요. 하지만 페트로스키는 시키는 대로 할 거예요."

나는 그의 딸에 관해 설명했다.

"내가 할게."

로렌조가 말했다.

"내 말은 나도 잘 해낼 수 있다는 뜻이야. 그 애가 내 딸이라면."

로렌조의 눈이 내 몸 아래를 배회하다 약간 부풀어 오른 내 허리춤에 멈추어 섰다.

"지안나, 당신 없이는 떠나지 않을 거야. 절대로."

"정말요?"

"정말이야."

로렌조가 카메라가 있을 만한 곳을 찾아 재빨리 방 안을 휙 둘러본 뒤 내게 키스했다.

"절대로."

"이제 소니아에 대한 내 마음 알겠죠. 그리고 아들들도."

하지만 이유는 대부분 소니아였다. 모든 게 지옥으로 향하더라도 소니아를 버리고 떠나겠다는 생각만큼 나쁜 것은 없었다. 그 지옥에 다른 여자애를 데려온 것도 그만큼 나쁜 짓은 아니다. 나는 앞으로 열두 시간 동안 그 생각을 떨쳐버리기로 했다.

"어서 가요. 가서 페트로스키에게 감옥을 열라고 해요."

5분 후 로렌조가 린과 함께 돌아왔다. 린은 두 개의 들것을 보더니 입을 벌리고 눈을 크게 뜬 채로 나를 바라봤다. 나는 로렌조에게 재키와 이사벨이 이 상황을 이해할 수 있도록 잘 설명해달라고 부탁했다. 두 사람은 우리가 하려는 일을 위해 여기 있을 필요가 없다. 젠장. 나도 여기 있고 싶지 않았다.

로렌조가 내게 선택의 여지가 없다고 말했다. 린은 오른손 엄지손가락을 세우더니 왼쪽 손바닥을 툭툭 건드렸다.

"린은 당신이 도와주길 원해."

로렌조가 말했다. 나는 린의 검은 팔찌를 바라봤다.

"린이 어떻게 그런 말을 할 수 있는 거죠?"

린은 눈을 굴리며 양손을 가슴 앞에서 앞뒤로 흔든 다음, 양손의 검지와 가운뎃손가락을 맞대고 나를 가리키며 흔들어댔다.

"린이 신경 쓰지 말고 서두르라는군."

로렌조가 내게 말했다.

"내가 번역할게."

"둘 다 미국 수화를 할 줄 아는 거예요? 어째서요?"

로렌조가 어깨를 으쓱했다.

"당신은 베트남어 할 줄 알잖아?"

"맞아요."

"어째서?"

"좋아요. 요점은 알아들었어요."

로렌조를 통해, 나는 린의 지시를 하나하나 들으며 생화학 실험실 싱크대에서 손부터 팔꿈치까지 깨끗하게 씻었다. 마치 인체 모형에 하는 뇌수술과 비슷했다.

항상 바이탈을 관찰해. 수술 도구 먼저 건네줘. 내 시야는 가리지 마.

그리고 진짜 린의 방식대로 말하자면,

젠장, 제발 기절하지 마.

처음 세 가지 요구는 내가 처리할 수 있었지만, 네 번째 요구는 확실하지 않았다. 하얀 방으로 돌아온 린이 침팬지 머리에 있는 피부를 수축시키는 데 꼬박 2분이 걸렸고, 10센트 크기의 구멍을 뚫는 데 30초가 걸렸다. 린은 드릴을 끄고 침팬지 두개골을 내게 건네더니 로렌조에게 신호를 보냈다.

"린이 싱크대 배수구 마개라고 생각하래."

로렌조가 보석 같은 충고를 전달했다.

"당신에겐 쉽겠죠, 린."

내가 말했다.

"나는 늘 신경언어학의 절반인 언어학에 더 관심이 많았고다고요."

린은 웃고 있었다. 하지만 그녀의 두 손은 침팬지 두개골 안에 있는 연조직을 만지작거리느라 너무 바빠 수다를 떨

수 없었다. 위장이 뒤틀리는 장면이면서도 동시에 매혹적이고 기적적인 광경이었다. 도대체 칼 목사나 모건 레브론 같은 사람들이 어떻게 이 여자를 갖다 버리겠다는 생각을 했을까? 어떻게 그걸 말이라고 할 수 있지?

"좋아. 자 이제 시작한다."

로렌조는 수술대 위에 있는 유리병에서 깨끗한 혈청이 든 주사기 두 개를 뽑았다. 액체는 물처럼 전혀 해가 없어 보였다. 그러고는 두 개의 들것 사이에 있는 탁자에 하나를 내려놓고 다른 하나를 린에게 내밀었다.

나는 침팬지의 피질 조직에 바늘을 몇 밀리리터 정도 꽂아 넣고 손으로는 주사기를 누르면서 눈으로는 판독기를 흘긋 확인하는 린의 침착한 모습을 지켜봤다. 린이 고개를 끄덕였다.

환자를 죽이지 않은 것에 만족한 듯, 린은 남은 혈청을 주입한 다음 둥근 두개골 조각을 되돌려놓았다.

진, 그건 단지 플러그일 뿐이야. 플러그.

그러고는 마지막으로 그녀 자신의 작품을 꿰맸다. 이 모든 과정이 5분 정도 걸렸다.

정말 다행인 건 침팬지와 모건이 모두 꿈쩍이기 시작했다는 것이다.

72

화난 영장류와의 지극히 친밀하고 개인적인 만남은 한 번으로 충분했다. 나는 그 경험을 다시 떠올리고 싶지 않았다.

"엔조, 침팬지를 여기서 내보내야 해요. 지금 당장."

더 깊게 오르내리기 시작한 침팬지의 가슴을 보니 또다시 공포가 밀려왔다.

"린? 침팬지가 깨어나기까지 시간이 얼마나 남았지?"

린은 고개를 앞뒤로 흔들면서 손가락 네 개와 두 개를 들었다. 로렌조가 통역할 필요는 없었다.

"6분?"

나는 희망에 찬 목소리로 말했다. 린이 다시 손가락 두 개를 내 쪽으로 들이밀더니 고개를 흔들었다. 나는 뭔가를 찾아 주위를 두리번거렸다. 우리가 안전장치로 쓸 수 있는 건 수술대 위에 있는 봉합용 실뿐이었다. 상황이 좋지 않았다.

"좋아. 알았어."

시간적 여유가 없었다.

"린, 케이지 철창이 열려 있는지 확인해줘요. 엔조, 당신과 나는 이 침팬지를 원래 있던 곳으로 돌려보내는 거예요."

임시 수술실을 달려 나간 린이 남은 침팬지들의 소음을 따라 실험실 앞쪽으로 향했고, 내 심장박동이 1초마다 쿵쾅거렸다.

어리둥절한 눈으로 마취에서 깨어난 413번 침팬지가 길고 덥수룩한 팔을 머리 위로 뻗었다. 그러고는 내 쪽으로 얼굴을 돌렸다.

"엔조? 밀어요!"

내가 소리쳤다. 들것이 실험실 의자 한 쌍에 부딪혀 바닥에 쓰러졌다. 로렌조가 제멋대로 달려 나가는 의자 한 개를 겨우 잡아 가구들이 줄줄이 굴러가는 도미노 효과를 간신히 막았다. 재키와 이사벨은 겁에 질린 표정으로 무기력하게 실험실 중앙에 서 있었다.

"아무 말도 하지 마, 재코."

내가 애원했다.

"아무 말도 하지 마. 제발, 이사벨을 다른 곳으로 데려가줘. 필요하다면 두 사람 모두 옷장에 들어가 있어."

지금 내게 떠오르는 오직 한 가지 생각은 침팬지에게 공격당한 여자, 이마만 남긴 채 얼굴 대부분을 잃어버린 찰라 내시였다.

"페트로스키!"

로렌조가 날아다니는 종이, 안경, 그리고 각종 필기류 사이로 들것을 밀고 나가는 동안, 나는 실험실의 텅 빈 백색 공간에 대고 소리쳤다.

"페트로스키!"

페트로스키가 자기 자리에서 달려왔다. 침팬지는 나지막

하게 앓는 소리를 냈다. 웅웅거리는 소리도, 끽끽거리는 소리도 아닌, 슬프고 공허한 신음이었다.

그녀를 보지 마, 진. 감히 그녀를 쳐다보지 마.

하지만, 물론, 나는 침팬지를 바라보았다.

열린 우리에 다다랐을 때, 침팬지의 부드러운 갈색 눈동자에서 분노의 빛이 어른거렸다.

페트로스키가 군용 무기를 꺼냈다. 그런 다음 엄지손가락으로 무언가를 누르자 그의 손이 흔들렸다. 안전해 보였다. 아마도. 하긴, 내가 대체 뭘 알까?

"필요하지 않으면 침팬지를 쏘지 말아요."

페트로스키에게 말했다.

"좋아요, 엔조. 내 신호에 맞춰, 하나……."

침팬지는 두 팔을 내려 내가 서 있는 방향으로 쭉 뻗었다.

"둘."

나는 숨을 헐떡였다. 침팬지가 팔을 뻗을 때마다 상처에서 요오드 냄새가 퍼져 내 콧구멍을 가득 메웠다.

"셋!"

나는 온 힘을 다해 그 짐승을 들것에서 들어 올렸다. 물론 로렌조가 침팬지 체중의 대부분을 감당했지만. 413번 침팬지가 우리 안으로 굴러 들어갈 때 그녀의 발톱이 내 입술을 스쳤다. 로렌조는 문을 쾅 닫더니 나를 데리고 케이지가 있는 방 가운데로 갔다. 갑자기 털북숭이 발 하나가 철창 사이로 쏜살같이 훅 날아오더니, 더 이상 다가오지 못하고 뒤로 물러났다. 침팬지는 다시 그녀의 머리 한쪽을 매만졌다.

뭔가를 기억하려는 것처럼.

"오 맙소사, 엔조. 모건, 모건은 어디 있죠?"

이곳을 처음 둘러봤을 때의 기억에 따르면, 실험실을 드나드는 길은 하나뿐이었다. 하지만 모건은 그 길로 온 적이 없었다. 내가 재키와 이사벨을 내보내라고 소리치는 동안 로렌조는 네 걸음 만에 방 건너편으로 돌아갔다.

로렌조가 내 말을 들었는지 알 수 없었다.

린은 내가 이해할 수 없는 손짓으로 나를 가리킨 다음, 우리에 갇힌 침팬지를 가리켰다.

"하나를 닫으라고?"

린의 말이 이런 뜻인지 확실치 않았다. 린이 고개를 끄덕였다.

"재키와 이사벨을 찾아봐요."

린에게 말했다.

"나는 로렌조를 도울게요."

린이 또 한 번 고개를 끄덕였다.

그리고 내 머릿속에 한 가지 생각이 불현듯 떠올랐다. 그 생각은 마치 고층에서 떨어진 그랜드 피아노처럼 나를 강타했다. 모건, 주사기, 로렌조.

이건 물에 녹지 않아. 혈류로 주입할 수도 있어.

한번 해봐, 그러면 그자의 뇌 절반이 새까맣게 타버릴 거야.

내 다리가 저절로 움직이는 것 같았다.

73

모건 레브론의 키는 약 167센티미터였다. 그래서 누군가 소방 호스로 그에게 물을 뿌리면 몸이 휘청할 것 같았다. 반면 로렌조는 한쪽 팔을 등 뒤로 묶어도 나를 번쩍 들어 올릴 수 있을 만큼 크고 강했다. 둘의 체격 조건만 보면 상대가 되지 않는다.

하지만 모건은 우위를 점했다.

그는 독약 20cc와 날카로운 바늘 1개를 가지고 있다.

그리고 지금 로렌조의 귀 뒤로 약 2.5센티미터 정도 떨어진 목에 바늘을 대고 있었다.

"꺼져."

누군가가 말했다. 나는 그게 로렌조인지 아니면 모건인지 구별할 수 없었다. 그것은 단지 목소리일 뿐, 나를 겁주는 것 외에는 다른 의미가 없는 단 두 마디였다.

"모건……."

내가 입을 열었다. 그는 내가 말을 끝내는 걸 허락하지 않을 것이다.

"이 빌어먹을 년. 망할 년."

로렌조의 턱이 굳어졌지만, 나는 모건의 말에 꿈쩍하지 않았다. 그래, 주사기. 하지만 모건이 뱉을 수 있는 건 뒤죽박

죽인 마찰음과 연구개음에 지나지 않았다. 나는 그 말에서 벗어날 수 있었다. 하지만 그 빌어먹을 주사기. 그건 진짜다.

나는 오래된 공상 과학 영화에서 등장하는 일종의 시간 왜곡 장면처럼 아주 천천히, 한 걸음씩 앞으로 나아갔다.

"지안나. 안 돼."

로렌조의 목소리는 그의 몸처럼 단단하게 들렸다.

"지안나? 지안나는 대체 누구야?"

그리고 그가 내 이름, 또 다른 내 이름을 불렀을 때 모건의 눈이 깜박였다.

"아. 알겠어. 너희 둘 사이에 무슨 일이 있네. 그렇지? 일석이조군. 얘기해봐."

모건의 말을 들으니 어지러울 지경이었다.

"이런, 이건 너무 달콤한데. 불쌍하고, 불행하고, 공포에 떠는 연인들이라니. 말해봐, 로렌조, 괜찮은 거야? 보아하니 오래된 사이 같은데. 하지만 신나게 즐기다가 그냥 버리는 게 어때."

로렌조의 왼팔 근육이 팽팽해졌고, 로렌조는 주먹을 쥐었다.

"아, 아, 로시 박사."

모건은 바늘 끝을 살에 대고 더 세게 눌렀다. 주삿바늘에 찔린 자리에는 빨간 반점이 생겼고, 한 방울의 투명한 액체가 로렌조의 목 옆쪽으로 굴러떨어졌다. 땀인지 혈청인지 분간할 수 없었다.

"당신도 알다시피."

모건의 목소리는 달콤했지만, 여전히 위협적이었다,

"나는 대단한 과학자는 아니야. 모든 자료를 샅샅이 뒤지고 똑같은 실험만 계속 반복하고 있지. 나도 그따위 엿 같은 거 싫어. 하지만 난 독서를 잘하지. 훌륭한 독서가거든. 그래서 다른 것들도 잘 읽어. 저쪽 작은 병에 쓰인 글씨 읽어볼까? '국소 주사만'이라고 쓰여 있군."

모건은 내게서 눈을 떼지 않고 엎질러진 수술용 쟁반의 내용물을 툭툭 건드렸다.

"그걸 보고, 왜 그런지 물어야 했어. 왜 국소만이야? 내가 이렇게 바늘을 밀어 넣으면 어떻게 되는데……?"

바늘이 로렌조의 목에 1, 2밀리미터쯤 더 파고들었고, 이제 거의 경정맥에 가까워졌다.

"내가 주사기를 냅다 눌러버리면 어떻게 될까? 뭐 좋은 생각 있나?"

"계속해봐, 모건."

로렌조가 말했다.

"지안나, 제발 여기서 나가. 내 차 펜더 아래에 여분의 열쇠가 있으니까 차 가지고 여기서 나가."

"젠장, 용감한 척 굴지 마."

모건의 눈, 그 고약한 생쥐 같은 눈이 내 눈을 뚫어지게 들여다봤다.

"이년아, 네가 움직이면 내가 이 새끼에게 주사를 놓을 거야."

모건의 두 눈이 살짝 왼쪽으로, 내 어깨너머로 움직였다.

"실험실로 돌아가."

잠시 후 모건이 내게 말한 게 아니라는 걸 깨달았다. 누군 가 내 팔을 잡았고, 남자만큼 강하지는 않지만, 내 몸을 돌리 기에 충분한 손아귀의 힘이 느껴졌다.

재키였다.

재키의 머리는 단 한 번의 날카롭고 단호한 동작으로 움직 였다. *가자.* 그렇게 말하고 있었다. 재키의 손에 페트로스키 의 열쇠가 들려 있었다. 모두가 숨을 죽이고 있는 듯한 고요 함 속에서 작은 금속 방울 소리가 들렸다.

"페트로스키를 불러줘."

내가 말했다.

"이제 끝내자."

파충류의 도주 본능을 물리치려면 내 두뇌의 힘을 모조리 써야 한다.

"바보 같은 짓 하지 마, 진."

모건이 위협했다.

"들어봐. 모건, 네 안에 인간의 뼈가 남아 있다면 제대로 해낼 수 있을 거야. 페트로스키에게 로렌조를 쏘라고 해. 일 은 깔끔하게 처리해야지. 그래야 나중에 사고였다고 할 수 있잖아."

무거운 부츠 소리가 실험실에 메아리쳤다. 그 아래로 종이 가 밟혀 바스락거렸고, 바닥에 널브러져 있는 안경이 깨지는 소리가 났다. 페트로스키 병장이 내 뒤쪽의 열린 문으로 다가오자 온 세상이 느려졌다.

"박사님!"

페트로스키가 외쳤다. 이 모든 일이 눈 깜짝할 사이에 일어났지만, 내 마음은 영화의 한 장면처럼 이미지를 기록하고 있다는 걸 안다. 아마도 언젠가는 이 이미지들을 천천히 실시간으로 재생할 수 있으리라. 물론 지금 당장은 순서도 엉망인데다 툭툭 끊기고 사운드 트랙조차 뒤죽박죽이다.

"이 남자를 쏴."

모건이 말했다. 페트로스키가 권총을 뽑았다. 총이 내 귀에 닿을 만큼 가까워서 내 옆 공기에서 감도는 작은 동요를 느낄 수 있었다. 공기가 잠잠해질 때쯤 희미하게 일렁이는 페트로스키의 손이 보였다.

"안전핀 뽑았어요?"

내가 물었다. 찰칵하는 소리가 들리더니 귀가 저절로 먹먹해졌다.

"지금이야, 재키."

재키가 페트로스키를 붙잡았고, 페트로스키의 손이 느슨해졌다. 나중에라도 나는 페트로스키가 협조했는지 아니면 그가 놀라서 기습적으로 행동했는지 결코 알 수 없을 것이다. 하지만 나는 내 계획대로 움직이며 손가락으로 그립 주위를 감쌌고, 모건의 옷깃에서 반짝이고 있는 푸른 핀 아래쪽 한 지점을 겨냥했다.

그리고 방아쇠를 당겼다.

74

　모건이 쓰러지고 나도 그와 함께 쓰러졌다. 내가 땅에 닿기 전, 재키가 내 팔 아래를 잡으려 했다. 콜로라투라 가수처럼 한 음을 내지르는 외마디 비명이 내 귀에 울려 퍼졌다. 재키는 힘이 셌다. 아니 한때 셌지만, 이 게임에서는 중력이 승리했다. 나는 쿵 하는 소리와 함께 바닥에 넘어졌다. 그리고 들리지는 않지만 소리가 느껴지는 것 같았다.

　로렌조가 내 옆에서 뜨거운 입김을 내뿜고 있었다. 그가 내 손가락을 하나씩 펼치며 내가 쥐고 있는 큼직한 강철을 떼어내는 동안 로렌조의 입이 다시 움직였다.

　"진정해."

　로렌조가 말했다. 마치 물속에서 말하는 것처럼 소리는 들리지 않았지만 입모양으로 각각의 소리를 볼 수 있었다. 로렌조는 내 손에 있던 페트로스키의 권총을 엄지손가락으로 휙 당기더니, 셔츠로 손잡이와 방아쇠를 닦은 다음, 모건 위로 몸을 숙여 그의 가슴에서 피어오르는 피를 보고 있는 군인에게 다시 건네주었다. 역겨운 진홍빛 웅덩이가 하얀 타일 바닥을 더럽히고 있었다.

　"그런 건 어디서 배웠어요?"

　로렌조에게 물었다. 내 귀에는 마치 *그 거 어 서 배 어 여?*

라고 들렸다.

"이탈리아 군대에서 2년 복무했지. 여전히 군인을 징집하더라고."

그러더니 더 진지하게 물었다.

"내 말 들려?"

나는 고개를 끄덕였다.

"약간."

"당분간 귀에 울림이 좀 있을 거야. 한 시간 정도 있으면 좋아질 거야, 날 믿어."

"내가 그를 다치게 했죠?"

로렌조는 모건이 누워 있는 곳을 확인했다.

"그래. 그렇게 말할 수도 있겠네."

여전히 그 말들을 알아듣기 힘들었지만, 조금 전보다는 약간 더 쉽게 이해할 수 있었다.

"얼른 모건을 옮겨야 해요."

내가 말했다. 재키는 이미 그 생각을 하고 있었다. 그래서 남성들이 대피할 때 남긴 정장 재킷과 실험실 가운을 한 아름 안고 린, 이사벨과 함께 출입구에 서 있었다. 재키가 내 팔을 만지더니 모건이 누워 있는 바닥을 가리키며 손가락으로 빙글빙글 도는 동작을 취했다. 린과 로렌조가 사용하는 구조적인 수화보다 덜 우아했지만, 요점은 알아들을 수 있었다. 재키는 구석에 묻은 혈흔을 처리할 것이다.

충격에서 약간 회복된 페트로스키는, 물론 그가 정말로 회복될 수 있을지 궁금하지만, 재키가 방을 청소하는 동안 린과 이사벨을 도와 모건의 몸을 굴려 천으로 감싸고 있었다. 끔찍한 살인마가 등장하는 공포 영화의 한 장면 같았다. 바닥에는 피가 흥건했고, 모건이 로렌조에게 바늘을 겨누며 서 있던 벽에는 로르샤흐* 검사지처럼 얼룩덜룩한 핏자국이 흩뿌려져 있었다. 로렌조가 내 표정을 보더니 앞서 벌어진 상황을 설명했다.

"45구경이었어, 지안나. 당신이 버지니아만 한 크기의 구멍으로 모건을 날려버렸고."

"내가 죽였다고?"

질문이 아니라 확인을 위한 과정일 뿐이었다. 내가 모건을 죽였다. 사람을 죽였다.

"맞아."

로렌조가 차분하게 대답했다.

"그리고 우리는 가야 해. 우리 모두."

로렌조와 페트로스키가 생명이 없는 모건의 몸을 들것에 실어 끌고 나갔다. 나는 1호실 문이 미끄러지듯 열리더니 다시 닫히는 걸 지켜봤다. 1분 뒤, 두 사람은 들것을 들지 않고 주 실험실로 돌아왔다. 우리 여섯 명은 표백제와 헝겊을 들고 벽과 바닥에 묻은 피 얼룩을 묵묵히 닦았고, 린이 창고 캐비닛에서 꺼낸 두꺼운 비닐봉지에 피투성이가 된 걸레들을

---

* 열 가지 잉크 얼룩 그림을 통해 환자의 태도, 감정 및 성격을 조사하는 투사 심리 검사.

차곡차곡 던져 넣었다. 이따금 린과 이사벨은 수화로 대화를 나눴다. 이해할 수 없었지만, 두 사람의 말이 위안이 되고 희망차 보였다.

따끔한 염소 냄새를 제외하면 아무것도 남지 않았을 때, 우리는 살갗에 묻은 모건의 흔적을 깨끗이 닦았다. 잠깐 사라졌던 린이 깨끗한 실험실 가운 여섯 벌을 들고 돌아와 우리에게 나눠주었다.

어째서 실험실 가운으로 가려야 하는지 의아했지만, 내 옷을 힐끗 내려다보고 금세 알아차릴 수 있었다. 다른 사람들도 모두 마찬가지였다.

나는 페트로스키에게 눈을 돌렸다.

"우리가 여기서 나가면 보안 검색대를 통과하게 해줄 수 있어요?"

여섯 쌍의 귀가 있었지만, 그 누구도 침입자가 들어오는 소리를 듣지 못했다. 그자는 우리 여섯 명과 출구 사이에 거인처럼 우뚝 서 있었다.

오 젠장, 나는 생각했다. 어쩌면 내가 큰 소리로 말했을 수도 있고, 그렇지 않았을 수도 있지만, 내 목소리는 경적처럼 분명하게 들렸다.

조용히 연구실에 들어온 그 남자는 내가 가장 마주치고 싶지 않은 사람이었고, 마치 우리를 감시하는 게 유일한 임무인 것처럼 이번 주 내내 마주쳤던 사람이었다.

포.

이게 그의 임무였단 걸 다시 한번 깨달았다.

"모든 걸 포기하고 저와 함께 가시죠."

포가 말했다. 페트로스키는 엉덩이에 있는 45구경으로 손을 뻗었고, 나는 로렌조의 시선을 따라가며 그의 몸짓을 살폈다.

"바보처럼 굴지 마세요, 로시 박사님."

포가 말했다. 나는 뭔가를 말하려고 입을 열었지만, 아무 말도 나오지 않았다.

포는 자신과 우리 사이에 서 있는 군인을 내려다봤다.

한편으로는 총을 보고 있고, 또 다른 눈은 우리의 작은 반란군 생도를 낱낱이 조사하는 것 같았다. 앞으로 다가선 페트로스키가 권총집에서 45구경을 꺼냈다.

"지금 당장은 그걸 가지고 있는 게 나을 거야."

포가 페트로스키에게 고개를 끄덕이며 말했다.

"자네가 제일 먼저, 다음에는 로시 박사, 다음에는 여자들. 한 줄로 나가십시오. 학교에서처럼. 그리고 한 마디도 하지 마십시오."

우리는 줄을 섰고, 포는 침팬지 방을 지나 우리 뒤쪽으로 갔다. 문 앞에 이르자, 포는 페트로스키에게 문을 열라고 지시했다. 우리는 실험실에서 가장 가까운 보조 엘리베이터를 향해 짧은 거리를 걸었다.

엘리베이터는 이미 열려 있었다.

그리고 그 안에는 모든 엄마가 자기 아이를 알아보는 것처럼 내가 아는 얼굴이 있었다.

75

엘리베이터 문이 지옥의 입구가 될 수도 있다니. 불이 들어와 있는 숫자마다 '모든 희망을 버려라'라는 불길한 경고가 빼곡히 적혀 있는 것 같았다. 그래도 나는 다른 사람들을 따라 그 안으로 들어섰다. 빌어먹을 희망.

내 아들이 있었다.

스티븐이 갑자기 내 품으로 폭 쓰러졌다. 남자라기보다는 남자아이처럼. 이틀 만에 그는 부쩍 야위었다. 내가 가까이 끌어당기자 스티븐의 갈비뼈가 파르르 떨리며 내 품 안에서 오르내렸다. 포가 우리를 어디로 데려가든지 간에, 우리는 함께 여행을 떠나고 있었다.

포가 약간은 부드러운 말투로 엄마와 아이의 포옹을 방해했다.

"그건 나중에 하세요. 매클렐런 박사님. 우리가 1층에 도착하면, 위도 쳐다보지 말고 말도 하지 마십시오."

그러더니 바지 뒷주머니에서 검은 띠 세 개를 꺼내 로렌조, 페트로스키, 그리고 나에게 건네주었다.

"이거 끼우십시오."

"싫습니다."

로렌조가 말했다.

"빌어먹을, 말도 안 돼."

페트로스키도 얼굴을 붉히며 고개를 저었다.

"플라스틱입니다."

포는 말했다.

"그냥 차세요. 페트로스키 병장은 당신들을 여기서 꺼내줄 수 없어요. 하지만 나는 할 수 있습니다. 내가 시키는 대로만 하면."

엘리베이터 문이 닫힐 때 나는 손목에 검은 띠를 두르고는 찰칵 소리 나게 채웠다. 남자들도 똑같이 했다.

나는 포를 물끄러미 바라봤다.

"말씀하십시오."

"어떻게 된 일이죠?"

나는 익숙한 통증을 각오하며 말했지만, 아무 일도 일어나지 않는다.

"절 믿으세요."

포가 말했다.

"머리는 숙이세요. 혹시 모르니까 보안을 통과할 때까지 피곤한 척하십시오."

광택이 나는 엘리베이터 벽에 비친 모습을 보니, 그 안에 있는 사람들 누구에게도 피곤해 보이는 척하라고 지시를 내릴 필요가 없었다. 로렌조의 시계를 확인하니 새벽 두 시였다. 하지만 어제 오후 모건이 우리를 여기로 다시 데려온 이후로 1년이란 시간이 흐른 것 같았다.

포는 1층 버튼을 눌렀다.

"여길 나가면 다시 줄을 서세요. 그리고 밴 뒷좌석에 타면 됩니다."

위층으로 가는 데 한 시간은 걸리는 것 같았다.

"자, 여자분들 먼저."

포가 말했다.

린, 이사벨, 재키, 그리고 나는 줄지어 나갔다. 엘리베이터를 떠날 때 무언가 등을 압박하는 느낌을 받았다. 잠시 비이성적인 순간에 사로잡혔다. 페트로스키의 45구경 같기도 했지만, 따뜻하고 편안했다. 바로 로렌조의 손이었다.

"나 여기 있어, 지안나."

로렌조가 속삭였다.

두 명의 군인이 있었던 곳에 이제는 군화 열 켤레가 보였다. 군화 한 쌍이 저벅저벅 앞으로 나섰다.

"저 사람들은 나갈 수 없습니다."

한 목소리가 말했다.

"레브론 박사의 명령입니다."

나는 그 군인에게 레브론 박사가 지옥에서 불타는 동안 얼음이 몇 개쯤 필요할지 모르지만, 그는 그 어떤 것도 명령하지 못할 거라고 말하고 싶어 입이 근질근질했다. 웃음을 꾹 참느라 뺨 안쪽 살을 꽉 깨물었다.

내 바로 앞에 있는 포가 낯익은 봉투를 흔들었다. 오른쪽 위 모서리에 대통령 도장이 있었다. 보통 반송 주소를 적는 왼쪽 구석에는 은색 양각으로 새긴 P가 있었다.

"대통령님 지시야."

포가 군인에게 봉투를 건네며 말했다. 봉투가 열리고 안에 든 편지가 나올 때 불길하게 바스락거리는 소리가 났다.

"포트 미드."

편지를 읽은 군인이 말했다.

"그렇군요, 알겠습니다. 어디로 가야 할지 아시겠군요."

그런 다음 더 거친 목소리로 말했다.

"보초, 이 사람들 통과시켜."

휘파람 소리가 내 주위에서 맴돌았다.

"의사 아닌가?"

"어이, 어젯밤 텔레비전에 나온 아이야."

"어디선가 본 여자 같아."

"빌어먹을, 오늘은 일곱이군."

스티븐이 줄리아 킹을 데려왔을 때 인용했던 버크의 말이 떠올랐다.

'선한 사람들이 아무것도 하지 않으면 악이 승리한다.'

우리가 줄지어 늘어선 군화 옆을 지날 때, 그리고 이 남자들의 속삭임과 중얼거림을 들을 때, 내가 혐오감을 느끼는지 연민을 느끼는지 판단할 수 없었다.

어쩌면 둘 다 섞여 있는지도 모른다.

로렌조는 마지막으로 승합차에 올라 내 옆에 자리를 잡았다. 포가 문을 닫기 전에 나는 차 안에 창문이 없고, 뒷문에는 내부 손잡이가 있다는 걸 알아차렸다. 시동이 켜지자, 살갗을 뚫고 나왔던 두려움이 슬그머니 피부 안으로 사라졌다.

"모두들 괜찮습니까?"

어떤 목소리가 말했다. 남성적이고 부드러우면서도 나지막하게. 귀에 익은 목소리였지만, 누군지 알 수 없었다.

"이제 불 켜, 크리스토퍼."

그 목소리. 정말 친숙한 목소리였다.

불빛이 깜빡이며 일곱이 아닌 아홉 개의 얼굴을 비추었고, 나는 그제야 그 이유를 알 수 있었다. 델과 샤론이 우리와 함께 밴의 뒤 칸에 있었다. 나는 손을 뻗어 샤론의 손을 꽉 쥐었다. 샤론도 뒤에서 내 손을 꽉 쥐었다. 그 순간 나는 잘 알지도 못하는 이 여자 품에 몸을 던지고 싶었다.

"나중에 기회가 있을 거예요."

샤론이 말했다.

"자기야, 샤론, 그 팔찌들 좀 손봐."

델이 재키, 린, 이사벨의 손목을 가리키며 샤론에게 말했다.

"어떻게 하는지 기억하지?"

샤론이 눈을 굴렸다.

"내가 우리 애들도 해줬잖아?"

그러고 나서 내게 말을 걸며 덧붙였다.

"남자들이란, 늘 자기만 전문가라고 생각해요."

샤론은 남편의 입술에 한가득 키스했다.

"걱정하지 마, 여보. 그래도 당신 죽을 때까지 사랑할 거니까. 아마 그 후에도."

샤론은 린이 침팬지의 두개골을 도려낼 때처럼, 재키의 카운터를 신중하게 살폈다.

"살짝 윙윙거릴 수도 있을 거예요. 우리 둘을 쥐어 패고 싶지 않다면, 아무 말도 하지 마세요. 델도 잘 하는데, 그가 가진 열쇠는 당신에게 채운 카운터에 맞지 않아서요. 좋아요. 준비됐죠?"

재키는 고개를 끄덕이고 나서 나를 똑바로 바라봤다.

"짜잔!"

샤론이 의기양양하게 승리의 효과음을 들려주고 린에게 다가갔다.

재키의 입에서 나온 첫마디는 내가 예상했던 대로였다.

"망할, 20년 전에 갔던 빌어먹을 명상 수련회보다 더 최악이었어."

늙었지만 여전한 재코, 나는 생각했고, 20년 만에 처음으로 그녀에게—정말로 그녀에게—이야기했다.

76

우리가 레이의 농장으로 향하는 흙길로 들어설 무렵, 델과 샤론은 포의 성공적인 위장 작업, 델의 계획적인 체포, 스티븐의 구조 등 모든 것을 설명했다.

"스티븐을 구하는 일은 쉬웠어요."

샤론이 말했다.

"스티븐이 실험실 한 층 아래에 있었거든요. 건물도 점령할 수 있을 것 같은 몇몇 군인과 함께. 그런데 무력하더군요. 역시 남자애들은 머리보다는 힘이더라고요."

그러더니 눈앞의 공기를 멍하니 바라보고 있는 페트로스키를 내려다봤다.

"미안해요, 당신을 말하는 건 아니에요, 군인 아저씨."

어쨌든 샤론의 눈이 살짝 왼쪽 위로 움직이는 걸 보니, 그녀가 의미하는 바가 무언지 분명히 알 수 있었다.

"그의 활약도 대단했어요, 샤론."

나는 페트로스키에게 자신감을 북돋우며 말했다. 포가 엔진을 끄더니 우리를 내보내려고 주변을 살폈다. 그가 린을 부축하자, 린의 작은 손이 포의 손안으로 사라졌다. 두 사람의 모습을 보니 영화 킹콩의 한 장면처럼 우스꽝스러웠다. 로렌조가 껑충껑충 뛰며 나를 향해 두 팔을 뻗었다.

"진?"

내가 로렌조의 몸에 기댔을 때, 패트릭의 목소리가 고요한 밤공기를 가르며 내 귓가에 맴돌았다.

나는 흙길을 가로질러 내 남편에게 향했다. 하지만 왠지 양쪽에서 나를 잡아당기며 내 몸이 두 동강 나는 것 같았다.

"고마워, 자기야."

패트릭이 내 몸을 감싸며 말했다. 스티븐이 나타나면 나는 세 방향으로 서 있어야 한다.

"나중에요."

포가 말했다.

"우리 중 몇몇은 긴 밤을 보내야 합니다."

나의 긴 밤은 잠든 세 아이를 재빨리 확인하는 것으로 시작했다.

아이들은 샤론 레이의 거실에 있는 에어매트리스 위에서 잠들어 있었다. 나는 소니아 옆에 있는 빈 곳에 얼굴을 파묻었다. 잠들기 전 마지막으로 느낀 건 내 팔 아래에서 새근새근 숨 쉬고 있는 소니아의 작은 가슴이었다.

그리고 잠들기 전 내가 마지막으로 들은 건 레이의 부엌에서 나의 탈출 계획을 짜는 포의 목소리였다.

77

마지막 날에 벌어지는 일은 이렇다.

패트릭이 우리에게 작별 키스를 한다. 처음에는 쌍둥이, 다음에는 소니아, 그다음에는 나, 그리고 마지막으로 스티븐에게 키스한다. 그는 스티븐에게 특히 신경을 쓸 것이다. 누구나 첫아이는 잊지 못한다. 다른 아이보다 그를 더 많이 사랑한다는 게 아니라, 유대감이 다르다는 뜻이다. 어쩌면 원시적인 것일지도.

패트릭이 서류 가방에 약병 하나를 숨긴 채 차를 몰고 가자, 나는 우리가 더 이상 개를 키우지 않는다는 사실에 기뻐한다. 우리는 콜리와 비글과 셰퍼드가 우스꽝스럽게 섞인 개를 키운 적이 있는데, 그 개는 패트릭이 출근하는 순간부터 퇴근할 때까지 침울한 모습으로 현관 매트에 앉아 있었다. 나는 그 개가 패트릭을 기다리는 걸 견딜 수 없을 것 같다.

패트릭이 없으면 내 삶도 녹록지 않을 것이다.

패트릭의 차가 사라지니 모든 게 새벽녘에 빛나는 미등 같았다. 아이들은 샤론이 마지막으로 내놓은 브라우니를 놓고 싸우고, 그동안 나는 나만의 동영상을 머릿속에서 재생하고 있었다. 소니아는 오빠들에게 자기가 카드놀이에서 속임수를 쓰고 있다는 걸 확실히 알려주고 있었고, 반쯤 비어 있는 패트릭의 머그잔이 낯선 사람의 부엌 조리대에 남아 있었다. 그 안에 들어 있던 액체가 증발하고 응축되어 두꺼운 갈색 찌꺼기로 변했다. 미국 커피 냄새는 아직도 지독하지만, 내게는 모두 똑같은 맛이다.

"잠깐만 누워 있을게요."

배고픈 사람들을 위해 아침을 만들고 있는 샤론에게 말했다. 그녀는 내가 원하면 자기 방을 쓰라며 침울해진 내 어깨를 토닥였다. 나는 남은 커피를 들고 고요한 블라인드와 천장 선풍기가 단조로운 자장가를 흥얼거리는 낯선 곳으로 물러났다.

나는 차의 속도를 늦추고 경비실 문 앞에 멈춰 선 패트릭이 제복 소매에 비밀 경호국 소속임을 알리는 자수 문양 대신 귓가에 흰색의 구불구불한 것을 착용한 요원에게 신분증을 내미는 모습을 상상한다.

차를 주차한 패트릭은 하늘을 바라볼 것이다. 아마도 태양이 어둠을 뚫고 지나가는 동쪽을 향해.

아침 조찬 회의지만, 패트릭에게는 최후의 만찬처럼 느껴질 것이다. 그는 군중 속의 유다가 되어 독이 든 컵을 건넬 것이다.

그게 계획이었다. 물에 넣거나 아니면 커피에 넣거나. 또는 샴페인에 넣을 수도 있다. 펑펑 터진 샴페인이 섬세한 크리스털 병에서 쏟아져 나오면 열두 명의 저명한 손님들이 서로를 축하하며 홀짝홀짝 마실 수 있도록.

한 명은 마이어스 대통령이다. 또 다른 사람은 6일간의 실어증 치료 여행에서 기적적으로 회복된 바비 마이어스다. 나는 뇌 손상이 진짜인지 조작된 것인지 결코 알 수 없을 것이다. 하지만 만약 내가 내기를 걸어야 한다면, 나는 내가 어느 곳에 올인해야 하는지 안다. 칼 목사와 행동대장 토머스도 있다. 여섯 명의 합동참모본부원도 있다. 법무장관과 대법원장도 참석했는데, 이들은 모두 순수운동의 악명 높은 추종자들이다.

패트릭은 13번이다. 대통령 집무실의 가롯 유다.

내가 여기 침대에 누워 천장 선풍기의 회전 소리에 멍해지는 동안, 이렇게 기가 막힌 종교적 우연의 일치에 실소가 절로 나왔다. 물, 포도주, 그리고 열세 명의 사람. 칼 목사와 그의 광기. 그들은 그리스도가 미친 사람이거나 나쁜 사람, 아니면 신이라고 생각했다. 나는 칼 코빈이 신이라는 걸 믿을 수 없다. 내가 그런 신성한 실체를 믿었다고 해도. 신들은 주사위 놀이를 할 수도 있고 하지 않을 수도 있지만, 그들은 절대 마음을 바꾸는 독을 주입하지는 않는다.

내 커피는 이미 차가워졌지만 그냥 마셨다.

일요일 밤, 불과 열두 시간 전이었나? 패트릭은 물과 커피를 먼저 마시기로 했다. 그런 다음, 유리병에 남은 게 무엇이든, 만약을 위해 자신의 것은 따로 두기로 했다. 이 방법을 생각하면 나는 몸서리가 쳐지지만, 포는 패트릭이 고집했다고 말했다. 잘 짜인 계획들은 결국 잘못되었다.

이게 내가 상상할 수 있는 전부다. 어쩌면 내 상상력은 그 일에 미치지 못할지도 모른다. 어쩌면 너무 무거운 임무일지도. 생생한 총천연색이자 날카로운 레이저처럼.

남편이 죽는 꿈을 꾸고 싶은 사람이 어디 있을까? 나는 샤론의 침대 옆 탁자에 놓인 시계를 확인했다. 시곗바늘이 이제 때가 되었다고 말하고 있다.

78

나는 잠을 자지 않았다. 잘 수가 없었다. 대신, 나는 말 헛간으로 걸어가 오빠들과 말 구경을 하는 소니아를 지켜봤다. 그녀는 이제 온종일 재잘거린다. 모든 단어가 간헐천처럼 쏟아지고 있다.

"이건,"

소니아가 한 손으로 말의 머리를 쓰다듬고 다른 한 손으로는 말의 미간을 쓰다듬으며 말했다.

"아리스토텔레스야. 아리스토텔레스는 남자 이름이지만 얘는 여자 말이야. 샤론 아줌마가 그러는데, 얘가 아주 똑똑하대."

소니아가 당근 한 뭉치를 들고 돌아다니며 오빠들에게 납작한 손바닥으로 말에게 당근 주는 방법을 가르치는 동안, 나는 샤론의 핸드폰을 주머니에서 꺼내 번호를 눌렀다. 내가 갑자기 계획을 바꾼 것에 산부인과 접수 담당자는 전혀 흥분하지 않았다.

"매클렐런 부인."

그 남자의 높은 콧소리가 모건과 비슷해 잠시 움찔했다.

"매클렐런 박사예요."

내가 정정했다. 그 남자는 사과는커녕 강의만 계속했다.

"이유가 있으니까 예약을 해두는 겁니다. 한 시간 전에 여기 오기로 했잖아요. 우리가 당신을 끼워줄 수 있을지는 모르겠지만……."

전화기 너머로 바스락거리는 종이 소리가 들렸다.

"늦어도 다음 주까지 오세요."

"신경 쓰지 마세요. 테스트 안 할 거니까요."

나는 전화를 끊었다.

"자, 엄마."

소니아가 말했다.

"이제 엄마가 아리스토텔레스를 먹여 살려야 할 차례예요."

"아리스토텔레스가 당근을 더 먹으면 샤론 아줌마 손이 난장판이 될 거야. 그러면 아줌마가 누구에게 마구간 청소를 부탁할지 맞춰봐."

"엄마, 그걸 분뇨청소라고 해요."

소니아는 말똥을 긁으며 오후를 보내겠다는 생각에 완전히 황홀해 보였다.

소니아에게는 잘된 일이야.

"내가 커서 수의사가 될 수 있을까요?"

그녀는 물었다.

"그럴지도 모르지, 그래도 학교는 많잖아. 수의사 되려고?"

"엄마도 그랬잖아요."

스티븐이 입을 열었다. 심장이 터질 것 같았다. 그리고 내가 옳은 결정을 했다는 걸 깨달았다.

"엄마는 샤론의 집으로 돌아갈게, 알았지?"

나는 돌아서서 걸어가며 손등으로 볼을 닦았다. 왼쪽 볼이 화끈거렸다. 린이 붕대를 다시 감아준 이후로는 그렇게 심하지 않았지만, 마치 상처에 소금이 닿은 것 같았다.

로렌조는 밴의 뒤 범퍼에 앉아 길 쪽을 내다보며 나를 기다리고 있었다.

"그래서?"

내가 다가가자 그가 물었다.

"애들 없이는 못 가요."

"포는 당신이 가야 한다고 말했어. 물론……."

로렌조는 내 남편의 이름을 말하고 싶지 않다는 듯 멈칫했다.

"패트릭이 성공하더라도 하룻밤 사이에는 아무것도 변하지 않을 거야. 그들은 우리의 이름을 가지고 있어. 사진도 있고. 국외로 빠져나가야 해."

"어쨌든 포는 어디 있죠?"

주제를 바꾸려고 내가 물었다. 내 마음은 이미 결정됐다. 여권은 여섯 장이 필요했다. 한 장이 아니라.

"당신 남편과 함께 떠났어."

로렌조가 말했다. 그러더니 멀리서 다가오는 차를 바라봤다.

"호랑이도 제 말 하면 온다더니."

패트릭의 차가 달리는 기차처럼 우리에게 다가와 밴 옆에 멈춰 섰다. 운전석 쪽 문이 열리자, 먼지구름을 일으키며 포가 내렸다.

조수석 문은 열리지 않았다.

"패트릭은 어딨어요?"

내가 물었다.

"대체 어딨냐고요?"

포가 로렌조에게 소리를 지르며 말했다. 모든 단어가 다 들렸다. 가. 린. 그만. 출혈. 시도했음. 도와줘. 아니. 시간 등등.

내 뇌가 문장의 나머지를 채웠다. 나는 뒷문을 벌컥 열었고, 밴 옆을 사정없이 내리쳤다. 둔탁한 소음이 쿵쿵 울렸다. 내 안에는 비명이 울려 퍼졌다. 마지막 비명이 저절로 길게 터져 나오더니 마침내 아무 소리도 나지 않았다.

"패트릭에게 무슨 일이 생긴 건가요?"

하지만 굳이 물어볼 필요는 없었다.

79

나는 패트릭의 장례식을 조용하게 치를 계획이었지만, 레이의 작은 농장에 모인 사람들을 둘러보고 내 노력이 헛된 것임을 깨달았다. 올리비아와 에번 킹을 비롯해 내가 돌보지 못한 이웃들이 여기 와 있었다. 물론 줄리아도 마찬가지였다. 줄리아와 스티븐은 겁에 질린 듯 머뭇거리며 이야기를 나누고 있었는데, 나는 아이들이 그럴 수밖에 없다는 걸 이해했다. 비행기 여행이 일시적으로 중단되었기 때문에 몇몇 옛 친구들은 서해안에서 차를 몰고 왔다.

패트릭 덕분에 나라 전체가 혼란스러운 과도기에 빠져 있었다.

나는 여전히 그를 사랑한다. 여러 면에서 패트릭이 가버린 게 유감이었다. 라디오와 텔레비전은 처음 며칠 동안은 조용했고, 신문들은 이미 알려진 이야기들을 내보내고 있다. 워싱턴 DC는 은행 금고보다 더 굳게 잠겨 있다. 공포의 허리케인은 끝났지만, 우리는 폭풍이 계속되리라는 걸 알고 있다. 우리 모두가 여전히 안전하지 않다는 것도 안다.

델과 샤론은 농장에 남기로 했고, 재키는 농장에 남아 저항세력을 도와 잔해를 치우고 재건하기로 했다.

"나도 남을 거야."

우리가 패트릭을 땅에 묻던 날. 내가 재키에게 말했다.

"그러고 싶어."

재키는 우리가 어리고 어리석었을 때와 똑같은 엄정함으로 나를 대했다. 아니면 내가 바보였을 때. 재키는 바보인 적이 없었다.

"넌 가야 해."

재키가 말했다.

"지금 당장."

내가 따지려고 하자, 재키가 내 배에 손을 얹는다.

"떠나야 한다는 거 알잖아, 지니."

물론 그녀의 말이 맞았다. 재키는 어떤 면에서는 항상 옳았다. 그녀는 훨씬 자유롭고 홀가분해진 몸으로 나를 품에 안았고, 포옹을 통해 나는 모든 감정을 느꼈다. 감사하는 마음, 자존심, 용서. 내 주위엔 더는 거품이 일지 않았다.

"어서 가, 계집애야. 네 남자가 기다리고 있어."

재키가 나를 품에서 떼어내며 말했다.

내 남자.

로렌조를 내 남자로, 내 애인으로 생각하기에는 너무 이른 것 같았다. 하지만 로렌조가 나를 농장으로 이끄는 동안, 내 등에 얹은 그의 손에서 묘한 감정을 느꼈다.

그 몸짓은 매우 간단하면서도 동시에 복잡했다. 내 일부는 다시 뒤돌아가 패트릭이 묻힌 흙더미 쪽으로 달려가길 원했지만, 난 그러지 않았다. 로렌조와 함께 아이들을 데리고 짐을 싸야 한다는 걸 알고 있었다.

하지만 내 일부가 패트릭과 함께하기 위해 여기 이 농장에 남아 있을지도 모른다.

시내에서 무슨 일이 있었느냐고 물으면 크리스토퍼 포는 고개를 저었다. 그래도 나는 끈질기게 물었다. 내가 요구한 정보를 듣기 힘들더라도 다시 한번 고집을 부릴 수 있다는 건 좋은 일이다.

인생은 우리에게 아이러니를 거의 던지지 않는다. 그래서 불과 며칠 전에 내가 처리한 무능하고 하찮은 멍청이 모건 레브론이 패트릭을 죽음에 이르게 한 원인이라는 사실을 알고도 덜 놀라웠다.

"난 안에 없었어요,"

포는 신발 사이에 낀 진흙 덩어리를 털며 말했다.

"그리고 패트릭 씨가 신선한 피 냄새를 풍기는 멧돼지처럼 옆문으로 달려 나왔고요."

나는 고개를 끄덕이며 계속 말해도 좋다고 알렸다.

"그래요."

포는 먼지 외에는 아무것도 남지 않은 신발을 진흙에 찧으며 발가락을 빙빙 돌렸다.

"내가 들은 건 '잠가! 잠그라고!'라는 말뿐이었어요. 그리고 모건의 메모에 관한 것. 글쎄, 그건 사실이 아니었어요."

또 다른 흙뭉치가 포의 왼쪽 부츠 밑에서 고통을 받고 있었다.

"그리고 총소리가 들렸습니다. 백악관 옥상에 항상 그런 사람들이 있는 거 아세요? 아무도 보지 못하는 사람들?"

"알고 있어요."

"음, 누군가 총을 쏜 것 같았어요. 더는 말씀드릴 게 없습니다, 박사님."

"진."

나는 포의 손을 잡으며 말했다.

"진이라고 불러도 돼요."

어깨를 낮춘 포가 주머니 깊숙이 주먹을 찔러 넣으며 떠나려고 몸을 돌렸다. 그러고는 뒤를 돌아보았다.

"한 가지 더 있어요, 진. 당신 남편은 그 총알에 맞았을 때, 웃고 있었다고 장담할 수 있어요."

"고마워요."

내가 말했다.

"그 정도면 충분해요."

그리고 지금도 그렇다.

80

캐나다는 6월과 7월 내내 따뜻했다. 우리는 형식적인 절차에 따라 몬트리올 사무실을 돌아다니며 얻은 여섯 명의 여권 신청서를 기다렸다. 여름 동안만이라도 나는 캐나다에 남고 싶었다. 더위에 흠뻑 젖은 날들이 서늘하고 고요한 밤으로 바뀔 때면 호수와 강물이 잔잔해져 평화로웠다. 하지만 이탈리아 집에서 전화가 온 데다, 프랑스어도 얼른 익숙해지지 않았다. 게다가 어머니를 만나야 했다.

캐나다와 대조적으로 이탈리아 남해안은 전혀 평온하지 않았다. 관광객들은 우리의 나른한 마을을 침범했고, 8월이 되면 더 많은 관광객들이 올 것이다. 그래도 내가 가고 싶은 곳이었다.

우리가 월요일에 도착한 이후, 로렌조는 밤낮없이 프로젝트를 진행해왔다. 포가 워싱턴에 있는 사무실에서 훔친 노트 덕분에 주말까지 혈청을 준비할 예정이다. 로렌조의 일이 끝나면 아이들을 데리고 카프리에 하이킹을 가기로 약속했다. 로렌조는 아이들과 잘 어울렸고 스티븐도 처음에는 낯을 가렸지만, 로렌조를 형처럼 대할 만큼 자랐다.

그래서 그렇게 받아들이기로 했다.

우리는 메인주에서 캐나다로, 그리고 캐나다에서 대서양

으로 국경을 넘은 이후로 줄곧 뉴스를 보고 있다.

라디오와 텔레비전이 다시 살아났다. 신문 기자들이 신문을 배포하기 시작했고, 여자들은 손목과 말이 자유로워질 때까지 말없이 행진했다. 재키가 모든 행진의 선두에 선 것 같다. 재키는 준비가 되면 우리를 방문하겠다고 했다.

나는 우리가 미국으로 돌아갈 거라 생각하지 않는다. 지난 1년 동안 내 두 번째 나라는 원래 있어야 할 곳으로 돌아왔고, 심지어 새로운 대통령이 지난 12개월 동안 미국이 입은 피해를 다시는 보지 못할 것이라고 단언했더라도.

권력 서열 11위까지의 사람들이 독살로 사망하거나 공모로 재판을 받거나 공직을 사퇴한 이후, 재건을 맡을 책임은 그 많은 사람 중에 보건복지국 장관에게 돌아갔다. 정말 재미있는 사실은, 그 자리가 패트릭의 다음 직업이었을지도 모른다는 것이다.

재키는 캠페인 코디네이터로서 자원봉사를 하고 있다. 지난주 그녀가 보낸 편지에는 중간선거, 의회가 어떻게 정상으로 돌아갈지, 더 잘될지, 모든 여성들이 공직에 출마할지에 대한 모든 얘기가 쓰여 있었다.

상상해봐, 지니, 상원과 하원의 25퍼센트. 25퍼센트라고! 너도 얼른 돌아와서 그 일에 참여해야 해.

아마도 내년쯤.

나는 그렇게 답장했다. 그리고 그건 진심이다.

재키는 지금 나의 재정적, 정신적 지원을 받고 있다. 나는 아직 정치에 뛰어들 준비가 되지 않았다. 내 아들들은 이탈리아의 태양과 공기를 좋아했고, 소니아의 두 번째 언어는 첫 번째 언어만큼이나 단단하고 풍부해지는 과정에 있었으며, 모든 이들이 아기의 탄생을 기대하고 있었다.

또한 나는 손과 몸, 영혼으로 대화를 나누고 노래하는 이곳 여자들을 보는 게 즐겁다.

VOX

감사의 말

스티븐 킹이라는 작가가 "장편 소설을 혼자 쓰는 사람은 없다"고 말한 적이 있다. 스티븐 킹의 공포소설 『세일럼스 롯(Salem's Lot)』의 첫머리에서 그 문장을 처음 읽었을 때, 나는 고작 열 살이었다. 하지만 지금까지도 그 말은 사실인 것 같다.

『그리고 여자들은 침묵하지 않았다』는 여러 명의 어머니와 아버지 사이에서 태어났으므로 나는 그들 모두에게 감사 인사를 드리고 싶다.

내 에이전트인 로라 브래드포드의 정직함과 명료함, 그리고 변함없는 응원에 감사를 전한다. 어떤 작가도 그녀의 분야에서 이보다 더 뛰어난 사람을 기대할 수 없을 것이다.

미국 버클리의 편집자 신디 황, 영국 HQ 하퍼콜린스의 편집자 샬롯 머셀, 그리고 두 출판사의 모든 팀원이 보여준 뜨거운 열정에 진심으로 감사드린다.

두 달 만에 완성된 이 소설을 가장 먼저 읽고 반짝반짝 빛나게 해준 나의 첫 독자 스테파니 허튼과 케일럽 에테르링에게도 감사의 말씀을 전한다.

출판사 어퍼 러버 부츠의 편집자 조앤 메리암에게도 고맙다는 인사를 전하고 싶다. 『폭넓은 지식: 35명의 나쁜 여성들(Broad Knowledge: 35 Women Up to No Good)』이 없었다면, 진 매클렐런 박사의 이야기는 결코 탄생하지 못했을 것이다.

나를 꾸준히 격려하고 지지해주는 날카로운 비평가 엘렌 브라이슨, 케일라 퐁락, 소피 반 르윈에게도 무한한 감사를 보낸다.

지난 몇 년 동안 나의 짧은 작품을 노래해 온 플래시 픽션 작가들과 편집자들을 놀랠 만큼 지지하는 대중들에게 특히 감사드린다. 여러분은 모두 당신이 누구인지 잘 알고 있을 것이다.

사랑하는 독자 여러분, 궁극적으로 이 이야기를 판단할 여러분에게 감사드린다. 여러분이 이 책을 재밌게 즐겼으면 좋겠다. 하지만 무엇보다도 이 책이 여러분을 조금은 화나게 했으면 좋겠다. 그래서 그 분노가 여러분에게 여운을 남겼으면 좋겠다.

그리고 마지막으로 내가 하는 일이라면 언제나 지지하는 남편 브루스에게 깊은 감사의 마음을 전하고 싶다.

내게 말을 많이 하지 말라고 한 적 없는 모든 분에게 진심으로 감사한다.

옮긴이 **고유경**

영국 카디프대학교 저널리즘 스쿨에서 언론학 석사 학위를 받았다. 글밥 아카데미 수료 후 바른번역 소속 번역가로 활동하고 있고, 역서로 『밤의 살인자』, 『내 생애 한 번은 수학이랑 친해지기』, 『너는 여기에 없었다』, 『수학님은 어디에나 계셔』, 『나, 책』, 『나는 수학으로 세상을 읽는다』, 청소년 과학 교양 잡지 《율라 OYLA Youth Science 》』(공역) 등이 있다.

그리고 여자들은 침묵하지 않았다

초판 1쇄 발행 2020년 2월 20일
초판 4쇄 발행 2021년 4월 5일

지은이 크리스티나 달처
펴낸이 김선식

경영총괄 김은영
책임편집 정다움 **디자인** 박수연 **크로스교정** 임경섭 **책임마케터** 박태준, 유영은
콘텐츠사업6팀장 이호빈 **콘텐츠사업6팀** 임경섭, 박수연, 한나래, 정다움
마케팅본부장 이주화 **마케팅3팀** 박태준, 유영은
미디어홍보본부장 정명찬 **홍보팀** 안지혜, 김재선, 이소영, 김은지, 박재연
뉴미디어팀 김선욱, 허지호, 염아라, 김혜원, 이수인, 임유나, 배한진, 석찬미
저작권팀 한승빈, 김재원
경영관리본부 허대우, 하미선, 박상민, 권송이, 김민아, 윤이경, 이소희, 이우철, 김재경, 최완규, 이지우, 김혜진

펴낸곳 다산북스 **출판등록** 2005년 12월 23일 제313-2005-00277호
주소 경기도 파주시 회동길 490
전화 02-702-1724 **팩스** 02-703-2219
이메일 dasanbooks@dasanbooks.com
홈페이지 www.dasanbooks.com
블로그 blog.naver.com/dasan_books
종이 (주)한솔피앤에스 **출력** 민언프린텍 **제본** 정문바인텍 **후가공** 제이오

ISBN 979-11-306-2857-8 (03840)

다산북스(DASANBOOKS)는 독자 여러분의 책에 관한 아이디어와 원고 투고를 기쁜 마음으로 기다리고 있습니다. 책 출간을 원하는 아이디어가 있으신 분은 다산북스 홈페이지 '투고원고'란으로 간단한 개요와 취지, 연락처 등을 보내주세요. 머뭇거리지 말고 문을 두드리세요.